금강송 숲에 피어난
노란 등대꽃

그 숲이 사라진다 해도 사랑은 남네

금강송 숲에 피어난
노란 등대꽃

초판 1쇄 인쇄 2024년 07월 22일
초판 1쇄 발행 2024년 08월 09일

신고번호 제313-2010-376호
등록번호 105-91-58839

지은이 강상욱

발행처 보민출판사
발행인 김국환
기획 김선희
편집 조예슬
디자인 김민정

ISBN 979-11-6957-179-1 03810

주소 경기도 파주시 해올로 11, 우미린더퍼스트@ 상가 2동 109호
전화 070-8615-7449
사이트 www.bominbook.com

그 숲이 사라진다 해도 사랑은 남네

금강송 숲에 피어난 노란 등대꽃

강상욱 장편소설

노벨상을 향한, 울진 금강 소나무 숲에서의

일과 사랑, 그리고 삶의 이야기

보민출판사

프롤로그

여기 일에서, 삶에서 불완전성을 이겨내려는 사람들의 이야기가 있다. 어둠 속에 산 삶! 분노에 찬 삶! 그 불능의 삶을 넘어서려 몸부림치는 이들의 이야기가 있다. 그 어둠을 걷어내려고 발버둥치는 사람들, 사랑에 굶주리고 소외로 몸부림치면서도 더 나은 세계를 향해 나아가려는 사람들, 새로운 진리를 캐내려 그 광맥을 좇는 사람들 이야기도 그 일부이리라.

진리의 벽 노벨상! 현실적으로 첨단에, 첨단의, 최첨단이 되어야 받을 수 있는 상! 주인공들은 과연 그 엄청난 벽을 통과할 수 있을까? 그리고 후반부 주인공인 한숙은 사랑과 삶의 장벽을 넘어 순항할 수 있을까? 그녀는 꼭 그렇게까지 몸부림쳐야 했을까? 그리고 그렇게 묻는 우린 몸부림치지 않고서도 자기 삶을 잘 헤쳐나갈 수 있을까? 그녀의 몸부림을 우린 이해할 수 없을까?

동시에 또한 우리가 굳이 그런 장벽을 넘어야, 큰 무언가를 해내야 좋은 삶일까? 어쩜 사는 그 자체로, 그저 생명성을 가진 존재 자체로 의미는 충분할 것이다. 그럼에도 불구하고 우리는 미지의 것, 더 나은 것, 더 높은 것, 더 사랑하는 것을 향해 나아간다. 인간의 역동적인 의지는 생존을 위해, 그리고 사랑을 찾아서 하지 못할 일을 하게 되기도 한다. 그것은 곧 자기를 찾는 과정이기도 하다.

인간에게서 성취욕이다, 욕망이다 하는 것보다 더 중요한 것은 자기 내면의 공허를 채우는 일이며, 그런 과정에서 우리의 삶이 전개된다. 그 삶이 처절한 사투인지, 아름다운 여행인지 영택과 한숙의 노벨상 도전과정을 기본 축으로 하여 주인공들의 여러 인생 여정을 따라가 보자!!! 어쩌면 우리 각자 다 추구하는 게 다를지라도 그들 이야기가 우리 자신의 이야기일 수 있다.

2024년 6월

소설가 **강상욱**

목차

프롤로그 • 4

[01] 만남, 그 숲에 던져진 별들 • 10
[02] 소나무 위의 사랑 • 15
[03] 방황 속엔 왜 그리움이 배여 있을까? • 23
[04] 앉을 수 없는 가시나무 • 38
[05] 숙고된 느낌, 통찰 • 54
[06] 그가 온 가을을 동원하여 체포한 것은 • 60
[07] 올빼미와 세렌디피티 • 81
[08] 내가 살기 위해 그의 정자를 가진 것뿐이야 • 89
[09] 그를 버려야 그도, 나도 살 수가 있어! • 112
[10] 결혼 • 118
[11] 오디세우스의 쟁기질 • 123
[12] 초저온 전자현미경 • 129
[13] 옆에 있는데 닿을 수 없다고? 닿지 말라고? • 138
[14] 노란 알약 • 155
[15] 선뜻 다가선 정치 • 160
[16] 양호리 저택 • 166
[17] 대통령 출마 선언 • 178

[18] 노란 알약의 이기성 • 183
[19] 니 언제 고꾸라질래? • 200
[20] 한 남자와 두 여자의 출산 • 209
[21] 스웨덴 남자 • 216
[22] 빨간 트럭들 • 227
[23] 다가오는 사랑 • 236
[24] 싱글 맘과 아빠의 부재, 불행일까? • 251
[25] 대통령 선거와 3초신공 • 256
[26] 잘 보셨죠? 이 허상을! • 272
[27] 한숙, 사랑을 찾아 떠나다 • 297
[28] 드러나는 비밀 • 303
[29] 황홀한 결혼생활 • 311
[30] 스톡홀름 장미 • 318
[31] 언제나 그 자리에 • 337
[32] 노벨상과 우공이산 • 347
[33] 소나무야, 소나무야! 언제나 푸른 네 빛 • 353

노벨상으로 향한 영택과 한숙의 연구과정에 대한 기록!

방황하는 천재 여성 한숙이 그 삶의 여러 굽이를 돌고 돌아
자신만의 세계를 만들어가는 인생 여정!

상처받은 영혼, 그 상처의 장벽을 넘어 대권에 도전하는 승억,
그 드라마틱한 생의 찬가!

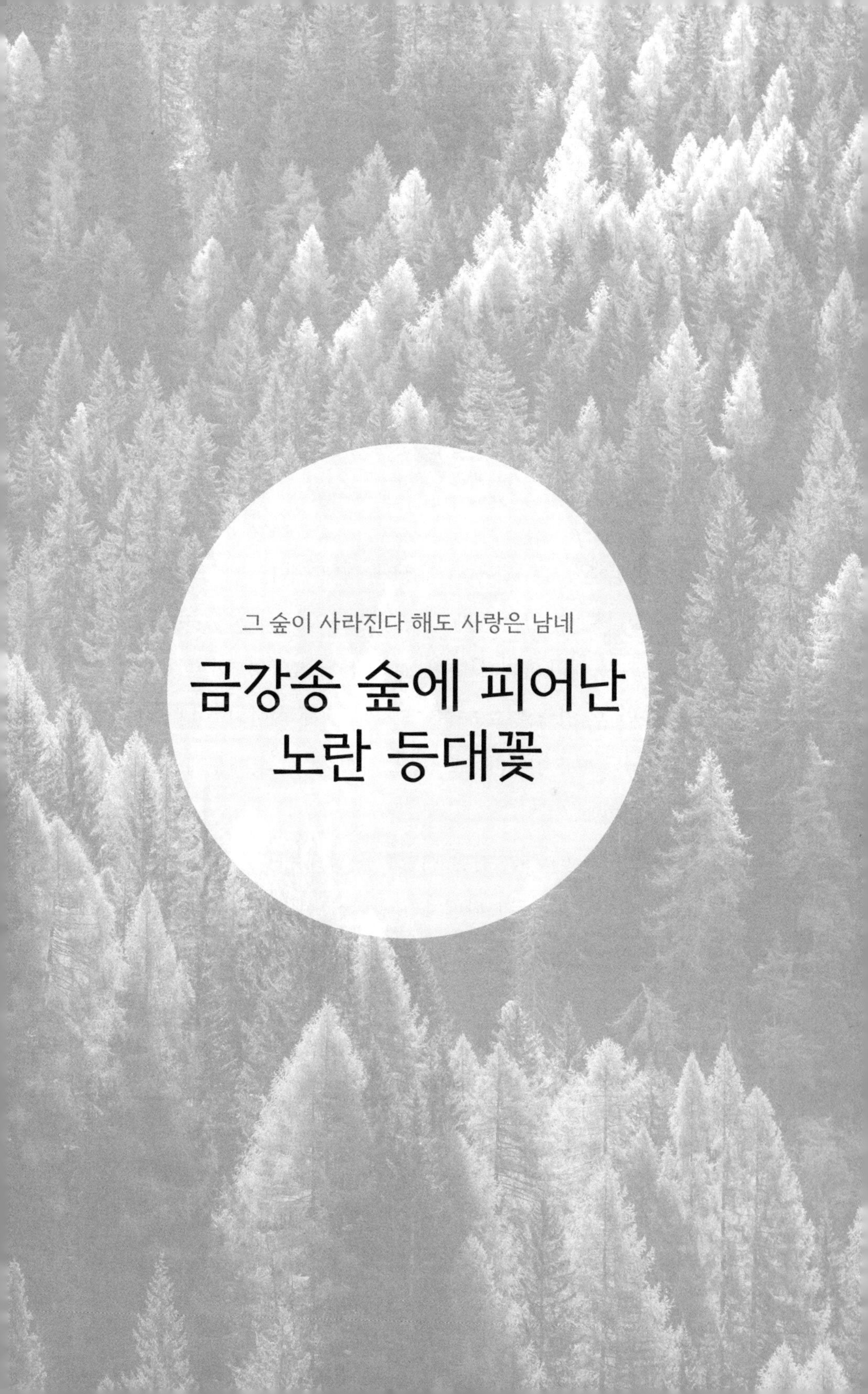

그 숲이 사라진다 해도 사랑은 남네

금강송 숲에 피어난 노란 등대꽃

01

만남, 그 숲에 던져진 별들

대전 산림청에서 연수교육을 막 끝낸 영택은 자신의 근무지인 울진 금강 소나무 숲으로 갈 때 산림청장 승억의 차를 우연히 타게 되었다. 그는 개인 휴가를 내어 그 숲 근처 요양병원으로 간다고 했다. 출발 후 영택은 그와 연수교육에 대해 이야기를 나누다 얼마 후 잠에 곯아떨어졌다. 교육생들의 밤샘 회식 때문에 잠을 많이 못 잔 탓이다.

그가 눈을 떴을 때 차는 좁은 시골길을 달려 누런 황톳길이 곧게 뻗은, 길 양쪽으로 노란 황매화가 만발한 어느 강둑에 멈추어 섰다. 영택은 승억의 침울한 얼굴을 쳐다보며 조심스레 말을 꺼냈다.

"청장님, 여기 강변 전경이 참 보기 좋습니다. 들풀 사이로 노란 꽃들이 길게 줄을 이룬 모습이 너무 아름답습니다. 근데 울진은 아닌 것 같은데요?"

"여긴 영주야. 아름다운 곳이지. 이맘때면 늘 파란 하늘과 하얀 구름이 저 강물 위로 흘러갔었지. 온갖 들꽃이 만발하던, 때론 가을보다 더 청명한 하늘을 가졌던 이 강둑의 오월이 나를 키웠어!"

"그럼 여기가 고향이시군요?"

"고향? 글쎄… 그냥 여기서 자란 것뿐이야. 저기 물푸레나무가 서 있는 집에서 핏덩이였던 나는 자식도 없이 청상과부가 된 외고모할머니, 그러니까 어머니의 고모 손에서 자랐지. 이제 그분이 돌아가시면 이곳은 완전한 타향이 될 거야."

"무슨 사연이 있으시군요?"

영택의 말에 승억은 말없이 차에서 내려 강둑 끝에 멈추어 섰다. 그는 음울한 눈빛으로 수양버들 일렁이는 강둑 너머, 기와집들로 가득한 한옥마을을 한참 동안 바라보았다. 얼마 후 그는 다시 차에 오르며 말했다.

"사연? 있긴 있지. 허허. 나도 소설책 몇 권은 쓸 수 있을 거야. 자, 이제 가지. 지나가는 길에 잠깐 들러본 거네."

승억은 차를 돌려 강둑을 빠져나갔다. 차는 다시 국도를 1시간 넘게 달려 울진 금강송면 소광리에 도착했다. 그는 금강송 숲 관리소에 영택을 내려준 다음 고모할머니가 입원해 있는 요양병원으로 향했다.

그날 오후 큰 키에 훌쭉한 몸매를 가진 젊은 여성 한 사람이 흐트러진 옷차림으로 그 소나무 숲으로 왔다. 그 얼마 후엔 요양병원에 갔던 승억이 다시 돌아와 관리사무소 뒤쪽 노란 등대 형상의 연구소로 영택을 찾았다.

"영택 군, 대전서 같이 오다 보니 그새 친근해진 건가? 여기 온 김에 산행 좀 하려는데 자네 생각이 났네."

"감사합니다. 저도 저 숲길로 지금 막 가보려던 참이었습니다."

"그럼 잘 됐군. 그런데 자네, 이 연구소 어때? 몇 해 전에 대통령에게 강하게 요구해서 좀 크게 지었지. 앞으로 아토피에 도움이 되는 편백나무처럼 질병치료에 유익한 약용식물들을 국유림 곳곳에다 심을 거야. 거기서 생산된 약성물질들을 유전공학 기술로 가치를 높여 치료제나 그 보조제품으로 만들 계획이지."

"이 연구소가 등대 모양인 것도 청장님의 그런 계획이 반영된 거군요."

"맞아. 등대는 빛이고 희망이니까! 우리 연구원들이 그 꽃을 활짝 피워야겠지, 노란 등대꽃 말이야. 그래서 지금 급한 게 우수한 인력 확보야."

"오늘 정한숙 연구원이 새로 오셨다고 들었습니다만 소장님 말씀으론 그분 굉장한 천재라더군요."

"맞아. 최고 레벨의 유전공학연구소에 근무했는데 그런 특급 엘리트가 여기를 지원했더군. 다들 이런 산속은 꺼리는데 우리야 고맙지. 다만 자세히 말하긴 그렇지만 자료를 보니까 그 연구소에서 문제를 일으킨 것도 있고, 나처럼 가정 사정으로 인해 방황도 제법 한 모양이야. 여기서 오래 버틸지가 걱정이네. 동기생이고 동갑이니까 잘 다독거려줘. 부탁하네. 자네도 그렇고 인재는 다 소중해."

잠시 후 두 사람이 있던 연구소로 분홍색 정장을 한 한숙이 관리소장과 함께 들어왔다. 승억은 단추가 풀려 보랏빛 속옷이 조금 드러난 그녀를 보며 다소 불편한 기색을 하며 밖으로 나갔다. 그녀는 영택 앞으로 냉큼 다가와 그를 흘겨보며 말했다.

"호호, 여기 주인공들이 다 모였네. 어이! 어이! 거기 영감탱이 소장님, 여길 잠깐 비켜주세요. 우리 셋이 도원결의해야 하니까! 근데 청장인가 하는 저 양반은 어디 가는 거야? 내가 너무 황홀했나?"

그녀 말에 관리소장은 인상을 쓰며 획 돌아서서 밖으로 나가버렸다. 영택은 한숙에게 손을 내밀며 말했다.

"반갑습니다. 박영택입니다."

"나는 정한숙. 우리가 동기생인가 보네. 만나서 반가워! 근데 내가 아는 남자들과 좀 다른 물인데? 척 보면 알지! 당신 눈 속으로 내가 빨려들 것 같아. 하지만 너무 맑으면 사는 낙이 없으니까 내 욕도 좀 하고 황무지같이 척박한 나를 어떻게 구원할지 그 방안도 연구 좀 해보슈! 앞으로 서로 껌딱지처럼 붙어 지내자구! 호호호."

그러면서 그녀는 갑작스레 영택의 입술에 자기 입술을 맞추는 시늉을 했다. 영택이 몸을 뒤로 빼며 어색해하자 그녀가 깔깔거리며 다시 큰 소리로 말했다.

"호호호! 순진무구, 아니 청정무구한 당신, 내 마음에 쏙 들었어! 저기 멀리 떠났던 사랑이 물밀듯 밀려오는 듯해! 영택 씨, 사랑의 썰물은 너무 슬퍼! 슬프다구! 젠장! 나 홀로인 황량한 침실은 싫단 말이야! 가만 보자. 당신은 방랑별, 난 방황별, 저기 저 큰 두상의 청장 양반은 유랑별이거나 고독별 같군! 우린 다 별이니까 통하는 데가 있을 거야! 그런데 우린 사랑 없인 빛날 수가 없단 말이야! 무슨 말인지 알지? 사람을 사랑하든, 진리를 사랑하든, 사랑을 해야 진정한 별이 되는 거지. 빛도 나고. 저 청장 양반도 마찬가지야!"

02

소나무 위의 사랑

영택은 승억과 함께 관리소 앞에 있던 전기카트를 타고 울창한 소나무 숲길로 올라갔다. 그곳엔 수백 년 된 아름드리 소나무들이 서로 경쟁하듯 하늘로 치솟아 있었다.

“와아!”

그는 내리비치는 햇살 사이로 검붉은 살갗의 소나무들이 끝없이 기립해 있는 광대한 숲을 감탄의 눈빛으로 바라보았다. 그 숲은 조선 숙종 때 이미 보호림으로 지정될 정도로 국내 최고의 소나무 서식지로서 수령 200년 이상 된 것만 해도 8만 그루 넘게 자라고 있었다. 전국 곳곳을 돌아다니던 대학생 시절 우연히 이곳에 왔을 때 그 숲은 지친 그에게 큰 위로와 안식을 주었다.

하지만 그땐 그 소나무 껍질이 주는 거친 질감과 피상적인 푸르름만 좋아했을 뿐 그 숲 안쪽 풍경이 주는 장대함과 웅혼함을 미처 알지 못했다. 평범한 사람들도 제복을 입으면 힘을 가진다는 철학자 임어당의 말처럼 그도 그 숲에서 검붉은 거친 제복을 입은 듯한 소나무들의 무수한 기립과 정렬을 보면서 그들에게서도 인간들의 군사 행진 못지않은 위력적인, 그 장대한 질서가 주는 힘을 느낄 수 있었다.

승억이 긴 터널 같은 그 숲지대를 통과하며 영택에게 말했다.

"전기카트가 다닐 정도로 길이 많이 좋아졌구먼. 그런데 영택군, 중앙의 여러 연구소 다 마다하고 왜 이곳을 고집했지?"

"20대 때 방랑벽인지 몰라도 곳곳을 많이 돌아다녔어요. 그래서 30대엔 저를 좀 가두며 살자고 해서 이 외진 연구소를 지원했습니다. 소나무가 가진 약성물질들에 대해 연구해보고 싶기도 했구요."

"그렇군. 나도 공무원 첫 발령지로 이곳을 선택했지. 사람들이 없는 이 산속이면 상처를 덜 받을 것 같았어. 다행히 여기 온 뒤로 숲은 내게 많은 걸 주었지. 특히 여기서 지내다 보면 침묵도 소리를 낸다는 걸 알게 될걸세. 방황했던 나도 그 침묵의 소리에 나를 찾을 수 있었지. 자네도 그 깊은 세계를 경험해보게."

"예, 그런 깨달음을 얻도록 노력해보겠습니다. 청장님, 그런데 저기 우리 연구소와 붙어 있는 저 파란 건물은 뭔가요? 아주 높군요."

"냉동 정자, 난자 보관시설이야. 요즘 출산율이 너무 낮은데 난임, 불임 부부들에게 정자, 난자 보관비용이라도 줄여주면 도움이 될까 해서 국가 차원에서 지었지. 난자와 정자가 수정된 배아도 냉동이 가능하고. 또 다들 결혼을 늦게 하는 추세다 보니 이번에 획기적으로 30대 이상이면 누구라도 정자, 난자를 보관할 수 있게 했어. 기증도 가능해."

"그래요? 그거 참 흥미로운데요? 저도 좀 보관해볼까요? 어디 기증할 기회가 있으려나? 하하."

승억의 운전으로 두 사람은 다시 숲길을 올라갔다. 그들이 과거 화전민 집터 근처를 지날 때 멀리 솔숲 너머 푸른 하늘에서 무언가가 떨어지는 게 보였다. 여인의 외침 같은 소리도 들렸다. 영택은 전기카트에서 일어나 그쪽을 올려다보았다. 파란색 패러글라이더 한 대가 마구 흩날리며 추락하더니 높다란 소나무 끝에 덜컥 걸렸다. 고요한 숲속과는 달리 위로는 바람이 세찬 모양이었다.

그는 전기카트에 달려 있는 망원경으로 그 소나무를 자세히 살펴보았다. 헝클어진 날개 아래로 한 여성이 소나무 가지 끝에 매달려 있었다. 승억이 전기카트를 세우며 영택에게 말했다.

"영택 군, 빨리 저 소나무 쪽으로 가봐. 사무소엔 내가 연락하고 사다리도 싣고 올게. 근데 저 모습을 보니까 우리 딸애가 생각나는군. 오늘 저거 타러 밀양 간다던데 사고 날까 걱정이야. 왈가닥이라 말도 안 들어."

그는 영택을 내리게 한 뒤 전기카트를 돌려 급히 아래로 내려갔다. 영택은 망원경을 목에 걸친 다음 수풀을 헤치고 빠르게 달려 어느 거대한 소나무 앞에 도착했다. 그 소나무는 한 그루가 아니라 둘이 서로 엉겨 자란 연리지(連理枝)였다. 그가 망원경을 들어 위를 올려다보려는데 나뭇가지에 걸려 있던 젊은 여성이 큰 소리로 외쳤다.

"야, 당신, 거기서 뭐해?! 바람이 너무 심하게 불잖아! 나를 구해야 출세할 거 아니야? 이 위기에 당신 살려고 몸을 사려? 빨리 올라와서 어서 구해줘, 제발! 아휴! 창피해! 내가 천 번 넘게 날았는데 이런 꼴은 처음이네!"

하지만 영택은 나무를 탄 경험이 없는 데다 아무런 장비도 없어 어떻게 할지 엄두가 나지 않았다. 꼭대기 쪽엔 돌풍이 너무 강해 여인은 말 그대로 백척간두 위태로운 상황이었다. 줄에 매달린 그녀는 쉼 없이 몰아치는 바람에 사방으로 크게 요동치고 있었다. 그녀는 칼로 몸에 엉겨 있는 줄들을 자르기 시작했다.

영택은 구조대가 올 때까지 마냥 기다려선 안 될 것 같았다. 올라가서 그녀가 흔들리지 않게 줄 몇 개만 잡아주어도 큰 도움이 될 게 분명했다. 그는 나무 옹이에 발을 올린 다음 위로 오르기 시작했다. 이때 나무에 매달린 여인이 그를 향해 또 소리쳤다.

"당신, 빈손으로 올라오면 어떡해? 바보야? 막대라도 하나 가져와야지! 세상 물정 모르는 샌님이네! 나 죽으면 어떡하라구! 우리 아버지가 잘 키운 나문데 거기서 자기 딸이 죽었다고 하면 얼마나 억울해하시겠어!"

영택은 그녀 말에 아랑곳하지 않고 꾸역꾸역 위로 올라갔다. 문득 얼마 전 밀양에서 패러글라이더를 타던 50대 여성이 추락사했다는 뉴스가 생각났다. 그 기사에선 그걸 타다 해마다 20~30명이 목숨을 잃는다고 했다. 그는 마음이 조급해져 더 빠르게 올라갔다. 손바닥이 억센 나무껍질에 긁혀 상처가 났다. 하지만 그는 멈추지 않았다. 다시 한쪽에서 거친 돌풍이 불어와 숲 전체가 심하게 휘청거렸다. 그가 오르던 그 나무도 크게 흔들리더니 그의 발이 아래로 쑥 미끄러졌다.

"아악!"

그가 비명을 지르며 아래로 몇 미터 쑥 내려갔다. 하지만 그는 필사적으로 나무 기둥을 잡아 추락을 멈춘 다음 다시 위로 올라갔다. 얼마 후 팔에 힘이 빠진 그는 큰 나뭇가지들 사이에 걸치듯 몸을 올려놓고 잠시 쉬었다. 위를 쳐다보니 여인은 몸을 조이고 있는 벨트를 풀려고 안간힘을 쓰고 있었다. 그가 다시 위로 오르려 할 때 갑자기 강력한 상승기류에 그녀를 지탱하던 곁가지 하나가 "우지직!" 하며 부러졌다. 그녀가 휘청하더니 일부 낙하산 줄로부터 몸체가 분리되어 아래쪽 가지에 있던 그의 몸 위로 풀썩 떨어졌다.

"아이쿠!!"

그녀의 추락에 영택은 큰 충격을 받았다. 그리고 나무도 심하게 흔들려 자칫 그녀와 같이 아래로 떨어질 것만 같았다. 그는 근처 커다란 나뭇가지를 간신히 잡고 사력을 다해 버텼다. 잠시 후 바람이 제법 가라앉자 흔들림도 많이 줄어들었다. 그는 그제야 한 여인이 자기 몸 위에 밀착되어 있다는 것을 깨달았다. 힘들고 공포스런 상황이었지만 그녀가 자신을 짓누르는 그 촉감이 나쁘지 않았다. 무딘 그의 세포들이 꿈틀거리기 시작하더니 일순 묘한 흥분이 확 올라왔다.

얼마의 시간이 지나자 언제 그랬냐는 듯 바람이 완전히 멈추고 숨 막힐 듯한 깊은 적막이 찾아왔다. 그는 영원히 지속될 달콤한 꿈처럼 그 적막이 한없이 행복하게 느껴졌다. 오랜만에 맛보는 평화로운 휴식 같았다. 그는 문득 고개를 들어서 하늘을 올려다보았다. 보석 같은 햇살들이 쏟아지고 있었다.

그는 그 적막 속에 배여든 그녀의 향기와 그 밀착을 결코 멈추고 싶지 않았다. 시간이 이대로 멈췄으면 했다. 그 햇살이 고개를 옆으로 돌린 그녀의 얼굴을 잠깐 비추었다. 구릿빛의 견고한 한 여인이 바로 코앞에 있었다. 갑자기 그의 마음이 신비로운 그 무언가를 찾은 것 마냥 뜨겁게 격동하기 시작했다. 아마 평생 거의 한 번도 느껴보지 못한 뭉클한 감흥이 올라왔다. 그리고 이내 여인 특유의 향기와 그 밀착된 몸이 그를 달콤하고 야릇한 세계로 몰고 갔다. 신화 속 이야기보다 더 오래된, 인간이란 존재의 출발지에서 애초 그녀와 자신이 연리지 소나무같이 한 몸이었던 게 아닌가 하는 환상 같은 게 일어났다. 이 여인은 대체 누구란 말인가! 천상의 여인?

그는 숨이 막혔지만 차츰 그런 상황 자체가 아름답게 여겨졌다. 마음으로부터, 그리고 몸으로부터 무수히 많은 소동들이 일어났다. 하지만 그는 다시 냉철해지며 자신을 고요 속으로 밀어 넣으려 애를 썼다. 바로 그때 그는 그 숲속에 온통 늘려 있던, 승억이 말한 그 침묵의 소리를 들을 수 있었다. 그 속에 있던 무한히 열린 세계가 그에게로 들어왔다. 그리고 그의 숨겨진 수컷 기운이 긴 시간 동안 그를 가두었던 구각의 억센 껍질을 확 깨치고 폭풍처럼 몰아쳤다. 그것은 오랜 동안 가져보지 못한 뜨거운 환희였다. 그는 참을 수 없는 흥분으로 그녀를 끌어안으려 두 팔을 들어 올렸다. 바로 그때 그녀가 소리쳤다.

"어떻게 해봐. 이 줄들 때문에 꼼짝할 수가 없잖아! 아니 몸을 돌려봐야겠어!"

영택은 귀가 찢어질 정도로 크게 울리는 그녀의 목소리에 정신이 번쩍 들었다. 그 여인은 몇 가닥 남은 줄에서 벗어나려는 듯 나뭇가지와 그의 옷을 잡고 몸을 어렵게 돌리고 있었다. 그리고 마침내 그녀는 위에서 영택을 끌어안는 형국이 되었다. 그녀의 가슴이 그의 가슴을 짓눌러왔다. 그런데 갑자기 그녀가 거친 숨을 헐떡이며 그의 입술에 자신의 입술을 대고 억세게 비벼대기 시작했다. 그는 몸을 움츠렸지만 여인은 더 깊이 그를 파고들었다. 그녀의 입술이 다시 그의 턱과 목으로 파고들었다.

"윽!"

그의 몸에서 뜨거운 기운이 솟아올랐다. 그는 거친 신음을 토하며 그녀를 와락 끌어안았다. 그의 몸짓에 소나무 가지가 부러질 듯 상하로 심하게 휘청거렸다. 하지만 위험천만한 그 공중의 공포도 그의 격정을 꺾지 못했다. 그가 고개를 들어 올려 그녀에게 키스를 퍼부었다.

그는 그녀의 눈빛을 보았다.

'아, 이처럼 영롱할 수가 있단 말인가!'

총기로 가득한, 이지적인 심원한 질서가 그 눈에 들어 있었다. 그는 그 내면에서 올라오는, 지축을 뒤흔드는 거친 천둥소리보다 더 격한 함성을 들었다. 그녀는 그를 두 손으로 더 세게 끌어당겼다. 그는 현실이든 환각이든 그런 상태가 지속되었으면 좋겠다는 생각이 들었다. 그는 영원과 행복이 한통속이라는 걸 그제야 알 수 있었다. 그는 그녀를 꼭 끌어안았다. 더할 수 없는 행복감이 밀려들었다. 멀리 그 소나무 꼭대기 위로 푸른 다리를 한 거대한 올빼미 두 마리가 퍼덕거리며 날아들었다.

잠시 후 사이렌 소리와 함께 119 대원들이 사다리를 들고 그곳으로 올라왔다. 두 사람은 그 사다리를 타고 바닥으로 내려왔다. 아랫길로 내려가면서 그들은 아무 말도 하지 않았다. 서로 무어라 말할 상황도 아니었다. 하지만 그렇다고 하여 그 짧고 강렬한 사랑을 아무 것도 아닌 일로 넘길 수만도 없었다. 그 현장의 시끄러운 상황에 서로 침묵했을 뿐 그들 두 사람의 입가엔 어쩜 다시는 가시지 않을 환한 장밋빛 미소와 홍분이 잔뜩 묻어 있었다. 그들은 분명 그들 인생에서 자신들이 만들어낸 그 뜨거운 격정의 열기를 대체하거나 무시해버릴 또 다른 무언가를 다시 맞이하긴 쉽지 않을 것이었다.

03

방황 속엔 왜 그리움이 배여 있을까?

그가 그 숲으로 온 지 한 달 정도 지난 어느 날 저녁, 연구원을 포함하여 관리사무소 직원 전체가 단체회식을 했다. 그들은 큰 식당에서 해물탕을 먹은 다음 노래방으로 갔다. 다들 신나게 노래하며 춤을 추었다. 15명이 들어간 1번 방에서 한숙은 허벅지살이 다 드러나는 짧은 치마에다 가슴이 거의 다 보이는 옷차림으로 몸을 흔들어대며 회식 분위기를 이끌었다. 영택은 그녀의 모습이 좀 과해 보이는 데다 승억으로부터 들은 이야기도 있고 하여 나서지 않고 구석에 앉아 조용히 술만 마셨다.

밤 12시가 넘자 남여 직원 대다수가 집으로 돌아가고, 노래방엔 그와 한숙, 그리고 관리소장만 남았다. 한숙은 그들 두 남자 못지 않게 술을 잘 마셨다. 노래도 쉼 없이 부르며 넓은 노래방을 마구 휘젓고 다녔다. 영택은 그녀가 무언가를 잊거나 오로지 취할 목적으로, 혹은 취해서 마치 자신이 이미 무너져 버렸거나 지금도 무너지고 있음을 보여주려고 일부러 그러는 것처럼 여겨졌다. 얼마 후 그녀는 취기 때문인지 벽에 기대어 혼자서 옹알이하듯 흥얼거리다 바닥에 주저앉았다.

그녀의 그런 모습은 방황이라는 커다란 범주 속에 일어난 작은 소동 하나에 불과했다. 다른 이들에게 자신의 그런 모습이 타락이나 향락으로 보일지라도 그것은 방황에서 탈출하기 위한 몸부림이자 사투였을 뿐이다. 애초 그녀는 희망에서가 아니라 갈 데가 없어, 삶의 어떤 마지노선이나 막다른 골목으로 여기고 피신하듯 그 숲으로 왔다.

그 부모 모두 행방불명된 뒤 외가에 홀로 남겨진 그녀의 힘든 삶은 소외와 불안으로 가득했다. 그녀는 그것을 넘어서려고, 사람에 대한 그리움을 채우려고 사랑을 마구 해댔다. 하지만 그 사랑은 그녀를 가만 내버려두지 않았다. 그녀는 사랑이라는 게 자신을 다 내어주면 얻게 되는 행복이라 여겼지만 그가 만난 남자들은 능욕하듯 그녀를 탐하다가 버렸다. 그녀 눈엔 천재들이 모였다는 유전연구소의 박사들조차도 다 그녀를 한 번씩 겁탈해보려는 견고한 의무감으로 출근하는 듯 보였다. 여성 연구원들도 떼를 지어 그녀를 따돌렸다.

그녀는 영택의 저지에도 불구하고 다시 술을 마시며 노래를 불러대다 바닥에 또 쓰러졌다. 그녀를 힐긋힐긋 바라보던 소장이 시뻘건 얼굴로 영택에게 말했다.

"영택 군, 한숙 양이 술이 떡이 되었구먼. 자네가 데려다줘야 할 것 같네. 나는 급히 집에 가봐야 해! 여편네가 자빠져 자지 않고 어둠 속에서 닭을 노리는 살쾡이처럼 날 기다리는 게 끔찍하다구. 결혼해보면 알걸세. 자네도 제법 취했으니 대리기사를 불러줌세. 기숙사 2층 복도 끝 방이야."

소장은 재차 한숙을 부탁하며 도망치듯 노래방을 빠져나갔다. 얼마 후 대리기사로부터 전화가 오자 영택은 한숙을 일으켜 세웠다. 하지만 그녀는 휘청거리다 다시 소파로 넘어졌다. 그는 바깥으로 나갔다. 카운터 안쪽에서 40대 중반의 조문식이 알몸에 팬티를 급히 올리며 일어났다. 그리고 그 바닥에서 알몸의 서양 여성이 한 손에 팬티를 든 채 불쑥 일어나 금발을 흔들며 도망치듯 복도 끝 방으로 사라졌다. 영택은 당황한 조문식을 보며 말했다.

"사장님, 저 1번 방에 우리 직원이 취해서 누워 있어요. 1층까지 같이 좀 데려다주시겠어요? 혼자선 못하겠네요."

영택이 이렇게 말하며 화장실로 달려가자 조문식이 급히 옷을 입은 뒤 1번 방으로 들어갔다. 소파에는 한숙이 흐트러진 옷차림으로 누워 있었다. 조문식은 입구 쪽을 한번 힐끔 쳐다본 다음 그녀에게로 가 기괴한 신음소리를 내며 그녀 몸을 더듬었다. 그때 영택이 들어오자 그는 도로 밖으로 나가버렸다.

영택은 소파 쪽으로 가서 그녀를 일으켜 세우려 했다. 그때 소파 뒤쪽 꽃병 옆에 세워진 검은색 휴대폰 하나가 보였다.

'어, 이건 김 과장님 거네!'

그는 그 휴대폰을 바지 주머니에 집어넣었다.

영택은 조문식의 도움으로 한숙을 데리고 1층으로 내려갔다. 건물 현관에는 관리소장이 건물 기둥을 잡고 서서 "이 새끼가 지랄하네! 오늘 한 판 해볼 참이냐?!" 하며 욕을 퍼붓고 발길질을 해대고 있었다. 그는 한숙을 간신히 택시에 태운 다음 소나무 숲으로 향했다. 가는 동안 그녀는 쉼 없이 구토를 했다. 그는 차를 더럽히지 않기 위해 그녀가 쏟아낸 토사물을 봉지와 그의 양복 상의로 다 받아냈다. 차는 15분 이상 달려 관리사무소 뒤쪽 기숙사에 도착했다. 그는 점점 취기가 올라왔지만 정신을 차리려 애를 쓰며 한숙을 2층 방으로 데려가 그녀를 겨우 침대에 눕혔다. 바로 그때 그녀가 그를 확 끌어안으며 잠꼬대하듯 중얼거렸다.

"야, 이희재! 이 박사! 희재 오빠! 어디 가! 나를 사랑해줘야지! 어서! 자, 어서 이리 오라구!! 응? 영택 씨?"

영택은 술기운에 정신이 가물가물해졌다. 그는 그녀가 재킷을 벗어 제친 다음 속옷 차림으로 자기에게 다가오는 것을 어렴풋이 볼 수 있었다. 그는 무의식적으로 그녀를 막으려고 두 손을 내뻗었다. 그리고 아무 기억이 없었다.

새벽 5시 무렵 눈을 뜬 그는 불이 켜진 낯선 방, 낯선 분홍색 침대에 누워 있는 자신을 발견했다. 그 옆엔 한숙이 속옷 차림으로 엎어져 정신없이 자고 있었다. 그는 급히 자신의 옷차림을 살펴보았다. 다행히 노래방 옷차림 그대로였고, 바지 벨트도 견고하게 잘 조여져 있었다. 그는 도망치듯 황급히 그 방을 빠져나갔다. 기숙사 앞마당에는 한숙의 토사물로 엉망이 된 자신의 양복 상의가 떨어져 있었다. 그는 그것을 집어 들고 자신의 방으로 향했다.

그날 오전, 한숙은 녹색 정장에 까만 구두 차림으로 출근했다. 지난 한 달 동안 그녀의 그런 모습은 처음이었다. 그녀는 단정한 이미지에 품위가 넘치다 못해 아름다움의 전성기를 맞은 기품 있는 공주나 여왕처럼 보였다. 그날 그녀는 몇 번이나 영택 앞을 괜히 어슬렁거리다가 다시 자기 자리로 갔다. 다른 때 같으면 괜한 시비를 하거나 사랑한다, 어쩐다 하며 진한 농담을 예사로 날렸을 그녀였다!

영택은 그녀 침대에 잠든 죄로 애써 피하듯 그녀를 외면하며 의자에 딱 붙어 은행나무나 주목 등 약성이 큰 수목들을 공부했다. 퇴근 무렵 그는 복도로 나가 자판기에서 커피를 한 잔을 뽑아 마셨다. 이때 한숙이 따라 나와 그에게 야릇한 미소를 날리며 말했다.

"영택 씨, 어제 나를 내 방으로 데려온 뒤 사랑, 아니 애무했죠? 애무! 아니면 성폭행했나요? 히히히."

"네? 성폭행요?"

"놀랐어요? 호호호. 그럼 그런 거 묻지 않을게요. 누가 나를 애무했는지, 아니 성폭행했는지 몰라도 어제 회식 이후론 몸이 찌뿌둥한 게 기분이 별로네요. 하지만 난 영택 씨든, 누구든 사랑을 나누고 싶어요! 사랑이 없으면 죽은 목숨이니까요! 호호호!"

영택은 불쾌했다. 성폭행이란 말도 그런데 날건달 집적대듯 시

시덕거리며 사랑 타령이라니! 기가 막혔다기보다는 좀 이상한 여자라는 생각이 들었다. 하지만 그는 그녀와 한 침대에서 같이 잔 게 마음에 켕겨 조용히 안으로 들어가려 했다. 이때 그녀가 그의 어깨를 툭 친 뒤 그의 주변을 맴돌며 연극 대사를 읊어대듯 격정적인 어투로 말을 쏟아내기 시작했다.

“영택 씨, 내 침대에서 술 취한 나를 해먹었다면 아마 귀신도 몰랐을 거예요! 방앗간에서 벼 껍질 벗기듯 당신이 나를 홀랑 까서 한바탕 맛있게 흔들었으면 그게 행복이긴 하죠. 호호호.”

“네? 벼 껍질요? 말씀이 좀 심하시네요.”

“쉿! 조용! 조용! 당신은 그처럼 질탕하게 나를 해먹어서 아기가 태어났어요! 당신은 책임지기를 거절했죠. 오히려 장차 아들이 크면 자신을 죽인다는 예언을 듣고 어린 아들 발목에 구멍을 내어 내다 버렸죠. 하지만 나중에 그 아기가 양부모의 도움으로 잘 자라 20대에 리무진 타고 시골로 유람하다 어느 삼거리에서 역시 리무진을 끌고 가는 당신과 만났어요. 부자지간이지만 운명적으로 이미 서로 어긋난 두 사람은 길을 양보할 생각이 전혀 없었죠. 결국 시비 끝에 아들은 아버지인 당신을 죽이고 그 어머니인 나를…”

“이것 보세요, 정한숙 씨! 지금 무슨 말씀 하세요?! 임신이며 아기라니! 그런 스토리는 신화 속 오이디푸스 이야기일 뿐입니다. 그만 들어가 볼게요.”

“근데 영택 씨랑 이런 대화하는 게 너무 재미있어! 오늘 내가 이

녹색 정장 왜 입었겠어요? 영택 씨에게 보여주려고요. 내가 영택 씨의 짝이 되는, 별처럼 아름다운 꿈이 생겨났으니까요! 호호호."

영택은 그녀의 말을 귓전으로 흘리며 연구실 안으로 들어갔다. 그는 그녀와 같이 일하면서 그녀가 비범하기 그지없는, 아주 뛰어난 여성이라는 것을 알게 되었다. 하지만 단 하나. 남녀관계나 성적인 문제에 대해 난잡할 정도로 말하는 게 과했고, 농밀한 행위들도 대놓고 해댔다. 그냥 집적거려서 자신을 갖고 노는 것 같은 느낌이랄까? 악의는 없었지만 알고 보면 심각하고 치명적인 언행들인데 그녀는 그게 예사로 여겨지는 모양이었다.

깊은 밤 영택의 방에 한 사내가 몰래 들어왔다. 복면을 한 그는 잠에 곯아떨어진 영택의 숨소리를 확인한 다음 작은 후레쉬로 방 곳곳을 살펴보았다. 그는 옷걸이에 걸린 영택의 옷들을 마구 뒤졌다. 옷걸이 아래쪽 구석에 구토물로 엉망이 된 양복이 보였다.

'새파란 젊은 놈이 사는 꼴이 말이 아니구먼. 어제 토해낸 걸 아직도 치우지 않고 어떻게 잠이 와? 여자들이 이런 추한 남자를 동화 속 왕자님으로 알고 청사초롱에다, 원앙금침 위에서 서로 흐느적거리는 야릇한 잠자리를 갈망한단 말이야. 이런 비참한 상황도 모르고서 여인들이 애욕을 불태우려 몸부림을 친다는 게 말이 돼? 남자도 그렇지! 인생의 보폭을 넓히려면 청결해야지! 신사가 되어야 출세를 한단 말이야! 이런, 웩! 웩! 젠장, 씨부랄!'

그는 영택이 깨어도 상관없다는 듯 쉼 없이 주절대며 그 양복을 뒤지기 시작했다. 하지만 그의 손에 토사물만 묻어나올 뿐 아무것도 잡히지 않았다. 그는 그 호주머니를 뒤지다 구역질이 계속 나자 "웩!" 하며 밖으로 뛰쳐나갔다. 그리고 마치 비밀과업을 수행하는 무법자 조로나 흑기사처럼 여자 기숙사 앞 수풀 속으로 달려가 떡갈나무 뒤에 몸을 감춘 다음 그 건물 2층 끝에 있는, 불이 꺼진 한숙의 방을 뚫어지게 쳐다보았다. 잠시 후 그는 정원 안에 있던 접이식 사다리를 벽에 세운 다음 그것을 타고 2층으로 올라갔다.

창문이 열려 있어 2층 방 안으로 쉽게 발을 들여놓은 그는 그 사다리를 통째로 들어 올려 접은 다음 넓은 방 안 한쪽에 세워놓았다. 그는 방 안 곳곳을 둘러보았다. 앞마당 외등이 밝게 비쳐 실내는 사물을 제법 분간할 정도는 되었다. 창 쪽에 분홍빛 침대가 보이고 방바닥엔 술병들이 여기저기 널브러져 있었다. 그는 고개를 돌려 방문 쪽을 쳐다보다 깜짝 놀랐다. 그 문 입구엔 또 다른 접이식 사다리가 하나 더 세워져 있었다. 그는 본능처럼 고개를 돌려 침대 쪽을 뚫어지게 응시했다. 놀랍게도 침대 아래 방바닥에 한 남자가 두 다리를 뻗고 잠들어 있었다.

'이런! 이런! 밤새 질펀하고 끈적끈적한 점액질 사랑을 벌였나 보네. 신라 처용은 경주 밝은 달밤에 진탕 놀다 집에 갔더니 아내 다리 외 낯선 다리 두 개가 더 있는 걸 보고 기가 막혀 처용가를 읊어댔는데 저 아래 두 다리는 누구 것이냔 말인가? 가만 보자.'

그는 손을 뻗어 그 사다리 아래에 떨어져 있는 외투를 집어 들고 후레쉬를 비춰보았다. 그 외투에는 관리소장 이름표가 붙어 있었다. 복면을 벗은 그는 방 안의 두 남녀를 번갈아보며 중얼거렸다.

'아니, 늙은 영감탱이가 알토란같은 젊은 여인을 농락해?! 허허. 인간 말세로군, 말세야! 그건 그렇고 내 핸드폰은 대체 어디 간 거야? 큰일인데!'

그 복면은 노래방 사장 조문식이었다. 그는 방 안의 그런 장면을 자신이 가져온 휴대폰에 담은 다음 한숙의 핸드백과 옷가지 등을 다 뒤졌다. 하지만 자신이 찾던 검정 핸드폰이 나오지 않자 창가로 가서 사다리를 다시 창문 밖으로 내렸다. 이때 방바닥에서 소장이 일어나더니 창가의 그를 발견하고 소리쳤다.

"야! 흑곰 같은 넌 누구냐? 감쪽같이 여자 해먹고 도망가려고? 너, 누구냐니까?!"

조문식이 그의 갑작스런 고함에 놀라 급히 사다리를 타고 아래로 내려가 수풀 사이로 몸을 숨겼다. 바로 그때 건장한 장발의 이희재가 숲속 나무 사이에서 튀어나오며 그에게 주먹을 날렸다. 조문식은 그의 갑작스런 공격에 "윽!" 하고 비명을 지르며 쓰러졌다. 하지만 평생 싸움과 깡다구로 버티어 온 그는 순식간에 허공으로 점프한 다음 곧바로 몸을 바로 세웠다. 이희재가 천천히 그에게 접근하며 소리쳤다.

"야, 너 방금 저 2층에서 사다리 타고 내려왔지? 내 여자에게 무슨 짓을 한 거야?!"

"응? 저 2층 여자? 그야 내가 좀 헐떡거리더라도 기둥서방 노릇

하려고 했지. 헌데 들어가 보니까 이미 늙은 소장이 밤새 홍건하게 재미를 보았더라구! 히히히."

"뭐? 홍건하게? 이 새끼가 지금 날 조롱해? 이 밤에 감히 내 여자를 강탈하러 오다니! 에잇!"

이희재는 이렇게 소리치며 조문식에게 달려들었다. 두 사람 간에 심한 몸싸움이 일어났다. 그 수풀 속에서 그들은 서로 엉겨 붙어 몇 바퀴를 굴렀다. 그들의 싸우는 소리에 기숙사 뒤쪽에서 나이 든 경비 둘이 나타나 수풀 속으로 후레쉬를 비추었다. 그러자 조문식이 이희재 턱에 주먹을 날린 후 급히 아래로 도망갔다. 잠시 후 입술에 피가 묻은 이희재가 휴대폰으로 문자를 넣었다.

한숙은 휴대폰 소리에 눈을 떴다. 그녀는 문자를 확인한 다음 벌떡 일어나 복도로 나갔다. 복도 끝에 관리소장이 사다리를 메고 앞뒤로 휘청휘청하며 걸어가고 있었다. 기숙사 마당으로 내려온 그녀는 외등 뒤쪽 커다란 떡갈나무 아래로 들어갔다. 이희재가 풀 속에서 달려 나와 그녀를 와락 끌어안았다. 한숙은 자신을 파고드는 그에게 낮은 목소리로 말했다.

"희재 씨, 안 돼! 곳곳에 카메라야! 그런데 입에서 피가 나! 좀 닦아."

"아까 그놈이 내 턱을 쳤어, 젠장! 그래도 너를 보니 기뻐!"

그는 한숙을 풀밭에 눕히려 했다. 한숙이 그를 밀어내며 말했다.

"어이구! 왜 이래? 쫓기는 처지에!"

"시끄러워! 이 폭신한 수풀 침대가 얼마나 좋은데 앙탈이야?! 근데 방금 니 방에서 벽 타고 내려온 그놈은 누구야?"

"무슨 말이야? 그놈이라니?"

"날 때린 놈 말이야! 너 내가 지금 수배자 신세 되었다고 대놓고 바람을 피워? 난 처자식 버리고 박사 간판도 버리고 너에게 헌신했는데? 자, 이리로 와!"

이희재는 그녀의 손을 잡아끌며 파란 건물 쪽으로 갔다. 한숙이 그에게 물었다.

"자기야, 어디 가는 거야?"

"저 건물은 정자은행이야. 저쪽은 사람도 안 다니고 경비도 허술해. 나도 어젯밤에 저기 샛문 안에서 잤지. 자. 이리 와. 간만에 사랑 좀 해보자!"

그러면서 그는 한숙을 그 건물 옆 클로버가 넓게 깔린 풀밭으로 데려가 그녀와 같이 엎어졌다. 바로 그때 아래쪽 샛길로 젊은 경찰 두 명이 후레쉬를 비추며 달려왔다. 이희재는 옷을 들고 급히 반대쪽 숲속으로 사라졌다. 한숙도 자리에서 일어나는데 경찰들이 그녀 앞에 들이닥쳤다.

다음날 경찰은 수배자 이희재 건으로 CCTV를 비롯하여 한숙의 방 등 관리소 관내를 대대적으로 수색했다. 그때 경찰 한 사람이 영택에게 조문식의 여러 범죄 행각이 들어 있을 휴대폰을 찾고 있다고 했다. 영택은 그 말을 듣자 불현듯 노래방 소파에서 주운 휴대폰이 기억났다. 그는 급히 남자 기숙사로 달려갔다. 그가 자기 방으로 막 들어가려는데 조문식이 그 안에서 뛰어나와 그를 밀치며 수풀 속으로 숨어들었다. 그곳 지형을 잘 아는 영택은 샛길로 달려가 도망가는 조문식을 향해 몸을 날렸다. 풀숲에서 두 사람의 격투가 벌어졌다.

싸우는 와중에서 조문식의 점퍼에서 검은색 휴대폰 하나가 땅에 떨어졌다. 영택이 그 휴대폰을 낚아챈 다음 사무실 쪽으로 내달렸다. 그러자 그가 근처에 있던 삽을 들고 영택을 좇아갔다. 이때 나무 가지치기를 하고 있던 인부들이 두 사람을 발견하고 낫이 달린 긴 막대로 조문식을 공격했다. 그는 삽을 내팽개친 다음 숲길로 도망갔다.

영택은 그 휴대폰을 경찰에게 갖다주었다. 그 얼마 후 그는 조문식이 동유럽 여성을 이용한 성매매 및 불법촬영, 노래방 여성취객 성추행, 주거침입 등으로 구속되었다는 이야기를 들었다.

그날 이후 소장과 한숙은 그곳을 떠났다. 그곳은 산속이고 독신 남녀들이 많이 지내는 곳이라 규율이 엄했다. 경위야 어떠하든 소장과 그녀가 한 방에서 잠든 게 조문식의 증언 및 그가 촬영한 휴대폰 영상에 고스란히 나타나 징계가 불가피했다. 소장은 술 먹고 잠든 것뿐인데 징계가 기분 나쁘다며 정년퇴임 6개월을 남겨두고 조기 은퇴해버렸다. 한숙도 징계처분을 기다리던 날 오후, 영택에게 그곳을 떠나겠다고 했다. 그녀는 한숨을 쉬며 말했다.

"영택 씨, 내 인생의 허전함을 이 숲에 묻고 싶어 왔어. 하지만 끝이야. 일이 꼬였어!"

"동기로서 많이 도와주었어야 했는데 그러지 못해 미안해."

"영택 씨가 그럴 건 없어! 다 내 책임이지. 헌데 참 막막해. 수만 리 바다를 떠도는 해양 쓰레기처럼 내 삶이 또 어느 조류에 휩쓸려 어디로 떠밀려갈지 모르겠어. 정처 없이 떠도는 내 꼴이 서글퍼. 흐흐흐."

그녀가 그곳을 떠나기로 되어 있던 날 새벽, 몇 끼를 굶어 휘청이던 그녀는 몰래 영택의 방으로 들어와 잠든 그 옆에 누웠다. 갑자기 눈물이 났다. 말이 연구소지 그녀는 이미 종말에 서 있는데 다시 어디로 간단 말인가! 불능의 삶이나마 행여 이 숲이 지켜주지 않을까 했는데 이젠 그런 기대도 다 사라져 버렸다. 여기 오면서 자신의 빈 가슴을 채워줄 누군가를 만나지 않을까 기대도 했었지만 이 새벽이 지나면 허무하게 피난민 신세만도 못한 꼴로 떠나야 했다.

이제 어디로 가야 할까? 더 이상 구를 데도, 헤맬 곳도 없었다. 죽음? 그렇다! 거칠고 힘들지만 지하세계로 가는 것 외 다른 길이 없어 보였다. 지하 길도 따스한 사람과 같이 가면 덜 힘들지 않을까? 그녀는 영택의 굵은 목을 쳐다보았다. 그때 그가 몸을 옆으로 돌려 누우며 그녀 허리 위로 다리 한쪽을 들어 올렸다. 그녀는 그의 가슴을 파고들고 싶었다. 하지만 아직 사랑하지 않는데 그의 가슴을 비빈들 무슨 의미가 있을까?

그녀는 그의 다리를 겨우 밀어낸 다음 그대로 가만있었다. 그는 꼼짝도 않고 잘도 잤다. 여자는 불면과 고뇌로 잠 못 이루는데 정신없이 자고 있다니 괜히 그가 미웠다. 바깥을 보니 어둠은 아주 조금씩 옅어지고 있었다.

그래! 혼자 가자! 그는 밝은 세상이 두려워졌다. 동이 트는 걸 막고 싶었다. 새벽이 되면 태양은 왜 남의 속도 모르고 솟아오르려고만 한단 말인가! 그녀는 영택의 책상으로 가 볼펜으로 긴 메모를 남긴 다음 곧장 작은 가방에서 칼을 꺼내 자기 손목에 댔다. 바로 그때 유리창 너머로 푸른색 다리를 한 거대한 올빼미 한 마리가 날아와 날카로운 발톱으로 유리 창틀을 거칠게 긁어댔다. 마치 거친 쇠로 유리나 강철을 긁는 듯한, 간장을 후벼 파는 기괴한 소리가 났다. 한숙은 그 소리에, 그리고 그 올빼미의 거대한 날갯짓에 너무 놀라 현기증을 느끼며 잠든 영택 위로 풀썩 쓰러졌다.

영택은 무언가 무거운 물체가 자기 몸 위로 떨어지자 눈을 떴다. 손으로 더듬어보니 사람이었다.

“이런!”

그는 외마디 비명과 함께 급히 일어나 불을 켜고 여자를 살펴보았다. 한숙이었다. 그녀 손목에 피가 조금씩 흘러나오고 있었다. 그는 바로 119에 전화했다. 다행히 119가 곧바로 달려와 한숙을 싣고 병원으로 갔다. 앰뷸런스가 떠난 뒤 영택은 책상에 놓인 그녀 메모를 읽어보았다.

영택 씨, 이곳을 떠납니다. 사실은 영택 씨 옆에서 그대로 죽고 싶었어요. 갈 곳이 없거든요. 여기 온 뒤로 당신을 괴롭혀서 미안해요. 왠지 그냥 시비하고 싶었어요! 이제 내가 꼭 답을 찾아야 할 게 생겼어요. 당신을 만난 이후로 내가 왜 점점 침묵 속으로 빠져드는지, 마음이 왜 무거워지는지 말이에요. 당신을 보면서 문득 내 삶이 바르지 않았음을, 내 삶이 바르게 나아가야 한다는 깨달음 같은 걸 얻었어요. 지난 삶들이 잘못된 세계 속에 놓여 있다는 것을 깨닫게 해주어서 고마워요. 영택 씨, 내 방황 속엔 왜 늘 그리움이 배여 있을까요? 내가 잡히지 않는 사랑을 잡으려 하기 때문일까요? 영택 씨에게 하는 말이 아니라 늘 사랑이 그리웠어요. 진실한 사랑요. 어쩜 이 숲이 사라진다 해도, 그리고 내 생명이 다한다 해도 저 하늘의 별처럼 영롱하게 남을 사랑 하나를 하고 싶었는지도 모르죠. 우리 인생에서, 내 인생에서 그런 거 하나 없으면 잘 살아온 게 아니니까요. 사랑이 없으면 내 삶이 빛날 리가 없거든요. 영택 씨와 함께 연구소 생활 열심히 해보려 했는데 제대로 된 거 해보기도 전에 이렇게 떠나게 되었네요. 안녕!

04

앉을 수 없는 가시나무

영택은 눈을 떴다. 아직 어두컴컴한 이른 새벽이었다. 그의 몸 곳곳엔 진한 사랑을 나눈 것 마냥 홍분이 잔뜩 남아 있었다. 그는 꼼짝 않고 누운 자세 그대로 가만히 있었다. 그 홍분을 해체하고 싶지 않았다. 환영인지 뭔지 문득 벅찬 가슴 한가운데로 영롱한 빛 같은 그리움이 밀려들었다. 멀리 문밖, 적막에 휩싸인 저 소나무 숲 사이로, 하늘에서 내려온 어떤 황홀한 울림이 그에게로 쉼 없이 쏟아져 들어왔다.

그 울림은 차츰 아름답고 몽환적인 운무로 변신했다. 그는 그 운무가 피어오르는 초록의 대지 위에 우뚝 선 한 여인을 발견했다. 그렇다! 그 영롱함의 쇄도, 그 달콤한 그리움의 실체는 바로 여인이었다. 아! 그 여인! 그간 까맣게 잊은 듯한, 그 소나무에 걸렸던 그 여인이 떠올랐다. 그가 그녀를 차마 잊었을까만은 기껏 떠올려보았다가도 어떤 때는 지쳐서, 어떤 때는 심란해서 침대에 고꾸라졌을 뿐이었다. 특히 최근에는 소나무 관련 학술논문들을 보느라 너무 바빴다.

그는 침대에서 일어나 밖으로 나가 보았다. 어둠은 여자 기숙사 앞 밝은 외등 뒤로 숨어들면서, 점차 밝아오는 동녘에 놀라 그 퇴로를 찾고 있었다. 잊은 듯해도 늘 가슴에 남아 있던 그녀가 그 퇴각하는 새벽의 희멀건 기운 뒤로 불쑥 솟아 나올 것만 같았다.

그는 갑자기 그 여인을 찾고 싶었다. 하지만 그녀를 어떻게 하면 만날 수 있을까? 방법이 없었다. 그때 전화번호라도 알아놓았으면 좋았을 테지만 119가 와 있는 복잡한 상황에다가, 나무 위에서 격정의 입맞춤과 포옹을 치르다 보니 오히려 더 그녀를 잡지 못했다. 욕정인지 사랑인지 거친 소나무 위의 그 뜨거운 몸짓 후엔 아무런 말을 붙일 수가 없었다. 애써 일부러 먼 산 쳐다보듯 그녀를 외면해버린 자신이 후회스러웠다.

어느 월요일, 산림청장 승억이 울진 요양병원에 들른 후 다시 그 숲으로 왔다. 그가 그곳으로 자주 가는 것으로 보아 그 고모할머니의 건강이 매우 좋지 않은 모양이었다. 이전엔 주말에 갔었는데 산림청 일로 바쁜 새파란 평일에 그곳에 가지 않을 수 없는 것을 보니 긴박한 사정이 있는 모양이었다.

이전보다 좀 더 침울한 얼굴의 그는 영택과 함께 사무소 뒤쪽으로 갔다. 5분 정도 산길을 오르자 무지개색 줄들이 예쁘게 쳐진, 잘 조성된 숲이 나타났다. 그가 숨을 조금 거칠게 내쉬며 영택에게 말했다.

"영택 군, 15년 전 내가 산림청장에 부임한 직후 산불로 벌거벗은 이곳에 직접 심은 물푸레나무들이야. 이젠 버젓한 숲이 되었어. 이 나무는 재질이 단단해서 가구는 물론이고 무기나 곡괭이 같은 연장자루나 야구방망이 용으로도 유용해. 북유럽의 최고신인 오딘이 올빼미로 변해 저 나무 위에서 세상을 내려다본다고 해. 그리고 실제로 이 숲에 푸른 다리에 황금색 털을 가진 커다란 올빼미 한 쌍이 살기도 하지. 이 숲의 지배자처럼 말이야."

"아! 그 올빼미요? 저도 얼마 전에 본 적이 있습니다."

영택은 그 연리지 소나무 위에서 패러글라이딩 여인과 같이 있을 때 그 숲으로 날아들었던 올빼미 한 쌍을 떠올려보았다.

"자네도 저쪽에 보이는 타원형 부지에 무얼 좀 심어보게. 불난 곳이라 보기가 좀 그렇구먼. 소장에게 땅 골라놓으라고 할 테니까 스토리가 있는 정원 한번 만들어봐."

"네, 틈틈이 가꾸어보겠습니다. 청장님, 근데 전에 따님이 패러글라이더 탄다고 하셨는데 요즘도 전국 곳곳에 다니는가 봐요?"

"좀 지나치다고 할 정도지. 저렇게 하늘 나는 데만 빠져 사니 좀 그래. 추락사고 날까봐 제일 걱정이야. 선머슴 같아서 말도 안 들어. 마음 같아선 방망이로 두들겨 패서라도 그만두게 했으면 좋겠는데 말이야."

"그럼 제가 물푸레나무로 야구방망이 하나 만들어드려야겠네요. 따님 혼내시게요. 하하하."

승억은 영택을 근처 읍내 순댓국집으로 데리고 갔다. 그 집 60대 후반 사장은 식당 앞마당 한쪽 구석에 있는 원형 평상에 앉아 습관처럼 희끗한 긴 머리카락을 손으로 쓸어가며 나무를 깎아 동물 모형을 만들고 있었다. 그 평상 옆에는 그가 고라니, 멧돼지 등 군청으로부터 로드 킬(Road Kill) 당한 동물 사체를 받아와 만든 박제품들이 화려한 모습으로 진열되어 있었다. 억울하게 죽었으니 그 몸체라도 멋있고 빛나게 해준다는 뜻에서 만든 것들이었다.

식사 도중 승억은 요양병원으로부터 전화를 받았다. 그는 곧바로 자리에서 일어나며 영택에게 말했다.

"영택 군, 고모할머니께 가봐야겠네. 방금 갔다 왔는데 또 나를 찾으신다니 기어이 돌아가실 모양인가? 허 참!"

이때 전화가 또 울렸다. 그가 다시 전화를 들고 퉁명스럽게 대꾸했다.

"뭐요?"

그러자 전화기에서 식당 안이 다 울릴 정도로 쩌렁쩌렁한 노인 목소리가 퍼져나왔다.

"'뭐요'라니? 청장이라는 놈이 말본새가 개판이구먼. 애비가 몇 년 만에 건 전환데 끝내 아버지라고 불러보지도 않네. 안 태어났어야 하는 놈인데 말이야. 그건 그렇고 그 할망구가 고꾸라졌으니 이제 그 집 내놔. 그게 원래 우리 종중 것인데 의논 끝에 내가 가지기로 했어! 나도 몰랐는데 니가 그 집에서 자랐다니 이게 무슨 악연이란 말인가! 아무튼 오늘 갈 테니까 그렇게 알아. 문 안 열면 불도저로 확 밀어버릴 거야!"

"당신, 그러다가 수갑 찹니다. 주거침입에 재산손괴죄로요!"

승억은 전화를 거칠게 끊어버린 다음 급히 요양병원으로 향했다.

영택은 혼자 식당을 나와 소나무 숲으로 올라갔다. 이때 승억으로부터 전화가 왔다.

"영택 군, 미안하지만 지금 빨리 연장 준비해서 영주 그 집으로 가주었으면 좋겠네. 고모할머니 말씀이 그 집 마당에 뭔가 묻혀 있다는군. 그 집 빼앗기기 전에 가져와야 해. 나도 빨리 갈게."

영택은 전화를 끊은 뒤 급히 관리소 창고에서 삽과 괭이를 챙긴 다음 차를 몰고 영주의 그 강변마을, 그의 한옥집으로 달려갔다. 그리고 승억이 알려준 대로 숲처럼 거대한 물푸레나무 근처에 있던 동그란 돌 하나를 덜어내고 삽질을 시작했다. 얼마 뒤 승억도 집 안으로 들어왔다. 그들이 30분가량 땅을 파자 금속으로 된 딱딱한 물체 하나가 나타났다. 그 물체 위에는 비닐에 쌓인 두꺼운 종이 한 장이 놓여 있었다. 승억이 그 종이에 적힌 글자를 읽어보았다.

승억아, 이 금고는 네 엄마가 재혼하기 직전 '고모, 우리 승억이 잘 키워줘!' 하고 놓고 간 거야. 야밤에 네 아버지 병원으로 가서 니 몫으로 제일 큰 물건 하나 훔쳐왔다고 하더라. 그 얼마 후 네 엄마를 찾았는데 병으로 이미 죽고 없었지. 그거 니 재산이야! 어서 챙겨. 열쇠는 그 금고에 달려 있어.

두 사람이 땅을 더 파고 들어가자 얼마 후 땅속 깊숙한 곳에 묻혀 있던 물체가 모습을 드러냈다. 장독 모양의 금고였다. 영택은 그것을 위로 들어 올렸다. 승억은 열쇠를 찾아 그 금고에 꽂아보았다. 바로 그때 "꽝!" 하는 거친 충격음과 함께 불도저가 요란한 엔진소리를 내며 철제대문을 박살낸 다음 집 안으로 들이닥쳤다. 그 불도저는 영광스런 전리품인 양 부서진 대문 조각 하나를 끌고 넓은 잔디밭을 가로질러 본채 앞 축담 밑까지 달려가 정지했다.

그 불도저를 따라 들어온, 하얀 머리에 거대한 두상을 가진, 어디 하나 죽은 데가 없는 매끈한 얼굴의 80대 노인 최팔덕은 그 집 본채 마루로 훌쩍 올라서선 보라색 원피스에 보라색 모자, 보라색 부츠의 원더우먼 복장을 한 젊은 여인에게 쩌렁쩌렁 울리는 쇳소리로 말했다.

"미스 황, 오늘부터 여긴 자네 집이야! 내 아이들도 쑥쑥 낳아주고! 내 유전자로 대통령 여럿 만들어봐야 할 거 아닌감?!"

"네. 감사해요. 영감님! 아니 여보! 사랑해요!"

미스 황은 교태를 부리며 최 노인을 끌어안고 볼에 키스를 퍼부었다. 이때 멀리서 그들을 쳐다보던 승억이 영택의 만류에도 불구하고 본채 마루로 뛰어올라 최 노인에게 소리쳤다.

"당신, 여기서 당장 나가! 아직 고모할머니는 돌아가신 게 아니야. 어서 나가! 여기는 당신 집이 아니라구!"

"아니 니 놈이 여긴 어쩐 일이야? 이젠 내 집인데 니가 뭔데 나가라 마라 하는 거야? 내 정자 덕분에 산림청장까지 해먹었으면 이 애비에게 감사해야 할 판인데 애비보고 당신이라니! 망할 자슥! 미스 황이 나를 억수로 사랑한다는데 이 집이라도 주어야지! 하모! 하모!"

"최팔덕 씨, 천년만년 살며 사랑을 하던, 지랄을 하던 나가서 하소! 여긴 아직까지 우리 집이오! 나와 어머니를 버린 당신 꼴 보기 싫소!"

승억은 최 노인에 괜히 시비 걸어 행패 부리고 싶었다. 대체 혈육은 뭐란 말인가! 길거리를 헤매는 거렁뱅이라도, 아니 짐승이라도 자기 자식이라면 한두 번은 쳐다나 볼 텐데 최 노인은 그런 것조차 기대할 수 없는 사람이었다. 왜 아버지라는 사람은 자신을 버린 것을 넘어 그렇게 미워할까?

그는 오래전부터 끝없이 피어오르는 이 질문에 대한 답을 찾으려 했지만 결코 찾을 수가 없었다. 굳이 있다면 운명이었다. 그렇다. 이젠 정말 끝이었다. 어차피 그는 자신이 결코 앉을 수 없는 가시나무일 뿐이었다. 일말의 그리움으로 남아 있던 아버지라는 혈육의, 그 물거품 같은 연줄과 기대조차도 다 끊어버릴 것이리라. 하지만 팔팔한 최 노인은 그의 말에 더 노기를 띠며 불도저 운전석에 있던 빨간 모자 사내에게 소리를 질렀다.

"뭐야? 아직까지 우리 집? 허허. 법대가리만 아는 저런 놈이 내

아들이라니 기가 차구먼. 야! 니 놈은 뭐하고 있어? 그 불도저로 저 구태의연한 놈을 확 밀어버려! 어서!"

그러자 불도저가 서서히 움직이기 시작했다. 영택은 귀중한 것이 들어 있는 게 분명한 그 장독금고를 빼앗길까 걱정되었다. 그는 사방을 둘러본 다음 불도저가 반대쪽으로 돌 때 재빨리 장독금고를 어깨에 메고 집 후문 쪽으로 달리기 시작했다. 쇠로 되어서인지 제법 무거웠다. 그는 다리가 후들거렸지만 운명을 가를 폭탄을 메고 적진으로 돌진하는 병사처럼 사력을 다해 뛰었다. 그때 최 노인이 두 손을 격렬히 흔들며 거친 소리를 질러댔다.

"야, 불도저! 저 장독금고 가져와! 내 꺼야! 저게 어떻게 이 집에서 나와? 저 놈을 잡아! 수십 년 전에 컴퓨터 만드는 친구 도와준다꼬 휴지 같은 주식 받고 3억 빌려주었는데 나중에 그게 수십 배 올라 보석으로 바꾸어 넣어놓은 건데 그게 여기서 나오다니! 어서 저 놈을 잡아! 그러면 10억 주꺼마!"

기사가 그의 손짓을 알아들었는지 불도저를 급출발시켰다. 그 불도저는 세상을 온통 마비시킬 것 같은, 폭주기관차보다 더 요란한 엔진소리를 내며 영택 쪽을 향해 무섭게 달려갔다. 그 지붕 연통에서 나오는 시꺼먼 연기가 검붉은 노을이 가득한 해 질 녘의 하늘 위로 쉼 없이 솟아올랐다.

영택은 넓은 뒷마당의 모과나무 정원을 빠르게 통과하여 후문 밖으로 나갔다. 불도저도 철쭉 화단을 쑥대밭으로 만든 다음 어린 단감나무와 호두나무들을 밀어버리고서 집 후문으로 향했다. 그는 거친 숨을 몰아쉬며 동네 골목길을 달렸다. 조금씩 현기증이 났다. 몇 걸음 더 달리던 그는 그만 어깨에 메고 가던 장독금고를 길바닥에 떨어뜨렸다. 그 모습을 보았는지 불도저는 더 큰 굉음을 내며 달려왔다. 그는 불도저의 격렬한 질주가 섬뜩하게 느껴졌다.

불도저가 코앞까지 닥치자 그는 사력을 다해 다시 그 금고를 들어 올린 다음 방향을 틀어 좁은 내리막 골목으로 들어갔다. 그러자 그 불도저는 그 골목 입구에 막혀 더 이상 따라오지 못했다. 그는 금고를 굴리며 그것을 따라 달리다 어느 빈집 뒤꼍으로 숨어들었다. 어둑해질 무렵 몽둥이를 들고 골목을 설치던 그 불도저 기사가 사라진 후 그는 그 금고를 열어보았다. 그 안에는 지폐가 든 작은 가방과 함께 황금색 자루가 하나 들어 있었다. 그는 그 자루를 열어 휴대폰 손전등으로 비춰보았다. 그 안에서 탁구공 크기의 대형 보석 수십 개가 형형색색 영롱한 빛을 발하고 있었다. 그 광채는 너무 찬란하여 눈물이 날 정도였다.

요양병원에 갔다가 연구소에 들른 승억은 영택에게 물푸레나무 막대 세 개를 주며 말했다.

"영택 군, 잘 뻗어 늘어진 가지 세 개를 잘라왔으니 그중에 가장 좋은 놈 하나 골라 야구방망이 만들어 쓰게. 하나 더 만들 수 있으면 우리 딸내미 패러글라이딩 못하게 혼내는 데 쓸 거고."

영택은 그들을 들고 읍네 순댓국집으로 갔다. 그 식당 사장은 평상 아래에 놓인 작업대에 앉아 커다란 나무 밑동으로 만든 동그란 테이블에 니스 칠을 하고 있었다. 영택은 그에게 긴 나무막대 3개를 건네며 말했다.

"사장님, 이걸로 야구방망이 하나 만들어주세요."

"예, 알겠소! 근데 박 실장, 왜 세 토막이오? 하나면 충분할 낀데?"

"모양이 잘못 나올 수도 있잖아요. 옹이가 있다든지 하면요."

"나하고 잘 맞으면 실수가 없소. 실수가 나는 건 그 나무가 나하고 파동이 맞지 않아서이지. 아무튼 멋진 방망이 세 개를 만들어 드릴 테니 언제 소나무 숲 좀 구경시켜 주소."

"네. 원하시는 날 연락 주세요."

사장은 그 나무막대 셋을 이리저리 돌려보더니 갑자기 고개를 들고 하늘을 올려다보았다. 그리고 성호를 그리듯 손을 허공으로 휙휙 내젓더니 다시 고개를 바르게 하며 영택을 뚫어지게 응시했다. 잠시 후 그는 입을 열었다.

"이 막대들은 영이 많이 들어 있소."

"네? 영요?"

"예사로운 나무들이 아니란 말이오. 각 나무들은 저마다 하늘에서 받은 기운이 있는데 그걸 파동으로 내보낸다오. 가지도 마찬가지고, 이 우주 만물 다 그렇소. 하늘에서 좋은 걸 많이 받으면 좋은 파동이 나오지. 나도 나무들을 많이 다루다 보니 그 파동을 조금 읽어내는 수준이 되었소. 쬐끔."

"그러세요? 그럼 이 막대들이 지닌 파동은 어떤가요?"

"가만 보자! 이들은 보기 드물게 엄청 기운이 강한 놈들이군 그래. 하지만 우리 박 실장을 이길 수가 없고 근처에서 호위하는 형국이오. 당신은 강해서가 아니라 무에 가까운 사람이라 그래. 파동에 진폭이 없어! 사통팔달 뚫려 있으니 상대가, 운명이, 세상이 아무리 파멸시키려 해도 타격을 줄 수가 없는 그런 파동을 가졌구먼. 그리고 이 가운데 막대는 날아다니는 기운을 잡아주는데 우리 손님하고는 깊은 연분이 있구만. 그리고 저 막대는 파동이 이는 거 보니 지금 이 식당 근처에 연결된 기운이 와 있구먼. 늘 사랑을 갈구하는, 요동치는 파동인데 그 절묘한 기운과 같이 일하면 당신은 대업을 이루겠소. 당신과 부부운도 글쎄, 좀 오묘하고 기묘한 구석이 있네그려. 부부이자 부부가 아니기도 하고. 허허허, 참 나. 평생 이런 파동은 처음이네그려. 허허!"

영택은 그의 이야기를 흘려들으며 식당을 나와 공용주차장으로 향했다. 멀리 터미널 앞 편의점 앞에 옥색 정장을 한 한숙이 서 있었다. 문득 근처에 그 막대 하나와 연결된 기운이 있다는 식당 사장의 말이 떠올랐다. 그는 반가운 마음에 달려가 그녀의 두 손을 잡으며 말했다.

"한숙 씨, 여긴 어쩐 일이세요? 오랜만이네요."

"영택 씨, 나 여기서 다시 일하게 되었어요."

"어? 그게 어떻게 다시?"

"호호호. 그때 사건들은 다 잊어주세요. 해명되었거든요. 그러니까 그때 밤늦게 전등이 나가 그걸 고쳐준 소장님에게 물 한 잔

대접하듯 마침 내가 마시고 있던 소주 한 잔 드렸는데 그만 그대로 쓰러져 주무신 것뿐입니다. 나도 잠들어버렸고요. 그분은 내 방에 들어올 때 이미 취해 있었어요. 얼마 전에 이곳 소광리 연구소에서 추가로 유전공학자를 뽑는다는 공고가 떠서 바로 응모했어요. 공개경쟁 채용인데 내가 또 뽑혔네요. 여기와 인연은 있나 보죠."

"그런 사정이 있었군요. 아무튼 잘 왔어요. 한숙 씨 말대로 연구소 일을 열심히 사랑해서 빛나는 별이 되도록 노력해봅시다. 그리고 시간이 흐르다 보면 별보다 더 찬란한 사랑이 찾아올지 누가 알겠어요?"

"사랑요? 자포자기하고 있는 중인데 그 말을 듣고 보니 미래소년 코난처럼 푸른 바다 저 멀리 새 희망이 넘실대네요. 호호호."

그녀는 영택에게로 다가와 팔짱을 끼며 동갑이니 다시 말을 놓겠다고 했다. 영택은 그녀의 팔을 뿌리치지 않았다. 그는 그녀를 따스한 눈빛으로 바라보며 말했다.

"한숙 씨, 우린 다 수많은 상처를 받으며 살아. 나이 들어간다는 건 상처투성이가 된다는 말이지. 그러니까 서로의 상처를 보듬으면서 살아야 가장 효과적인 삶 같아. 서로에게 이득이 되는 삶 말이야."

"좋은 말 고마워! 근데 영택 씬 별 특색이 없는 사람인데 나보다 몇 갑절 더 똑똑한 사람 같아! 깊이를 알 수 없는 사람?"

"똑똑한 사람이 아니라 그런 사람 같다고? 엄청 서운하네. 화딱지가 나서 참 거시기가 거시기하구먼!"

그들은 나란히 공원 길을 걸었다. 멀리 강둑 쪽을 보니 하얀색의, 25톤짜리 초대형 윙바디 트럭 네 대가 서 있었다. 두 트럭에서 이삿짐에 쓰이는 커다란 노란 바구니들이 쉼 없이 쏟아져 나와 다른 트럭들로 옮겨지고 있었다. 그 짐을 옮기는 사람들의 어깨에는 검은 가방 문양이 견장처럼 달려 있었다.

그들이 가까이 다가가자 어느 트럭 운전석에서 회색 양복을 입은 중년의 추태호가 기다란 일본도를 들고 내려와 그들 쪽으로 걸어왔다. 영택은 위기를 느껴 한숙을 뒤쪽으로 보낸 다음 공원 화단에서 나무 지주대 하나를 집어 들었다. 추태호는 영택에게 다가와 칼로 위협하며 다짜고짜 소리쳤다.

"이 잡것들이 여긴 왜 와? 내가 중대 사업을 하고 있는데 왜 날 파리처럼 날아와서 지랄이냔 말이야?! 저리 가! 꺼지라구! 참고로 내 동생은 경찰청 경무관 추태억이고 나도 막강해! 엄석동 오른팔이야! 무슨 말인지 알지? 이 칼 휘두르면 날던 새도 저절로 떨어진단 말이야! 알겠어?"

"무슨 말씀이신지 전혀 모르겠네요. 근데 왜 공용도로를 막고 이러시죠?"

영택은 꼼짝하지 않고 그 자리에 버티며 섰다. 추태호가 다시 거친 말을 늘어놓았다.

"뭐야? 내가 열심히 일하고 있는 이 엄중한 상황에 왜 사복형사처럼 다가와 내 간뎅이 떨어지게 하느냔 말이야! 니가 오늘 엄석동 선생한테 걸렸으면 뼈도 못 추렸을 텐데 그나마 다행인 줄 알아. 알겄냐? 길가 수양버들 같은 저 키다리 여편네와 모텔에서 찰싹 붙어 더 노닥거리지 않고 왜 여기로 와서 내 일 방해하냐구! 어서 꺼져!"

그러면서 그는 칼을 휘두르며 영택에게로 바싹 다가왔다. 영택은 급히 몸을 뒤로 뺐다. 추태호는 칼로 계속 그를 위협했다. 멀리 한숙이 영택을 향해 피하라며 소리를 질러댔다. 그녀는 경찰에 연락하는 모양이었다.

영택은 안심하라며 한숙에게 손을 흔들어준 다음 추태호를 넓은 공간으로 유인했다. 그리고 다리를 앞뒤로 벌려 대련 자세를 취했다. 멀리 검은 가방 사내들이 이쪽을 힐끗힐끗 쳐다보았다. 그는 위험에 노출된 한숙을 생각해서 크게 판을 벌리고 싶지 않았다. 경찰이 올 때까지 시간을 벌면 충분했다.

하지만 살모사 얼굴을 한 추태호는 사생결단을 내려는 듯 칼을 마구 휘저으면서 그에게로 파고들었다. 그는 칼을 피하며 기회를 노리다가 막대 끝으로 순식간에 그의 가슴과 복부를 가격했다. 가슴을 맞은 추태호가 비명을 지르며 쓰러졌다. 그러자 뒤쪽에서 물건을 나르던 사내들이 일제히 그를 향해 달려왔다. 영택이 뒤로 물러서다 넘어졌다. 그들이 몰려와 발길질을 시작했다.

"이런 우라질 것들이! 얏! 얏!"

바로 그때 지축을 흔드는 듯한 엄청난 기합소리와 함께 거구의 터벅머리 명국이 달려와 그 사내들을 단숨에 쓰러뜨렸다. 그는 다시 바닥에서 일어난 추태호에게로 달려갔다. 추태호가 칼을 휘둘렀지만 그는 빠른 발로 순식간에 그의 칼을 날려버린 다음 주먹으로 그의 목에 일격을 가했다. 추태호가 땡고함을 지르며 그 자리에서 쓰러졌다. 바로 그때 멀리서 경찰차 두 대가 나타났다. 그러자 그 사내들은 쓰러진 추태호를 트럭에 태운 다음 그곳을 다급하게 빠져나갔다.

영택은 명국에게로 가서 인사를 했다.

"이렇게 도와주셔서 감사합니다."

"나, 3초신공 김명국이오. 저기 연구소에 근무하신 듯한데 저 하얀 트럭들 조심하이소. 저 자들은 여기서 불법으로 포대갈이, 상표갈이 많이 하는데 누가 오면 엄청 싫어하지요. 하하하."

그는 긴 너털웃음을 남겨놓고 그곳을 떠났다. 영택은 그 트럭들이 작업하던 자리에서 라면박스 하나 분량의 서류뭉치를 발견했다. 그는 한숙을 기숙사에 데려다준 다음 자기 방으로 와서 그 서류들을 자세히 살펴보았다. 거기에는 경찰에 압수된, 불법 포획한 밍크고래 고기 10톤을 검사가 반출한다는 내용도 들어 있었다. 그는 뉴스에서 고래고기 밀반출 사건을 들은 적이 있어서 인터넷으로 관련 내용을 자세히 찾아보았다.

"경찰이 불법으로 포획한 밍크고래 고기를 압수했는데 검사가 이를 무시하고 불법으로 반출사인을 해준 거군. 추태호 일당은 그 반출된 고기를 비싸게 팔아 공짜 돈을 챙기고 말이야. 불법으로

잡은 고래고기 거래도 벌써 수백 마리군. 소문대로 차기 대권을 노리는 엄석동이 이런 식으로 비자금을 마련하는 모양이야. 여기 다른 물품들도 많네. 일반 지역 쌀을 전국 유명 상표로 포장갈이만 해서 돈을 벌고, 또 이건 뭐야? 외국산 소금도 신안산으로 포대갈이하고 있네."

그는 그들 자료를 경찰이나 검찰에 보내려 했다. 하지만 지역신문 기자를 통해 알아보니 다른 것들보다 죄가 더 명확한 고래고기 불법반출 사건조차 전혀 조사되지 않고 있었으며, 반출 관련 비리를 저지른 검사가 유학 명목으로 해외로 도피해도 수사당국은 그대로 방치하고 있었다. 명백한 불법을 그냥 넘기다니 엄석동 세력의 입김이 아주 강력한 모양이었다. 그는 그들을 일단 연구실 창고에 넣어두었다.

05

숙고된 느낌, 통찰

영택은 개인 돈을 들여 연구소 정문에 큰 현판 하나를 세웠다. 그 현판은 언젠가 한숙이 말한 표현을 다듬은 것이었다.

우린, 사랑 없인 별이 될 수 없고,

빛날 수도 없어!

그 현판은 방황하는 한숙을 격려하기 위한 것이기도 했거니와 연구원들 모두가 자기 일을 열정적으로 사랑하여 큰 성취를 이루자는 의미였다.

그는 돌아온 한숙과 다시 한 팀이 되어 그간 여러 일로 잘 진행되지 못했던 소나무 약성 연구를 재개했다. 우선 그는 소나무에 들어 있는 여러 생리활성 물질들의 특성을 파악하는 일에 집중했다. 그 물질들이 가진 작용들, 이를 테면 항산화 작용, 항염증 작용, 항균작용, 진정작용 등과 관련된 국제적인 논문들을 찾아 공부했다. 그리고 그런 작용을 하는 물질들인, 소나무에 들어 있는 여러 비타민들이나 알칼로이드, 플라보노이드 등의 아미노산들, 카테킨, 타닌 같은 특이물질들을 잘 이용해서 한 차원 높은 신물질을 만들어보려고 했다. 하지만 그를 포함한 연구원들 모두가 폭발적인 에너지를 낼, 자신들이 지닌 모든 지력과 열정을 투입할 만한 극적인 연구 아이템은 찾기가 쉽지 않았다.

영택은 그곳 연구소로 온 이후 꾸준히 미국, 유럽, 일본을 포함하여 수많은 기관에서 나온 항염증, 항종양 물질 관련 논문과 자료들을 검토해왔다. 그 결과 소나무 특유의 향인 테르펜이나 송진의 타닌 등에는 큰 매력을 느끼지 못했다. 또 국내외 기업에서 소나무 추출물, 예컨대 해풍과 습기 등 매우 척박한 환경인 바닷가에서 자라는 해송 껍질에서 형성되는 강력한 기능의 플라보노이드로 건강식품, 혹은 여성 미용 관련 몇몇 기능성 제품들이 생산되긴 했지만 소나무가 지닌 특정 물질들 자체만으로는 획기적인 것은 나오기 어렵다는 결론에 도달했다. 인삼의 사포닌을 보더라도 그 물질이 아무리 좋다 하더라도 일정한 수준 이상의 효능, 특히 질병치료까진 크게 기대하긴 어렵듯이 소나무가 지닌 좋은 성분들 자체만으론 한계가 있으며, 그들과 다른 물질과의 생화학적, 유전공학적 결합을 통해 새로운 신물질을 만들어야 승산이 있다고 보았다. 세계 수많은 기관에서 이미 소나무 연구가 많이 이루어지다 보니 그 자체만으로는 더 이상 찾아낼 게 많지 않은 것이다.

그러던 중 그는 소나무의 에피카테킨에 관심이 갔다. 녹차나 우롱차, 카카오(초콜릿) 등에 들어 있는 이 물질은 오래전부터 암세포의 성장을 억제하는 것으로 알려져 있었다. 그 물질에 다른 성분을 가미하여 새로운 합성 신물질을 만들면 더 강력한 효능의 생리활성 물질이 나오지 않을까 하는 게 그의 생각이었다. 그는 또한 생활 주변 식물인 은행나무의 징코라이드 B에도 주목했다. 은행잎에서 추출해낸 이 물질은 이미 널리 알려져 있는 것인데 어느 제약사에서 그 물질로 난소암의 치료보조제를 개발했으며, 췌장암에서도 항암약물과 같이 사용할 경우 훨씬 더 좋은 효과를 보았다는 것이다.

그는 이전부터 이미 소나무나 은행나무의 형상적 이미지를 주목하고 있었다. 그는 벤젠과 메탄올 등의 용매를 사용하여 은행나무 잎에서 추출해낸 흰색의 징코라이드 B를 한숙에게 보여주며 말했다.

"소나무에다 은행나무를 생각하게 된 건 형상의학적 관점도 있어."

"형상의학?"

"그래. 한의학계 일부에서 전문적으로 다루어지는 분야지. 이를 테면 생긴 대로 병이 온다는 것인데, 사람 얼굴 형상만 해도 수천 가지 이상으로 분류해서 질환을 진단하고 처방해. 같은 맥락에서 식물 전체 모양이나 그 잎, 그 껍질이나 뿌리 등에서 오는 느낌이나 이미지도 사실은 과학적으로도 큰 의미가 있어. 자신의 내부를 반영해서 드러낸 게 그들이니까! 결국 느낌이나 이미지도 깊고 정확한 통찰에 바탕한 것이라면 과학으로 연결된다고 봐야 해."

"느낌이나 이미지도 과학이라? 허긴 히포크라테스도 복막염 환자는 코뼈가 뾰족하고 눈이 훅 들어가 있다고 말했듯이 누구라도 사물의 외형을 무시할 순 없을 거야. 그럼 영택 씨, 은행나무의 생김새는 어떤 통찰적 이미지일까?"

"그야 보는 사람 나름이겠지만 은행잎은 다부지고 야무지게 생겼다고 해야 하나? 그 생김새 자체가 견고한 보석 같다고 할까? 뭔가 기품도 있으면서 알찬 게 들어 있는 느낌이지. 예사롭지 않거나 중대하고 진중한 뭔가가 있겠구나 하는 거 말이야. 유일하게 한 종으로 수억 년을 살아온 것도 놓치면 안 돼."

"결국 외형에서 받는 느낌도 과학의 영역일 수도 있다는 건데 그건 과학에 종사했던 아인슈타인이 과학적 지식보다 상상력을 더 중요하게 본 것처럼 과학의 지평을 넓힐 수 있는 놀라운 관점인데? 그럼 우리가 사람을 판단할 때 가지는 어떤 느낌도 그런 맥락이겠네?"

"일정 부분 그렇다고 말할 수가 있지. 아주 똑똑한 과학자도 자기 연인을 아이큐 수치, 아름다움이나 감성수치 얼마로 선택하지 않고 대개 상대의 전체적인 이미지, 느낌으로 선택하지. 우리 대다수도 다 그런 식으로 상대를 판단하는데 대개는 다 맞아떨어지지. 결국 느낌이라는 게 많은 경우 일정 부분 과학적으로 의미를 가진다는 것이므로 우리 연구자들도 이를 고려할 필요가 있지. 나처럼 말이야."

"영택 씨 덕분에 새로운 무언가를 하나 얻은 것 같아. 그리고 그 말을 들으니까 주목나무도 떠오르네. 그 나무의 전체 짜임새나 빨간색 열매, 그리고 특이한 구조의 잎도 평범하진 않은데 결국 그런 형상에서 받은 느낌대로 실제로 거기서 항암제 택솔이 나와 지금 널리 사용되고 있잖아."

영택은 눈 내리는 새벽까지 책상에 앉아 있었다. 약학 및 유전공학, 화학, 분자생물학 그리고 면역시스템 및 항암제, 결정학, 수용체 연구 관련 논문 등을 읽고 자료를 정리했다. 그는 새벽이 되었는지조차 모를 정도로 전날 저녁 8시부터 9시간 이상 공부와 사색에 몰입했다. 온 우주의 기운이 그에게로 쇄도해 들어오는 듯 수많은 정보들이 그의 뇌로 빨려들었다.

그는 고개를 들고 어두운 창밖을 내다보았다. 침묵인지 적막인지 어떤 이지적인 고요가 그 어둠과 함께 그를 에워싸고 있었다. 그건 외로움이라기보다는 거룩하고 엄숙한, 지적인 정적이었다. 그는 문득 자기 자신이 그 고요와 정적의 세계 한가운데 놓인 현란한 불꽃처럼 여겨졌다. 새해 첫 새벽, 창밖에 쏟아지는 눈 알갱이 같은 무수한 영감들이 그 뇌리에서 송이송이 피어올랐다. 그는 찬란한 지적 섬광들을 메모하고 또 메모했다.

두어 시간 잠을 청한 그는 허겁지겁 일어나 연구소로 달려갔다.

그곳 한쪽에는 수백 개의 플라스크 안에 소나무 물질들과 다른 식물성분들을 결합시키는 실험이 이루어지고 있었다. 그는 자신의 팀이 실험하고 있는 1-50번 플라스크로 가서 소나무의 에피카테킨과 은행나무의 징코라이드 B 등 여러 물질들 간의 결합과정을 살펴보았다.

얼마 후 식당에서 아침식사를 한 그는 차를 타고 읍내 순대국밥집으로 가 그 사장이 만들어 놓은 야구방망이 3개를 찾아왔다. 그는 그들 중의 하나는 한숙에게, 나머지 하나는 새해 업무차 온 청장 승억에게 주었다. 물론 하나는 자기 차지였다.

06

그가 온 가을을 동원하여 체포한 것은

영택은 봄바람도 씌울 겸 전기카트를 타고 5월의 숲길을 달렸다. 어느덧 산속생활 1년 정도 되다 보니 이제 제법 그 거친 산과 숲의 적막에 익숙해졌다. 관리를 잘한 덕분인지 하늘 높이 곧게 솟은 소나무들이 하나하나 예술품처럼 여겨졌다. 금강 소나무는 직선으로 곧게 자라는 데다 그 이름 금강처럼 강도가 세어 균열이 적고 잘 썩지도 않아 중요 문화재 공사 때 기본으로 사용되었다.

그는 테르핀 등 침엽수림이 주는 특유의 향을 음미하며 '대왕소나무길'로 들어섰다. 그런데 저 멀리 숲길 앞쪽에 소나무 한 그루가 쓰러져 길을 막고 있었다. 그가 되돌아가려 할 때 푸른 다리를 한 거대한 황금색 올빼미 한 마리가 그의 머리 위를 낮게 통과하여 숲속 안쪽으로 날아갔다. 그는 그 새가 날아간 곳을 바라보았다. 안쪽 풀섶 사이로 작은 샛길이 하나 보였다. 그는 방향을 틀어 그 올빼미를 따라 달려갔다. 그 새가 아주 낮게, 그리고 천천히 날아가는 게 마치 그를 인도하려는 듯했다.

소나무들 사이를 빠져나간 올빼미는 얼마 후 하늘로 쑥 솟구쳐 올랐다. 그 하늘에는 자기 짝인 듯한 다른 거대한 올빼미 한 마리가 날고 있었다. 그가 그들을 쳐다보고 있을 즈음 그 하늘 저 멀리 패러글라이더 하나가 낙하산 부분이 헝클어진 채 빠르게 추락하고 있었다. 그는 문득 작년 이맘때의 그 추락사고, 아니 그 여인이 떠올랐다.

그는 전기카트를 세운 다음 망원경으로 하늘을 올려다보았다. 추락하던 그 패러글라이더는 이미 보이지 않았다. 그때 전기카트에 달린 무전기에서 소리가 울려 퍼졌다.

"박 실장님, 비상연락이 왔네요. 백병산 활공장에서 출발한 패러글라이더 한 대가 돌풍으로 인해 대왕 소나무 쪽으로 날아갔답니다. 어서 올라가 보세요. 우리도 곧 올라가겠습니다."

사고지점까진 1킬로미터 정도 더 가야 했다. 시간이 제법 걸릴 것 같았다. 더구나 혹시 그 여인이라면? 그는 마음이 급해져 길도 없는 숲속을 마구 달려갔다. 다행스럽게도 그 숲은 누런 솔잎들만 가득한 평지여서 금세 현장 아래쪽 언덕배기까지 어렵지 않게 갈 수 있었다.

전기카트에서 내린 그는 단숨에 언덕을 뛰어 올라갔다. 저 멀리 15미터 높이의, 600살이 넘은 대왕 소나무 꼭대기 쪽 가지에 한 여성이 대롱대롱 매달려 있었다. 그는 망원경으로 그녀를 올려다보았다. 놀랍게도 그녀는 전에 그 연리지 소나무에서 만났던 바로 그 여인이었다!

여인은 나뭇가지에 아슬아슬하게 매달려 거친 바람에 금세 날려갈 듯 위태로워 보였다. 하지만 위치상 119나 관리소의 구조대가 곧바로 달려오긴 쉽지 않았다. 바람은 더 세게 불어댔다. 이때 소나무에 매달린 그 여인이 엉킨 줄을 자르다 말고 큰 소리로 외쳤다.

“당신, 전에 그 바보 샌님 아니야? 빨리 나를 구해주지 않고 뭐해?! 이 진숙을 구해달라고! 으악!”

그녀의 말이 끝나는 순간 갑작스레 일어난 세찬 회오리바람이 상승기류를 일으키며 낙하산 천을 휘감아 돌렸다. 그러자 그녀도 흩날리는 낙엽처럼 빠르게 위로 치솟아 올랐다. 하지만 그녀는 소나무에 걸린 줄들로 인해 더 이상 오르지 못하고 천이 우산 접히듯 말리자 다시 급전직하 추락하기 시작했다.

“아악!”

바로 그때 아래쪽 긴 가지 하나가 동쪽에서 오는 돌연한 샛바람에 위로 솟아올랐다. 추락하던 그녀를 묶고 있던 줄들이 그 가지에 덜컹 걸렸다. 그 모습에 영택은 가슴을 쓸어내렸다. 하지만 그녀는 여전한 강풍으로 인해 아무렇게나 돌아가는 팔랑개비처럼 사방으로 흩날렸다.

영택은 소나무를 타고 올라가 가지 중간에 걸려 있는 줄들을 조금씩 잡아당긴 다음 그들을 큰 가지에 묶었다. 그러자 그녀가 더 이상 흔들리지 않았다. 안도한 그는 자기도 모르게 입에서 농담이 흘러나왔다.

“전에 그분이시네. 선머슴보다 더한 천방지축녀! 나를 바보다, 샌님이다 하신 그 날개 잃은 그 천사분! 오늘도 만신창이에다, 엉망진창이 되셨구먼! 하지만 살려는 드릴께! 천사가 날개를 잃으면 어질고 거룩한 내가 돌봐야지 누가 돌보겠소!”

“뭐야, 저 얼뜨기는!”

“허허. 초라한 신세인데 기세는 등등하시군요! 허나 오늘 하늘 운세를 보니 돌개바람, 높새바람, 마파람, 하늬바람까지 나를 도와 사랑으로 인도해준다고 하니 관용과 측은지심으로 용서하겠소! 한마디로 말해 지금 당신은 생사여탈권을 쥔 내 손아귀에 들어 있다 이 말입니다. 하하하. 내 텅 빈 침실이 보름달 마냥 가득 차겠구나! 하하하.”

“뭐야? 저 변태는!”

“허! 목숨 구해준 구세주한테 그런 말은 모욕이랍니다. 자, 허둥지둥녀 씨, 아니 만신창이 양, 어서 내 손 잡으세요. 손에 자석과 접착제에다, 꿀까지 발라놨으니까 홀랑 딸려올 겁니다. 하하하. 홀랑홀랑!”

“뭐? 허둥지둥녀? 만신창이 양? 말도 잘 지어내시네. 그리고 뭐 침실이 보름달처럼 가득 찬다구? 이봐요! 껄떡껄떡 껄떡남 씨! 그 때처럼 내가 또 그 몸 위로 추락하기를 기대했죠?”

“당연합죠! 그런 게 인생의 참맛이랍니다. 사랑 앞에선 순수함이니, 숭고함이니 하는 허세는 옳지 못합니다.”

"뭐, 사랑? 꿈도 야무지시네! 그건 그렇고 그때 소나무 위에서의 그 일, 그러니까 그 상호 접촉사건 이후 행복했었나요? 흥!"

"늘 보고 싶었고 나를 덮치던 그 달콤한 입술을 잊을 수가 없었소!"

"치! 솔직하긴 한데 엉큼하게 욕망을 계속 채우려고 날 또 보고 싶었겠죠?"

"욕망이 없었다고 하면 거짓말일 테지만 분명 사랑일 겁니다. 그 이후로 당신이 늘 떠올랐으니까! 그리고 당신을 생각하면 늘 가슴이 벅차올랐어요."

"그래요? 그럼 일단은 이 진숙이가 그 손을 잡아도 되겠네요. 나는 늘 일망무제보다 더 큰 사랑을 갈망하고 살아왔는데 나를 생각하며 가슴이 벅차올랐다니 사랑의 기본조건은 되었네요. 아무튼 나를 사로잡기 위해 농담 지어낸다고, 그리고 분수 모르고 까분다고 수고했슈!"

그러면서 그녀는 그의 손을 잡았다. 그녀의 손을 잡으니 전율이 일 듯 그의 손이 떨렸다. 그는 간절했던 그 기다림, 그 만남을 놓치지 않으려고 그녀의 손을 불끈 잡아챈 다음 그녀를 아래쪽 큰 가지 한가운데로 천천히 이동시켰다. 잠시 후 바닥으로 내려온 그녀는 언제 그랬냐는 듯 새침데기가 되어 영택을 쳐다보지도 않고 냉큼 전기카트에 뛰어올랐다. 영택이 그녀를 뒤따라 말없이 카트에 오르자 그녀가 그를 힐끗 쳐다보며 입을 열었다.

"나 구해주었다고 우쭐대지 말아요. 포상금이나 의인상 같은 거

받을 생각도 말고요."

"포상금요? 하하하. 그리운 사람 만났으니 그 기쁨을 감추느라 반대로 많이 앙앙거려도 용서해드리죠. 하하하. 땡깡 부려도 상관없고요. 아무튼 일망무제보다 더 큰 사랑을 갈망했다면 이제 성공이죠?"

"흥! 말씀이 좀 심하시네요. 난 사랑을 갈망했지 당신을 갈망한 적이 없거든요. 행여 상상으로 나를 애무하는 능욕행위는 하지 않았겠죠?"

"혈기 넘치는 남자라면 그런 거 허다하게 하지 않나요? 우리 인간에겐 성적인 상상도 행복의 큰 일부라는 사실, 잊지 마세요. 근데 실력 부족이세요? 벌써 두 번째 사고군요? 일부러 날 차지하려고 추락하셨나?! 하하하."

"아휴, 자존심 상해! 바람이 이쪽으로 잘 불지 않는데 갑작스런 돌풍에 활공업계 일인자인 내가 이 꼴이라니!! 아휴! 나 미쳐! 암튼 내 아버지 최승억 씨가 이 숲을 잘 가꾼 덕분에 내가 죽지 않은 거 아니겠어요? 당신 덕분이 아니라!"

"아, 당신이 그 선머슴아시군요. 왈가닥이라 부친께서 야구방망이로 이리 패고 저리 혼내서라도 패러글라이딩 그만두게 하시려던데?"

영택은 전기카트 뒤칸에 세워져 있던 야구방망이 하나를 들어 보이며 그녀에게 말했다. 그러자 그녀가 손뼉을 치며 소리쳤다.

"오호라! 아버지가 가져온 그 방망이가 당신 작품이군요?! 아버지 말씀에 이 숲에서 소나무 끌어안고 산다는 무량의 깊이를 가진, 아니 허무맹랑한 연구원이 있다더니! 호호호.”

잠시 후 영택은 전기카트 시동을 켜고 아래로 내려갔다. 진숙은 뭐가 좋은지 휴대폰으로 주변 소나무들을 찍으며 연신 웃어댔다. 그는 전에 있었던 나무 꼭대기에서의 그 첫 만남에 대해 무어라 이야기를 해야 할 것 같았지만 말을 꺼낼 용기가 나지 않았다. 그러다 그는 그녀를 읍내 버스터미널에 실어줄 때 용기를 내어 말했다.

“한 남자가 당신 때문에, 당신 생각에 일을 못해서야 되겠습니까?”

“그래요? 그것 참 충격적일 정도로 감동적인 말이네요. 호호호. 하지만 일만 못한 게 아닐 텐데! 내 생각에 분명 잠도 잘 못 잤을 텐데?”

“맞습니다. 사모하는 여인이 그리워 밤새 몸을 이리 뒤척, 저리 뒤척하는 전전반측 신세가 되었습니다. 이런 사정을 널리 통촉하여 주옵소서.”

“통촉요? 호호호. 온몸이 달아서 환장할 지경인가 보네요. 아무튼 그간 두 번이나 나를 구해준 것도 있고, 또 굶주린 남성에게 사랑의 단맛 보여주기 위한 차원, 숨넘어가기 전에 사랑의 허기라도 채워준다는 차원에서 한 번만 안아드리리다. 단 심야에 내 흑단 같은 머릿결 상상하며 껄떡대진 마세요! 아셨죠? 히히.”

그러면서 그녀는 영택을 확 끌어안은 뒤 갑자기 그의 볼에 입술을 갖다댔다. 그리고 곧장 차에서 내렸다. 영택은 그녀에게 자신의 전화번호를 알려주었다. 하지만 그녀는 "난 전화를 거의 안 써요!" 하면서 그에게 손을 흔들어 보인 다음 돌아섰다. 그는 그녀의 입맞춤을 길게 음미하며 큰 발걸음으로 펄펄 날 듯 걸어가는 그녀에게 손을 흔들어주었다. 바로 그때 터미널 안에서 나오던 한숙이 진숙과 옷깃을 스치며 영택 쪽으로 걸어갔다. 그녀는 멀리 서 있는 영택을 발견하곤 그 큰 입으로 활짝 웃으며 그에게 안기듯 그의 곁으로 갔다. 터미널 안으로 들어가던 진숙이 발걸음을 멈추고 뒤돌아서서 그들 두 사람을 쳐다보았다. 그녀가 고개를 갸웃했다.

5월 말, 영택은 그간 승억이 마련해준 타원형 부지에다 추가로 땅을 확보하여 총 2만 제곱미터(6,000평 정도)에 대규모 약초정원을 조성하기로 했다.

우선 첫해에는 감기, 호흡기 관련 한약 처방들에 들어가는 약초나 나무들을 심기로 했다. 예를 들면 콧물이 나고 몸이 오슬오슬한 초기 감기, 몸살에 많이 사용하는 갈근탕은 칡(갈근), 마황, 계지, 작약, 감초가 그 재료인데 150~500제곱미터(대략 50~150평) 정도 구역을 정해 그 식물을 심는 방식이었다. 그는 해당 식물의 씨앗이나 모종, 뿌리 등을 구입한 다음 그 작업을 도와주는 아주머니들과 함께 목감기에 많이 사용되는 은교산 정원, 열감기의 패독산 정원, 소화불량을 동반한 소음인 감기에 효과적인 향소산 정원 등을 조성해갔다.

영택은 금강 소나무 숲 연구소 내에 설치된 대형 플라스크 50개에 소나무의 에피카테킨과 은행나무 추출물 징코라이드 B 등 소나무가 지닌 주요 생리활성 물질들에다 다른 식물들이 지닌 다양한 물질들을 결합해보는 작업을 계속해 나갔다.

그것도 그만의 상식적인, 하지만 놓치기 쉬운 통찰이었는데 그는 우리 인류가 오랫동안 가까이 해온 식물들에서 생존의 길이 있다는 생각을 했다. 조상들은 비록 과학은 몰랐지만 수많은 경험과 지혜를 통해 인간에게 유익한 식물들을 알아내어 자기 삶 가까이 두었던 것이다. 다만 그런 식물들도 적지 않은 숫자일 뿐만 아니라 그들 속에 든 천연 생리활성 물질들도 그 종류가 많다 보니 실험은 끝이 없었다. 영택은 그 작업 현장을 보러온 한숙에게 말했다.

"한숙 씨, 이렇게라도 시작하니까 이제 뭔가 일을 하고 있다는 느낌이 들어. 하지만 아직은 막연함뿐이야. 알 수 없는 미래 같은 거."

"창작이나 발명, 사업을 하는 사람들도 우리 연구자들과 비슷한 기분이겠지? 다 막연함을 이겨내야 해. 이거 해서 뭐할까? 이렇게, 저렇게 하면 잘 될까? 하는 그런 마음. 그런 일들은 때로는 엄청난 결과가 될 수도 있지만 때로는 완전히 허사가 될 수도 있거든. 그래서 용기와 모험, 도전정신이 필요한가봐. 영택 씨가 이런 시도를 하나하나 해보는 자체가 큰 용기요 모험이야. 위안도 되고. 아직까지 연구 주제도 정하지 못해 우왕좌왕하는 팀들도 많아."

"아마 우리가 수만 가지 물질을 일일이 다 조사하고 다 파악한 뒤에 무얼 하려고 했다면 몇 년이 지나도 아무것도 해보지 못하고 책상에만 앉아 있을 수도 있어. 그래서 때로는 우선 시작부터 하는 게 더 좋을 수도 있어. 다만 불충분한 조건 하에서도 충분한 결과를 내기 위해선 통찰과 영감, 그리고 상상력이 필요하지. 그들은 경우에 따라서는 수백, 수천 건의 실험이나 연구과정을 단숨에 줄여주기도 해."

영택은 연구실을 나와 한숙을 기숙사에 앞까지 데려다주었다. 한숙이 그에게 말했다.

"영택 씨, 자갈길, 가시밭길을 걸어도 행복할 때가 있다더니 지금이 그래. 요즘은 살 것 같아."

"한숙 씨가 행복하다니 내가 다 고마워. 힘들어도 참고 가치 있는 일을 하다 보면 좋은 일이 생길 거야."

영택은 학술적으로 뛰어난 그녀가 연구의 좋은 동반자로서 지난 삶의 고통과 상처를 넘어 안정된 모습으로 삶의 대지에 안착할 수만 있다면 힘닿는 데까지 도와주고 싶었다. 그 나이에 손목을 또 긋거나 한강 다리에서 뛰어내리려 하거나, 또다시 지난 시절처럼 타락으로 내몰린다면 안 될 일이었다.

그는 다시 연구소로 내려가 대형 플라스크 30여 개를 체크한 뒤 1시간 후 자신의 방으로 올라가 샤스 차림 그대로 침대에 쓰러졌다. 피로가 몰려와 절로 눈이 감겼다. 그런데 방 어디선가 코 고는 소리가 들렸다.

"크르릉~ 크크 크르릉~ 크크~"

온 방에 술 냄새도 퍼져 있는 것 같았다. 놀란 그는 침대 주변을 살펴보았다. 한 여인이 침대 안쪽 방바닥에 대자로 누워 자고 있었다. 그는 불을 켠 다음 그녀를 자세히 살펴보았다. 그녀는 다름 아닌 패러글라이딩 여인 진숙이었다. 바닥 이불이 침대에 걸쳐 있는 것을 보니 침대에서 자다가 떨어진 모양으로 거친 호흡에 술 냄새가 쉼 없이 올라왔다. 그녀 옆에는 빈 소주병들이 여기저기 늘려 있었다.

"이런! 패러글라이딩 여인이! 허허! 캬! 나를 못 잊어 이렇게 찾아왔네?! 진작 자아를 버렸으면 하루라도 빨리 고독을 제쳤을 텐데!! 쯔쯔! 우리 청장님의 고귀한 따님이 이런 대형사고를 치다니 안타깝군, 안타까워! 하하하!"

영택은 너무나도 의외인 상황에 절로 웃음이 났다. 하지만 다른 한편으론 그녀가 이해가 되기도 했다. 자신도 그녀를 끝없이 갈망해왔듯 그녀도 능히 그럴 수 있었던 것이다! 비록 짧은 접촉이었지만 두 차례나, 그것도 소나무 위라는 다소 극적인 상황에서 만났으니 그녀에게서 그는 아무것도 아닌 남자는 아니었을 것이다. 그는 자신이 너무 소극적이었다는 생각도 들었다. 조금 더 적극적으로 나서서 그녀를 잡아당겨 주었으면 좋았을 텐데 말이다.

그런데 이렇게 막상 꿈에 그리던 여인을 직접 맞닥뜨리자 혼자일 때 가졌던 그 수많았던 갈망들이 좀체 되살아나지 않았다. 적막 가득한 빈방에서 혼자 마음 달아 있을 때의 환상적이고도 뜨거운 정서들, 상상으로 그려지던 사랑의 교밀한 몸짓들과 여러 애정 어린 행위들이 전혀 먼 이야기로 여겨졌다. 간절히 그리워한 사람을 만났으면 흥분하고 기뻐해야 하는데 오히려 냉정해지거나 멍해지기까지 하는 것이다.

그는 책상에 앉아 맥주를 마셨다. 술을 먹고 싶어서가 아니라 그것밖에 할 게 없었다. 하던 짓도 멍석 깔아주면 못한다더니 그녀를 만나면 꼭 하고 싶었던 말들과 해주고 싶었던 농밀한 행위들이 전혀 떠오르지 않고 무얼 해야 할지 그저 막막했다. 그녀가 깨어나면 자신은 대체 어떻게 해야 한단 말인가!

그는 팔다리를 사방으로 늘어놓은 채 자고 있는 진숙에게로 갔다. 곤히 잠든 그녀를 보자 문득 그녀가 자신보다 더 깊이, 더 간절하게 자신을 생각해왔음을 깨달았다. 아니, 어떤 여자가 사랑의 극한에 다다르지 않고서야, 그리고 자신의 모든 것을 다 내놓고 보여주려는 의지가 있지 않고서야 어설픈 관계일 뿐인 한 남자 방에 그렇게 들어와 대놓고 잘 수가 있단 말인가! 더구나 수백 킬로미터 떨어진 외진 산속 아닌가! 그는 불을 끈 다음 침대에 누웠다. 심한 피로가 몰려왔다.

그가 눈을 떴을 땐 벌써 낮 11시경이었다. 지각이었다. 피로에다 맥주, 그리고 잠결에 그 몸을 흔드는 어떤 자극들로 인해 잠을 설친 탓이었다. 그는 급히 일어나 방 안을 둘러보았다. 방바닥의 그녀는 보이지 않았다. 가슴이 휑해 거울 앞에 서보았다. 샤스 단추가 다 풀려 있고, 그의 가슴과 배 곳곳에 입술 모양의 분홍색 립스틱이 잔뜩 묻어 있었다. 배꼽 옆쪽에는 예쁜 하트가, 배꼽에서부터 그 아래로 음모가 숭숭 난 곳까진 한글로 '사랑해'라는 글자가 새겨져 있었다.

'흥! 요 우쭈쭈 여인이 도색공도 아닌데 지가 언제 마티스나 렘브란트 후계자라고 내 가슴에 이런 사랑칠을 울창하게 해놓았단 말인감?'

영택은 가을의 한복판, 10월 어느 주말에 가을산행으로 조상들의 고향인 밀양에 갔다. 토요일 새벽, 차로 울진에서 출발하여 밀양 배냇골에 도착한 그는 3시간 정도 산길을 올라 사자평 습지에 도착했다. 수만 평, 수십만 평이라는 그 드넓은 공간은 하얀 억새풀로 대장관을 이루고 있었다. 산들바람이 "쏴!" 하고 한 차례 불어오면 억새들이 파도타기하듯 누웠다 일어나며 은빛 춤을 추어댔다. 무수한 들풀들이 바다 못지않게 누렇게 물결치는, 그 편편한 고원의 가을이 주는 들판의 장엄함은 소나무 숲이 주는, 수많은 직립의 엄숙함과는 또 다른 것이었다. 전해지는 것처럼 과연 신라 화랑이나 사명대사의 승병들이 훈련할 만한 곳이었다.

그는 좌우로 펼쳐진 억새꽃들의 호위를 받으며 돌길을 걸어 사자봉까지 올라갔다. 멀리 창공 속으로 음달산 활공장에서 출발한 패러글라이더 행렬이 보였다. 저 행렬들 중엔 진숙이 들어 있을까? 그는 그녀에게 전화를 할 수 없는 게 안타까웠다.

그는 하산하여 국난 때면 땀이 흐른다는 사명대사 표충비를 둘러본 다음 표충사로 갔다. 그는 그곳 박물관에서 그가 입었다는 금란가사와 장삼을 구경했다. 금란가사란 비단 금실로 짠 승복으로서 변질 우려 때문에 전시를 잘 하지 않았는데 그날 지하 수장고에 습기제거 장치를 설치하느라 잠시 맑고 건조한 날씨에 내놓게 된 것이다.

그는 유리 너머로 그 옷들을 유심히 관찰했다. 황금색 옷이었지만 색이 너무 많이 바래 있었고, 그 형태도 많이 소실되어 제 모습은 아니었다. 그래도 400년 넘는 긴 세월을 자연상태에서 버텨 온 그 자체로도 특별해 보였고, 유물이라는 게 그렇게 좀 퇴색된 면도 있어야 보는 맛도 있는 게 아닌가 하는 생각도 들었다.

그는 많이 삭아 금세 부서져 버릴 것만 같은 그 가사의 비단실 하나하나를 자세히 살펴보았다. 진열창 유리 너머로 언뜻 가사의 금실들이 꿈틀거리는 것처럼 보였다. 그는 더 가까이 다가갔다. 비단실 사이로 어떤 이미지가 움직이는 것 같았다. 마치 물안개가 피어오르듯 그 이미지가 실 사이에서 푸른 연기 형태로 솟아올랐다. 그는 그 연기 속에서 긴 머리에 콧날이 오뚝한 한 여인의 모습을 보았다. 신기함을 느낀 그는 그 이미지를 찍으려고 휴대폰 카메라를 켰다. 바로 그때 누군가 뒤에서 그를 와락 끌어안았다. 영택은 뒤를 돌아보았다. 진숙이었다.

"진숙 씨!"

"영택 씨!"

영택은 눈앞의 그녀를 보자 놀라움과 반가움으로 그녀를 와락 끌어안았다. 생각할 것도 없이 그렇게 하는 게 당연한 것처럼, 그리고 그 스스로도 어떻게 제어할 수 없는 마법에 걸린 것처럼 격렬한 포옹을 한참 동안 계속했다. 그리고 그녀의 거친 숨소리를 듣자 마음속으로부터 뜨거운 열기가 솟아올랐다. 사람들이 없으면, 그곳이 엄숙한 사찰이 아니었으면 어디 한쪽으로 가서 무한정 키스를 퍼붓거나 서로를 해체하듯 옷을 다 풀어 헤친 채 뜨거운 사랑을 나누고 싶었다. 그는 그녀의 귀에다가 '사랑해'를 수없이 되뇌었다.

잠시 후 두 사람은 자리를 이동해 절 둘레로 난 아름다운 단풍길을 함께 걸었다. 진숙이 입에 문 빨간 단풍잎 하나를 영택의 입으로 건네주며 말했다.

"가을이 달아나기 전에 영택 씨를 잡으러 왔어요! 호호호."

"내 방에 몰래 와서 무엄하게도 내 가슴에 분홍칠을 잔뜩 해댄 죗값을 치르려면 당연히 와야지요. 하하하."

"치! 그때 먼 길 달려온 나를 안아주지도 않고 입은 옷 그대로 내버려두다니 나를 모욕한 거죠! 영택 씬 넝쿨째 굴러온 호박도 못 잡는 바본가 싶기도 했어요!"

"나는 도덕론자는 아니지만 그래도 술에 취해 자고 있는 여인의 옷단추를 푼다는 게 좀 그랬어요. 하다못해 실눈이라도 조금 떴더라면 어떻게라도 해보았을 텐데 엄청 아쉬워 한 달을 잠 못 이루었어요. 하하하."

"재미 못 본 게 아쉬우면 그럼 이렇게 해드릴까요? 히히!"

진숙이 이렇게 말하며 나무 뒤로 그를 끌어당긴 뒤 자신의 치마를 홀렁 들어 보인 다음 폴짝 뛰어올라 그에게 안겼다. 영택이 그녀를 안으며 말했다.

"지금 너무 황홀해서 인내에 한계가 왔어요. 이 산들바람과 저 창공에게 명령해서 신속하게 자기 두목인 이 가을을 체포하도록 해야겠군요."

"가을을 체포해요? 호호호."

"그렇습니다. 이 가을이 가면 안 되니까요! 왜 가면 안 되냐구요? 이 가을은 한 남자를 감히 넘어다본 미녀 한 사람을 체포하기엔 가장 좋은 계절이니까요! 더구나 만산홍엽에다 천고마비, 건들바람, 그리고 억새풀들의 그 은빛 물결까지 나를 음우하고 있으니 요염하게도 자신의 치맛단을 거침없이 들어 보인 미녀를 체포하는 일은 이제 시간문제지요. 식은 죽 먹기란 말입니다. 내가 이 가을사랑을 놓치면 난 겨울을 맞이할 힘이 없어요! 이젠 당신 없인 하루도 버티기 어렵습니다."

"호호호! 그래서요?"

"아니 그래서라뇨? 내가 자고 있는 야밤에 내 샤스 단추를 풀어헤치고 입술로 사랑칠을 한 망발 여인을 그냥 내버려둘 수 있남요? 나도 그녀 입에 사랑칠이라도 잔뜩 칠갑해서 내 여인이 된 것임을 우주 만방에 고하여 그녀가 있어야 할 주소지, 거소지가 내 가슴, 그리고 내 몸임을 알려야 하지 않겠어요? 으아! 미칠 것 같아요! 으하! 가슴이, 내 입이 째질 것 같아! 으아! 아!"

"히히히. 나를 엄청 기다렸군요. 말해봐요? 지금 당장 나를 애무하고 싶죠? 내가 당신 가슴에 마구 칠했듯 당신도 내 가슴에 침을 잔뜩 칠갑하고 싶죠? 호호호?"

"그렇죠! 내가 칠갑, 팔갑 하고 싶긴 한데, 이 신성한 성지에서 이래도 되는가 하는 갈등이 생기네요! 입이 째질 판이긴 한데, 내 입이 째지면 안 되긴 한데! 아무튼 지금 사랑을 하고 싶어서 코가 벌렁벌렁하긴 하는데 부처님께서 용서해주신다면?"

"능히 용서해주실 거예요!"

"그래요? 자, 그럼 잠시 사방으로 눈치 한번 봅시다! 감질나지 않게 화끈하게 이 사랑이라는 녀석을 이리저리, 저리이리 그리고 좌로우로! 우로좌로 난도질해서! 그럼 이리 옵쇼!"

그러면서 영택은 진숙을 푸른 잎이 무성한 나무더미 뒤로 끌다시피 데려가 길게 입맞춤을 한 다음 그녀를 와락 끌어안고 여러 바퀴를 돌았다. 그리고 무작정 그녀의 가슴을 풀어 헤친 뒤 입술과 혀와 손으로 사랑의 난도질을 마구 해댔다.

영택은 사랑의 찬가를 이제서라도 부를 수 있게 된 것에 감사했다. 아! 잡힐 듯하면서도 좀체 잡히지 않던 그 사랑이 그렇게 그의 입술과 가슴에 밀착해 와 있었다!

무엇을 갖추어야 애정의 조건이 되는지 기준은 없겠지만 그는 시간의 성숙이 제1의 조건처럼 여겨졌다. 갈망한다고, 갈증으로

목이 타들어간다고 해서 사랑이 금세 이루어지는 건 아니었다. 사랑이 찾아와도 이렇게 하나로 될 때까진 시간이 필요했다. 단풍길을 다정하게 걸을 수 있게 배려해준 이 친절한 가을이라도 있어야, 하다못해 산들바람 부는 오후라도 있어야 사랑은 이루어지리라. 광채 흐르는 찬란한 눈빛의 여인을 만나려면 시간이 중매쟁이가 되어 어느 정도 역할을 해주어야 되는 모양이었다. 내면의 감정이 하나의 진실로, 하나의 외양으로 그 형체를 드러나기 위해선 천둥치는 여름이든, 찬 서리를 쏟아내는 가을이든 약간의 경과가 필요했던 것이다.

그리하여 그들은 밀양에서 가장 번듯한 호텔로 가서 가장 맛있는 식사를 한 다음 그 호텔의 고귀한 샹들리에와 현란한 빛을 발하는 귀품 있는 수정 인테리어 아래서 옷을 훌훌 벗어 던지고 사랑을 나누었다. 영택은 그 가을밤의 부추김에다 사정없이 파고드는 진숙의 격렬성이 더해져 그녀의 옷들을 천장으로, 방 입구로, 화장실 욕조로 던져버렸다. 그러자 곧바로 그녀의 뇌쇄적이고도 거친 쾌성과 그의 뜨거운 숨소리가 그 가을의 한 밤을 가득, 그리고 격렬하게 채워갔던 것이다.

사랑은 소리소문도 없이 찾아오기도 하지만 그 사랑은 그런 황홀한 마찰과 욕정이 흘러넘치지 않으면 완성이 아닌 것이리라. 진숙은 그의 격동을 받아들이면서 사랑이 뭐로 시작되었든 간에 몸이 그렇게 부딪치지 않는 것을 사랑했다고 말하는 것은 거짓이라는 생각이 들었다. 사랑에서 이성의 질서를 논하는 것만큼이나 어리석은 것은 없으며, 황홀함을 온 세포에 무장시킨 음심 가득한, 말초의 살갗이 서로 부딪치는 그 쾌락의 교성이 울리면 그렇지 않은 사랑보다 분명 더 아름답고 더 찬란한 사랑이라 말할 수 있을 것이었다.

결국 그녀를 가득 달구었던 그 위대한 애욕의 서정이 흘러넘쳤던 그 가을은, 사랑 혹은 사랑의 빛나는 서사를 제공해주었던 그 위대한 호텔은, 그리고 그 별이 총총하여 은하의 강물이 넘쳐나던 그 깊고 푸른 밤하늘은 온통 그녀의 격정에 찬, 자지러지는 거친 욕정의 숨소리로 가득 찼던 것이다!

그렇게 둘은 달랑 달라붙어, 다음날 그들이 누운, 검은 털이 부숭부숭한 그 야한 모습을 다 지켜본, 그 창가의 커튼 틈새로 파고든 엉큼한 가을 햇살이 침투할 때까지 서로 떨어지지 않았다! 그리고 또한 그들은 그 한낮의 질주하는 차량의 경적소리에 흥분하여 또다시 사랑의 농밀한 부딪침과 더할 수 없는 환희의 마찰을 몇 차례 더 경험하게 되었던 것이며, 그 얼마 후엔 이번에는 커튼 바깥으로 지나가는 새 떼들의 재잘거림 때문에 다시 엉겨 붙게 되었다.

그날 오후 영택은 진숙과 함께 패러글라이더를 타러 근처 음달산으로 향했다. 영택이 차 안에서 그녀에게 말했다.

"진숙 양, 그때 왜 내 방에서 몰래 와서 잤는감?"

"그야 뭐, 내가 미쳤으니까! 헷가닥 한 거지!"

"내 가슴에 립스틱을 칠한 거 보니 풀칠 선수더구먼! 도색 전문가!"

"근데 좀 예쁘게 말해주면 안 되남? 내 입술이나 혀가 무슨 풀칠하는 솔이나 붓인가? 내가 당신 가슴과 배꼽 아래까지 예쁘게 채색해준 거지! 사랑도 제대로 할 줄 모르는 남자가 또다시 그 사랑이 불시착하지 않게 내가 분홍색 덧칠을 좀 한 것이니 오히려 도색비 좀 내놓으셔! 호호호!"

"어허! 까분다!"

"예쁜 여자는 원래 좀 그래도 돼! 여자가 예쁜 건 권력이야!"

그들은 그 활공장으로 올라가 패러글라이더를 함께 타고 하늘 높이 날아올랐다. 그들은 앞서 출발한 수십 대의 패러글라이더들과 대오를 이루어 사랑의 신들이 탔을 것만 같은 하얀 양떼구름 높게 흐르는 가을 창공을 거침없이 날았다. 멀리서 독수리들이 회전하며 상승기류를 타는 게 보였다. 진숙은 대열에서 이탈하여 독수리 떼를 따라 그 상승기류에 올라탔다. 그러자 두 사람이 수킬로미터 위로 쑥 솟구쳐 올랐다.

천공해활! 광대한 우주가 그들 눈앞으로, 눈 위로 펼쳐졌다! 진숙이 영택에게 블루투스로 소리쳤다.

"영택 씨, 우리 저 우주로 가! 저 끝없는 가을하늘을 날아봐! 그리고 그건 운명이었다고 생각해."

"뭐가?"

"내가 한 번도 실패한 적이 없었는데 그때 두 번이나 그 소나무 숲으로 날아가 추락했던 거."

"바람의 신 에우로스와 제피로스가 합작하고, 저 창공의 신이 합세하여 사랑에 굶주린 불쌍한 한 여인을 내가 체포하도록 도운 거지. 그런 걸 흔히 섭리라고 해!"

"치! 자기야, 지금 말이야 방구야! 내가 굶주렸다니? 욕망에 굶주려 어젯밤부터 오늘 낮까지 나를 못살게 군 사람이 누군데 망발이야!! 이거 활공기술 일인자의 맛을 좀 봐야겠네!"

그러면서 진숙은 멀리 독수리 떼를 넘어올라 더 높이 위로 올라갔다.

"아~아~아~앙! 어! 어! 무서워! 진숙 씨! 진숙 양! 스톱! 야, 할망구! 나 죽어! 바지 다 젖었다구! 으악!"

하지만 진숙은 능수능란한 솜씨로 위로 수킬로를 더 날아올라 가을날의 푸르름과 맑은 영기가 흘러넘치는 창대한 우주를 그에게 선사했다.

07

올빼미와 세렌디피티

밤 10시경, 영택은 1시간 넘게 다수의 플라스크 용기들을 살펴보며 실험상황을 체크했다. 거기에는 송진에 많이 들어 있는 타닌이나 항종양 효과가 있는 주목나무의 리그난 성분 등 항산화 작용 및 항염증성, 항종양성이 강한 다수의 물질들을 결합시키려는 중합반응들이 여럿 시도되고 있었다.

그는 그들 중에 에피카테킨과 징코라이드 B의 결합을 위해 더 많은 노력을 기울였다. 특히 징코라이드 B의 경우 그 분자구조가 견고하고 물에 잘 녹지 않아 탁월한 기능에 비해 생체 이용률이 매우 낮기에 이 물질을 효과적으로 사용하기 위해서도 다른 물질과의 새로운 결합이 필요했다. 그는 그렇게 새로운 것이 만들어지면 에피카테킨의 '에'에다 징코라이드의 '징'을 더하여 그 이름을 에코징이라고 부르기로 했다. '코'자는 어감을 고려하여 넣어보았다.

그는 다음 실험에 사용할 물질들을 체크한 다음 연구소 안 휴게실로 갔다. 그곳 기다란 탁자에는 손 형태의 검은 돌에 야구방망이가 쥐어져 있는, 기념품 세트 같은 게 하나 놓여 있었다. 그는 의자에 앉으며 한숙에게 말했다.

"한숙 씨, 트로피나 기념품처럼 격조 있게 잘 만들었네. 멋있어!"

"영택 씨가 준 이 방망이를 비석공장에 가져가서 대리석 위에 세워달라고 했지. 여기 방망이에 새겨진 로고는 노벨상 메달이야. 괜찮지?"

"노벨상? 그런 희망으로 일하면 나쁠 건 없겠지! 아무튼 내가 그냥 하나 준 걸 이렇게 예술품처럼 만들다니 고마워. 근데 이 배트 끝에 붙은 건 비둘기 모형이네?"

"모형이 아니라 실제로 박제된 비둘기야. 읍내 순댓국 사장님이 달아준 거지. 딸랑 방망이 하나만 세우니까 좀 밋밋해서 부탁했지."

"수고했어. 그럼 이제 퇴근할까? 너무 늦었어."

"그래. 나도 피곤해. 가서 두 발 뻗고 좀 쉬어보자!"

영택은 한숙과 함께 연구소를 나와 밝은 LED 등불로 환한 숲길을 올라 기숙사로 향했다. 그 얼마 후 관리사무소로 빨간 승용차 한 대가 들어오더니 그 안에서 빨간 원피스를 입은 진숙이 내렸다. 그녀는 짐을 잔뜩 넣은 대형 캐리어 두 개를 양 손으로 간신히 끌고 남자 기숙사로 올라갔다. 영택의 방문 앞에 도착한 그녀는 그들을 아무렇게나 내던져 놓은 다음 그 방문을 거침없이 열어젖혔다. 다행히 방문은 잠겨 있지 않았다. 그녀는 그 안으로 들어갔다. 이때 영택이 욕실에서 샤워를 하고 나왔다. 그녀는 무작정 달려가 그의 품에 안기며 그에게 쉼 없이 입맞춤을 해댔다.

"자기야, 사랑해! 사랑해! 너무 보고 싶었어!"

"어허! 이거 옷 좀 입고! 어허! 갑자기 이러면… 어허! 물기 좀 닦고!"

"영택 씨, 아무 말 말아! 지금 옷이 문제야? 물기 그 깐 게 뭔데! 나 여기서 살려고 왔어! 보고 싶어 왔다구!"

"그래도 청장님께 알리지도 않고."

"그런 소리 하지 마. 결혼식이고 뭐고 그때까지 기다리기 싫어! 밀양, 아니 우리가 그 소나무 위에서부터 이미 하나였는데 다른 게 뭐가 필요해?!"

진숙은 물기 가득한 영택의 몸에 달라붙으며 그의 입술에 자신의 입술을 비벼댔다. 영택이 그녀를 힘껏 끌어안았다.

한편 그 새벽 3시, 외등이 밝게 비치는 연구소의 열린 창문틀에 푸른 발을 가진 거대한 올빼미 한 마리가 올라앉았다. 그 새는 크고 동그란 눈으로 연구실 내부를 뚫어지게 살피더니 그 어둠 속에서 무언가를 발견한 듯 곧장 안으로 날아들었다. 그리고 칠흑 같은 어둠뿐인, 진공의 우주 같은 깊은 적막 너머에 있는 휴게실로 날아가 그곳 탁자 위에 놓인 야구방망이 끝에 올라앉았다. 그리고 끝에 붙어 있는, 자신의 발톱에 물려진 박제된 비둘기를 움켜쥔 다음 다시 날아올랐다. 곳곳의 센서등에 불이 들어왔다.

올빼미가 날아오르자 그 새와 연결되어 있던 방망이도 검은 대리석 손에서 쑥 빠져나와 허공으로 솟구쳤다. 올빼미는 야구방망이의 무게나 길이 때문인지 크게 날지 못하고 날개를 파닥이며 연구실 내 곳곳으로 날아다녔다. 차츰 야구방방이가 사방으로 진동하기 시작했다. 올빼미는 그 진동으로 공중에서 휘청하다가 마침내 그 무게와 흔들림을 이기지 못하여 발톱을 풀어 방망이를 놓아버렸다. 그 새는 곧장 연구실 바깥 밤하늘로 날아갔다.

아래로 추락한 그 방망이는 연구실 안쪽에 있던 35번 플라스크에 "풍덩!" 하면서 빠지더니 곧장 가라앉았다. 잠시 후 그 안의 희끄무레한 액체 속에 담긴 그 방망이의 표면에서 거품이 심하게 일더니 그 안의 액체가 죽 끓듯 부글거리기 시작했다. 그 액체는 10여 분 후 잠잠해졌다.

다음날 연구실로 출근한 영택은 자기 구역의 플라스크들을 체크하다 35번 것을 보고 깜짝 놀랐다. 그 안에 든 액체가 젤리상태로 엉겨 있고, 그 색깔도 푸르스름하게 변해 있었다. 한숙도 그 모습을 보고 놀라 그에게 물었다.

"영택 씨, 여기 35번에 사고 난 거 아냐? 어제와는 완전히 다른 상태야. 그간 아무런 변화가 없었는데 이상하네."

"그러게 말이야. 가만 보자. 어, 저기 플라스크 바닥에 한숙 씨의 그 야구방망이가 가라앉아 있네? 어쩐 일이지?"

영택이 그 야구방망이를 꺼내기 위해 다음 실험에 촉매제로 쓰려고 놓아둔 푸른 대나무에 갈고리를 묶어 그 플라스크 안에 집어넣었다. 바로 그때 잔잔하던 그 푸른 젤리상태에 거품이 요란하게 일면서 그 대나무가 절반 이상 녹아내렸다. 그리고 곧바로 그 푸른 젤리 전체가 가을 황금들판처럼 밝은 진노랑으로 변해갔다. 영택이 급히 한숙과 연구진들을 불렀다.

"한숙 씨, 이 노란 묵 같은 게 우리가 원하던 그 신물질 같아. 저 바닥의 야구방망이, 그러니까 물푸레나무와 이 대나무 성분이 촉매제나 결합제로 작용해서 새로운 신물질이 나온 것 같아. 에코징 말이야."

"체크해봐야 알겠지만 그런 것 같아."

"큰 행운이 우리를 찾아온 게 분명해. 세렌디피티 말이야."

두 사람은 오늘날 주로 과학 분야에서 '우연한 발견이나 발명'의 의미로 사용되는 표현인 세렌디피티(serendipity)*에 대해 이야기를 나누었다.

그런데 그 수조 속의 신물질 탄생은 우연이고 행운인 건 맞지만 물푸레나무나 대나무는 그 실험에 결합 촉매제로 쓰려고 준비해둔 것들 중의 하나였다. 이런 사정을 아는 한숙이 영택에게 말

---

* 세렌디피티(serendipity) : 세렌딥(serendip, 스리랑카)의 세 왕자가 세상을 돌아다니며 행운으로 여러 가지 뜻밖의 발견을 한다는 이야기에서 시작된 표현인데, 플레밍의 페니실린 발명이나 고무에 황을 첨가한 굿이어의 고무가황법, 전자레인지, 비아그라, 3M사의 메모지인 포스트잇 등등 '뜻밖의 발견, 생각지도 않은 성공, 실패한 연구가 다른 용도에선 성공으로 다가온 경우' 등등 많은 사례들이 있다.

했다.

"영택 씨, 근데 이건 꼭 우연만은 아니야. 영상을 보니까 올빼미가 중요한 도움을 주긴 했어. 하지만 저런 시설이나 기본물질이 아예 없는데 야구방망이 혼자, 올빼미 혼자 뭘 어쩐단 말이람? 전혀 불가능해. 무엇이 본체인지 알려주지 않으면 사람들은 야구방망이나 올빼미가 우연히, 혹은 저절로 저 에코징을 만들어냈다고 할 거 아냐?"

"그런 면은 있지. 세상은 짜릿하거나 솔깃한 것에 관심을 더 가지니까! 하지만 행운이라고 해도 단순한 우연은 없어. 우리가 그들을 준비하지 않았다면 올 수가 없는 행운이지. 인류의 발명, 발견의 역사에서 수많은 우연이 있었지만 그들 대다수는 다 당사자들의 수많은 노력과 창의적인 시도가 가져다주는 값진 행운, 값진 선물이라고 할 수 있지. 노력에 대한 보답으로 오는 행운이 대다수지 뜬금없이 오는 행운은 드물어!"

"맞아!"

그날 이후 영택과 한숙, 그리고 그의 팀 연구진들은 두 달 이상 지루하고도 고통스런 반복실험을 통해 마침내 이 우주상에 없는 새로운 신물질 에코징의 형성과정 및 각 물질들의 결합비율, 결합농도와 반응온도, 결합효소, 중합반응의 처리내용, 그리고 그 결합을 촉진하는 촉매제의 역할과 구체적인 작용기전 등을 알아냈다. 물론 이들 자료는 극비로 처리되었다.

한숙은 그렇게 생성된 에코징 분자 내에 X선을 쏘아 그 빛이 회절하는 양상을 분석했다. 그녀가 그런 분석을 토대로 어렵게 추정해낸 그 분자구조는 놀랍게도 마치 사람이 인위적으로 그려놓은 듯 축구공 두 개가 나란히 놓여 있고, 그들이 긴 막대로 서로 연결되어 있는 형태였다.

이렇게 에코징 생성과정에 대한 기본 자료를 확보한 영택은 그 물질이 과연 어느 질환에 주된 치료효과가 있는지, 아니면 항산화제 등 어떤 생리활성 기능을 가지는지, 혹은 아무짝에도 소용이 없는 것인지 체크에 들어갔다. 하나의 신물질을 정밀하게 체크하는데 긴 시간이 걸리기에 모든 검사를 금세 다 할 순 없었지만 그와 연구원들은 주야를 가리지 않고 현대 질환에서 중요한 것들, 이를테면 항암성, 항염증성, 항알레르기성, 당뇨나 혈관질환, 항노화 기능 등등에 대해 지루하고도 힘든 조사와 검증을 해나갔다.

그러던 중 그는 에코징의 항암성에 대한 실험을 하다 놀라운 현상을 발견했다. 즉 실험용 쥐에서 유도해낸 암세포에 에코징을 소량 투입하자 무한 증식력을 가진 그들인데도 사시나무 떨듯 전율하면서 그냥 사멸해버리는 것이었다. 즉 에코징이 극미량만 들어가도 암세포들은 자기 고유의 대사활동을 완전히 멈춘 채 경련만 일으키다가 10여 분 후에 스스로 분해되어 사라져 버리는 것이었다. 그는 불가리아 유충을 연구하다 그 체내에서 면역세포를 발견하여 면역학의 새 시대를 연 메치니코프를 떠올렸다. 그는 에코징이 그의 발견 못지않은, 아니 그것을 월등히 초월하는 역사적인 것임을 직감했다.

"한숙 씨, 산천초목이 벌벌 떤다는 말처럼 이 신물질에 암세포들이 그런 반응을 보여. 신묘한 일이야."

"완치에 가까운 항암성이 확인된다면 이 에코징은 인류사에서 최대, 최고의 구원자가 될 거야. 그 정도로 엄청나."

"그래. 신을 과학적인 어떤 최고 경지의 물리 질서라고 본다면 우리가 지극히 작은 일부지만 그런 경지 근처에까지 도달한 셈이야."

"다 영택 씨 공이야. 영택 씨의 대담한 방향 설정과 시도, 그리고 평소 가져온 느낌까지도 통찰로, 과학으로 수용한 창의적 상상의 결과야. 진정한 천재지!"

영택은 이 연구와 실험의 모든 과정을 '금강송 숲에 피어난 노란 등대꽃'이라는 제목으로 빠짐없이 기록했다. 그 기록들은 나중에 그런 연구가 행여 큰 성과로 나타난다면 그것을 성취해내는 과정 및 그 노력들, 결단과 고통, 아이디어 발상과정 및 행운적인 면들, 실수와 아쉬움 등이 잘 드러나 많은 이들에게 깊은 감동을 줄게 분명했다.

08

내가 살기 위해
그의 정자를 가진 것뿐이야

어느 일요일 이른 새벽, 한숙은 가벼운 운동복 차림으로 기숙사에서 나와 외등이 비춰주는 산길을 걸어갔다. 그녀가 그 어슴푸레한 길을 돌아 영택이 조성한 약초정원 쪽으로 가는데 연구소 옆 고층건물이 눈에 들어왔다. 그 산속으로 온 지 2년이 지나다 보니 다녀보지 않은 곳이 없었지만 그 건물은 연구소와 무관한 곳인 데다 전에 그곳에서 있었던 이희재 사건이 떠올라 일부러 가지 않았었다.

그쪽으로 걸어가 보니 대낮같이 밝은 조명에 파란색으로 칠해진 웅장한 콘크리트 건물이 모습을 드러냈다. 정문 쪽에는 경비가 두 명이나 서 있고, 여러 대의 CCTV와 차량 차단장치가 설치되어 있는 등 삼엄함이 제법 느껴졌다. 전에 이희재는 그 옆쪽은 경비가 허술하다고 했었다. 그녀는 모서리를 돌아 건물 옆으로 갔다. 그곳 옆 부분에 샛문이 있었다. 그녀는 그 문을 잡아당겨 보았다.

문이 스르르 열렸다! 그 안에는 계단만 보였다. 그녀는 궁금증에 그냥 안으로 들어가 계단을 걸어 올라갔다.

그녀가 운동으로 생각하고 계단을 한참 오르자 맨 끝에 7층, 그리고 옥상이 나타났다. 그 건물, 그 옥상은 그 숲에서 가장 높은 곳이었다. 그녀가 발을 옥상 안으로 들여놓는 순간 멀리 동쪽으로 진홍색의 찬연한 빛이 눈에 들어왔다. 커다란 원형의 붉은 태양이 이제 막 어둠을 뚫고 솟아오르고 있었다. 갑자기 눈물이 왈칵 쏟아졌다. 새해 해돋이도 더러 가보았지만 그처럼 강렬하고 큰 원구의 태양은 처음이었다. 문득 자신의 어두운 삶에 밝고 따스한 별이 들어오는 듯했다. 가슴속에서 행복한 무언가가 꿈틀거렸다.

지금 연구상황도 매우 좋았다. 항암제인지 뭔지 아직은 결론이 다 난 것은 아니지만 영택과의 공동연구로 어떤 형태로든 괜찮은 성과가 나올 듯도 했다. 잘하면 인류를 헐벗음으로부터 해방시키는 데 그 출발점이 되었던 나일론 같은 인류사적인 발명도 기대해 볼 만했다. 자신도 천재라고 생각했지만 영택은 있는 듯 없는 듯하는 사람인데도 놀라운 발상과 시도로 일을 처리해냈다.

사물의 외형도, 그리고 우리 삶에서 가지는 여러 느낌도 자연과학적 의미를 내포하고 있는 진리, 혹은 과학, 혹은 진실의 중요한 일부라는 그의 발상이 에코징 개발의 출발점이었다. 에코징이든 다른 기적의 약물이든 위대한 것들은 단순히 자연과학적, 물질적 관점 하나로만 바라보아선 제대로 나오기 어렵다는 것을 그는 그런 연구과정을 통해 보여주었다. 문득 그가 그동안 한 번도 세상에 드러나지 않았던, 진귀한 보석들이 쏟아져 나오는 대광맥 같은 놀라운 인물이라는 생각이 들었다.

그녀는 검은 장막을 뚫고 솟아오르는 해를 바라보며 평생 처음으로 자신이 행복한 상황에 놓여 있다는 것을 명확하게 깨달았다. 그녀는 지금 이 순간을 놓치고 싶지 않았다.

'어떤 이는 사랑을 얻을 설렘으로, 돈을 벌 기대로, 혹은 첫 출근을 기다리며 저 붉은 태양이 힘차게 솟아오르기를 갈망하지. 하지만 곧 파산선고를 받을 사람이나 이별해야 하는 연인들처럼 아침이 밝아오는 걸 두려워하는 이들도 적지 않아. 태양이 솟아오르지 않고 어둠 속에 그대로 묻혀 있기를 갈망하다니 그 자체가 비극 아닐까? 우리 삶에 그런 게 있다는 게 나를 슬프게 해. 솟아오르는 태양이 절망이 아닌 희망으로 다가와야 해. 내 삶도!'

한숙은 희망에 찬 눈빛으로 동녘 하늘을 한참 바라보다 다시 계단을 따라 천천히 아래로 내려왔다. 그녀가 3층에 다다를 무렵 안쪽에서 경비원이 눈을 비비며 나오더니 아래쪽 계단으로 내려갔다. 그녀는 그가 나온, '냉동실'이라고 적힌 3층 문을 열고 들어가 그 안을 들여다보았다. 칸막이로 여러 구역으로 나누어진 공간 곳곳에는 실험실에서 많이 보던 원형의 냉동 설비들이 가득 들어차 있었다. 그녀는 약간의 두려움에 다시 돌아나가려는데 멀리 '기증된 정자'라는 글자가 눈에 들어왔다.

'미국 명문대 남학생들이 난임 부부들에게 정자를 많이 기증한

다는데 여기도 그런 건가?'

그녀는 조심스레 그쪽으로 난 통로로 걸어 들어갔다. 그 안쪽 멀리에는 간호사인 듯한 한 여성이 그 냉동 장치들을 살펴보더니 얼마 후 다른 곳으로 사라졌다. 한숙은 재빠르게 그 여성이 있던 통로로 걸어갔다. 그 긴 통로 양쪽에는 스테인레스로 된, 대형 보온병 형태의 냉동 장치들이 수없이 진열되어 있고, 그 원형통 속에는 길쭉한 시험관 같은 게 6개씩 들어 있었다. 그리고 그 통 옆엔 기증자임이 분명한 사람들 이름과 생년월일이 적혀 있었다.

'여긴 다 냉동 정자인가 보네. 기증자 코너이고.'

그녀는 그 이름 하나하나를 읽어갔다. 그런데 그 맨 안쪽 것엔 박영택이라는 글씨가 적혀 있었고, 그의 생년월일도 실제 그대로 나와 있었다. 정자가 냉동된 날짜는 자신과 그가 이곳으로 온 첫날이었다. 그녀는 적지 않게 놀랐다. 그가 어떤 연유로 정자를 기증하게 되었을까? 멀리서 간호사들이 다른 통로에서 몰려오는 소리가 났다. 그녀는 몸을 숙인 채 급히 그곳을 빠져나왔다.

영택은 주말에 요양병원에 갔다가 그 소나무 숲에 들른 승억과 함께 자신이 조성하고 있는 약초정원을 둘러보며 이야기를 나누었다. 승억은 그와 동거하고 있는 진숙 이야기를 꺼냈다.

"박 실장, 딸아이가 여기에 사니 안 올 수가 없네. 요즘 진숙이는 잘 지내지?"

"예! 잘 지냅니다. 청장님, 지금 제 목을 비틀고 싶으시죠? 제가 알리지도 않고 진숙 씨와 산다고요."

"아냐! 이 사람은! 자넬 믿을 뿐만 아니라 자네가 그 위험한 패러글라이딩에서 그 애, 아니 나를 해방시켜 주어서 오히려 고맙네. 두 발 뻗고 편히 잘 수가 있어서 좋아. 그리고 진숙인 자기 스스로 사랑을 결정하지 이 애비가 강제한다고 구속될 아이가 아니야, 허허."

"그렇게 말씀해주시니 감사합니다. 다만 방이 좁아서 진숙 씨에게 미안한 생각이 듭니다. 진숙 씨는 오히려 좁으니 더 좋다고는 합니다만."

"당분간 에코징 연구가 긴박하게 돌아가기 때문에 바깥에 나가 살기는 어려우니까 어쩔 수 없지, 뭐. 결혼식은 봄에 한다니까 그때 관리소에서 단독주택을 줄 거야. 그건 그렇고 그 에코징이라는 물질에 암세포가 꼼짝 못한다는 보고를 받았는데 어느 정도야?"

"네, 간이실험 결과 암세포들이 그 물질에 85퍼센트 이상 소멸되는 것으로 나옵니다. 일부는 100퍼센트 소멸이구요."

"그런 정도라면 사실상 항암제의 완결이라고 할 수 있겠지. 암은 완치율 50퍼센트만 되어도 기적이라 할 수 있는데 그 정도라면 놀라운 일이야. 나중에 그게 최종 검증되면 앞으로 인류사회에서 거대한 태풍이 불거야. 근데 보고서엔 현미경이 필요하다는데 무슨 내용이지?"

"네, 보안상 자세히 적지 않았습니만 일단 안으로 가보시죠."

영택은 승억을 연구실로 안내했다. 그는 화이트보드에 직접 축구공 형태의 공 두 개를 나란히 그린 다음 그 둘을 사다리 형태의 선으로 연결시키면서 말했다.

"장인어른, 아니 청장님, 에코징 분자는 이 그림처럼 원자단 두 개, 즉 축구공 두 개가 서로 연결된 모양입니다."

"참 절묘하고 신비로운 구조구만. 신의 예술품 같아."

"그런데 중대한 문제가 발견되었습니다."

"중대한 문제?"

"네, 이 에코징은 그 생성 후 10시간이 지나면 약효가 10분의 1로 확 떨어집니다. 한숙 씨가 엑스선 회절분석으로 그 분자 내부 구조를 살펴보았더니 10시간이 지나면 축구공 같은 그 원자단 두 개가 서로 균형이 무너지는 것으로 나온다고 합니다. 약효는 그로 인해 떨어지는 거고요. 이건 어디까지나 추정이기에 더 정확한 관찰을 위해선 초저온 전자현미경이 필요합니다."

영택은 휴대폰으로 승억에게 그 현미경 모습을 보여주었다. 그 사진을 본 승억이 그에게 물었다.

"그럼 이게 얼마 정도 하는가?"

"그 자체만 대략 100억 원 정도 들 것 같습니다. 부대비용까지 합치면 150억 원 정도입니다."

"100억 원? 식당 냉장고 두 개 크기의 장비 하나가 중소기업 규모구먼. 금덩어리 150억 원어치를 쌓아도 그 1/3 크기는 될 정도로 엄청나게 비싸군 그래. 부대비용 50억 원은 애초 이 연구소에 잡힌 예산의 일부라 어떻게 하면 되겠는데 나머지 100억 원이 문제구먼."

"청장님, 이 장비를 개발한 이들이 노벨상을 받았을 정도이니 엄청난 장비입니다. 하지만 우리나라에선 그런 투자를 하긴 어렵지 않을까 합니다. 그 돈으로 기초수급자들 수만 명을 도울 수 있으니까요."

"그게 참 어려운 문제고 또 딜레마야. 문제는 그런 자금문제 때문에 중요 약품들이나 장비들은 다 선진국 차지가 된다는 거지. 가난한 나라는 눈앞에 닥친 생계문제가 급하니까 그런 연구에 큰 자본을 댈 수가 없어 개발을 접게 돼. 결국 경제력이 약한 나라들은 의학 선진국들에 기술종속, 연구능력 종속, 약품수급 종속으로 나중엔 그 개발비의 몇 십, 몇 백 배를 지출하게 돼. 과거 백혈병 치료제 글리벡에서 보듯 중요 질환이나 희귀질환 치료제는 알약 하나, 주사 한 번에 몇 만, 몇 십만 원, 심지어는 백만 원 넘는 것도 있어. 이번엔 내가 자리를 걸고서라도 이 항암제만은 그런 일이 없도록 해야겠어. 어차피 오래 했으니까 여한은 없어."

"네? 자리를 거신다구요?"

두 사람은 차를 타고 읍내 순댓국집으로 갔다. 그 집 사장은 영택에게 600년 된 대왕 소나무를 구경시켜 주어 고맙다며 순댓국을 곱빼기로 주었다.

영택은 승억과 헤어진 다음 차를 몰고 관리소 아래 금강송 테마 전시관 쪽으로 갔다. 가는 도중 고개를 돌려보니 건너편 강둑길에 빨간 승용차 한 대가 서 있었다. 한숙의 차인 것 같았다. 오전에 그녀는 누굴 만난다며 그 강둑으로 간다고 했었다. 그는 테마전시관 근처에 잠시 차를 세웠다.

바로 그때 갑자기 그 빨간 차의 조수석 유리가 부서졌다. 언뜻 그 안에 선글라스를 낀 장발의 사내가 보였다. 그는 화가 나는지 조수석 곳곳을 주먹으로 내리치고 있었다. 그런데 그 차가 조금씩 움직이더니 갑자기 강둑 아래로 내려가 그 바닥에 "쿵!" 하고 처박혔다. 잠시 후 한숙이 차에서 빠져나오더니 위로 올라가 강둑길을 달리기 시작했다. 그때 조수석 문이 거칠게 열리면서 선글라스를 낀 거구의 장발 사내가 내려 한숙을 쫓아갔다. 영택은 우선 112에 전화를 건 다음 차를 돌려 한숙 쪽으로 향했다. 하지만 건너편 둑길로 가려면 좁은 길을 제법 돌아가야 했다.

강둑의 한숙은 옷이 조금 찢어진 채 뒤돌아보며 소리쳤다.

"야, 이희재! 이 자식아! 이제 꺼져! 다신 오지 마. 지난 일은 다 지난 일이야! 난 새로운 인생을 살 거라구! 니가 내 인생을 결박할 수 있을 것 같아? 나를 괴롭히는 거는 나치 학살자와 다를 바 없어!"

이희재가 자신의 검은 점퍼를 벗어 던진 후 한숙을 향해 달려가며 소리쳤다.

"내가 처자식 다 버리고 너에게 헌신하다 인생 종치게 되었는데 뭐? 니 혼자 새로운 삶을 살겠다고? 아니 저게 누구 좋은 놈이 생겼나? 어차피 삶이란 누구에게나 다 물거품 같은 거야. 다른 거품 찾아가 봐야 별수 있으려고? 천재라는 년이 인생에 대해서는 소대가리보다 못하구먼. 에잇!"

그는 빠른 걸음으로 달려 한숙을 따라잡은 다음 그녀를 풀밭으로 밀어버렸다. 한숙이 공원길 옆 잔디밭으로 쓰러지더니 그곳에 주차되어 있던 푸른 스포츠카에 살짝 부딪쳤다. 그러자 그 차 안 운전석에 발을 올린 채 포르노를 보고 있던 조문식이 바깥으로 튀어나왔다. 그는 한숙을 일으켜 세운 다음 곧바로 그녀에게로 달려드는 이희재에게 소리쳤다.

"어허! 어허! 스톱! 스톱! 내 차에 물건도 아니고 사람을 충돌시켜 접촉사고 일으킨 자는 니가 처음이군. 재주가 비범하긴 한데 보상은 해야겠지. 암, 그렇고말고! 근데 여린 여자를 때리는 자체가 신성모독이야! 폭력 대신 사랑으로 감싸주어야지. 여성에 대한 현대적 가치관도 확립하지 못한 너 같은 장발족은 여자를 사귈 자격조차 안 돼! 저리 가! 훠이! 훠이!"

그는 농부가 참새를 쫓듯 두 손을 여러 번 내저으며 이희재 코앞으로 다가가 그를 막아섰다. 그러자 이희재가 조문식에게 소리쳤다.

"뭐야? 소도둑 같은 게 넌 뭐냐! 잡설 늘어놓지 말고 그 여자 내놔!"

"같잖은 소리 작작하시지. 아? 그러고 보니 너 저번에 저 소나무 숲 기숙사 앞에서 나한테 턱쪼가리 얻어터진 그 양반 아냐?! 하하하, 반갑다야! 근데 이 여인도 전에 내 노래방에 오셨던 그분인데? 그때 일로 쇠고랑 차긴 했지. 근데 둘 다 여긴 웬일이야? 그때 못 나눈 사랑을 오늘 이루려다 사랑싸움이 났구먼, 으하하 하하. 하지만 이젠 당신이 양보하셔야겠네. 이 여성분을 다시 보니 왠지 내 마음이 설렌단 말이야! 심쿵이야!"

"야! 개소리 집어치우고 저 여자 내놓지 못해! 내 여잔데 이 새끼가!"

이희재가 기다란 팔을 내뻗으며 조문식에게 달려들었다. 그러자 그는 이희재의 주먹을 피한 다음 레슬링 자세로 그의 몸으로 파고들었다. 두 사람이 싸움을 벌이는 사이 한숙은 그들로부터 벗어나 강둑길을 달리기 시작했다. 두 남자 사이에 격투가 계속되고 있었다. 조문식의 허리 감아 돌리기에 이희재가 "윽!" 하고 신음을 토하며 풀밭으로 쓰러져 서너 바퀴 굴렀다. 바닥에 쓰러진 그는 밀리는 전세를 만회하려는 듯 품에서 칼을 꺼내 조문식에게 달려들었다. 조문식이 재빨리 자기 차에 올라탄 다음 강둑길을 달려가 한숙 앞에 차를 세웠다. 차에서 내린 그는 그녀 앞에 서서 정신 나간 사람 마냥 흥분한 목소리로 마구 지껄여댔다.

"오, 숭고한 여인이여! 큰 데 붙어야 얻어먹을 것도 많다는 진리를 알지 못했군! 진작 이곳 일인자인 나하고 연애했으면 이런 수모를 겪지 않았을 거 아니오! 이런 맹추! 나, 서울대 차석으로 입학했는데 마약으로 졸업은 못했지만 제법 쓸 만한 사람이오. 당신을 한없이 사랑하오! 맹자의 성선설을 믿으신다면 선하기 그지없는 나와 같이 가오. 앞으로 순정을 바치며 살겠소!"

"이거 놔요! 왜 이래요?!"

한숙이 자신의 옷깃을 잡고 늘어지는 그에게서 벗어나려 발버둥을 쳤다. 바로 그때 그의 뒤쪽에서 “3초!” 하는 기합소리가 나더니 조문식이 그 자리에서 풀썩 쓰러졌다. 한숙이 몸을 돌려 뒤쪽을 돌아보았다. 그녀 앞에 터벅머리를 한 거대한 체격의 명국이 서 있었다. 그는 혼잣말로 “3초면 소멸할 것들이!” 하면서 가던 길을 그대로 갔다. 그리고 그는 멀리서 칼을 들고 달려오던 이희재가 자기 옆을 스칠 때 찰나에 그의 목에 주먹을 갖다 꽂았다. 이희재가 비명을 지르며 통나무 넘어지듯 쓰러져 강바닥으로 내리굴렀다. 명국은 멀리서 달려오는 노랑머리 치렁치렁한 여인을 향해 “혜영아. 마도로스 오빠 돌아왔따!” 하며 두 팔을 벌려 그녀를 끌어안았다.

영택의 차가 한숙에게 도달할 무렵 경찰차가 사이렌을 울리며 강둑길로 들어서고 있었다. 이에 놀란 조문식과 이희재 모두 급히 일어나 들판으로 줄행랑쳤다. 영택은 한숙에게로 가 넋을 잃은 듯 멍한 표정으로 서 있는 그녀에게 말했다.

“한숙 씨, 괜찮아?”

“영택 씨, 너무 힘들어! 흐흐흐흑.”

그녀는 운전석의 영택에게 다가가며 울음을 터트렸다. 영택이 그녀를 조수석에 태워 소나무 숲 쪽으로 달리며 그녀를 위로했다.

“한숙 씨, 조선의 천재 율곡선생에게 어느 날 친구가 찾아왔을 때야. 청빈한 살림의 그는 손님이 왔는데 맹물만 내놓기가 그래서 장독에 있던 홍시 몇 개를 꺼냈다고 해. 그런데 그 집에는 어머니

신사임당 사망 후 부친의 첩실로 들어온 서모가 같이 살고 있었는데 그녀는 선생이 자기 몰래 홍시를 꺼냈다며 그 장독에 목을 집어넣고 죽는다고 난리를 피웠다고 해. 우리가 아는 역사 속 모든 위인들, 그 어떤 천재들도 현실을 벗어난 고고한 삶, 고통과 갈등과 그늘이 없는 삶을 살진 않았어. 그렇게 살 수가 없지. 우리 인간의 삶이 원래 그래. 성현이나 종교 이야기처럼 거룩할 수도 없고, 위인전 같은 삶도 불가능해. 우리 삶은 꾸며진 신화나 영웅담처럼 될 수가 없어. 지금 한숙 씨가 고통스런 시련을 또 겪은 것은 안된 일이지만 알고 보면 우리 다 그래. 각자에 오는 고통의 시간과 장소와 모습만 다를 뿐이야. 그러니까 나만 당하는 일이라 생각하지 마."

"영택 씨, 삶이 정말 고통의 바다일까? 이제 힘든 일은 없을 줄 알았는데 또 이러네."

한숙은 문득 연구소 옆 파란 정자은행 건물이 떠올랐다. 그녀는 그의 손을 꼭 잡고 무언가 큰 결심을 한 듯 비장한 표정으로 말했다.

"영택 씨, 이젠 숨죽이며 살고 싶지 않아! 내 마음 가는 대로 할 거야. 갑자기, 갑자기 그런 생각이 드네. 내가 별처럼 빛나는 사랑은 할 수 없을지라도 빛나는 생명은 가져도 되지 않을까 하는 거. 그렇다고 영택 씨와 함께하는 연구실 작업은 차질 없이 해낼게. 우리 연구가 중도에 멈추면 안 되니까!"

"빛나는 생명? 무슨 말인지 모르겠네. 지금 큰 사고 치려는 사람 같아."

다수의 인부들이 연구소를 포함한 소나무 숲 관리사무소 구역 둘레로 철조망 공사를 하고 있었다. 포클레인이 거친 엔진소리를 내며 일정한 간격으로 초소를 세울 곳의 땅을 골랐다. 산림청은 영택의 연구팀이 암세포를 사멸시키는 강력한 신물질 에코징을 만들었다는 보고를 받자 곧바로 관리소 전체에 울타리를 설치하는 등 보안 강화에 나섰다. 날이 어둑해지자 작업이 멈춘 공사장엔 군인들 수백 명이 보초를 섰다. 곳곳의 군용트럭에서 뿜어 나온 강력한 서치라이트가 사방을 비추며 경계에 들어갔다.

멀리 커다란 소나무 두 그루 위에서 그런 모습을 지켜보던, 푸른 눈에 날렵한 몸매를 가진 서양인 두 사내가 배낭 차림으로 재빠르게 땅으로 내려왔다. 그들은 훈련된 솜씨로 소나무 구역과 수풀을 통과한 다음 보초들을 피해 관리사무소 구역 내로 진입했다. 그들은 칡줄기로 뒤덮인 커다란 초망에 숨어 관리사무소 내부가 그려진 지도를 펼쳤다. 거기에는 자신들의 위치와 함께 등대 모양으로 지어진 연구소 및 그 옆의 파란 건물이 빨간 점으로 표시되어 있었다. 한 사내가 그 파란 건물, 즉 그 정자은행에 'switch off(소등)'이라는 글자를 써넣었다. 그러자 다른 사내가 연구소와 파란 건물에 동시에 'power off(전력차단)'이라는 표시를 했다. 그 지도에는 멀리 보부상길 쪽에서 다수의 인원들이 헬기를 통해 그 건물 옥상으로 들어오는 게 화살표로 그려져 있었다. 잠시 후 그들은 배낭에서 침낭을 꺼내 그 안에 들어가 잠을 청했다.

깊은 밤, 한숙은 책상 앞에 앉아 책장에서 꺼낸 시집들을 여기

저기 펼쳐보았다. 하지만 그녀는 몇 장 읽지도 않고 그들을 다 덮어버렸다. 왜 그런지 그들은 죄다 고통이나 죽음에 관한 것들뿐이었다. 시인들 눈에도 인생이란 즐거움보다 고통이 더 많아 보이는 걸까? 삶이란 원래 다 그런 걸까? 하지만 설령 인생이 그렇다 하더라도 그녀는 고통이나 눈물, 그리고 죽음이 두려웠다. 갑자기 자기 삶이 다시 예전처럼 비참하게 굴러갈지 모른다는 두려움이 밀려들었다.

그녀는 답답한지 에어컨을 끈 뒤 창가로 걸어가 창문을 활짝 열어젖혔다. 더운 7월이었지만 숲속 공기는 시원했다. 밝은 밤하늘과 함께 웅비하는 듯 위로 치솟은 소나무들을 보니 마음이 다소 진정되었다. 그녀는 냉수를 마신 후 침대에 누웠다. 이때 휴대폰이 울렸다. 건강기능식품 회사를 운영하는 외사촌 경옥이었다.

"한숙아, 냉동차는 준비가 되어 있긴 하고, 불임클리닉의 김 박사도 시술해준대. 근데 정자는 어디서 구하게? 김 박사가 그거 묻더라."

"걱정 말고 조금만 기다려. 가져갈 테니까!"

"그런데 남자도 없는데 애를 왜 가지려고 하는지 모르겠어. 혼자 어떻게 키우려고?"

"언니! 내가 오죽하면 이러겠어. 숨이 막혀 죽을 것만 같아서 그래. 이 땅덩어리가 거룩한 성전 같아서, 저 산과 들이 천국보다 더 아름다운 풍경을 선사해줄 테니 같이 있자며 나를 붙잡는 것 같아서 차마 죽을 순 없어. 그래서 애 하나 낳아서 볕이 잘 드는 양지바른 곳에 조용히 살고 싶어! 흐흐."

"아니 이 애가 지금 뭐라는 거야? 너, 우는 거 보니 우울증이구나. 나도 요즘 회사가 어려워 우울이 한 바가지야! 그런데 정자를 주려는 사람이 누구야? 박 실장?"

"그건 알 것 없어. 어느 시인은 자기 내부엔 울음이 살고 있다고 했는데 내 영혼 속엔 고통이라는 놈이 살고 있는 것 같아. 이걸 몰아내려면 내가 자살을 하든, 아니면 다른 큰일이든 무언가를 벌려야 할 것 같아. 한 시간 후에 전화할게! 그때 공원으로 와!"

그녀는 강둑에서 이희재에게 당한 이후로 심한 우울증과 함께 삶에 대한 회의에 빠져들었다. 사람들은 자살을 그 당사자가 하는 '자유로운 선택'이라고 생각할 테지만, 그래서 그럴 바에야 더 악착같이 살라고 말하지만 정작 그 당사자에겐 자살이란 선택의 여지가 없이 해야만 하는, 회피할 수 없는 운명이었다. 하지만 그녀는 고개를 흔들었다. 자기 삶을 이대로 종결지을 수는 없었다. 살고 싶었다. 그 파란 건물의 옥상에서 본 태양이 생각났다. 행복하게 사는, 세상에 널린 숱한 여인들 못지않게 자신도 제법 빛나게 살 순 없을까?! 충분히 가능했다.

그녀는 휴대폰을 무음으로 한 다음 입술을 굳게 깨물며 방을 나섰다. 그녀의 등가방엔 휴대용으로 구입한, 건전지로 30분간 작동되는 극저온 냉동보온병이 들어 있었다. 1층 마당으로 내려온 그녀는 여자 기숙사 앞마당을 훤하게 밝히고 있는 외등 빛을 손으로 가린 뒤 밤하늘을 올려다보았다. 달빛 때문인지 하늘은 더 맑아 보였다. 그녀는 그 하늘을 향해 투덜거렸다.

'밤이 분명한데 이 시각까지 넌 왜 밝고 푸른 자태를 뽐내고 있느냐 말이다! 경멸로 가득한, 빛나지 않는 삶이 구축되어 버린 내게 왜 아름다운 별빛들을 내리비치게 하는가 말이다! 하늘, 너도 그래! 나를 다 지켜보면서도 하나도 지켜주지 못하고 있잖아! 모순 아니야? 난 널 우러러보는데 넌 날 외면만 하잖아! 내 삶의 시작은 아는데 그 끝은 어딘지 말해줄 수 있어? 아니잖아! 야누스적인 이중성을 가진 너를 정말 경멸해! 흥!'

그녀는 외등 뒤쪽 검은 공간 속으로 뛰어들었다. 그녀는 사람들이 크고 은밀한 일을 할 때 왜 어둠 속에서 많이 하는지 이해할 것도 같았다. 그것은 일종의 짜릿함이자 자기 혼자만 아는 그 은폐가 주는 묘한 쾌감 때문이었다. 헌데 젠장! 무슨 대수로운 일이라고 심장이 쫄깃해온단 말인가!

그녀는 떡갈나무 아래로 허리까지 치솟은 수풀을 헤치며 남자기숙사를 지나 연구소 옆 파란 건물 쪽으로 한발 한발 걸어갔다. 그리고 차츰 속도를 내어 적을 향해 각개전투를 벌이는 게릴라처럼 몸을 구부리며 앞으로 내달렸다. 그녀는 암흑 속에 묻혀 달리는 자신이 마치 아무도 볼 수 없는 유령인간처럼 느껴졌다.

심야에 150여 미터의 이동은 영원보다 더 긴 시간처럼 느껴졌다. 달에 간 암스트롱의 발걸음만 위대한 게 아니었다. 오십보백보라는 말도 말짱 헛소리였다. 지금 운명을 건, 무겁고 침중한 한발 한발인데 어찌 위대하고 엄숙하지 않을 수 있단 말인가! 그 발걸음 하나하나에 운명이 걸려 있었다! 차츰 흥분이 밀려와 심장이 터질 것만 같았다.

그것은 그녀 인생과 영택의 삶에 더할 수 없이 큰 운명이 될 수밖에 없는 놀라운 발걸음이자 그녀가 죽음으로 가지 않기 위한, 모멸의 삶일지라도 살아남기 위한 탈출로서의 대담한 발걸음이었다. 생존을 위한 일에 도덕, 윤리가 무슨 소용이란 말인가!

정자은행 건물에 도착한 그녀는 재빠르게 샛문을 통해 계단 3층까지 올라가 문을 열고 그 안으로 들어갔다. 카운터엔 경비가 없었다. 그녀는 조심스런 발걸음으로 안쪽 통로로 들어가 '정자 기증' 코너로 걸어간 다음 냉동 장치들 중 박영택이라고 적힌 원통형의 냉동 장치 앞에 멈추어 섰다. 하지만 그녀는 영택의 이름을 보자 덜컹 두려움이 밀려들었다. 그의 정자로 아기를 가지겠다고? 그것도 몰래? 좋아는 하고 신뢰도 하지만 사랑, 아니 서로 사랑의 교감도 없는데 말이다! 한 남자를 믿고 의지하는 것과 그를 사랑하는 것은 전혀 다른 문제 아닌가! 괜한 짓임이 분명했다! 그리고 무모했다. 다른 것도 아닌 생명을, 자식을 그런 식으로 가진다고?

다시 되돌아가고 싶었다. 그녀는 갑자기 마음이 확 식어버려 몸을 돌렸다. 바로 그때 일단의 군화 발자국 소리가 요란하더니 멀리 계단 쪽 문을 통해 배낭을 멘 건장한 백인 남자 둘이 안으로 들이닥쳤다. 한숙은 몸을 숨긴 채 그들을 쳐다보았다. 그들 손엔 소음기가 부착된 자동소총이 들려 있었다. 갑자기 불이 꺼졌다! 그들이 전기를 차단한 모양으로 실내는 순식간에 암흑세상이 되어 버렸다. 한숙은 그 정전에, 그리고 총을 든 그들에 너무 놀라 그 자리에 주저앉았다. 이때 어디선가 간호사들인 듯 여자들 목소리가 들렸다.

"정전이 길면 여기 전체 수만 명의 냉동 정자, 난자들이 녹아서 다 못 쓰게 돼!"

"수정된 냉동 배아들이 더 큰일이야."

한숙이 고개를 돌려보니 건너편 자신의 연구소 건물에도 불이 다 꺼져 있었다. 그곳은 24시간 불이 꺼지지 않는 곳이었다. 갑자기 에코징 개발시설과 연구자료가 있는 실험실 및 보안자료실이 생각이 났다. 그럼 무장한 저 백인 남자들은 누구란 말인가! 누군지 몰라도, 그리고 누가 정보를 준 것인지 몰라도 저들은 그 엄청난 기술이나 자료를 탈취하러 온 것일 수도 있었다. 아니 그렇게 온 게 분명해 보였다. 그렇지 않고선 이 산속 외진 곳에 무장한 외국인들이 굳이 올 이유가 없었다. 저들이 냉동 난자, 정자를 머나먼 이국땅에 와서까지 가져갈 필요는 없지 않은가!

그녀는 칠흑 같은 어둠 속에서 휴대폰을 옷으로 가린 다음 급히 영택에게 문자를 넣었다.

'연구소에 침입자 발생! 비상!'

바로 그때 그녀가 있던 그 공간에 딱! 딱! 딱! 하는, 나무 부러지는 듯한 작은 총성이 수십 발 울려 퍼졌다. 한숙은 급히 휴대폰을 끄고 몸을 조금 이동시켰다. 총알들이 계속 그녀 옆쪽 벽에 무수히 부딪쳐 강렬한 불꽃을 일으켰다. 그들이 그녀 휴대폰 불빛을 보고 조준 사격한 게 분명했다.

한숙은 공포를 느끼며 바싹 엎드렸다. 어디선가 "쉬! 쉬!" 하는 작은 소리들이 났다. 수백 개의 냉동 정자들이 급속히 녹는 소리 같기도 했다. 그들이 녹으면 버려질 게 분명했다. 그녀는 괜히 마음이 불안해졌다. 영택의 것이라도 구하고 싶었다. 그냥 그래야 될 것 같았다. 그의 정자를 훔친다는 생각은 아예 들지가 않았다. 어차피 어둠 속이었다. 총에 맞으면 할 수 없지만 맞지 않을 확률도 높았다.

그녀는 방한장갑을 낀 다음 소리 나지 않게 천천히 바닥에서 일어나 바로 앞에 있는 영택의 원통 장치에 손을 내밀었다. 그리고 더듬으며 시험관 크기의 관 6개를 꺼내 극저온 보온병에 담았다. 그녀는 그 병을 넣은 가방을 등에 멘 다음 손으로 통로 벽을 더듬으며 천천히 이동하다가 짐작으로 계단 문 쪽을 향해 빠르게 내달렸다. 곧바로 그녀 쪽으로 총알이 무수히 난사되었다.

"딱! 딱! 딱! 딱! 딱! 딱!"

멀리 아주 엷게 빛나는 비상구 등이 보였다. 그녀는 무서웠지만 필사의 탈출자처럼 그쪽으로 향해 맹렬히 달렸다. 총알이 쉴 새 없이 날아왔다. 하지만 어둠 덕분에 그녀는 용케 그들을 피해 문을 통과하여 계단으로 나갔다. 바로 그때 계단 위쪽에서 10여 명이 될 듯한 군화소리가 요란하게 울려 퍼졌다. 그들은 빠른 걸음으로 아래로 내려오고 있었다. 누군지 외부 세력들이 이 정자은행 건물에서 특수작전을 시작하는 모양이었다. 잠시 후 헬기 한 대가 건물 옥상에서 서쪽으로 사라지는 소리가 들렸다.

거의 날 듯이 1층으로 내려온 한숙은 연구소 쪽을 쳐다보았다. 자신의 연락 때문인지 몰라도 그 정문 쪽으로 중무장한 군인 수백 명이 군용트럭에서 내려 급히 달려오고 있었다. 그 군인들은 파란 건물 안으로 일제히 진입하여 총을 쏘아대기 시작했다. 그녀는 연구소 뒤쪽 산책길을 통해 자신의 차가 있는 주차장으로 빠르게 달렸다. 저 위쪽에서 방탄복을 입은 영택과 경비들이 아래로 내려오는 게 보였다. 잠시 후 또 다른 병사들이 파란 건물을 완전히 포위했다. 그리고 곧 총격전이 다시 시작된 모양으로 공포스런 총성이 밤하늘과 그 숲 전체에 쉼 없이 울려 퍼졌다.

한숙은 등에 멘 냉동 장치가 녹을까 가슴 졸이며 사력을 다해 주차장으로 달렸다. 그녀에겐 그런 총격전은 전혀 눈에 들어오지 않았다. 영택의 정자를 훔쳐 어떻게 하려던 생각도 들지 않았다. 그냥 그 냉동 정자가 빨리 온전한 공간으로 옮겨지기만을 바랐다. 그녀는 마치 뒤에 누구라도 쫓아오는 것 마냥 칼을 휘두르듯 한 손을 뒤로 휙휙 내뻗었다. 신이 추격자가 되어 쫓아와도 결코 그 차가운 장치를 빼앗기질 않을 작정이었다.

그녀는 마침내 그 보온병을 자신의 차에 싣고 정문으로 달려갔다. 관리소 정문 경비가 그녀를 확인한 뒤 내보내주었다. 관리소 밖에는 이미 군용트럭과 탱크들, 그리고 많은 병사들이 관리소 안으로 진입을 준비하고 있었다.

그녀는 아래로 조금 더 달려 금강송 숲 테마전시관 근처 공원으로 내려갔다. 그곳에는 경옥과 함께 살색 레깅스를 입은 홍보부장 박보경이 구세주나 선지자를 기다리듯 고개를 이리저리 내밀며 그녀를 기다리고 있었다. 한숙은 안도하는 마음으로 그 냉동 보온병을 경옥에게 건네주었다. 한숙은 그 냉동차를 보자 자신이 오늘 무엇을 하려 했는지 그제야 생각이 현실로 돌아왔다.

잠시 후 그녀가 경옥에게 말했다.

"언니, 지금 연구소 주변은 전쟁상황 같아. 내가 조금만 늦었어도 이 냉동 정자는 폐기되었을 거야. 정전에다 총격전까지 벌어져 그 안에 있던 난자, 정자 다 못 쓰게 될 판이야!"

"알겠어. 곧 김 박사에게로 와. 그분도 큰 결심으로 시술해주는 거야. 자기가 미혼으로 아이가 없다 보니 법을 떠나 해주는 거라구."

"언니, 나는 많이 방황하고 많이 타락하며 살아왔어. 그런 내가 무슨 자격으로 좋은 남자를 만나 살겠어? 영택 씨에겐 미안하지만 평생 숨기며 몰래 낳아 키울 거야. 단지 내 의지대로 내 인생을 꾸려가고 싶을 뿐이야. 그에게, 남자에게 기대며 살고 싶지 않아. 그가 운이 나쁘다면 내가 이런 결심을 하는 바로 지금 이때 단지 내 옆에 좋은 모습으로 있었다는 거야."

그들이 대화를 나누는 동안 살색 레깅스 대신, 그것보다 더 야한 분홍색 나팔바지로 옷을 갈아입은 박보경이 공원 한가운데로 가더니 무릎을 조금 구부린 다음 엉덩이를 격렬히 흔들며 트월킹 춤을 추어댔다. 그 모습을 보던 경옥이 한숙에게 말했다.

"재가 저 풍만한 몸에 레깅스도 야한데 요즘은 그보다 더 달라붙는 분홍색 판탈롱도 많이 입어. 아무래도 시집을 갈 때가 된 것 같아."

경옥의 냉동차가 떠난 뒤 한숙은 다시 기숙사로 돌아왔다. 숨가쁜 시간이었다. 그녀는 자신이 영택의 정자를 훔친 것인지, 아니면 그 서양인 남자들의 침투로 녹아 사라질 뻔한 그의 정자를 구해낸 것인지 판단이 잘 서지 않았다. 하지만 분명한 것은 그의 정자를 훔칠 의도로 파란 건물에 갔으며, 또한 소멸 직전의 그의 정자를 자신이 극적으로 구해냈다는 사실이었다. 그녀는 차를 주차한 뒤 파란 건물 주변을 살펴보았다. 상황이 종료되었는지 군인과 탱크들이 철수하고 있었다.

그녀는 2층 기숙사 계단을 오르려다 하늘을 올려다보았다. 그 하늘 서쪽은 구름으로 장악되어 가고 있었다. 그 흑막 같은 짙은 어둠이 야멸찬 눈으로 자신을 내려다보아도 할 수 없었다. 두렵지만 자신도 살아야 하지 않겠는가! 좋아서 하는 일은 아니지만 인간 누구에게나 각자 치러야 하는 사명과 임무는 있게 마련 아닌가!

하지만 비범한 그녀는 하늘의 이중성을 모를 리 없었다. 그 이중성이 좀전에는 자신에게 야박하게 보이기도 했지만 지금은 희망으로 다가오고 있었다. 그녀는 고개를 돌려 동녘 하늘을 바라보니 멀리 샛별이 반짝거리고 있었다. 인류를 우주로 향하게 했던, 갈릴레이가 관찰했던 그 샛별이 그녀에게 미소를 보내고 있었다. 그리고 몇 시간 후면 그 동녘 하늘 끝으로 구름을 쓰러뜨린 태양이 붉은 노을과 함께 밝고 커다란, 뭇 생명들을 웅성거리게 하는, 찬란한 빛을 가득 담은 채 힘차게 솟아오를 것이었다. 그녀 입에서 작은 미소가 퍼져나왔다. 그녀는 옷을 갈아입은 다음 차를 타고 근처 불임클리닉으로 향했다.

날이 밝은 다음 금강 소나무 숲 관리소로 국정원과 경찰, 검찰, 국방부 간부들이 모여들었다. 그들은 연구소 보안책임자로 지명된 영택의 지휘 하에 전체 보안 및 경비 문제를 논의했다. 그들 공통 의견은 외부 세력의 치명적인 침투에도 불구하고 한숙이 보낸 문자 덕분에 에코징 연구 설비의 파괴나 극비자료의 유출 없이 사건이 조기에 잘 매듭되었다는 것이다.

그들은 그 침투 세력이 사적인 작은 단체의 소행이 아니라 민간 헬기를 탈취, 대담하게 운용할 수 있는 주변의 여러 강대국 정보기관이나 그들과 연결된 강력한 민간조직이라는 결론을 내렸다. 그 회의에선 앞으로 보병 3개 중대와 기갑대대를 연구소를 포함한 관리소 둘레 전체에 배치하기로 했다.

영택은 국방부 대령으로부터 침투 세력의 지휘자 2명은 놓쳤으며, 신원 미상의 무장 남성 11명의 시신은 보안부대 영안실로 이송시켰다는 보고를 받았다.

09

그를 버려야 그도,
나도 살 수가 있어!

한숙은 김 박사의 불임클리닉 1인실에 누워 있었다. 인공수정 시술 자체는 간단하여 입원까지 하지 않아도 되었지만 그 성공 여부가 궁금하여 그녀는 휴가를 내고 2주간 그 병실에 꼼짝하지 않고 지냈다. 그건 그녀에겐 모처럼의 휴식이기도 했다. 그녀는 임신 성공 여부로 젖꼭지가 아프다든지 하는 여러 신호가 오지 않나 기다렸으나 아무런 증상이 없자 마음이 초조해졌다.

또한 자신이 지금 무슨 일을 하고 있는지 깊은 회의도 여전히 밀려들었다. 굳이 그렇게까지 해서 정자를 가져와야 했나? 꼭 인생을 이렇게 살아야 할까?! 그 어떤 변명으로든 지금 자신이 벌인 일이 아름다운 일, 거룩하고 떳떳한 일로 변모될 수도 없지 않은가! 갑자기 눈물이 났다.

하지만 사업을 해서 억만금을 버는 사업가들도, 위대한 진리를 캐는 철학자들이나 성인들도 알고 보면 그 삶이 다 부질없고, 때로는 무상함뿐 아니던가! 하물며 단지 자기 혼자만의 일인데 거기에 크고 위대한 의미를 부여해봐야 결국엔 작은 소동에 불과할 뿐이리라. 누구든 자기 인생 앞에, 자기 삶 앞에 장사는 없으며, 큰소리칠 수도 없지 않은가! 그러니 누구도 자신을 비난하지 못하리라! 설령 비난한다 해도 어떻게든 악착같이 버티며 사는 게 현명한 삶이었다. 적지 않은 사람들이 자신보다 더 더러운 짓을 버젓이 하고도 일말의 부끄러움 하나 없이 능름하게 버티며 때깔 좋게 살다 죽는데 그녀 자신인들 사실상 폐기될 것이었던 냉동 정자 몇 개 가져와 임신한다고 하여 그게 뭐가 그리 대수이고 잘못이란 말인가!

심한 갈증을 느낀 그녀는 눈물을 닦으며 침대에서 일어나 심호흡을 몇 차례 한 뒤 물을 여러 컵 들이마셨다. 이때 머리가 희끗한 김 박사가 들어와 담담한 어조로 그녀에게 말했다.

"정한숙 박사님, 아니 한숙 씨, 성공입니다. 인공수정은 성공률이 낮은 편인데 한숙 씬 한 번에 바로 성공이네요."

"네? 정말요? 제가 임신했다는 게 사실인가요? 정말 그래요?"

"사실 정자도 병원에서 바로 배출한 게 아니고 그렇게 가져온 거라 우려가 많았습니다만 최고의 활동상태였고, 또 한숙 씨 몸도 아주 양호했어요. 살다 보면 이건 완벽해! 하는 경우가 있는데 정자, 난자 다 완벽한 궁합이었는지 단숨에 수정이 이루어졌습니다. 이게 열에 여덟, 아홉은 실패하거든요."

"그래요? 여러 가지로 하늘이 도왔군요. 그 정자도 엄청나게 강한 운명인 것은 분명해요. 수만 명의 냉동 정자가 다 버려졌는데 그것만 살아났거든요. 아무튼 이렇게 생명을 주셔서 감사해요!"

한숙은 침대에서 벌떡 일어나 김 박사의 손을 잡으며 기뻐했다. 김 박사가 차분하게 그녀를 침대에 앉히며 말했다.

"지금 수정란은 세포분열하면서 이동하여 이제 자궁에 안전하게 착상된 상태입니다. 지금 한 생명으로 잘 자라고 있다는 말씀입니다. 법적인 절차라든가, 정자를 획득한 과정이 좀 그렇긴 했지만 한숙 씨에게 생명을 드렸다고 생각하니 후회는 없습니다."

"후회라고 하시니 제가 큰 고민을 안겨드렸군요. 제가 혼인한 상태가 아닌 데다 남자 동의 없이 그런 식으로 가져온 정자이다 보니 시술해주지 않는다고 하실까봐 얼마나 걱정했는데요. 너무 감사합니다."

"이제 그런 것들은 다 지난 이야기로 넘겨도 될 것 같습니다. 지금 한 생명이 한숙 씨 몸속에 존재하고 있다는 사실 자체가 중요합니다. 저도 곧 육십인데 미혼으로서 아직 생명 하나 만들어내지 못하는 처지다 보니 법 규정이야 어떠하든 원하는 이라면 누구에게라도 생명을 가지게 해주는 일을 하고 있습니다. 생명은 존재하는 그 자체로서 다른 모든 것들을 다 뒤엎을 만큼 위대하니까요!"

"존재하는 거 그 자체로서 위대하다구요?"

"그렇습니다. 생명의 탄생은 신이 허락하지 않으면 불가능합니다."

"제 뱃속 아기가 신의 축복이라는 말씀이시군요. 감사합니다.

근데 아이는 잘 크겠죠? 조금 전엔 너무 기뻤는데 갑자기 불안이 몰려와요. 두려워요! 이렇게 태어난 아이가 잘 살아갈지? 흐흐흐."

한숙은 또 눈물이 났다. 그녀의 눈물과 우려에 김 박사는 확신에 찬 표정으로 말했다.

"한숙 씨, 봄날 소나무 꽃가루가 바람에 날려가 다른 소나무에서 수정이 이루어지는 걸 생각해보세요. 그때 암꽃, 수꽃 다 내 여자, 내 남자 하면서 정해서, 혹은 상대를 가려서 수정하는 게 아닙니다. 날아오는 대로, 시쳇말로 닥치는 대로 수정이 이루어지는 거죠. 랜덤요. 연어나 대구 알의 인공수정도 마찬가지입니다. 지구상의 거의 모든 생명체들이 사실 다 그런 방식으로 하여 존재하게 되어 지금까지 수억 년을 잘 이어온 겁니다. 원시 인류들도 난혼이라 하여 사실상 아무하고나 관계해서 후손을 낳았죠. 그럼에도 불구하고 그 후손들인 지금의 우리는 다 잘 살아가고 있습니다. 저 금강송 숲속의 무수한 소나무들도 그렇게 마구잡이식으로 수정해서 존재하게 된 것이지만 다 푸르고 건강합니다. 때로는 위대한 나무가 되어 수백 년간 자라기도 하는 걸요. 비록 그런 모습과 한숙 씨의 경우는 조금 다르긴 하지만 큰 범주에서 보면 같다는 것입니다. 무슨 이야긴지 아시겠죠? 그리고 그를 사랑하시잖아요? 그러면 된 거죠."

"사랑요? 아무튼 잘 알겠습니다. 아이의 미래는 크게 걱정할 필요가 없다는 거군요."

"윤락촌 등 상상하기 어려운 상황에서 지극히 비정상적인 과정과 금전관계, 오로지 타락적 욕망관계로 임신되어 태어나도 거대한 인물로 성장한 이들을 보면 더 그렇습니다. 하하하."

한숙은 김 박사의 이야기를 듣다 보니 그동안 가졌던 막연했던 불안감이나 자기 삶의 구차함에 대해 일었던 우울로부터 많이 해방되었다. 자신이 한 생명을 가졌다니! 그런 놀라운 일이 자기 인생에서 일어나다니 다른 무엇이 대순가 말인가! 그저 자신이 대견하고 또 거룩해 보이기까지 했다.

김 박사가 병실을 나가면서 그녀는 물었다.

"한숙 씨, 그 냉동 보온병에는 여섯 개의 관에 정자들이 들어 있더군요. 이번 수정에는 그중에 하나를 사용했어요. 그럼 나머진 다 폐기해야겠죠?"

"폐기요? 아뇨. 그들을 다 장기보관해 주세요."

"네?"

김 박사가 놀란 눈으로 나간 뒤 한숙은 심한 피로를 느끼며 잠에 빠져들었다.

얼마 후 그녀는 눈을 떴다. 창밖은 벌써 어둠이 밀고 들어와 유리창에 딱 붙어 있었다. 그녀는 그제야 자신이 외로운 공간 속에, 그리고 외로움 속에 놓여 있다는 것을 깨달았다. 마치 유체이탈을 한 것 마냥 자신이 거대한 크기의 어둠, 아니 거대한 우주에서 겨우 손바닥만 한 공간에 초라하게 웅크리고 있는 게 보였다. 너무 처량하고 왜소했다.

그런데 차츰 마음이 이상해졌다. 무언가 뜨거운 것이 꿈틀거리며 의식 전면으로 올라오는 것 같았다. 지금까지 영택을 사랑으로 갈망한 적이 없는데 갑자기 그가 보고 싶어졌다. 눈에서 눈물이 핑 돌았다. 인공수정이 이성으로서의 그, 사랑으로서의 그와는 무관한 일이라고 생각했는데 지금은 오히려 그가 그녀의 삶과 영혼을 깊숙이 잠식해 들어오고 있는 것 같았다. 그녀는 그를 끌어들이고 싶어졌다. 사랑을 하고 싶었다! 갑자기 그와 하나가 되었으면 좋겠다는 생각이 맹렬하게 일어났다! 그리고 곧장 참을 수 없는 욕망이 자신을 달구었다. 그것이 너무나도 강렬하여 그녀는 베개를 끌어안았다.

"으윽! 으윽!"

맨몸의 영택이 자신을 파고드는 환영이 떠올랐다. 그녀는 거친 신음소리를 내며 자신도 모르게 바지를 내렸다. 하지만 그녀는 곧 베개를 집어 던지며 고개를 가로저었다.

'흐흐흐! 아냐! 단지 생명이 필요했지 사랑이 필요했던 건 아냐! 그를 원한 것도 아니야! 지금 이 욕망의 싹을 자르지 않으면 나, 아이, 영택 씨 모두 다 망가질 거야. 그를 버려야 해! 그래야 그도 살고 나도 살고 이 생명도 살아! 우리가 다 살 수 있는 유일한 길은 내 가슴에서 사랑이라는 걸 지우는 일이야! 힘들어도 그렇게 해야 해!'

10

결혼

영택과 진숙은 애초 잔디광장이 연초록으로 물든 싱그러운 5월에 결혼식을 올리고자 했다. 하지만 항암제 완성이 중대한 과제로 다가와 주야로 거기에 집중하느라 연기에 연기를 거듭한 끝에 겨우 9월에야 시간을 낼 수 있었다.

관리사무소 앞 잔디광장은 어느 유명인 결혼식 못지않게 많은 사람들과 화환들로 가득했다. 광장 안으로 차량과 사람들이 밀려들었다. 영택은 비용을 제법 들여 합창단도 초청했다. 그가 그렇게 결혼식을 조금 성대하게 한 것은 진숙 때문이었다. 전국의 수많은 하늘을 날아다닌 그녀가 이젠 사실상 수도승처럼 외로운 산속에 갇혀 생활해야 했기에 추억거리가 될 만한 풍성한 결혼식을 치러주고 싶었다.

다행스럽게도 진숙의 할아버지, 바로 산림청장 승억을 잉태시켜 놓고서 평생 외면해왔던, 웅장한 골격과 두상을 가진 최팔덕 노인도 보라색 핫바지에다 광택 좔좔한 얼굴로 참석했다. 그리고 승억 뒤로도 산림청장이라는 지위에서 오는 하객들이 줄을 이루었다. 그는 고위공직자로서 구설에 오르기 싫어 딸의 결혼식을 주변에 알리진 않았지만 그의 친구들이 외롭게 자란 그를 위해 곳곳에 알려 국회의원, 장관 등 정치인과 최고위 행정관료들, 변호사 등 여러 시험 동기생들, 역대 산림청장들 등 장차관급 수십 명이 전국 곳곳에서 그 숲으로 와주었다. 영택도 밀양의 먼 친척들 및 서울의 학교 선후배들 등 인연이 되는 이들을 전부 다 불렀다. 물론 술 문제로 은퇴했던 전 관리소장도 영택의 초청으로 자신이 말했던, 살쾡이같이 무서운 아내와 함께 참석했다.

승억은 최 노인과 함께 만국기가 펄렁이는 결혼식장 맨 앞줄에 나란히 앉았다. 하지만 둘은 여전히 냉랭했다. 최 노인은 승억을 째려보며 심술궂게 말했다.

"오늘 내가 니 꼴 보기 싫어 안 오려다가 쓰디쓴 소태나무 씹는 마음으로 근근이 참석했는데 지금도 동짓달 찬 서리를 이겨내는 마음으로 참고 있으니 내 약 올리지 마라! 요새 니가 그것도 벼슬이라고 산림청장 노릇하더니 매일매일 문안인사도 하지 않는 게 간덩이가 쳐 부었구나! 망할 자슥!"

하지만 승억도 지지 않았다. 아니 지기 싫었다.

"아버지, 오늘은 제가 아니라 당신 손녀 진숙이가 주인공이니 괜한 생트집 부리지 마세요! 제가 퇴장카드 가지고 있으니까 잠자

코 계세요! 까딱 잘못하다간 제 분노의 고함에 실신해서 구급차에 실려갈 수도 있어요. 그만큼 저도 증오심으로 무장하고 있다, 이런 이야기입니다!"

"뭐야? 망할 자슥! 지 애비 놀리면 지옥 가니까 말조심해! 오늘은 내 유일한 손녀인 우리 진숙이 시집가는 즐거운 날이므로 내가 특별히 너를 용서한다. 하지만 니 놈이 예의가 있다면 감히 내가 왔는데 대통령도 참석시켜야 하는 거 아니야? 그래도 오늘 국회의원들, 장관들도 50명 가까이 왔다니 다행이다! 아 참! 승억아, 너 대통령 나가라! 내가 돈 대줄게. 저기 명차들이 100대라니 이 정도면 나중엔 어느 놈하고라도 한 판 해볼 수 있겠어! 자금이 모자라면 내 병원 건물 팔고, 그것도 안 되면 빚이라도 내서 대주꺼마! 내 유전자면 대통령은 따놓은 당상이지! 하모! 하모!"

승억은 최 노인의 마음을 종잡을 수 없었지만 빈말이라도 그가 자신을 도와준다니 기분이 나쁘진 않았다. 부드러운 대화는 아니었지만 그래도 아버지라는 존재와 평생 처음으로 나눈 긴 대화였다. 그런데 최 노인이 다시 역정을 냈다.

"에잇 젠장! 저 하늘에 딸랑 구름 두 조각만 있으니 화딱지가 나네. 아무튼 니가 까불면 내 장독금고 가져간 거 소송 건다 이 말이야. 아깝네! 젠장! 하지만 그거 니 가져. 그 안에 든 보석들 팔면 큰돈이 될 거야! 힘들게 자라느라 욕봤다! 수고했다 이 말이야! 그런데 저기 저 여잔 누구야? 어이구! 미스 황이 불도저 타고 왔네! 이런 사기꾼 년! 영주 그 집을 안 주니까 날 떠나더니 어쩐 일이야?! 그래도 나를 잊지 못해 천릿길 달려온 모양이네. 지가 천하 제일 신랑감인 나를 어찌 거부할 수가 있겠나! 하모! 하모! 오늘은 좋은 날일세. 허허."

최 노인은 관리사무소 앞마당에 불도저를 세운 뒤 잔디밭 광장으로 달려오는, 보라색 부츠와 모자에 보라색 원피스를 걸친 미스 황을 향해 보라색 핫바지를 펄렁이며 달려갔다. 그녀는 최 노인에게로 와 그의 볼에 뽀뽀를 한 뒤 그의 품에 안겼다. 잠시 후 결혼식이 거행되었다.

영택과 진숙은 결혼식에서 사랑의 선서를 하며 인생을 함께하기로 굳게 약속했다.

그 시각, 한숙은 사람들을 헤치고 결혼식장을 빠져나가 기숙사 쪽으로 걸어 올라갔다. 그녀는 잠시 멈추었다 뒤돌아섰다. 그냥 마음이 심란했다. 이 잔칫날 지금 자신은 저 광장 사람들과 같이 있지 않고 혼자서 어디로 가고 있단 말인가! 되돌아갈까?

그것은 단순히 영택이 장가를 가는 게 질투 나서 그런 건 아니었다. 그녀 몸속엔 지금 그도 모르게 그의 아이가 자라고 있지 않은가? 단지 혼자 살기로 결심하고 한 생명을 가지기로 했을 뿐이었지만 뭔가가 마음이 편치 않고 무거웠다. 적막한 숲 어디선가 자신을 지켜보는 누군가가 있지 않을까 마냥 두려웠다. 하지만 그녀는 마음을 다잡았다. 지난 일에 죄의식이다, 뭐다 따지며 고뇌만 하고 살 순 없으며, 이젠 뱃속의 아이와 어떻게든 살아 나갈 궁리를 하는 게 중요했다. 그녀는 다시 몸을 돌려 물속에서 허우적거리다 밖으로 간신히 빠져나오는 조난자처럼 갈팡질팡 걸음으로 숲길 깊숙한 곳으로 더 걸어 들어갔다. 왠지 그냥 멈추지 않고 이대로 영원히 걸었으면 좋을 것 같았다. 그녀는 그날, 그 화려했던 잔치판에 얼굴을 전혀 드러내지 않았다.

11

오디세우스의 잼기질

산림청장실, 승억은 휴대폰을 한참 들여다보더니 차츰 얼굴이 일그러졌다. 그는 급히 도재철 예산국장을 불러 소리쳤다.

“도 국장, 이 휴대폰 문자 좀 봐! 미국 존스홉킨스 의대에 근무하는 내 친구가 방금 보내온 건데 지금 그 대학에서도 치료율이 매우 높은 항암물질을 개발 중이라는군. 항암제 연구야 안 하는 곳이 없겠지만 문제는 그들도 박 실장과 같이 소나무, 은행나무로 개발하고 있다고 해!”

“청장님, 원료 나무가 같다니 이러다 저쪽이 우리와 같은 걸 먼저 만들어내서 특허와 주도권 다 빼앗아가는 거 아닐까요? 우리 에코징은 아직 특허를 내기엔 해결해야 할 문제가 많잖아요.”

그러자 승억이 짧고 단호하게 말했다.

“국장, 지금 당장 예비비 100억을 금강송 연구소 연구비로 돌려. 초저온 전자현미경 사오게!”

"그건 안 됩니다. 우리 산림청 예비비는 겨우 500억 남았는데 소나무 재선충과 휴양림 보수 등 당장 급한 데만 해도 부족합니다."

"그런 곳에 나갈 돈 줄이고 100억 원으로 그 현미경을 들여와야 해!"

"청장님, 지금 그 돈 나가면 언론이나 엄석동 측에서 물고 늘어질 텐데요. 그들이 은근히 청장님을 공격할 꺼리 하나 노리고 있잖아요."

"상관 안 해! 내가 다 책임질 테니 그 현미경을 사야 해. 항암제 개발에 주도권을 빼앗기면 이미 늦어. 수천조 원을 넘어서는 국부가 달려 있어!"

도재철은 자신이 승억의 스카우트로 SS전자에서 산림청으로 왔음을 상기했다. 그가 승억에게 말했다.

"청장님, 알겠습니다. 같은 배를 타겠습니다. 제가 100억 원 들고 직접 독일로 가겠습니다."

"그래, 고맙네."

도재철이 나간 직후 청장실 여비서가 입에 담배를 문, 회색 양복을 입은 한 남자를 데리고 안으로 들어왔다. 승억은 건달 이미지에 까무잡잡한 피부를 가진 그를 보고 조금 당황했다. 아무런 예고나 약속 없이 낯선 남자가 청장실로 바로 찾아오는 일은 없었기 때문인데 역삼각형 얼굴에 살모사 눈빛을 한 그는 여비서를 바닥으로 확 밀어버린 다음 눈을 사방으로 희번덕거리며 승억의 책상에 걸터앉았다. 그리고 담배에 불을 피워 그 연기를 승억에게 한 차례 훅 쏘더니 큰 소리로 말했다.

"이보슈! 나, 엄석동 오른팔인데 당신은 왜 그분한테 인사 안 오지?"

"뭐요? 당신이 뭔데 그 자한테 인사를 하라는 거요? 그런데 이 자는 어떻게 들어온 거야? 이봐! 비서! 이 자를 당장 끌어내!"

하지만 그는 담배를 한 모금 더 빨더니 속삭이듯 말했다.

"듣던 대로 좀 무디구만. 그분에게 숙이고 들어오면 인생이 바뀔 텐데 반항이 좀 심하군 그래. 반항은 사춘기 때나 하는 거야! 지금이라도 고분고분하면 잘 말씀드리겠어. 손 잘 비비더라고 말이야! 하하하."

"뭐야, 이 자는! 당장 여기서 나가지 못해? 비서! 비서!"

"어허! 당신이 지금 회전의자 돌리며 앉아 있을 때가 아니야! 손바닥을 뒤집는 일은 공자님이 살던 수천 년 전에도 있었던 것이니까 지금도 못할 이유가 없잖아! 최 청장! 우리 엄 고문님께 한번 잘 비벼봐! 그러지 않으면 화염에 휩싸인다든지 하는 참된 인생교육 시켜줄 수도 있어! 하하하!"

"야, 이 개자식! 어서 안 나가!"

"어허! 고정하고 내 말 들어! 아무튼 차기 대통령으로 그분이 분명한데 미리 손을 뻗쳐서 줄도 대야 국회의원 한 자리도 보장받지. 인생은 다 줄이야! 다만 줄을 잘 서려면 대가를 지불해야 하니까 3억 정도는 그분 후원금으로 내놔! 1억은 내 개인 계좌로 보내고!"

그러면서 그는 은행계좌가 적힌 명함을 승억 얼굴로 내던졌다. 잠시 후 여러 남자 직원들이 들어와 흰자위를 번득이며 고함을 질러대는 그를 끌고 나갔다. 승억이 도재철에게 말했다.

"추태호 저 자가 무얼 믿기에 감히 대낮 업무시간에 여기까지 온단 말인가? 이게 엄석동의 나라야? 정말 개판이군, 개판이야!"

"청장님, 저는 대통령 장한식이 더 문제라고 봅니다. 왜 엄석동을 제대로 제어하지 못하는지 이해가 되지 않습니다. 그 자는 당 대표도 아니고 상임고문에 불과한데 말입니다."

"장한식은 엄석동의 자금지원으로 대통령이 된 데다 엄석동이 무슨 짓을 하든 국내 일은 신경도 안 써. 아는 것도 없고. 박 실장 말로는 저들이 불법 포대갈이, 상표갈이 해서 정치자금 모은다더니 이젠 내게까지 마수가 뻗치는군 그래."

승억은 창가로 가서 아래쪽 도로를 내려다보았다. 산림청 청사 옆 도로변에 하얀색의, 거대한 윙바디 트럭 한 대가 서 있었다. 잠시 후 회색 양복을 입은 추태호가 산림청 건물에서 나와 그 차에 올라탔다. 이때 전화가 울렸다. 승억이 그 전화를 받았다.

"여보세요?"

"최승억 씨, 나 엄석동이요!"

"그런데 뭐야?"

"인사성이 형편없군 그래. 아무튼 내 똘마니 추태호 군을 서운하게 해서 당신에게 좋을 일 있겠어? 한 푼 쥐어주면 어디 덧나? 더구나 지난 15년간 청장 자리에 있으면서 많이 해쳐먹었을 텐데 한 푼 떼내어 송금하는 게 뭐가 어려워서 그래? 휴대폰에서 손가락 몇 번 까딱까딱 하면 송금돼! 어서 해! 이런 맹추!"

"당신, 아주 무례한 자군. 그렇게 자신 있으면 똘마니들 보내지 말고 직접 와. 여기 찜질할 몽둥이 있어!"

"결투 신청하는 거야? 허허. 만용이 넘쳐나는군! 분별없이 함부로 날뛰는 용맹 말이야! 방귀 낀 놈이 큰소리치는 건 더러 보았는데 이렇게 내일모레 쫓겨날 텐데도 내게 큰소리치는 경우는 처음이야. 보통은 다 살살 기거든. 물론 현직에 있을 때 피멍이 들어 죽으면 법적으로 대통령이 주는 공식 화환에다 부조금도 더 많이 들어오니까 좋긴 하지. 무슨 말인지 알지? 소나발 개나발 새끼!! 하하하."

"뭐야? 인간 말종인 너는!"

그날 밤, 승억은 꿈을 꾸었다. 쟁기로 밭을 갈던 자신이 깃발을 꽂은 수많은 배들을 거느리고 어딘가로 향하고 있었다. 짧은 꿈이었지만 함선들의 규모는 굉장했다. 그는 꿈에서 깨어나서도 그 꿈이 너무 생생했다. 그는 농부들이 논밭을 갈 때 소에 매달아 사용하는 쟁기를 떠올려보면서 문득 트로이 전쟁 이야기가 생각났다.

트로이 전쟁의 지휘자는 오디세우스! 총사령관 격이었던 그는 또 다른 영웅 아킬레스와 마찬가지로 그 전쟁에 참가하지 않기 위해 정신이상을 핑계로 징집에 응하지 않았다. 일종의 병역기피였다. 그 전쟁에 참여하면 20년 이상 돌아오지 못한다는 예언자의 말에 자기 인생의 황금기를 전쟁터에서 다 허비할 순 없었다.

하지만 그리스 왕들은 영웅인 그가 필요하여 필라메데스라는 꾀쟁이를 보냈다. 오디세우스는 밭에 씨앗 대신 소금을 뿌리는 등 미치광이 행세를 했다. 하지만 영악한 필레메데스는 오디세우스가 쟁기질을 할 때 그의 어린 아들 텔레마코스를 데려가 쟁기질하는 그 앞쪽에 내려놓았다. 오디세우스는 차마 어린 아들을 소에 짓밟히게 할 순 없었다. 결국 그는 아들을 피해 쟁기질을 할 수밖에 없었고, 그로 인해 그가 맨정신임이 확인되어 징집되었다.

‘개꿈인가? 나도 오디세우스처럼 참전해야 하나? 정치판은 개판인데 내가 거기에 몸을 담근다고? 허허!’

12

초저온 전자현미경

산림청장 승억의 지휘 아래 초저온 전자현미경 설치 및 관련 연구를 위한 3층짜리 건물이 짧은 기간 안에 완공되었다. 승억은 촌각을 다투는 항암제 개발경쟁에서 미국 존스홉킨스대 등에 뒤지지 않기 위해 산림청 일을 다 제쳐두고 건설현장으로 와서 주야로 공사를 독려했다.

공사 마지막 날 밤 12시 무렵, 초저온 전자현미경과 부대장치들이 독일 기술자들에 의해 그 3층에 설치되었다. 그리고 설치작업이 끝난 새벽 3시에 초저온 전자현미경이 지체 없이, 그리고 본격적으로 가동되었다.

이런 과정을 다 지켜본 도재철이 승억에게 말했다.

"청장님, 엄석동과 손이 닿는 언론사 기자 한 놈이 우리가 예산 100억 전용한 걸 청장님이 울진의 사위 연구소에 100억 원 퍼주었다는 식으로 떠들고 다닌답니다. 횡령이 의심된다면서요."

"상관없어. 설치 전이면 몰라도 이렇게 설치해 놓으면 나를 잡아넣을지언정 연구 진행은 막지 못할 거야!"

"청장님, 저들이 노리는 건 100억 전용이 아닙니다. 항암제 완성이라는 엄청난 공적을 청장님이 가져가지 못하게 흠집을 내려는 겁니다. 그만큼 노벨상 수준의 성공은 지금의 국내 권력지형을 바꿀 정도로 영향이 큽니다. 엄석동이 위기를 느낀 거죠. 대통령 측도 학창시절 라이벌이셨던 청장님 부상이 달갑지 않을 거구요."

승억 일행이 떠난 후 한숙과 영택은 초저온 전자현미경을 제어하는 중앙통제실에 앉아 그 현미경에 대해 이야기를 나누었다.

"영택 씨, 저 현미경이면 X선 회절보다 에코징 분자구조를 훨씬 더 명료하게 볼 수 있을 거야."

"핵심은 두 가지겠지. 기술과 인간! 기술이 현상을 더 자세히, 더 정확하게 보여주어야 하고, 인간은 그 기술이 파악해낸 신호와 정보를 잘 해석해야겠지. 단지 저 현미경만 있으면 다 될 것 같으면 누구라도 노벨상을 받겠지만 현실은 절대 그렇지 않잖아. 저 현미경도 결국엔 한계에 부닥치기 때문인데 그 장치 너머의 진리를 알려면 인간이 필요해. 즉 인간이 가진 창의성과 상상력, 추론능력, 그리고 통찰이 필요하다는 건데 한숙 씬 그쪽 전문가이기도 하니까 능히 잘 해낼 수 있을 거야."

"영택 씨 말이 맞아. 과학기술과 인간이라는 두 절대요소에서 인간이 왜 중요한지 잘 보여주는 사례가 1964년 노벨화학상을 받은 영국의 도로시 호지킨이지. 그녀는 초저온 전자현미경보다 훨씬 덜 정확한 방법인, 비타민12 분자에 X선을 쏘아 그 빛이 회절하는 패턴을 분석하여 그 분자 내부를 구성하는 수소, 산소 등 100여 가지의 극미한 원자들이 어떤 모습으로 서로 연결되어 있는지를 손으로 직접 그려냈어. 결코 쉽지 않은데 그녀는 그 엄청난 것을 해냈지."

초저온 전자현미경이 정상적으로 가동되자 한숙은 에코징 분자의 내부구조 파악에 혼신의 노력을 다했다. 그녀는 임신으로 인해 차츰 피로가 오는 상황이었지만 큰 내색 없이 그 현미경이 에코징 분자 내부를 다각도로 촬영해낸 수천 개의 동영상과 수만 장의 사진을 분석하기 시작했다. 그것은 그녀의 비범성과 함께 에코징을 완결된 항암제로 완성시켜야 한다는 사명감, 그리고 의지가 있지 않으면 해내기 어려운 작업이었다.

그 3주 후 한숙은 자신이 파악해낸 그 분자 내부구조를 그린 분자지도를 영택에게 보여주었다. 그는 가로세로 2미터×2미터의 그 지도를 보고 입이 딱 벌어졌다. 예전에 X선으로 파악한 그 분자구조는 그 이미지가 매우 흐릿했다면 이번 것은 분자 내부를 구성하는 0.1~0.3nm(나노미터) 크기인 수소, 산소 원자들의 숫자나 그 연결 형태까지 어느 정도 보일 만큼 선명했다.

"분자 하나를 구성하는 100여 개의 원자들 모습과 숫자, 그 결합방식까지 그려진 지도네. 놀라운 일이야!"

한숙은 또한 에코징 분자 내부를 구성하는 산소, 수소, 탄소 등

각 원자들이 서로 어떻게 연결되어 있는지 실제 모습에 가까운 입체 모형을 스티로폼 공으로 만들어 그에게 보여주었다. 그녀는 그 커다란 모형 앞에 서서 영택에게 말했다.

"영택 씨, 경이롭지? 우리가 만들어낸 이 신물질은 우주의 수많은 물질들 중에 아주 작은 하나에 불과한데도 이렇게 그 내부가 오묘하고 방대해. 어느 위대한 건축가도 이렇게 설계하는 건 불가능할 거야."

"정말 그렇네! 그러고 보면 그런 물질들 수천, 수만 개로 구성된 우리 인간 자체가 신묘한 과학 구조물인 것 같아. 거기에다 영혼, 마음, 정신이라는 것까지 작동하고 있으니까 우린 정말 놀라운 존재인 거지!"

"영택 씨, 잘 봐. 두 공 모두 한 가운데에 철(Fe) 원자가 있어. 그런데 오른쪽은 그 주변으로 헤모글로빈 분자처럼 질소(N) 원자가 연결되어 있는데 반해 왼쪽 공은 질소 대신 산소 원자들만 들어차 있어. 이런 불균형으로 인해 양쪽 균형이 무너져서 10시간 후면 약성이 크게 떨어지게 돼."

"극미한 분자 내부에 그보다 더 극미한 원자 몇 개가 어떻게 다르게 붙었냐에 따라 사물의 특성, 기능, 효능, 가치가 달라진다는 게 신기해. 그리고 그런 세계를 정확하게 파악해냈다니 한숙 씨가 한국의 호지킨 도로시야! 수고했어."

"영택 씨, 그럼 이 에코징 분자 내부의 좌우 불균형 문제를 어떻게 해결하면 좋을까? 웩! 웩!! 갑자기 현기증이 오네. 너무 피로해."

한숙이 갑자기 몸을 휘청이며 구역질을 해댔다.

"이런! 지금 한숙 씨 얼굴이 백지장같이 창백해! 요즘 무리를 해서 그런가봐. 아 참, 그러고 보니 내가 우리 진숙 씨 임신으로 힘들어하는 데 주려고 원 플러스 원으로 산 종합영양제가 있어. 그거라도 하나 갖다줄게. 먹고 좀 쉬어!"

"뭐? 그거라도? 서운하게 어떻게 그런 말을! 내가 지금 씩씩이를…"

"씩씩이? 그게 뭐야?"

"아냐, 아냐! 그냥 어지러워!"

그녀는 영택의 말이 내심 매우 서운했다. 그가 자신이 임신한 사정을 알 리가 없지만 그 아내 진숙에게 주고 남는, 마치 쓸 데도 없는 쭉정이 같은 물건 하나를 던져준다는 투로 말하니 마음이 울컥했다. 간이침대에 누운 그녀는 얼마 후 깊이 잠들었다.

그녀가 눈을 떴을 땐 다들 차 마시러 갔는지 연구실 내부는 조용했다. 그녀는 멀리서 나는, 무언가 쉼 없이 돌아가는 소리에 귀를 기울여보았다. 안쪽 초대형 플라스크들에서 물푸레나무로 된 커다란 막대와 대나무를 갈아 만든 가루통이 회전하며 에코징이 만들어지고 있었다. 아직 연구실 수준이라 실험설비가 투박했지만 그들이 향후 인류의 미래에 엄청난 영향을 줄 수 있다는 생각이 들자 마음이 경건해졌다.

그녀는 그 장치들에서 만들어지는 노란 에코징을 바라보며 문득 회사가 어렵다는 경옥의 말이 떠올랐다. 에코징을 기반으로 한 천연물질을 사용하여 건강활력식품을 개발하면 경옥에게 도움이 될 듯했다. 한약재 대부분도 그렇지만 그녀가 아는 많은 건강물질들은 치료의 기능뿐만 아니라 다양한 생체활성 기능도 가지고 있었으며, 에코징도 소나무, 은행나무가 주된 성분이기에 다른 어떤 것 못지않게 강력한 효용의 건강기능 물질이라 할 수 있었다.

그녀는 특히 여성들이 40대 후반을 지나면 갱년기와 함께 육체활력이 크게 떨어지고, 무기력이나 기억력 둔화 등 정신환경도 많이 나빠지는 것에 주목했다. 생리물질을 유전공학적으로 연구하는 전문가 입장에서 그런 문제를 잘 해결하는 제품을 내놓으면 학자로서도 의미 있는 성과가 될 것도 같았다.

그로부터 보름 후, 영택은 한숙에게 에코징 분자 내부의 양쪽 불균형에 대한 해결책을 설명했다.

"한숙 씨, 그 왼쪽 원자단, 그러니까 왼쪽 공의 철 원자에 붙어 있는 그 산소의 출처를 알아냈어. 그 산소 원자는 물푸레나무에서 나온 건데 일반적인 산소(^{16}O)가 아니라 중성자 숫자가 두 개 더 많은 산소 동위원소(^{18}O)야. 그게 질소를 밀어내고 철에 붙은 거였어."

"영택 씨, 그럼 그런 산소를 떼어내려면 어떻게 해야 할까?"

"미국 나사(NASA)가 만든 목시(MOXIE)라는 장치가 있어. 화성 대기에 많이 있는 이산화탄소(CO^2)에서 산소(O^2)를 분리해내는 장치인데 앞으로 인간이 거기 살려면 산소가 필요하기에 그런 연구를 해본 거지. 우리 과제는 그것과는 다르지만 산소를 떼어낸다는 면에선 같은 맥락이야. 거기선 이산화탄소를 800도로 가열하여 산소를 분리해내는데 나는 레이저와 초고압 상태의 암모니아(NH^3)를 에코징에 쏘아 산소를 떼어낼 거야."

"그게 잘 되면 항암제 에코징 개발도 사실상 성공의 길로 접어드는 거네. 그런데 영택 씨, 이 에코징 특허료는 어떻게 돼?"

"그 문제를 알아보려고 지금 직무발명보상제도와 그 보상 사례에 대해 살펴보고 있는 중이야. 우리도 성과를 낸 만큼 정당하게 대우받아야지. 한숙 씨, 지금 돈이 급한 건 아니지?"

"내가 언제까지 혼자 살 순 없잖아. 가족이 생기면 돈이 많이 필요하지."

"가족? 허긴 한숙 씨도 언젠가 결혼해야지!"

승억은 토요일 오전 농식품부 장관으로 있는 고시 동기 박무석에게 사위 영택이 울진 강둑에서 주운, 추태호 일당이 놓고 간 서류뭉치를 건네주었다. 그 서류들은 영택이 에코징 개발에 바빠 연구실 창고에 2년 넘게 방치된 것인데 그는 장인 승억이 엄석동과 추태호에 농락당하고 있다는 이야기를 듣고 행여 도움이 될까 해서 그에게 건네준 것이었다.

다음날인 일요일 오전, 그는 고모할머니를 보러 울진 요양병원으로 향했다. 그녀는 꽤 오랜 동안 건강이 나빠졌다, 좋아졌다를 반복하고 있었다. 승억은 그녀가 거의 사망 직전 상황에서도 다시 회복되어 잘 버티는 것을 보면서 인간의 탄생과 소멸이 인간의 차원을 넘어 거대한 어떤 물리 질서와 연결되어 있다는 생각도 들었다.

중부내륙고속도로를 달리던 그는 백미러를 보았다. 그의 차 뒤쪽 멀리서 하얀색의 소형 승용차 한 대가 제법 긴 시간 따라오고 있었다. 처음에는 더러 있을 수 있는 우연으로 여겼지만 계속 그러자 신경이 쓰였다. 그 차는 그가 안동 IC를 빠져나와 중앙고속도로 상행선으로 진입한 후에도 계속 따라왔다. 그리고 그 IC 진입 후에는 25톤의 초거대 흰색 윙바디 트럭 두 대가 엄청난 속도로 뒤쫓아오더니 그중 한 대가 1차로를 달리던 승억의 차 바로 앞으로 들어왔다. 또한 다른 한 대는 그의 뒤에 달라붙었다. 그는 앞에 달리는 트럭의 뒷면을 자세히 살펴보았다. 그 구석에 검은 가방 문양의 로고가 새겨져 있었다. 그는 그 로고를 보자 섬뜩한 생각이 들었다.

그는 만약을 위해 블랙박스를 체크했다. 그런데 그게 전혀 작동하지 않았다. 저들이 일부러 고장 낸 게 아닌가 하고 의심되었다. 그는 마음이 혼란스러웠지만 냉정을 잃지 않으려 애쓰며 차를 2차로로 이동시켰다. 바로 그때 그 옆 1차선으로 하얀 소형 승용차가 다가오더니 유리문이 열렸다. 그 안 조수석엔 선글라스를 낀 엄석동이 타고 있었다. 날카로운 이미지의 그는 승억을 향해 주먹을 들어 보인 다음 확성기를 들고 크게 소리쳤다.

“야! 내 쌀 건드리지 마! 피 칠갑하고 싶어?! 그리고 박무석도 내 라인이지. 내 꼬붕 말이야! 하하하!"

바로 그때 경찰차가 나타나자 그는 차와 함께 앞쪽으로 사라졌다.

13

엽에 있는데 닿을 수 없다고?
닿지 말라고?

영택은 전기카트에 올라앉아 구름 사이로 햇살이 내리비치는 모습을 바라보았다. 그 숲속에선 종종 빛줄기들이 구름 사이 곳곳에서 긴 궤적을 드러내곤 했다. 그가 시동을 걸자 진숙이 전기카트에 오르며 물었다.

"자기야, 뭐 봐?"

"저기 틴들현상! 빛줄기들이 각기 무리를 지어 지구를 향해 달리기 시합을 하는 것 같아. 누가 더 길게 내리비치는지, 누가 더 큰 줄기인지 말이야."

"나는 구름에 의해 나누어진 저 빛줄기들을 보면 많은 걸 상상하게 돼. 우선 하늘에서 무언가 거대하거나 신묘한 존재가 저쪽 솔밭으로 내려오는 것 같아. 마치 신이 하늘에서 강림하는 통로 같은 느낌이랄까! 혹은 하늘 높이 떠 있는 외계 우주선들이 아래를 향해 수십 가닥의 빛을 쏘는 느낌도 들어! 여러 도시를 공격하거나 지구 곳곳의 귀중한 무언가를 잔뜩 빨아들여 가져가려고 하는 거 말이야."

"캬! 놀라운 상상력이네. 그간 수필을 많이 쓰더니 일취월장이야!"

"칭찬 들으니 기분이 좋네. 그런데 이곳처럼 인적이 드문 큰 숲이면 누구라도 신비한 무언가를 상상해볼 것도 같아. 외계인 스토리나 잠자는 숲속 공주 이야기처럼 말이야."

"맞아. 우리가 메마른 시대에 살고 있어도 누구나 다 그런 정도의 낭만은 가지고 있을 거야."

영택은 전기카트를 몰고 숲속 길로 들어섰다. 주말이라 탐방객도 없고 직원들도 출근하지 않아 숲은 더없이 고요했다. 그는 전기카트로 10분 넘게 달려 예전부터 자주 들르던, 숲길 안쪽에 조성된 교실 두어 개 크기의 잔디밭으로 가 그곳 평상에 올라앉았다.

"아마 우리 대왕이가 여기서 생긴 것 같지? 그때 5일간 매일 여기 왔으니까!"

"자기가 너무 보채서 대낮에 그랬지! 히히."

그는 진숙 옆에 나란히 누웠다. 소나무들로 가득한 그 푸른 숲은 하루하루 연구 일에 매진하느라 더러 지치는 그에게 큰 힘이 되었다. 누군 숲에 오면 얼마간은 살아갈 에너지를 장만해간다고 하더니 그가 딱 그랬다. 지난 일주일 내내 수십 번의 실험으로 밤샘을 하지 않은 날이 없었다.

그는 두 눈을 감고 멍하니 있었다. 때로는 아무런 생각도 하지 않고 그렇게 있는 게 최상의 휴식이었다. 따스한 햇살에 부드러운 바람이 살랑살랑 불어와 볼살을 스쳤다. 그는 크게 심호흡을 하며 가을을 한껏 들이마셨다.

한숙은 에코징의 1차적인 연구가 끝나고 조금 시간이 남는 틈에 여성들이 나이 들면서 그 육체활력이 크게 떨어지는 문제에 대해 많은 연구를 했다. 그리고 하는 김에 남성들을 위한 연구도 병행했다. 그녀는 먼저 여정자(女貞子)라는 한약재에다 계피, 생강, 당귀, 익모초, 향부자, 쑥(애엽) 등 몇 가지 천연물질을 효소로 중합시켜 여성 활력제품을 개발했다. 또한 남성들을 위한 것으로 인삼의 사포닌 및 마와 장어의 아르기닌을 기본으로 수박의 시트룰린 성분과 삼지구엽초의 에피메딘 성분, 그리고 육종용 성분 등을 결합시켜 하나의 신물질로 합성하는 데 성공했다. 그녀는 이렇게 만든 물질샘플 및 관련 특허자료를 경옥에게 갖다주었다.

"언니, 이 천연물질에다 항암제로 개발된 에코징도 일정 비율 넣어서 새로운 화합물을 만들었더니 그 효능이 10배 이상 증가되었어. 50대 여성들에게 이 신물질을 복용시켜 봤는데 30대 초반의 운동능력, 정신능력이 나타났어. 다른 연령대도 비슷하고."

"그래, 너 때문에 이제 갑부되겠네. 넌 어릴 때부터 별명이 섬광이었는데 천재는 역시 다르구나. 큰 기업에서도 몇 년 걸려도 어려운 걸 금세야!"

한숙은 산 중턱에 위치한 경옥 회사를 나오면서 넓은 마당 한쪽에 있는 테니스장을 쳐다보았다. 홍보부장 박보경이 그녀만의 무술인 듯 마치 우주인이 진공상태의 우주를 유영하듯 느릿한 동작으로 발차기를 하거나, 혹은 손을 높이 치켜들고 허공을 향해 팬터마임하듯 허우적거리고 있었다. 잠시 후 얇은 점퍼를 벗어 던진 그녀는 거구의 몸에 바싹 달라붙는 레깅스 차림으로 엉덩이를 뒤로 빼고 트월킹을 추기 시작했다. 그녀가 경옥에게 말했다.

"언니, 보경 씨가 무술하는 거야? 태극권처럼 보이네."

"저 앤 무술 못하는 게 없어. 그리고 욕망을 주체 못하는지 자기 기숙사 방에 가면 옥수수나 바나나 모형 같은 성인용품들이 널려 있어."

"그래? 호호호. 보경 씨를 보니까 우리가 만드는 건강식품 이름이 생각났어. 그 제품 이름을 제비꽃사랑으로 해야겠어. 프로이트가 말한 언어의 연상작용으로 보면 영어로 제비꽃은 격렬한 사랑이야. 우리가 만든 제품이 건강식품이긴 하나 여자는 남자를, 남자는 여자를 폐허상태로 만들 정도로 사랑의 힘이 솟는 거니까!"

보름 후, 한숙은 경옥의 회사에서 만든 '제비꽃사랑' 시제품을 싣고 마을 앞 삼거리에서 신호대기를 했다. 백미러를 보니 그녀 차 뒤로 푸른 스포츠카 한 대가 서 있었다. 그녀는 신호를 받아 좌회전을 한 다음 탁 트인 직선도로를 제법 속도를 내어 질주했다.

그 스포츠카도 뒤따라왔다. 한숙은 그 차가 신경이 쓰여 속도를 더 냈다. 하지만 그 차는 더 큰 엔진소리를 내며 바싹 붙더니 그녀 차를 살짝 추돌했다. 차체가 조금 흔들렸다. 분명 고의였다. 그녀는 차를 건축자재상 공터 입구에 세운 다음 차에서 내렸다. 그러자 그 푸른 차가 그녀 옆으로 다가오더니 선글라스를 낀 사내가 그녀를 보고 씩 웃으며 말했다. 그는 조문식이었다.

"오! 한숙! 한숙!"

"네? 누구세요? 저를 아세요?"

"오, 한숙 씨! 반가워요. 물론 잘 아다마다요. 전에 강둑에서도 내가 그 장발 선글라스한테서 당신을 구해주었잖소!"

"그래요? 그런데 왜 차를 그렇게 운전하세요? 지금 고의로 추돌사고 내셨잖아요! 블랙박스 있어요."

"사랑의 대화를 좀 하려다 그만 우리 차들끼리 키스를 하게 된 건데 너그러이 용서해줍쇼! 나는 당신의 구세주인데 너그러이! 너그러이! 하하하."

그러면서 조문식은 자신이 쓰고 있던 선글라스를 벗었다. 그 모습을 보고 있던 한숙이 다소 놀라며 그에게 소리쳤다.

"아니, 그 노래방?"

"그렇지! 그렇지요. 그 왕창노래방 사장인 내가 바로 그 강둑에서 당신을 구해준 구세주였소. 하하하. 이를 테면 내가 노래방에선 당신의 몸을 건드린 악마였지만 동시에 그 강둑에서 그 장발 놈으로부터 당신을 구해낸 구원자였다는 말씀입니다, 하하하. 이를 흔히 이중적 지위, 모순적 지위, 양립할 수 없는 지위라고들 하죠, 히히히. 그러다 보니 사람들은 흔히 이런 저를 죽일 수도 없고, 살릴 수도 없는 놈이라고들 합니다만 결국 우린 운명적으로 참 오묘하고 절묘한 인연으로 엮인 셈입니다. 그럼에도 불구하고 지금 고의로 사고 냈다느니, 블랙박스다, 까만박스다 하면서 저 위대하신 원효대사님 설법하듯 말씀하시니 당신을 향한 연정으로 가득했던 내 콧구멍이 지금 하늘을 찌를 듯이 분기탱천하여 그 구멍으로 연신 분노의 화딱지가 미사일 솟구치듯 발씸발씸 뿜어져 나온다 이 말이오! 시방! 제기랄!"

그러면서 그는 손가락으로 자기 콧구멍을 몇 차례 쑤신 뒤 고개를 돌려 그녀 차바퀴에 침을 "퇙!" 하고 뱉었다. 한숙이 다시 소리쳤다.

"아저씨, 대체 왜 이러세요? 바쁜데 어서 보험처리를 해주세요. 아니면 경찰 부를 겁니다."

"오호, 애재라! 내가 그때 당신을 구해주었는데 그 뒤로 지금까지 뭔가 보답이 없잖소? 내가 감방 가 있을 때 사식이나 황금색 비단, 아니 썩은 목화솜 수의라도 하나 넣어주기라도 했소? 했냐구요?! 입 싹 닦고 말이야."

"그런 이상한 소리 하지 마시고 지금 내 차 어떡하실 거예요? 정말 경찰 부를까요?"

"뭐야? 도와준 나를 이렇게 푸대접한다고? 난 당신이 좋아서 이러는데? 그러지 말고 혼자 살면 외로우니까 나하고 쿵짜자 쿵짜하며 삽시다. 아니면 소쩌꿍! 소쩌꿍! 하면서 살든가!"

조문식은 마치 약물에 취한 사람처럼 희멀건 눈을 깜빡거리며 말했다. 그는 자신의 긴 턱수염을 손으로 이리저리 잡아당겨 가며 장광설을 또 늘어놓을 기세였다. 한숙은 대화가 무의미할 것 같아 경찰에 연락하기 위해 휴대폰을 꺼내 들었다. 그러자 그가 갑자기 커다란 몽키를 들고 차에서 내렸다. 그녀는 공포에 질려 다시 차에 올랐다. 바로 그때 그 자재상 안쪽에 있던 냉동 트럭이 강력한 경적소리를 내며 입구 쪽으로 달려 나왔다. 조문식이 그 트럭에 놀라 차를 몰고 급히 도망가 버렸다.

잠시 후 멈추어 선 트럭에서 불임클리닉의 김 박사가 내렸다. 한숙은 그를 보자 반가우면서도 놀랐다. 그가 그녀에게로 달려오며 소리쳤다.

"한숙 씨, 괜찮으세요? 멀리서 보니 한숙 씨 차더군요. 근데 무슨 저런 자가 다 있나 모르겠네요. 우리 한숙 씨께 몽키를 들고 설치다니!"

"마침 박사님께서 구세주처럼 나타나셨네요. 전에 몇 번 본 사람인데 스토커 같아요. 그런데 여긴 어쩐 일이세요? 트럭도 직접 운전하시구요."

"냉동차 기사가 갑자기 모친상을 당해서 제가 잠시 운전하게 되었어요. 냉동 난자를 급히 배송하느라 새벽에 나왔는데 피로해서 여기서 잠시 쉬고 있었죠."

그런데 이때 멀리 택시승차장에 자신의 차를 세운 조문식이 몽키를 들고 자재상 쪽으로 빠르게 걸어오고 있었다. 그를 발견한 김 박사와 한숙은 급히 트럭에 올랐다.

한숙은 김 박사의 트럭을 타고 그 자재상을 빠져나왔다. 그녀는 문자로 영택에게 자신의 차 위치와 이동상황을 알려주었다. 운전하던 김 박사가 그녀에게 말했다.

"저 놈이 따라올지 모르니 일단 우리 병원으로 갑시다. 드릴 이야기도 있고요."

"하실 이야기요?"

"네, 네."

김 박사가 운전하는 트럭은 읍내를 통과한 다음 10여 분간 더 달려 그의 불임클리닉으로 도착했다. 날은 벌써 어두워지고 있었다. 병원주차장 옆 느티나무들이 바람에 크게 휘청거리며 누런 낙엽들을 사방으로 날려대고 있었다. 트럭에서 내린 김 박사는 다시 자신의 승용차에 한숙을 태운 다음 지하주차장으로 내려갔다. 그녀는 영택에게 지하주차장으로 오라는 문자를 넣었다.

차에서 내린 두 사람은 엘리베이터 옆으로 난 계단을 통해 다시 지하 2층으로 내려갔다. 김 박사가 그녀에게 말했다.

"제가 이렇게 눅눅한 곳에 혼자 삽니다. 전 눅눅한 남자입니다. 하하하."

"박사님, 수십 년간 돈 버셔서 뭐하세요? 불임시술로 많이 버시는 분이 지하 1층도 아니고 지하 2층에 사신다니 좀 그렇네요. 많이 벌어 자신이나 가족에겐 안 쓰고 남 다 퍼주면 좋은 사람이 아니라 모자란 사람이죠."

"독신이다 보니 돈 쓸 일이 많지 않아 친척들 도와주고, 근처 중학교에 장학금도 좀 내고 그랬는데 근래에는 돈을 좀 모아 저기 양호리 언덕에 재벌 별장 수준의 큰 집을 마련했습니다. 지금 주변 땅을 사서 확장수리 중에 있어요. 그림 같은 집이죠. 언제 같이 한번 구경 갑시다."

"제가요?"

한숙은 그의 말에 고개를 갸웃하며 그를 따라 계단 아래로 내려갔다. 그 아래는 너무 깜깜할 뿐만 아니라 곰팡이 냄새인지, 지린내인지 불쾌한 냄새가 나 도로 나오고 싶을 정도였다. 김 박사가 불을 켰다. 하지만 그곳은 여전히 침침하여 마치 뱀소굴이나 지하 감옥소 같은 기분이 들었다.

그녀는 주변을 둘러보다 할 수 없이 그를 따라 유리문 안으로 들어갔다. 그 안에는 아주 넓은 공간 한가운데 대형침대가 놓여 있고, 벽에는 시꺼먼 음모를 드러낸 여성들의 적나라한 누드사진들이 곳곳에 걸려 있었다. 한숙은 그런 사진들에 기겁을 하며 밖으로 나가려고 했다. 그러자 김 박사가 급히 달려 나와 한숙에게 무릎을 꿇으며 소리쳤다.

"한숙 씨, 가지 마세요! 나를 구해주세요!"

"네? 박사님, 갑자기 왜 이러세요? 일어나세요. 제가 박사님을 구해드릴 게 뭐 있나요?"

"아니오. 한숙 씨, 가지 마세요. 우선 저 사진들부터 설명해드리리다."

"저한테 굳이 말씀 안 하셔도 괜찮아요. 좀 혼란스럽긴 하지만 박사님 개인 생활이잖아요. 혼자 사시는 남자분이 자기 방에 여자 누드사진 걸어놨다고 죄가 되는 것도 아니에요. 안녕히 계세요."

한숙이 다시 나가려 했다. 하지만 그는 벌떡 일어나 애절한 눈빛으로 그녀를 소파로 안내하며 말했다.

"아니오. 한숙 씨, 잠깐 내 말을 들어주세요. 오랜 시간 고민한 건데 오늘 갑자기 오시는 바람에 프러포즈를 준비할 기회를 놓쳤네요. 한숙 씨, 지금까지 혼자 살아온 제가 같이 살면서 씩씩이 아빠가 되겠습니다!"

"네? 뭐라구요?"

"제가 씩씩이 아빠가 되어 잘 키우겠습니다. 제가 수정시킨 애이기도 하구요."

"애 아빠요? 아뇨! 아뇨! 천만에요. 천만에! 그 애 아빠는 이미 있어요! 그런 말씀 절대 하지 마세요!"

한숙은 김 박사 말에 즉각적이고도 단호하게 대꾸했다. 모욕당하는 기분이었다. 그녀는 불편한 마음으로 소파에서 일어났다. 이미 아빠는 있는데 그가 아이의 아빠가 되겠다니! 하지만 김 박사는 다시 무릎을 꿇고 그녀에게 매달리듯 간절한 목소리로 말했다.

"한숙 씨도 외로운 처지요, 나도 그래요. 한숙 씨도 한두 번, 아니 적지 않게 경험하셨을 거 아닌가요?"

"뭘요?"

"죽지 못해 겨우 산다는 거 말입니다! 아이도 하나 못 만드는 몸이다 보니 제 삶의 이면은 이 지하 2층처럼 늘 어둠과 우울뿐입니다."

"맞아요. 저도 많은 시간 죽지 못해 살았어요. 그래서 죽지 않기 위해 애를 가졌어요. 하지만 그렇다고 하여 아무 남자의 애를 가진 건 아니에요. 그땐 정말, 정말 몰랐지만 내가 영택 씨를 사랑했던 것 같아요. 그러니까 다른 이가 그 아빠가 될 수 없어요. 애 아빠는 영택 씨뿐이에요!"

한숙은 자기도 모르게 영택을 사랑한다는 말이 나온 것에 스스로 너무 놀랐다. 김 박사의 불쾌한 요구를 거절하기 위해 그냥 한 말이긴 하나 한편으론 그동안 아이 아빠로서의 그를 생각하면서도 동시에 자기도 모르게 남자, 혹은 사랑의 대상으로 그를 생각해왔는지도 모를 일이었다. 그리고 김 박사가 대놓고 같이 살자고 애원하는 상황에서 자기 내면 한구석에 깊숙이 넣어두었던, 영택에 대한 흠모든, 신뢰든 그녀 내면의 진실 하나를 꺼내지 않을 수가 없었던 것이다.

그녀는 천천히 뒤돌아서서 유리문을 밀고 나가 계단으로 올라갔다. 이때 인기척이 났다. 그녀는 고개를 들어 위쪽을 쳐다보았다. 계단 위에 한 남자가 서 있었다. 영택이었다. 한숙은 가슴이 철렁 내려앉았다. 그는 거대한 장승처럼 서서 계단을 밟고 올라오는 그녀를 내려다보고 있었다. 하지만 그는 그녀에게 아무 말도 하지 않았다. 평소 같으면 당장 괜찮냐고 물었을 그였다. 한숙은 그가 그곳에 서 있다는 것도 그랬지만 그의 침묵에 더 당황하여 오히려 더 크게 소리쳤다.

"야, 이 자식아! 내가 사건사고를 당했는데 왜 괜찮냐고 말하지 않아?!"

"……."

"왜 말을 안 해?! 어디까지 들었어? 내가 지하에서 하던 말 다 들었잖아?"

"무슨 말?"

영택은 아무렇지 않듯 짧게 대꾸하며 그녀 손을 잡고 지하주차장 쪽으로 걸어갔다. 한숙이 차에 오르며 다시 소리를 질렀다.

"영택 씨, 왜 그래? 내가 김 박사와 하는 말 다 들었으면 그게 사실이냐고 물어야지? 너 다 들었지? 그런데 왜 모른 체하는 거야? 그 침묵이 뭐냐고? 니가 세상 초연한 도사나 개똥철학자라도 돼? 남들 뭐하는지, 무슨 말했는지 관심 가지는 게 세상살이의 절반이야! 근데 왜 말을 안 해! 망할 자식!"

하지만 영택은 아무 말 없이 차를 끌고 지상으로 올라와 소나무 숲으로 향했다. 산길은 이미 어둠뿐이었다. 멀리 거대한 소나무 숲도 시커멓게 변해 무얼 노리듯 잔뜩 웅크리고 있었다. 한숙이 잠잠해지자 영택이 처음으로 입을 열었다.

"한숙 씨, 나 서울에 갔다가 막 도착해서 피곤해. 아무튼 그 건축자재상에 있는 한숙 씨 차는 보험사에 연락해서 처리했으니까 들어가서 편히 쉬어. 근데 그 차 안에 남성용 활력식품들이 있더라. 내 차에 옮겨놨어."

"혼자 사는 여자가 그런 거 가지고 다니니까 이상하다는 거지, 지금?"

"이상하긴! 외사촌 언니 회사 꺼구나 했지."

"그거 내가 만들어 특허낸 거야. 건강식품이긴 하지만 남자들에겐 엄청난 정력식품이기도 해. 비아그라보다 더 센 걸 연구했지."

"그래? 야! 독신녀가 대단하네! 그런 데 관심을 다 쏟고."

"나, 독신녀 아니야!"

"그래? 하하하. 혼자 살면 독신이지 아니면 뭐야? 하하하."

"야! 웃지 마! 내가 독신녀가 아니라고 하면 남자가 있냐고, 누구냐고 왜 묻지 않아? 내게 관심도 없어? 내가 밤에 몰래 술집에 몸 팔러 나가거나 김 박사하고 은밀하게 자거나 기숙사에 새로 온 소장하고 술판 벌이고 침대에서 헐떡거리는지 왜 묻지 않아? 노래방 그놈이든, 김 박사든 누가 내게 껄떡대면 기분이 나쁘지 않아? 지금 웃음이 나오냐구! 지랄이야!"

한숙은 영택이 자신에게, 아니 자기 아이를 가진 자신에게 무관심한 것에 괜히 짜증이 났다. 그가 알아도 안 되는 일이었지만 한편으론 그가 자신에게 관심을 두지 않는 것에 울화 같은 게 그냥 치솟는 것이다. 영택은 그녀를 위로하려는지 웃으며 말했다.

"하하하. 제발 그렇게 해서라도 독신 탈출 좀 하셔. 쉰 넘은 중늙은이든, 스무 살 미소년이든 남들에게 피해 주지 않는 한 자기 나름으로 사랑하고 행복하게 살면 돼."

"그래? 그럼 나 영택 씨하고 바람피울까? 아냐! 아냐! 나, 사랑하는 사람이 있는지도 모르겠어. 분명 있을 거야! 매일 생각하거든! 근데 그게 사랑 때문인지, 아니면 그 사람 아기 때문인지 잘 모르겠어. 처음은 분명 사랑은 아니었어. 아무튼 그게 좀 묘해! 하지만 분명한 건 그 아기가 너무 좋거든!"

"아기? 아이? 행여 아이 서넛 딸린 이혼남이야?"

"아냐. 아냐! 히히. 영택 씬 나와 하루 10시간 넘게 붙어 있어서 내가 연애질 안 한다는 거 잘 알잖아. 그냥 한 소리야. 그건 그렇고 영택 씨, 경옥 언니가 만드는 건강식품에 에코징이 기본으로 다 들어가 있어. 미리 이야기 못해 미안한데 쓰지 말라면 안 쓸게. 법적으로도 그렇고."

"그래? 우리가 만든 물질이니까 활용 차원에서 알아보는 건 괜찮겠지?"

"그럼 임시지만 허락하는 거네?"

"내가 그런 자격이 있는 건 아니지만 한숙 씨도 권리가 있는 물질이니까 그렇게 밀고 나가야지. 유료판매 때 내가 산림청과 협상해주지. 한숙 씬 특별한 동료니까 원가로 쓸 수 있게!"

"고맙긴 하네. 근데 특별한 동료? 흥, 나는 영택 씨를 그런 정도보다 더 생각하는데?"

"한숙 씨가 나를 하늘만큼 좋아해? 난 전혀 모르겠는데! 행여 죽고 못 살 정도로 나를 원해서 같이 죽자고 달려드는 건 아니지? 하하하.”

“치! 꿈 좀 깨라! 깨! 다만, 내가 어떤 상황이든 이렇게 달려와 주니까 그래서 좋다, 왜?”

“그래, 고마워. 그런데 한숙 씨, 내가 좀 다른 말을 해주고 싶어. 우리 누구에게나 다 갈 수 없는 곳이 있게 마련이지. 닿을 수 없는 곳 말이야.”

“뭐? 갈 수 없는 곳? 닿을 수 없는 곳? 그게 뭔데? 남극? 화성? 아니면 하늘? 서방정토나 천당?”

한숙은 영택이 자신과 거리를 두려는 것 같아 괜히 심통이 났다. 영택이 다시 말했다.

“그들도 그렇지만 우리 인간 삶에도 그런 경우는 무수히 많아. 내가 넘을 수 없는 어떤 사정으로, 혹은 불가피한 사유로 하고픈 것을 못했다면 그걸 받아들여야 해. 안 되는 걸 잡고 살면 그 삶은 더 고통이야!”

“뭐 내가 그런 게 있다는 거야? 닿고 싶은데 닿을 수 없는 곳? 안 되는 것도 있다는 것을 받아들이라구? 흥! 분수를 알아란 말이지? 나는 형편없이 살아온 여자라 좋은 남자를 넘어다 보면 안 되는 거네?”

“아니 그런 말이 아니라…”

“영택 씨가 뭘 알아서? 허긴 내가 닿을 수 없는 거, 엄청 많네. 대권력자? 멋진 남자의 아내? 지금 같이 있고 싶은 한 남자의 불륜녀도 안 되고 있어! 알아? 내가 니 본처는 못 되는 주제니까, 그런 자리는 감히 닿을 수 없는 것으로 받아들여 줄게. 대신 니 내연녀는 해줄게! 나쁜 자식!!"

"내 말은 마음 좀 편하게 하고 살라는 거야. 포기할 거 포기하고. 어디에, 혹은 무엇에 꼭 닿아야 제대로 된 삶이라는 생각은 하지 마라는 거지. 갈망이나 지향도, 기대도 줄여야 절망이나 외로움도 적어지니까!"

"고약한 자식! 맨날 좋아 죽겠다고 하니까 내가 싼 여자로 보이지? 니가 나를 알아? 내가 왜 이러는지 알아?!"

한숙의 입에서 거친 말이 나왔다.

'자기가 뭔데 갈망도 줄이고, 지향도 줄이라는 거야?! 태어날 아이의 삶을 생각하면 외면하고 회피하려 해도 그 아버지를 생각하지 않을 수가 없는데 하지 말라고?'

"아냐, 영택 씨 말이 맞아. 우리 인간에겐 본질적으로 먼 곳, 닿을 수 없는 것도 있긴 하지. 아무리 애써도 채워지지 않는 게 있어. 내 옆에 아무리 사람들이 많아도, 내가 돈이 많아도, 권력자라도 저 길거리를 걸어가는 소시민보다 못한 자신을 느낄 때가 있게 마련이야. 하지만 이젠 채워지든, 아니든 간에 내가 닿을 곳, 도달할 곳은 이미 정해져 있어! 그러니 포기가 안 돼!"

"뭐? 한숙 씨가 닿을 곳은 이미 정해져 있다구? 그래서 포기할 수가 없다구? 그게 누군데? 거기가 어딘데? 무슨 소린지 모르겠네!"

"이건 예를 들어서야. 앞으로 17년 후 그 누군가가 영택 씨를 찾아온다면, 아니 영택 씨를 찾아가겠다면, 영택 씨가 닿아야 할 최종 목적지라면 난 그 누군가에게 무어라 대답해야 할까? 어떻게 말해주어야 할까? 닿을 수 없으니, 그리고 만나도 채울 수 없으니 가지 말라고? 그 닿을 곳이 코앞인데도 가지 말라고 해야 할까?"

"뭐? 그런 막연한 이야기는 하지 마. 드라마나 영화처럼 남자에게 버려진 여자나 그 자식이라도 있으면 몰라도 한숙 씨는 그런 것도 아니잖아!"

"뭐? 아니라구? 아이구 나 미쳐!"

"아무튼 한숙 씨, 아쉬움 없이 살아가는 존재는 없어. 이 길지 않은 시간, 그런 생에 그걸 다 뿌리 뽑겠다고, 모든 아쉬움을 온전히 다 보상받고 채우겠다고 고래고래 소리쳐 보아야 우리 자신만 아파. 멈추는 거, 받아들이는 것도 매우 중요하다는 말이야. 자꾸 나는 왜? 하고 소리치면 한숙 씨만 상처받는단 말이야! 바보야!"

"한마디로 말해 너 발버둥쳐 봐야 바뀌는 건 없고 너만 아파! 이 말이지? 그래, 좋아! 난 아쉬움을 안고 살아갈 수 있어. 아니 있었지. 하지만 이젠 나만의 문제가 아니야. 의도하고 그런 건 아닌데, 누굴 괴롭히려고 그런 것도 아닌데 이제 나 혼자가 아니라 두 사람의 문제가 된 것 같아. 어쩜 세 사람이고! 흐흐흐."

"세 사람?"

14
노란 알약

영택은 에코징이 만들어진 후 10시간이 지나면 그 효력이 급감하는 원인인 그 분자 내부구조의 붕괴를 막아줄 장치구축에 심혈을 기울여 연구소 옆에 대규모 실험용 플랜트 시설을 설치했다. 그는 우선 그 시설의 꼭대기에 있는 옥상 물탱크 크기의 대형 플라스크에서 에코징을 만든 다음 이 진득한 노란 액체를 95도 상태로 달구어진 좁은 긴 관으로 통과시켰다. 그 관의 앞부분 50미터에는 산소 동위원소인, 중성자 10개를 가진 산소 원자(^{18}O)에만 반응하는 특수 레이저를 쏘고 그 다음 50미터에는 이온화된 초고압의 암모니아(NH^3)를 그 관 내부로 쏘게끔 장치를 만들었다. 그렇게 되면 에코징 분자의 왼쪽 공(원자단)에서 산소 원자가 떨어져 나가고, 대신 암모니아 속 질소 원자가 들어와 양측 공 모두가 정상적인 동일 구조가 형성됨으로써 10시간이 지나도 항암효과가 사라지지 않는 에코징이 만들어지게 되는 것이다.

이 장치구축 작업은 1달 정도 걸렸는데 국내 화학 플랜트 분야 최고 기술자 100여 명이 달려들어 3교대로 주야로 일을 함으로써 가능했다. 그리고 다시 제약회사 기술자들이 그 장치 끝부분에 알약 형태의 에코징이 나오도록 추가장치를 마련했다.

영택은 한숙과 함께 그 장치의 맨 마지막 출구 쪽에 서 있었다. 연구실 직원 100여 명도 그들 쪽으로 왔다. 잠시 후 영택이 자기 앞에 있는 파란 스위치를 누르자 황금과도 같은 찬란한 광택의 진노란 제제가 쏟아져 나오기 시작했다. 비록 시제품이긴 하나 연구의 결실로 암환자들의 입에 들어가는 알약 형태의 항암제 에코징이 생산되기 시작한 것이다. 직원들의 환호와 박수가 쏟아졌다.

"와! 와! 와!"

"올 타임 넘버원 노벨상!"

"노란 등대꽃, 원더풀! 판타스틱!"

다음날 영택은 50여 명의 변리사, 변호사들과 함께 국내 특허를 필두로 전 세계 180개국에 일제히 항암제 특허를 출원했다. 산림청에선 세계보건기구와의 협의 하에 말기, 혹은 중증 암환자들을 위해 그들이 원할 경우 임상실험 전이긴 하나 에코징 제제를 바로 제공해준다는 특별성명을 발표했다. 비록 독성 우려가 있더라도 완전히 소멸해가는 생명을 살릴 수만 있다면 그 약을 써볼 필요가 있었던 것이다.

미국 FDA에선 이 신약이 100% 다 검증되기 전까지는 치료용으로 사용할 수 없다고 했지만 산림청 발표 직후 당장 미국 측 말기

암환자 2만 명이 한국으로 출국 러시를 이루는 등 미국 측에서도 그 약의 즉시 사용을 받아들이지 않을 수가 없었다.

한숙은 임신 7개월차로 몸이 조금 무거웠지만 에코징의 생성과정 및 절묘한 분자 내부구조 등 흥미 넘치는 많은 자료들을 그 연구소 앞 야산에까지 진을 친 500여 명의 국내외 기자들에게 배포했다. 그녀는 특히 예비비 100억 원을 초저온 전자현미경에 사용했다고 비난받고 있던 승억을 변호하기 위해 관련 효과를 상세히 브리핑했다.

그런데 기자들의 질문시간에 그들 뒤로 멀리 불임클리닉의 김박사가 서 있었다. 그는 마치 격렬하게 꽃다발을 흔드는 북한 주민들처럼 숨넘어가듯 허공으로 뛰어오르며 한숙을 향해 길쭉한 무언가를 든 손을 쉼 없이 흔들어댔다. 한숙은 그가 들고 있는 그 물건을 자세히 쳐다보았다. 그것은 황금빛 열쇠였다.

그녀는 2시간 동안 기자들의 질문에 응답한 다음 밤 11시 무렵 기숙사로 걸어 올라갔다. 몸은 매우 피곤했으나 당분간은 연구 일에서 조금 해방될 것 같아 마음은 가벼웠다.

그녀는 지난 적지 않은 시간 동안 영택과 한 팀이 되어 노력한 결과 큰 결실을 맺게 된 것에 마음 뿌듯했다. 힘들었지만 그녀 인생에서 더할 수 없이 보람찬 시간이었다. 더구나 그녀로선 우연한 기회에 그 에코징을 이용하여 남녀를 위한 강력한 생체활력식품도 개발하게 되었는데 그로 인한 수입도 그렇지만, 그 제품이 수요를 감당할 수 없을 정도로 불티나게 팔려나가 학자로서 다수의 사람들에게 활력 개선이라는 큰 도움을 준 것 같아 마음 흐뭇했다.

한숙은 기숙사 쪽으로 걸어 올라갔다. 바로 그때 멀리서 김 박사가 달려와 그녀 앞을 가로막고선 두 손을 불쑥 내밀었다. 한숙은 깜짝 놀라 그가 든 물건을 쳐다보았다. 그것은 아까 기자회견장에서 그가 손에 들고 그녀를 향해 흔들어댔던 바로 그 커다란 황금열쇠였다.

"김 박사님, 여긴 어쩐 일이세요? 그리고 이 열쇠는 뭐예요?"

"한숙 씨, 전망 좋은 동해안 언덕에 당신이 살 집을 완성해 놓았습니다. 이게 그 집 열쇠구요. 저를 사랑하지 않아도 좋으니 이걸 받아주세요."

한숙은 김 박사가 그렇게 나타난 것도 그렇지만 뜬금없이 자신을 위해 집을 마련했다고 하니 더 당황스러웠다. 그녀는 우선 김 박사를 벤치로 안내했다. 김 박사가 그녀에게 애원하듯 간절한 눈빛으로 말했다.

"한숙 씨, 부담 갖지 마세요. 돈이다, 집이다 하는 게 중요한 건 아닙니다. 순수함이 중요하겠죠. 하지만 사는 데 가장 필요한 게 집 아니겠습니까? 앞으로 병원을 다 처분하고 같이 행복하게 삽시다."

"박사님, 일은 하셔야죠. 일이 없으면 사랑도 사라진답니다. 그리고 우리 씩씩이 낳은 후에 생각해볼게요. 지금은 애가 제일 중요하니까요."

"정말요?"

한숙은 아무런 대꾸 없이 벤치에서 일어나 기숙사 입구로 천천히 걸어갔다. 벤치에 앉은 김 박사는 같이 살 수도 있다는 그녀의 답변에 너무 놀라 입이 딱 벌어진 채 멍하니 그대로 앉아 있었다.

그런데 기숙사 안으로 들어가려던 한숙이 다시 벤치로 돌아와 김 박사에게 속삭이듯 말했다.

"박사님, 같이 살려면 사랑이 있어야 하는 거죠. 사랑 없인 제 삶도, 박사님 삶도 큰 의미가 없다는 거 잘 아시잖아요. 환상이 걷히면 거리의 여자보다 결코 더 나은 게 없는 저에게 실망하실 겁니다."

"한숙 씨, 박 실장을 마음에서 떼어내세요! 그래야 행복해집니다!"

"네?"

15

선뜻 다가선 정치

승억은 관용차를 타고 출근했다. 그가 산림청 청사 지하주차장으로 내려갈 때였다. 멀리 단독주택 단지 안쪽 골목에 25톤 하얀 윙바디 트럭 한 대가 서 있는 게 보였다. 그는 즉시 도재철에게 전화했다.

"도 국장, 지금 본관 건물 뒤로 한번 내려가 보게. 그 골목에 하얀 트럭이 한 대 보이는데 추태호 패거리들이 아닌지 모르겠어."

"네, 알겠습니다. 그런데 지금 지하세요?"

"그래."

"이런!"

승억은 도재철의 단말마적인 비명소리를 듣지 못하고 전화를 끊어버렸다. 그가 탄 차는 지하 1층 주차장으로 들어가 좌회전한 다음 기다란 안쪽 통로로 들어섰다. 바로 그때 그 통로 맞은편에서 젊은 사내들이 갑자기 나타나 그의 차를 향해 걸어왔다. 그들 손에는 작은 횃불이 들려 있었다. 승억 차의 기사가 급히 차를 후진시켰다. 하지만 백미러로 보니 뒤쪽에서도 서너 명이 불이 붙은 깡통을 들고 달려오는 게 보였다.

"청장님, 위험합니다! 꽉 잡으세요!"

기사가 이렇게 소리치며 차를 돌려 급히 오른쪽으로 방향을 틀었다. 하지만 그 사내들 중 한 사람이 세게 던진 휘발유통 하나가 그의 차와 부딪쳤다. 그의 차에 불이 붙었다.

바로 그때 엘리베이터 문이 열리더니 예산국장과 비서실장 등 10여 명의 직원들이 각기 소화기를 든 채 승억에게로 달려와 그의 차에 붙은 불을 바로 끈 다음 그 사내들에게도 소화기를 분사했다. 그리고 출근하여 지하로 들어오던 산림청 직원들도 그 싸움에 합세하여 그들 차로 그 사내들을 한쪽으로 몰며 위협했다.

수적 열세를 알아챘는지 그들은 번호판이 없는 차를 타고 지상으로 사라졌다. 승억은 직접 112에 신고를 한 뒤 예산국장을 칭찬했다.

"자네 때문에 내가 살았네. 추태호 그 자가 전에 산림청사에 와서 화염에 휩싸인다는 말을 한 적이 있는데 하마터면 큰 불상사가 났을 거야."

"청장님 전화를 받는 순간 저들이 일을 벌이기 쉬운 지하에서 못된 짓을 하지 않을까 하는 생각이 들었습니다."

"내가 자네를 잘 스카우트한 것 같아. 하하하."

사실 10년 전 승억은 친구인 반도체 회사 사장으로부터 고등학교 출신 기능공인데 국내외 최고 수준의 천재들보다 일을 더 잘하는 사람이 있다는 말을 듣고 그를 산림청에 특채했었다. 애초 그도 정치, 행정 쪽으로 전직하고 싶어 했다.

승억은 곧바로 차를 돌려 지상으로 올라온 다음 건물 뒤쪽으로 가보았다. 멀리 하얀 거대 트럭 옆에 회색 양복을 입은 추태호와 그의 동생 추태억인 듯한 경찰 복장의 한 사내가 그 트럭에 오르고 있었다. 그의 차가 그들에게 접근하자 그 트럭은 반대쪽 길로 가버렸다.

그가 청장실로 올라가자 대통령 전화가 와 있었다. 그가 수화기를 들자마자 대통령이 호통치듯 큰 소리로 말했다.

"그만둬! 니, 해임이야! 오늘 중으로 떠나. 기자회견할 기회는 주지!"

"야, 장한식!"

"파면시키지 않는 것만도 고맙게 생각해!"

"뭐야? 내가 뭘 잘못했는데? 야!"

하지만 대통령의 전화는 이미 끊겨 있었다. 승억은 화가 났다. 물러날 순 있고, 또 대통령이 해임할 권한도 있지만 친구 사이인데 해임 통보를 꼭 이런 식으로 해야만 하는가! 특히 엄석동 세력들이 외견상 문제 삼고 있는 예비비 100억 사용도 산림청장의 고유권한으로써 얼마든지 할 수 있는 데다 지금 항암제 개발경쟁이 이루 말할 수 없이 치열한 상황에서 자신의 대응은 오히려 아주 적절한 것이었다. 그는 정치 놀음만 하려는 장한식과 엄석동에 분노하며 예산국장 도재철을 불러들였다.

"도 국장, 방금 대통령이 그만두라는군."

"그래요? 청장님, 오히려 좋은 기회가 되지 않을까요? 향후 그 항암제가 완전히 증명되어 지구촌 전체에 에코징 광풍이 불면 청장님께선 절대 유리하실 겁니다. 예비비 지원이 오히려 정치적 순풍이 되어줄 겁니다. 위기가 기회라는 말은 그냥 나온 게 아닙니다. 차기 대통령에 바로 도전하십시오!"

비범한 정치 감각을 가진 도재철의 말에 승억은 얼마 전에 꾸었던 오디세우스의 꿈이 생각났다. 마지못해 트로이 전쟁에 출전했던 그처럼 자신도 어쩔 수 없이 정치계로 나서야 하는 건가? 견제인지 뭔지는 몰라도 엄석동과 추태호 세력들이 선을 넘는 압박을 계속해오는 것을 생각하면 정치가로 나서 그들에게 대놓고 맞설까 하는 생각도 들었다. 하지만 정치는 상대를 어떻게든 이겨야 하는 힘의 게임인데 자신은 성격상 그런 이전투구가 제일 싫었고, 또 자기 주변에는 사람도 별로 없었다. 정치는 결국은 세력, 즉 사람 숫자 싸움인데 집권당 대의원 비율에서 이미 엄석동 조직이 75% 이상 압도적이었다. 파고들기 쉽지 않은 숫자였다!

그럼에도 불구하고 도재철은 그에게 정치 참여를 계속 권했다.

"청장님, 반격하셔야 합니다. 이대로 가만 계시면 야당 지도자 수사처럼 저들이 청장님에게도 비열한 수법을 써서 추락시키려 할 겁니다."

"수법?"

"대다수의 일반 국민들은 검찰이 누굴 수사한다, 경찰이 그 사람 집을 압수수색한다는 뉴스를 접하면 이미 그 자체로써 아, 그 사람 그렇게 안 봤는데 죄가 있었구나, 나쁜 놈이구나! 범죄자다! 이렇게 단정해버립니다. 엄석동 패거리들은 일반 대중들의 이런 정서를 철저히 이용하는 수법으로 여러 정적들을 제거해왔습니다. 저들이 그렇게 일차로 여론재판으로 똥물을 묻힌 다음 곧 이차로 시민단체나 개인을 내세워 횡령혐의로 고소, 고발하여 검찰청 포토라인에 세웁니다. 그런데 그것도 잘 안 되면 죄가 없는데도 대법원까지 끌고 가는데 그 과정에서 쉼 없이 언론에 노출되어 그 사람은 완전히 범죄자 이미지로 되어버리는 겁니다. 수사도 끝나기 전에, 혹은 재판 전에 이미 전과 몇 범이 되는 겁니다. 그러니 만신창이가 되시기 전에 대통령 출마를 선언하셔야 합니다! 정치인이 되시고 어느 정도 세력을 가지게 되면 저들은 대놓고 그렇게 하지 못합니다. 나중에 크게 되치기 당할 수 있기 때문입니다. 박실장이 노벨상을 받게 되면 반드시 큰 기회가 옵니다!"

"이거 참 나 원!"

승억은 문득 고향 영주의 그 한옥집에 묻어둔 돈을 떠올렸다. 그 돈은 아버지 최 노인의 장독금고에서 꺼낸 최고급 보석 80여 개를 팔아 마련한 것인데 약 300억 원 정도 되었다. 정치를 하든, 다른 뭐를 하든 그런 돈이라도 있어 마음이 든든했다. 아버지 최 노인이 직접 준 건 아니지만 어머니 손을 거쳐 자기에게 온 아버지 돈이 지금은 자신에게 큰 힘이 되고 있었다.

그는 대통령의 해임 통보에 따라 수십 년간 자기 곁을 지켜온 개인용품과 책, 기타 여러 집기들을 직접 정리하여 집으로 보냈다. 그는 점심 때 구내식당에서 간부들과 급히 마지막 회식을 한 후 탁자도 없이 콘크리트 바닥에 딸랑 마이크 하나 내놓은 청사 앞마당 기자회견장으로 향했다.

그런데 그가 청사 문을 열고 밖으로 나가려는데 검찰청에서 나온 10여 명의 검사와 수사관 수십 명이 몰려와 그를 둘러싸며 소리쳤다.

"청장, 이 범죄현장에 잠시 기다리시오. 증거가 나오면 현행범으로 그 즉시 체포하겠습니다."

"이 자들이 정말! 뭐? 범죄현장? 무슨 얼어 죽을 현행범? 그리고 증거가 나온 것도 아니고 증거가 나오면? 개자식들이 이렇게까지 해도 되는 거야? 이봐! 예산국장, 지금 바로 기자들에게 내가 대통령 후보로 나간다고 언론에 알려! 나라가 망조가 들어서 두고 볼 수 없다고 말이야!"

16

양호리 저택

일요일 정오 무렵, 점심식사를 마친 영택은 호미와 낫, 그리고 물과 간식거리를 전기카트에 싣고 숲길을 달렸다. 그는 에코징 연구 일이 어느 정도 끝나자 마음이 홀가분해져 오랜만에 아내 진숙과 함께 관리사무소 뒤쪽 타원형 부지의 약초정원으로 갔다. 진숙은 임신으로 배가 제법 불렀다.

그는 그간 연구활동 틈틈이 관리사무소 뒤쪽 산길을 올라 장인어른 승억이 조성해 놓은 물푸레나무 숲과 자신이 만든 약초정원을 가꾸어왔다. 그는 그 정원을 위해 일하는 아주머니들의 도움으로 감기 및 호흡기 처방 정원은 물론이고 십전대보탕 동산, 팔미지황탕 동산 등등 보약 관련 한약처방 별로 관련 식물들을 들여와 심어놓았다. 그리고 이번 4월 달부터 당귀수산과 오적산, 그리고 계지복령환 등 부인병 처방 관련 약초정원을 조성 중이었다.

그는 아내 진숙을 넓은 부지 한가운데 있는 커다란 원두막에 올려보낸 뒤 꽃이 진 개나리 가지치기를 하고 무성하게 올라오는 잡초도 뽑았다. 2시간 넘게 정원을 손본 그는 원두막으로 올라가 노트북으로 글을 쓰고 있는 아내 옆에 잠들었다.

그 시각, 한숙은 청바지에 헐렁한 황색 점퍼 차림으로 차에 올랐다. 그녀는 임신복을 입지 않아도 체형상 키가 크고 훌쭉해서 겉으로는 임신한 사람인지 표시가 잘 나지 않았다. 그래서인지 연구소 내에서도 그녀의 임신을 아무도 알지 못했으며, 그녀의 몸이 조금 불어도 다들 살찐 정도로만 여겼다.

그녀는 천천히 달려 동해바다가 훤히 내려다보이는 양호리 높은 언덕으로 갔다. 도로 양쪽의 야산 곳곳엔 나무들이 제법 신록으로 채색되고 있었다. 그녀는 차에서 내려 탁 트인 동쪽 바다를 바라보았다. 바람이 제법 차가웠지만 멀리 잔잔한 파랑을 일으키며 반짝이고 있는 푸른 바다를 보자 답답한 마음이 확 뚫렸다.

그녀는 당분간 연구실 일에서 벗어나 쉬고 싶었다. 또 배가 점점 불러오다 보니 주변에 감추는 것도 한계가 있었고, 무리하다 보면 행여 조산할 우려도 있었다. 그래서 조만간 출산을 준비하기 위해 휴직계를 내고 머물 집을 찾아 그 언덕에 오른 것이다.

잠시 후 그녀는 아래쪽으로 내려가 웅장한 푸른색 철문이 서 있는 한 저택 앞에 멈추었다. 그곳에는 50대 중반의 부동산 여사장이 그녀를 기다리고 있었다. 그녀는 한숙과 함께 집 안으로 들어갔다. 한숙은 그 집의 운동장 같은 넓은 잔디밭과 방사형으로 나

열된 무지개색 전등들을 보자 그곳이 자신의 안식처가 되었으면 좋겠다는 생각이 들었다. 지금 당장이라도 그 집 안방으로 들어가 누워보고 싶었다.

그런 갈망이나 간절함, 혹은 급한 마음은 에코징 연구가 1차적으로 어느 정도 마무리되자 그녀를 엄습해 온, 오랫동안 깊이 내재되어 있던 불안감의 또 다른 모습이었다. 그녀는 그간 얽매여 있던 연구 일에서 조금 해방되자 마음을 어디에다 둘지 갈피를 잡을 수가 없었다. 나름 매우 큰 걸 이루었고, 또 세상으로부터 찬사도 쏟아지고 있었지만 다른 한편으론 치열했던 자신의 일거리를 잃은, 그래서 가족을 피해 나온, 갈 곳 잃은 실업자처럼 그녀 영혼은 약간의 혼돈 속에 표류하고 있었던 것이다. 다만 다행스런 것은 남녀 활력식품인 제비꽃사랑의 폭발적인 판매로 인해 마음의 안식을 줄 만한, 큰 집을 구할 경제적인 여유가 생겼다는 점이었다.

그 집 정원 맨 바깥 둘레엔 높다란 울타리를 따라 키 큰 소나무들이 곧게 솟아 있고, 연한 잎을 드러낸 담쟁이넝쿨들이 그 기둥을 나선으로 휘감으며 활기차게 위로 오르고 있었다. 그녀는 그 여사장에게 말했다.

“이 집, 장기계약하겠습니다. 주인이 팔면 언제라도 사겠어요.”

한숙이 집 내부까지 돌아본 다음 그 마당 벤치에 앉아 바다를 바라보고 있을 즈음, 푸른 스포츠카 한 대가 그 옆 산길도로를 내려가고 있었다. 운전석에 앉은 조문식은 100미터가 넘을 듯한 그 저택의 긴 담장을 부러운 듯 바라보았다.

그는 아래로 내려가면서 마을 입구 편의점 앞에 서 있는 최고급 외제차에 주목했다. 그 운전석 문이 반쯤 열려 있었다!! 그는 재빨리 자신의 차를 동네 골목에 세운 다음 하얀 스포츠 가방 하나를 들고 달려가 그 외제차 운전석에 올라탔다. 그리고 운전석 주변에 있는, 볼펜에서부터 부채, 늘린 서류들, 명함, 메모지에 이르기까지 눈에 보이는 물건들을 닥치는 대로 그 가방에 쓸어 담았다.

"에이! 이 자식 누구야? 좋은 차면 뭐해? 나보다 더 엉망으로 차를 쓰는구먼. 구역질 나. 쓰레기장 같아!"

그는 차에서 내리면서 몽키로 그 차의 블랙박스를 다 부셔버렸다. 그는 편의점에서 김 박사가 나오자 급히 한쪽으로 사라졌다. 자신의 노래방으로 돌아온 조문식은 하얀 가방을 뒤집어엎은 다음 거기서 나온 명함이나 서류들을 자세히 살펴보기 시작했다.

"뭐야? 이건 정자 검사한 거고. 허허. 이 양반, 산부인과 의사인 모양인데 이건 뭐야? 어허! 어허! 남편도 없는 여자들에게 인공수정을 시켜준 게 한두 건이 아니군 그래. 불법인데 건당 5,000만 원씩 뜯으면 황금제국은 아닐지라도 장밋빛 레이스가 달린 황금침실은 장만할 수 있을 것 같군. 더 뜯어내면 저 양호리 언덕 집처럼 100미터짜리 담장집도 마련할 수도 있을 테지! 복 있는 놈은 이렇게 다 살길이 절로 생긴다니까! 하하하!"

다음날 저녁, 조문식은 푸른 스포츠카를 몰고 김 박사의 불임클리닉으로 향했다. 어둠 속, 멀리 7층짜리 병원 건물 곳곳에 조금씩 불이 꺼져가고 있었다. 그는 곧바로 그 병원 지하주차장으로 들어가 엘리베이터 앞에 차를 세운 다음 커다란 몽키를 들고 계단 아래로 뛰어 내려갔다. 바로 그때 노랑머리를 치렁치렁 늘어뜨린 혜영이 계단 위로 올라왔다. 그는 급히 계단 바닥 한쪽에 몸을 숨겼다. 안쪽에서 김 박사가 달려 나와 그녀를 뒤따라 올라가며 소리쳤다.

"혜영 양! 나하고 결혼해서 살자. 가지 마!"

"아뇨. 전 떠돌이 여자지만 사랑하는 남자가 있어요. 명국이 오빠요. 오늘 오빠가 오는 날이라 빨리 가봐야 해요."

바로 그때 조문식이 김 박사 앞에 불쑥 나타나 몽키를 치켜들며 소리쳤다.

"야, 김 박사! 당신, 불법으로 여자들 인공수정해줬지?"

"다, 다, 당신은 누구야?"

김 박사가 조문식의 출현에 너무 놀라 말을 더듬거렸다. 조문식은 대답 대신 몽키로 그의 어깨를 가격하여 그를 쓰러뜨린 다음 그를 발로 차서 유리문 안으로 밀어 넣었다. 위로 올라간 혜영이 아래를 내려다보더니 오토바이를 타고 급히 사라졌다. 실내로 들어온 조문식은 김 박사를 침대 위로 밀어 올린 다음 몽키를 흔들어대며 소리쳤다.

"김 박사, 서로 협조해서 살자. 상생협력이 이 시대의 과제야. 당신이 나를 도와주면 방금 그 노랑머리와 아웅다웅 살게 도와줄게. 이런 걸 동반성장이라고 해! 자, 정한숙 박사에게 빨리 전화해봐! 어서!"

"그분은 왜요?"

"왜긴 왜야! 내가 저번에 내 노래방에서 그녀를 주무른 뒤로 쾌감이 아직 남아 있어서 그래! 그녀가 채찍으로 나를 때려주면 희열이 넘칠 것 같단 말이야. 촛농을 내 상처 부위에 부어주어도 좋고. 자, 어서 전화해!"

"사장님, 그분은 안 됩니다. 제가 사랑하는 여자예요. 임산부고요!"

"그럼 불법 인공수정 시술 눈감아줄 테니까 15억 내놔! 당신 차에 있던 그 서류들 다 봤는데 한두 건이 아니더구만!"

"그런 돈 없소!"

"이게 누굴 놀리나! 그럼 불법 시술은 말할 것도 없고 저 벽에 걸린 포르노 사진들도 경찰이나 언론사에 공개해버려?"

"네? 아, 아, 안 됩니다. 그건 안 돼요!"

"이 새끼가 그냥!"

"아니, 아니, 전화할게요. 하지만 그녀가 올지는 장담 못해요!"

잠시 후 김 박사는 떨리는 손으로 한숙에게 전화를 걸었다. 그러자 곧바로 그녀 목소리가 들려왔다.

"김 박사님, 이 시간에 어쩐 일이세요?"

"저기 한숙 씨, 저기… 저기… 그러니까 이 밤에 오시기가 어렵죠? 아뇨! 아뇨! 여기 절대 오지 말아요! 당신이 다치면 나는 세상 밑바닥으로 침몰하고 말 겁니다! 여기 이놈이 당신을 노리고 있어요! 경찰!! 으악! 악!"

한숙은 기숙사에서 밤늦게까지 이삿짐을 정리하다 김 박사의 전화를 받고 매우 놀랐다. 전화기 너머로 그가 심하게 폭행을 당하는 소리가 생생하게 들려왔다.

"뭐? 경찰? 그래, 경찰에 전화해, 이 새끼야! 거기가 내 큰집이니까 대신 전화해줄까? 니 죄 까발리게? 허긴 불법 시술한 죄로 감방도 갔다 와야 인생을 알지. 삶의 체험현장 말이야! 하하하."

"으악! 윽!"

그리고 전화가 딱 끊겼다. 한숙은 아무 외투 하나 걸친 다음 급히 위쪽 단독주택에 사는 영택에게 연락하여 연구실 일이라며 빨리 나오라고 다그쳤다. 김 박사는 지금 조문식으로부터 불법 인공 시술로 협박받고 있으며, 매우 심각한 폭력을 당하고 있는 게 분명했다. 그녀 자신도 불법 시술자여서 김 박사의 상황에 나름 죄책감을 느꼈다.

5분 후 영택이 헝클어진 옷차림으로 달려왔다. 한숙은 영택에게 김 박사를 구해야 한다는 말만 하고 차를 고속으로 몰아 금세 그 불임클리닉 지하주차장으로 갔다. 영택은 그녀가 건네주는 삼단봉을 들고 먼저 지하 2층 계단으로 내려갔다. 이때 지하주차장 안으로 붉은 오토바이 한 대가 굉음을 내며 들어왔다. 터벅머리 명국과 노랑머리를 풀어 헤친 혜영이었다.

영택은 계단 아래로 내려가 유리문을 밀고 안쪽으로 들어갔다. 그가 그 안으로 막 발을 들여놓는 순간 조문식이 "에잇!" 하는 기합소리를 내지르며 몽키로 그의 몸을 가격했다. 그가 급히 몸을 굴렸지만 몽키가 그의 등을 조금 스쳤다. 그는 통증을 참으며 조문식에게 삼단봉을 휘두르며 반격했다. 하지만 그는 발로 영택의 삼단봉을 날려버린 다음 주먹을 내뻗었다.

바로 그때 거대한 덩치에다 짙은 구레나룻까지 한 명국이 유리문을 박차고 들어와 순식간에 조문식의 주먹을 잡아챈 다음 긴 무릎으로 그의 옆구리를 걷어찼다. 조문식이 "윽!" 하는 비명과 함께 탁자 아래쪽으로 쓰러졌다.

명국이 사방을 둘러보며 혜영에게 말했다.

"혜영아, 이 음침한 곳에 웬 사람들이 이렇게 많노? 저 두 분은 소나무 숲 연구소분이네. 김 박사는 어디 갔노? 그 양반이 깡패한테 두들겨 맞고 있다면서?"

"오빠, 김 박사님이 저쪽 방에 계시나 보네."

명국이 사방을 두리번거리다 소파 옆 샛문으로 들어가 그 안쪽 공간에서 피를 흘리며 누워 있던 김 박사를 데리고 나왔다. 혜영과 한숙이 그런 모습의 김 박사를 보고 동시에 울음을 터트렸다.

"으흐흐흐! 김 박사님! 세상에나! 이게 웬일이에요! 흐흐흐."

"김 박사님께서 이런 꼴을 당하시다니요!"

김 박사는 심한 폭행을 당했는지 아무 말이 없었다. 그때 탁자 밑에 쓰러져 있던 조문식이 정신이 드는지 눈을 뜬 다음 주변을 두리번거렸다. 그는 유리문 쪽으로 살금살금 기어가 그 바닥에 있던 몽키를 집어 든 다음 용수철 튀어 오르듯 순식간에서 공중으로 솟아오르며 명국을 향해 몽키를 휘둘렀다. 순간, 명국이 유리에 비친 그의 이미지를 보고 찰나에 몸을 돌려 긴 다리로 그의 팔을 가격했다. 그러자 몽키가 바닥으로 떨어졌다. 그는 다시 주먹으로 조문식의 얼굴을 서너 차례 가격한 다음 긴 다리로 그의 가슴을 내리찍었다. 조문식의 몸이 뒤로 획 밀리더니 유리문 밖으로 나가 떨어졌다. 그는 피를 토하다가 명국이 다가오자 황급히 일어나 계단 위로 사라졌다.

영택은 한숙을 차에 싣고 소나무 숲 관리소로 향하면서 그녀에게 물었다.

“한숙 씨, 혹시 그 김 박사라는 사람, 잘 알아? 김 박사 만난 게 제법 된 것 같은데?”

“그 전에 조금 알고 있었어. 사실은 그 병원에 갈 일이 있었는데 그 얼마 후부터 그분이 내게 조금 달라붙었을 뿐이야! 같이 살자고.”

“그래? 그건 그렇고 요즘 많이 피곤해 보였는데 어서 가서 쉬어. 힘들면 내일 안 나와도 돼.”

한숙은 영택의 말을 들으며 그에게 임신 이야기를 털어놓아야겠다는 생각이 들었다. 그가 아이 아버지인 것과는 별개로 아이를 낳게 되면 일정 기간 휴가를 내지 않을 수가 없기에 같이 일하는 동료로서 그에겐 알릴 수밖에 없었다. 자신이 아이 양육문제로 더러 출근을 제때 하지 못하더라도 해명이든, 변명이든 그가 많이 도와줄 게 분명했다.

그런데 막상 그에게 이야기를 하려니 가슴이 뛰었다. 사정이 어떠하든 아이 친아빠는 그인데 그것까지 밝혀야 할까? 하지만 자신이 없었다. 또 그의 정자를 그 몰래 가져와 임신한 아이이기에 그에게 아빠라는 말을 붙일 수 있을지 혼란도 왔다. 하지만 그녀는 어떤 형태로든 그에게 임신 사실을 알려야겠다고 생각하며 여러 번 심호흡으로 마음을 가라앉힌 다음 입을 열었다.

"맞아. 요즘 많이 피곤해. 그래서 얼마 전 쉴 곳을 찾아놨어. 그리고 연구소 일 때문이라도 다른 사람에겐 몰라도 영택 씨에겐 이야기를 해야겠어. 나 얼마 후면 아기를 낳을 거야. 사실은 그 김 박사 불임클리닉에서 인공수정했어."

"뭐야? 정말?"

"사실이야!"

"전에 말한 그 씩씩이가 그럼?"

영택은 그녀 말에 놀라 차를 공원 쪽에 세우며 잠시 침묵했다. 한숙이 자신의 배를 두 손으로 감싸며 차분히 말했다.

"맞아! 뱃속 아기 태명이 씩씩이야! 사랑인지는 모르겠지만 내가 항상 믿는 그 남자의 정자를 가져왔지."

"그래?"

"헤어날 수 없는 불능의 삶이 되어버린 나를 넘어서기 위해 그렇게 했어. 이젠 한 생명이 내 몸속에서 자라고 있다는 자체가 중요해. 그 이전 이야기들은 다 잊기로 했어. 내 인생의 새로운 둥지를 만들 거야! 아이를 가지는 과정에서 내가 행한 일들에 대해 망각하려는 건 아니지만 이젠 나와 아이가 앞으로 살아갈 일만 생각할 거야. 흐흐흐."

한숙이 그의 어깨에 기대며 흐느껴 울었다. 영택이 그녀의 손을 잡아주며 말했다.

"그런 일이 있었어?! 그런 일이! 한숙 씨가 그간 많이 힘들었구나! 연구소 일도 해야 했고. 그래도 더 일찍 말해주지. 그때 연구소에서 쓰러졌을 때도 임신 때문이었네?"

"힘들었지만 여기까지 버티며 왔으니 다행이지 뭐! 영택 씨, 그런 얘기 그만하고 내 배 한 번 만져봐. 그 사람 아이가 내 뱃속에서 어떻게 노는지 궁금하지 않아? 히히."

그러면서 그녀는 갑자기 자기 옷을 쑥 치켜들더니 약간 불룩한 맨살의 배를 영택에게로 불쑥 내밀어 보였다. 그리고 영택의 한 손을 잡아끌어 자신의 배에 갖다댔다. 영택은 당황했지만 웃으며 말했다.

"그래! 씩씩아! 내가 잘 지켜줄게. 이 넓은 세상으로 빨리 나와!"

영택은 그녀가 어떤 사정으로 그렇게 했던 간에 그녀만이 가졌을 감당하기 어려웠을 고통과 해소될 수 없는 어둠, 그리고 내적인 많은 갈등이 그녀를 그렇게 몰아갔을 것이라고 생각하니 세세하게 묻기보다는 위로를 해주는 게 최선이라고 생각했다. 또한 그녀가 그간 그에게 여러 신호를 보냈었는데 자신이 제대로 알아채지 못한 것에도 미안한 마음이 들었다. 한 번은 "이건 예를 들어서야.

앞으로 십칠 년 후 누군가 영택 씨를 찾아온다면, 아니 영택 씨를 찾아가겠다면, 영택 씨가 닿아야 할 최종 목적지라면 난 그 누군가에게 무어라 대답해야 할까? 어떻게 말해주어야 할까?"라는 말도 했었다. 그 17년 후란 말도 지금 생각하면 그렇게 인공수정한 아이가 자라 17살 되어 아버지를 찾을 때를 의미하는 게 분명했다. 그녀는 쉼 없이 자신과 태어날 아기의 불안한 미래에 대해 고민해 왔던 것이다!

영택은 그녀를 바라보며 낮은 목소리로 말했다.

"한숙 씨, 그런 시술을 결정하기까지 수없이 갈등했을 텐데 이젠 아이를 위해서도 마음을 편하게 가져. 내가 도와줄게. 혼자가 아니라는 거, 무슨 말인지 알지?"

17

대통령 출마 선언

승억은 기자들을 영주 한옥집 넓은 잔디마당으로 불러 6개월 앞으로 다가온 '집권당 내 대통령 후보 경선'에 참여를 선언했다.

"국민 여러분, 누구든 새로운 시대를 열긴 쉽지 않습니다. 하지만 우리가 합심하면 지금보다는 더 나은 사회를 만들 수는 있습니다. 그런 시작은 민생문제 해결에서부터입니다. 지금 국민들의 살림살이가 너무 힘겹습니다. 국민들을 위해 일 좀 해보겠다고 떠들어대던 대통령은 무능과 오만에 휩싸여 국민 삶엔 관심도 없으며, 요즘은 악질인 우리 당 엄 모 씨가 포대갈이, 상표갈이 하여 불법으로 번 돈을 용돈으로 받아먹고 사는 모양입니다. 저는 앞으로 이 두 년놈을, 아니 이 두 놈놈을 제거하면 그것만으로도 나라가 바로 선다고 확신합니다. 저는 앞으로 이런 용돈정치, 다시 말해 불법으로 번 돈을 핥아먹고 살면서 우리 서민들의 삶을 구렁텅이에 빠뜨리고 있는 무능한 대통령과 그 측근들을 제거할 것입니다."

그는 일부러 대통령과 엄석동을 세게 공격했다. 그것은 초보 정치인의 선거전략상 뉴스를 선점하기 위해 강력한 표현이 필요하다는 도재철의 주문 때문이었다. 그는 그런 주문이 아니었더라도 지난 산림청장 해임과정의 앙금 때문에 대통령을 공격하고 싶었다.

그가 연설을 끝내고 마이크를 내려놓을 즈음 기자회견장에 갑자기 두상이 장대한 최팔덕 노인이 보라색 핫바지 차림으로 나타나 승억을 밀어내고 단상에 올라섰다. 승억이 그를 말렸지만 소용없었다.

"승억이 이놈을 그냥 확 마! 이 애비가 일장 연설하려는데 앞을 막고 난리야! 내 정자로 태어난 놈이 감히! 확 마! 아, 하하하하! 우리 기자 양반들, 안녕하시오. 나, 최승억 대통령 후보의 애비 되는 사람입니다! 뭐라꼬? 대통령 후보가 아니라 당내 대통령 후보 뽑는다꼬? 시끄럽다! 그게 다 그거야! 아무튼 얼마 있으면 내 나이 구십인데 내가 철없는 스무 살에 저 놈을 잉태시키고 말았습니다. 그리고 너무 놀라고 아무것도 몰라 그만 내다 버렸습니다. 그런데 불쌍한 그 아이가 핏덩어리인 채로 바로 이 집에 와서 잘 성장해서 이제 큰 인물이 되었다오. 우리 아들이 앞으로… 아니 저게 뭐야? 저, 저, 저 불도저가 미쳤나! 내가 감히 연설하고 있는데 저 여자가 감히!"

최 노인이 연설하고 있을 때 큰 도로에서 황금색 불도저가 엄청난 굉음을 내며 달려와 대문 앞에 서 있던 기자들을 밀어내고 집 안으로 들이닥쳤다. 그 불도저에서 나오는 푸른 연기가 그 동네 전체를 온통 다 뒤덮었다. 그 불도저를 주시하던 최 노인이 다시 소리쳤다.

"내 아들 최승억은 알렉산더와 나폴레옹을 능가하는 영웅으로서, 그리고 이 시대가 간절히 원하는 절대정신으로서… 아니 저, 저 불도저를 그냥 확 마! 내가 지금 링컨과 케네디를 능가하는 명연설을 하는 중인데 시끄럽게! 저걸 그냥 잡아서 개 패듯이 패서, 똥오줌을 퍼부어서 그냥! 아무튼 여러분, 우리 아들 최승억은 국가를 영도할 위대한 인물로서 2차 대전을 지휘한 영국 처칠 경의… 어? 저기, 저기, 저 불도저에 미스 황이네?! 미스 황! 근데 옷은 왜 벗어! 야, 벗지 마! 풍만한 몸매를 보여주면 안 돼! 넌 만인의 여인이 아니야! 최대다수의 최대행복은 싫어! 나만 볼 거야!"

그 불도저가 연설 단상 앞에 멈추어 섰다. 그리고 그 운전대에서 미스 황이 돌연 자신이 입고 있던 보라색 원피스를 벗어 던진 다음 보라색 비키니 차림으로 불도저 지붕으로 올라갔다. 그녀는 곧장 물구나무를 서서 두 다리를 사방으로 흔들어대며 요염한 체조쇼를 벌였다.

일부 언론사에선 급히 카메라를 들고 와 그녀의 우람한 비키니 몸매를 생방송으로 중계하기 시작했다. 근처에서 달려온 카메라 기자 30여 명과 극렬 유튜버들도 방송꺼리를 놓칠세라 서로 밀치고 다투면서 그녀의 야릇한 몸매와 화려한 동작을 카메라에 담느라 정신이 없었다. 체조쇼를 끝낸 그녀는 자기 젖가슴에까지 카메라를 들이댄 기자 한 사람의 마이크를 뺏은 다음 큰 소리로 외쳤다.

"지금 집권당 실력자 엄 모 씨가 30대 때 자신이 운영하던 감귤주스 공장에서 내 엄마를 농락하고 우리 재산을 다 강탈한 다음 정치판으로 나갔어요. 그가 건달 놈들과 포르노를 찍던 감나무집 지하에서 엄마를 카메라 앞에서 강제로 겁탈했다는 소문도 있습니다. 물론 나는 고아원에 갔구요. 이젠 버림받고 싶지 않습니다! 나를 버리지 않는다면 100살 노인이라도 사랑할 거예요. 기자님들, 우리 사랑을 모독하지 마시고 진실을 밝혀주세요!"

이때 최 노인이 단상에서 내려와 그녀에게 달려갔다. 미스 황도 불도저에서 뛰어내린 뒤 최 노인에게로 달려가 그에게 안겼다. 최 노인은 그녀를 와락 끌어안으며 눈물을 흘렸다.

"하모! 잘 왔다. 버려진다는 거, 홀로 남겨진다는 거 죽음 못지 않게 큰 고통이지! 내가 니 상처 어루만져 주꺼마! 이리 온나! 하모! 하모!"

현장에 있던 기자들은 이 포옹 장면들도 영상으로 찍어 급전으로 본사로 전송했다. 그날 저녁 각 방송사 뉴스에선 초보 정치인인 승억의 영주 한옥집 기사들로 가득했다. 미스 황의 야릇하고 현란한 체조쇼와 최 노인의 핫바지 춤, 그리고 50년 이상 나이 차이가 나는 그들의 로맨스와 집권당 실력자 엄 모 씨에 대한 이야기 등이 집중 보도되면서 자연스레 그의 후보 출마 이야기도 많이 등장하게 된 것이다. 무명이었던 정치신인 승억은 그 아버지와 미스 황 이야기로 인해 한순간에 유명해지게 되었다.

18

노란 알약의 이기성

영택은 만삭의 한숙과 함께 인천국제공항으로 가보았다. 그들은 이중삼중으로 특수요원들의 경호를 받았다. 그들이 공항 입국장으로 들어가니 뉴스에서 보는 것보다 상황이 더 심각하여 입국하는 암환자들이 수십 개의 줄을 이룬 채 입국수속을 밟고 있었다. 특히 중증 암환자들을 실은 침대차들이 활주로의 절반을 차지하여 안전문제도 크게 우려되었다. 한숙은 그 환자들에게 다가가 왜 한국으로 왔느냐고 물었다. 그들 대다수는 그저 살기 위해 무작정 한국으로 왔다고 했다. 한숙이 영택에게 말했다.

"영택 씨, 현장에 와보니 전쟁터가 따로 없어. 대량생산 전에는 에코징이라는 희망고문이 저들을 더 괴롭힐 것 같아! 비행기를 타기 어려울 정도로 중증인데도 수만 리를 날아 필사적으로 한국으로 오고 있어. 에코징 러시라고나 할까! 휴우!"

"아직 에코징 생산능력이 부족한 데다 한국 내에서만은 그 약의 사용이 가능하니까. 지금 서울 변두리 컨테이너 박스 하나당 하루 숙박에 100만 원이래. 세계 각국의 갑부 환자들만 몰려온 건데도 그 정도로 숙박, 입원 시설이 부족한 상황이야."

"그저 안타까워!"

영택은 한숙이 걷기 수월하게 짐 실는 카트 하나를 끌고 와 그녀 손에 잡혀주었다. 그들은 입국장과 많이 떨어진 청사 안쪽 긴 복도를 나란히 걸었다. 그곳도 입국장과 다른 바 없이 세계 각지에서 온 암환자와 그 가족들로 인산인해였으며, 검은 제복을 입은 질서요원들이 부는 호루라기 소리가 쉼 없이 울려 퍼졌다.

"영택 씨, 우리가 개발한 알약 하나가 공항 모습을 바꾸어 놓고 있어. 부작용이 어떻든 높은 치료율이라면 누구라도 목숨을 걸고 오려고 할 거야. 자국에서 어차피 손도 못 쓰고 죽어갈 거, 한국에라도 오면 행여 약이라도 얻을 수도 있으니까!"

"원래 그렇다고 해. 강력한 효과를 가진 비만약 하나만 나와도 의류나 음식 산업, 여행이나 운동업계, 출산율 등에 큰 변화가 온다고 해. 우리 에코징은 그런 약물의 수십 배 영향을 가져올 거야. 저기 좀 앉자."

영택은 숨이 조금 가쁜 한숙을 위해 의자에 앉아 쉬어가기로 했다. 그가 한숙을 의자에 앉히며 물었다.

"한숙 씨, 양호리 언덕집은 괜찮아?"

"응! 근데 알고 보니 그 집 주인이 바로 그 불임클리닉 김 박사야. 그분이 전에 내게 주려던 그 황금열쇠가 바로 그 집 열쇠였어!"

"그래? 그럼 또 같이 살자고 하는 거 아니야?"

"아냐. 그분도 지난 번 그 지하사건 이후 혜영이라는 그 노랑머리 여자와 이야기가 잘 되어 결혼하기로 했어. 그 집은 내게 팔고."

"다 잘 됐네. 다행이야."

두 사람은 다시 천천히 복도를 걸었다. 그들이 긴 복도 끝에 다다를 무렵 화장실 앞에 서 있던 푸른 눈을 가진 건장한 서양 남자 한 사람이 영택에게로 달려와 유창한 한국어로 말했다. 그의 표정은 사뭇 간절했다.

"박영택 실장님이시죠? 반갑습니다. 제발 저희 어머니 좀 살려주세요!"

"네? 누구시죠?"

"저는 미국 시시케이(CCK) 그룹 부회장 찰스 빅입니다. 예전에 한국 지부장을 오래 해서 한국에 대해서 잘 압니다. 제가 박 실장님을 만나러 울진에도 갔었는데 만날 수가 없더군요."

"제가 좀 바쁘긴 합니다만 만날 일이라도 있을까요?"

"네, 저희 어머니께서 간암 말기예요. 지금 바로 에코징을 사용하지 않으면 한 달 내 돌아가실 운명입니다. 제발 살려주세요!"

"죄송하게도 전 의사가 아니라서 그 약을 처방할 자격이 없어요."

"하지만 그 약이면 제 어머니는 가능성이 있다고 들었습니다. 제발 좀 살려주세요, 제발요!"

그러면서 그는 뒤로 돌아서더니 멀리 누군가를 향해 손짓을 했다. 그러자 곧바로 노란 점퍼를 입은 건장한 백인 청년이 휠체어를 밀고 그들에게로 왔다. 그 휠체어에는 백인 할머니가 앉아 있었다. 살점 하나 없는 깡마른 얼굴에 배는 남산만큼 불러 있었다. 그는 그녀의 노랗게 변색된 손과 발, 눈동자를 보자 마음이 좋지 않았다. 다리도 퉁퉁 부어 있었다. 그는 한숙을 근처 의자에 앉힌 다음 다시 그 키다리 남자와 이야기를 나누었다.

"찰스 빅, 급하면 제가 큰 병원을 소개시켜 드릴 순 있습니다. 사정을 직접 듣게 되었는데 모른 체할 순 없죠."

"아뇨! 아뇨! 큰 병원에 가더라도 에코징은 구할 수가 없다고 들었습니다. 지금 한국으로 몰려온 암환자들이 지난 한 달간 10만 명이나 됩니다. 차례대로 기다리려면 5개월 후에나 가능하답니다. 그런데 방금 저기서 박 실장님 얼굴을 보고 광명의 빛을 보았습니다. 요즘 세계에서 가장 핫한 분이셔서 금세 알아보았죠. 부디 저희 어머니 좀 살려주세요, 네!"

"이거 참 난감한데. 제가 사사로이 약을 내드릴 수가 없습니다. 저는 연구자일 따름입니다."

"그럼 박 실장님 어머님께서 암에 걸렸어도 그 약을 안 쓰실까요? 그렇진 않잖아요?"

"그건… 할 수 없이 쓰게 되겠죠. 약 개발자가 그 약을 자기 부모에게조차도 사용하지 못한다면 오히려 그건 정의가 아닙니다. 아무튼 이렇게 무작정 오시면… 그게… 저… 곤란합니다."

영택이 난처한 표정을 짓다가 결국엔 거절 의사를 표했다. 이때 한숙이 그에게로 와 말했다.

"영택 씨, 상황이 이렇게 된 거 도와주자! 나와 영택 씨 모두 곧 아이를 낳을 거잖아. 우리가 직접 한 생명을 살리는 것도 의미가 있어. 축복받을 거야."

영택은 한숙의 의견에 따라 자신의 돈으로 사설 구급차를 불러 그 할머니 일행을 울진으로 가게 했다. 그도 한숙을 태우고 그들을 뒤따랐다. 울진에 도착한 한숙은 찰스 빅 어머니를 김 박사의 불임클리닉에서 데려가 기본검사를 받게 했다. 하지만 거기선 잘 데가 없고, 에코징도 동이 나 찰스 빅 가족은 그날 밤 12시경 그 금강 소나무 숲 연구소 내 임시로 마련한 공간에서 지내게 되었다.

영택과 한숙은 간호사의 도움으로 김 박사로부터 받은 처방대로 곧바로 그 환자에게 항암제 에코징을 투여했다. 그 약이 그녀에게 들어가자 처음에는 자반증처럼 그 피부 곳곳에 자주색 반점이 나타나더니 3일이 지나자 심한 오한과 함께 경련이 일어나 다들 그 환자가 사망하는 줄로 알고 비상벨을 울리는 등 큰 소동이 일어났다. 좀체 당황하지 않던 영택도 행여 일이 잘못되어 그녀가 사망해버리면 큰 문제가 될 수 있다는 두려움이 일었다.

그런데 4일째 되는 날 새벽 2시 무렵 환자가 진정되기 시작하더니 그 후 장장 10시간 동안 입에선 검은 가래가, 아래에선 시꺼먼 액체가 쉼 없이 빠져나왔다. 그리고 다음날 오후가 되자 그 자반들이 하나씩 사라지면서 피부색이 붉어지기 시작했으며, 그 다음날엔 환자의 눈빛이 노란색에서 정상으로 되었다. 한숙과 영택은 물론, 그 연구실 직원들과 찰스 빅도 그 모습에 크게 기뻐했다. 한편 영택이 그 환자의 치료와 관찰에 집중하는 사이 노랑 점퍼를 입은 그 환자의 손자는 빈 휠체어를 밀고 연구실 곳곳을 돌아다녔다.

해가 질 무렵, 터벅머리 명국은 혜영과 함께 읍내 순댓국집에서 나와 강둑길을 걸었다. 그는 그녀를 끌어안은 다음 길게 입맞춤을 했다. 그는 훌쩍이고 있는 그녀에게 말했다.

"혜영아, 이제 우리가 헤어져야 할 시간이야. 나도 배 타러 가고 니도 김 박사에게 가고. 니가 잘 되니 내가 고맙다. 커피 배달하면서 떠돌이 생활 하지 말고 정착해서 행복하게 잘 살아!"

"오빠, 그래도 너무 아쉬워요. 간혹 한 번씩 만나면 안 돼요? 오빠를 진심으로 사랑해요!"

"어허! 지금부턴 그런 생각하면 안 되지! 김 박사가 원할 때 바로 들어가! 그 양반 나이도 육십인데 어린 너를 떠받들고 살 거다. 그렇지 않으면 그 양반 미래도 없이 계속 그 꼴로 살겠지. 이제 우리 사랑은 여기까지야. 나는 6개월, 더 길게는 1년 나갔다가 일주일, 1달 정도 국내에 들어오는데 그게 무슨 부부고? 남자는 남자대로 힘들고, 여자는 남자 기다린다꼬 죽을 판이고. 부부도 옆에 있어야 부부지 떨어져 있으면 사실상 남이야. 무슨 말인지 알지?"

그들은 얼마 후 공원주차장으로 올라갔다. 주차장 안쪽 끝에 짚차가 한 대 시동을 켠 채 서 있었다. 명국이 혜영을 차에 태운 뒤 천천히 그 공원을 빠져나갔다. 그런데 멀리 위쪽 소나무 숲 관리소 입구에서 노란 점퍼의 백인 청년이 빈 휠체어를 끌고 내려오고 있었다. 그곳 경비들이 환자 휠체어라 그런지 그를 제지하지 않고 그냥 내보내주었다. 그 관리소는 에코징 완성 직후 특별경비구역으로 지정되어 특수요원 출신 젊은 경비들이 지키고 있었다.

얼마 후 그 청년은 공원주차장 쪽으로 들어오더니 그 휠체어를 짚차에 실었다. 명국은 아래로 내려가려다 말고 커다란 측백나무 뒤에 차를 세운 다음 그 짚차를 관찰했다. 잠시 후 그 청년은 짚차 뒤칸에서 또 다른 휠체어를 하나 꺼내 다시 관리사무소로 밀고 올라갔다.

"혜영아, 문 잠그고 운전석에 앉아 있어라. 좀 보고 오꺼마. 단순히 휠체어만 바꾸는 게 무슨 의미가 있지? 좀 이상하네!"

"오빠, 조심해!"

명국은 차에서 내려 조용히 그 짚차 뒤쪽으로 간 다음 살며시 차 안을 들여다보았다. 백인 남자 둘이 그 휠체어에서 소형 카메라들을 분리해내어 가방에 넣고 있었다. 분명 그들이 연구소에서 무슨 정보를 빼내는 모양이었다. 그는 재빨리 옆으로 돌아 그 짚차의 문을 확 열어젖혔다. 그러자 그 안의 두 남자가 당황해하더니 작업을 멈추고 급히 권총을 꺼내 들었다. 명국은 그런 반응을 예상이라도 한 듯 순식간에 차량 안으로 몸을 쑥 집어넣은 다음 주먹을 뻗어 그들의 팔을 가격했다. 그러자 그들이 권총을 떨어뜨렸다. 그 찰나에 그는 다시 "3초!" 하는 기합소리와 함께 팔을 뻗어 그들의 멱살을 잡고 밖으로 강하게 끌어당겼다. 거구의 두 남자가 밖으로 확 끌려 나와 통나무 던져지듯 주차장 바닥으로 내동댕이쳐졌다. 채 3초도 걸리지 않은 전광석화 같은 순간이었다. 그는 다시 뒤로 한 바퀴 회전한 다음 기합소리를 내며 그들을 공격했다.

"윽카! 윽카! 윽카!"

그의 주먹은 가히 경이로운 속도였다. 그 육중한 몸에서 뿜어져 나오는 엄청난 파워가 실린 매서운 주먹에 특수요원들로 보이는 그 백인들도 속수무책이었다. 그들은 명국에게 달려들며 필사적으로 저항했으나 그가 다시 "윽카! 윽카!" 하고 외치며 발과 주먹을 마술 부리듯 휘두르자 입에서 피를 토해내며 바닥으로 다시 고꾸라졌다.

바로 그때 그 공원 아래쪽에서 두 명의 백인 남성들이 달려와 동시에 허공으로 솟아오르더니 명국의 양 옆구리를 공격해왔다. 명국은 동작을 바꾸어 태극권 형태의 부드러운 손놀림으로 그들의 공격을 막아낸 다음 "3초신공!" 하고 외치며 그 짚차 옆면을 타고 공중으로 높이 치솟아 오르더니 허공에서 한 바퀴 회전했다. 그리고 하강하면서 두 다리로 그들의 머리통을 가격했다. 그들이 고목나무 쓰러지듯 넘어져 길옆 도랑에 처박혔다.

그런데 아래쪽 큰 도로에서 푸른 트럭 한 대가 비상등을 켜고 공원 쪽으로 달려오는 게 보였다. 그들 차 짐칸에 언뜻 기관총을 조준하는 사내들이 보였다. 그는 급히 짚차 속 카메라 가방을 집어 든 다음 자신의 차로 달려가며 소리쳤다.

"혜영아, 위로!"

그가 차에 오르자 혜영이 차를 몰고 관리사무소 쪽으로 올라갔다. 그 입구에서 무장경비들이 사격 자세를 취하며 공포탄을 쏘았다. 명국은 급히 차에서 내려 손을 흔들며 경비병을 향해 소리쳤다.

"경비, 어서 저 놈들을 막으시오! 빨리 비상 걸어요! 항암제 기술 도둑질하러 온 모양이야!"

그의 외침에 경비 책임자가 비상벨을 누른 다음 그 푸른 트럭을 향해 위협사격을 시작했다. 그러자 위쪽으로 올라오던 그 트럭 짐칸에서도 서너 대의 기관총에서 총알을 쏟아내기 시작했다. 어디선가 일단의 군인들이 나타나 사격 자세를 취했다. 이때 관리사무소 안쪽에서 조금 전 휠체어를 교체해서 안으로 들어갔던 노란 점퍼의 청년이 권총으로 경비들을 공격했다.

그 트럭은 그와 그의 아버지라던 찰스 빅을 탈출시키기 위해 올라온 것이었다. 하지만 그 청년은 경비병들과 푸른 트럭과의 총격전 와중에 다리 관통상을 입고 쓰러졌다. 그는 경비초소를 향해 몸에서 꺼낸 수류탄을 던졌다. 하지만 힘이 없는지 수류탄은 자신의 다리 근처로 떨어지더니 곧바로 폭발해버렸다.

비상 사이렌이 쉼 없이 울려 퍼지고 있었다. 관리소를 둘러싸고 있는 철책 곳곳에서 대낮같이 서치라이트가 켜졌다. 뒤쪽에서 달려온 경비병 수십 명도 푸른 트럭을 향해 총알을 퍼부었다. 그 트력도 지지 않고 엄청난 화력을 쏘아 올린 다음 공원주차장에서 명국에게 당한 짚차 사내 둘을 태우고 급히 아래로 사라졌다.

경비들로부터 상황보고를 받은 관리소장이 퇴근을 준비하고 있던 영택에게로 달려가 말했다.

"박 실장, 저 찰스 빅이라는 사람과 그 아들이 다 첩자야! 그 아들은 지금 폭발로 사망했다고 해. 저들이 사망 직전의 환자를 이용해 이곳에서 에코징 완제품이든, 그 제조기술이든 무언가를 노린 것 같아."

"그러게요. 선의를 이렇게 악용하다니 화가 나네요."

영택은 곧바로 경비병들을 데리고 에코징에 주입하는 암모니아 탱크로 달려갔다. 명국도 영택의 부탁으로 함께 갔다. 하지만 거기에는 아무도 없었다. 그는 즉시 연구소 내 창고로 위장된 기밀문서실로 달려갔다. 그곳 금고에는 에코징 제조비밀 서류들이 삼중 안전장치에다 사진촬영이 불가능한 방식으로 저장되어 있었다.

하지만 그들이 현장에 도착했을 때는 금고 문은 이미 다 열려 있고, 그 안은 텅텅 비어 있었다. 영택은 급히 경비병들에게 건물 출입구를 봉쇄하라고 명령한 뒤 연구소 내 공간 하나하나를 체크했다. 그는 명국과 함께 여자 화장실을 뒤졌다. 바로 그때 현관에서 총소리가 났다. 그들은 급히 바깥으로 달려 나갔다. 경비병 한 사람이 쓰러져 있고, 그 등에 불룩한 백팩을 멘 찰스 빅이 다른 경비병들을 공격하며 탈출을 시도하고 있었다.

이를 본 명국이 건물 모서리를 돌아 기민하게 건물 입구로 접근한 다음 곧바로 몸을 날려 찰스 빅을 덮쳤다. 하지만 그가 몸을 구르며 품속에서 권총을 꺼내려 했다. 명국이 다시 허공으로 솟구쳐 올라 두 바퀴 회전하더니 하강하면서 주먹으로 찰스 빅의 가슴과 머리를 타격했다. 그가 비명을 지르며 옆으로 구르더니 순식간에 다시 솟아오르면서 명국을 향해 주먹을 내뻗었다. 하지만 재빨리 그를 피한 명국은 텀블링으로 찰스 빅을 뛰어넘은 다음 그의 뒤쪽에서 그의 등과 옆구리, 그리고 다리를 공격했다. 찰스 빅이 몸을 돌려 대항했지만 명국의 빠르고 강력한 주먹이 재차 찰스 빅의 양쪽 관자놀이를 연속으로 타격했다. 명국은 찰스 빅이 휘청거리자 돌려차기로 그의 얼굴을 2차로 타격했다. 그가 입에서 피를 뿜어내며 복도 구석에 처박혔다. 잠시 후 경비병들이 그에게 수갑을 채웠다. 영택은 그의 백팩에서 기밀서류들을 회수했다.

그런데 이때 또다시 아래로부터 경비병 한 사람이 불이 켜진 휴대폰 하나를 들고 영택에게로 달려왔다. 그 휴대폰 화면에는 영택과 한숙의 사진이 떠 있었다. 경비는 그 휴대폰을 짚차가 서 있던 자리에서 찾았다고 했다. 늦게 달려온 소장이 영택에게 말했다.

"에코징 개발자 두 분 사진이네요. 그럼 오늘 조퇴한 정 박사님은 괜찮을까요? 저 놈들이 그분 얼굴을 가지고 있는 이유가 의심스럽네요."

"아차! 제조기술을 노리고 2차로 한숙 씨를 납치할 수도 있겠네요. 소장님, 경찰과 해병대, 국정원에 빨리 비상 걸어요. 어서요! 비상! 비상!"

영택은 다급하게 소리치며 연구실 입구에 있는 비상버튼을 눌렀다. 그는 찰스 빅 세력들이 명국에 의해 짚차에서 자신들의 정체가 드러나자 오히려 정체를 완전히 드러내어 전면 대응하는 작전으로 바꾼 것으로 판단했다. 만약 그들의 정체가 드러나지 않았다면 에코징 제조기술이나 상당량의 에코징 완제품 탈취, 혹은 자신이나 한숙의 납치 등 여러 일들을 소리소문 없이 당했을 가능성도 컸다. 특히 저들이 한국 경찰과 정보국, 그리고 군대까지 지키는 상황에서 그동안 공격준비를 감쪽같이 해온 것으로 보아 소규모 민간조직을 넘는, 국가기관이 낀 국제적인 조직이 개입된 것으로 추정되었다.

그는 에코징 프로젝트의 최고책임자로서 자신에게 부여된 권한대로 신속히 국정원과 경찰, 그리고 군부대에 한숙의 집인 양호리 산 720번지로의 출동을 명령했다. 그는 그곳에 와 있다는 국정원장과 통화를 시도했으나 연결이 되지 않았다. 서울 국정원에선 그가 울진에 있다고 했었다. 영택은 방탄조끼를 입은 다음 주차장으로 달려 나와 무장요원들과 함께 차를 타고 정문으로 향했다. 그런데 멀리 관리소장 사무실로 국정원장 비서실장이 큰 가방 하나를 들고 들어가는 게 보였다. 그는 차를 세운 다음 소장실로 뛰어들어갔다. 그를 발견한 비서실장이 그 가방을 급히 책상 아래로 숨겼다. 영택은 그 가방을 도로 꺼내 그것을 열어보았다. 그 안에는 5만 원짜리 지폐가 제법 들어 있었다. 소장은 놀란 눈으로 영택의 손을 잡으며 말했다.

"박 실장, 나는 요구한 게 없어요. 다만 저기, 저기 저 내 숙소에!"

영택은 소장 책상 뒤쪽으로 달려가 그 숙소 방문을 열어젖혔다. 그 안에는 놀랍게도 국정원장이 쪼그려 앉아 간이침대에 누운 자기 아내의 손을 잡고 기도하고 있었다. 그 아내는 시꺼먼 얼굴에 뼈만 남은 앙상한 몸이었다. 그는 영택이 들어가자 당황한 표정으로 벌떡 일어나더니 영택의 손을 잡고 울부짖었다.

"아이구! 박 실장님, 죄송하게 되었습니다. 제 아내 좀 살려주십시오. 지금 아내가 죽게 생겼습니다. 일명 터보암이라고 하는 급성암이 왔어요. 갑작스레 닥친 암이라 입원할 시간조차 없는 상황이었습니다. 지금 병실조차 하나 남은 게 없습니다. 그래서 소장에게 사정해서 이렇게 치료하고 있습니다."

그러자 방 안으로 들어온 소장도 사색이 되어 영택에게 애원했다.

"실장님, 제가 약을 좀 빼돌려서 원장님께 드렸어요. 처벌 각오하겠습니다. 하지만 그 돈은 아니에요. 정말 선의로 한 겁니다!"

영택은 화가 났지만 그들 일에 신경 쓸 여력이 없었다. 한숙의 상황이 더 급했다.

그는 국정원장을 태우고 한숙의 집으로 향했다. 그의 뒤로 다수의 국정원 차량과 경찰차들이 뒤따르며 그들을 엄호했다. 밤새 아내를 간호했는지 국정원장은 지친 얼굴로 요원들과 교신하며 한숙 집 주변 동향을 직접 보고받았다. 평소에 그는 작전에 직접 나서지 않았었다.

영택은 항암제 에코징과 관련된 총격전과 여러 편법을 눈으로 직접 목격하자 마음이 착잡해졌다. 전에도 정자은행 건물로 미상의 세력이 침투했었는데 이젠 더 노골적이었다. 그는 그 약을 개발하는 것 못지않게 대량으로 생산하는 게 매우 중대한 일임을 깨달았다. 약값이 매우 싸고 쉽게 구할 수 있으면 보다 더 많은 생명을 구할 수가 있을 뿐만 아니라, 그런 세력들도 목숨 걸어가며 이국의 땅 그 산속까지 들어오진 않을 것이었다.

그는 연구원으로서 그동안은 주로 연구 목적이나 학문적 관점, 특히 에코징 완성에만 관심을 쏟아왔을 뿐 생명이 위독한 암환자들이나 그 가족들의 고통은 크게 인식하지 못했다. 그래서 찰스빅이나 국정원장 일이 현실감 있는 일로 여겨지지 않았다. 총격전도 마찬가지였다. 하지만 차차 그 자신이 꿈의 세계가 아닌, 온갖 욕망이 들끓은 인간 세계에 살고 있으며, 인간사 어느 분야든 욕망과 이기성이 판치는 일들이 허다하다는 것을 상기했다. 환자든, 그 가족이든 그 약을 구할 수만 있다면 편법이나 불법은 말할 것도 없고, 타인을 해치는 범죄도 마다하지 않을 게 분명했다.

동시에 그 반대로 아내 앞에 쪼그려 앉아 있던 국정원장의 초라한 모습처럼 우리 인간에겐 자신, 혹은 그 자존심을 다 버려서라도 자기에게 소중한 한 존재를 살려보려는 숭고한 이타성도 내재되어 있음을 확인했다. 그리하여 설령 아무리 악질이라도 다른 생명을 하나 구해보려는 그 자체만으로도 고귀한 가치를 부여하여 그런 불법과 잘못을 용서할 수밖에 없다는 생각도 들었다. 그리고 그에겐 그런 절박한 상황이 오지 않은 것일 뿐 그 자신도 궁지에 몰리면, 떠나보낼 수 없는 누군가를 살리기 위해선 그들 이상으로 편법을 쓰거나 폭력적일 수도 있을 것이었다.

그는 전에 에코징 부족문제를 해결하기 위해 기획재정부에 자금 신청을 했으나 거절당했었다. 행정적 차원으론 대규모 지원문제는 쉽지 않아 보였다. 빠른 방책이 정치였다.

'대통령을 만나야겠어.'

차는 어느덧 양호리 언덕에 도착했다. 언덕 전체는 벌써 어둠이 짙게 깔리고 있었다. 그곳에 이르자 평지와는 달리 광포한 바람이 불어와 가로수들이 요란하게 휘청거리며 아직 새파란 잎새들을 훑어서 검은 허공 위로 마구 뿜어 올리고 있었다. 국정원장의 무전기로 요원들의 급전이 들어왔다.

"원장님, 조금 전의 그 푸른 트럭은 버들고개에서 처리했습니다. 우리 측 인명피해는 없습니다. 그리고 지금 정한숙 박사 집 앞 바다 쪽에서 검은 제복을 입은 일단의 사내들이 보트로 그 바위 언덕으로 접근하고 있습니다. 동양인, 서양인들이 반반 섞여 있답니다."

"알았다. 그럼 김 과장 조는 지금 즉시 그 집 안으로 들어가! 도로 쪽은 박 과장 조와 경찰, 군이 맡아! 언덕 위쪽은 덤프트럭 대기해!"

국정원장의 통화를 듣고 있던 영택이 급히 그에게 말했다.

"원장님, 잠깐만 기다려주세요."

그러면서 그는 바로 한숙에게 전화를 걸었다. 한숙이 낭랑한 목소리로 전화를 받았다.

"영택 씨, 이 저녁에 왜 그래? 근데 왜 전화했어? 야간엔 내 집에 전화 안 하잖아!"

"지금부터 내 말대로 해야 해. 지금 다른 일로 작전 중이니까 지하로 가서 모차르트 음악 크게 틀어놓고 있어. 그렇게 하면 아기에게 엄청 좋다더라. 한 시간 정도."

"그래? 하지만 지하는 나도 처음인데? 그래도 영택 씨가 하는 말이니 따라야지. 지금 바로 갈게. 알겠어. 씩씩아, 니 아빠야!"

영택은 한숙이 말하는 "씩씩아, 니 아빠야!"라는 말을 환청처럼 들으며 전화를 끊었다. 국정원장은 요원들에게 집 안으로의 진입을 명령했다. 기관총과 수류탄, 그리고 개인용 자동화기로 중무장한 일단의 요원들이 그 집의 철문을 강제로 연 다음 무지개색 전등 빛이 퍼져나오는 넓은 잔디광장을 지나 바다 쪽으로 달려갔다. 그리고 울타리 아래 동백나무 숲으로 군 병력 수십 명이 진입했다. 그들 요원들과 군인들은 각자 자기 자리를 잡고 거친 바위를 타고 오르는 검은 사내들을 향해 총을 겨냥했다.

"탕!"

한 발의 총성이 울리자 그들의 화기들이 일제히 불을 뿜었다. 그러자 바다 쪽에서도 총알들이 쏟아져 올라왔다.

"탕! 탕! 탕!"

무수한 총성이 바다와 하늘을 가득 메웠다.

총격전이 시작되자 한숙 집 아래쪽 편의점 뒤쪽에 장기 주차되어 있던, 정보당국도 폐차로 파악했던 낡은 윙바디 트럭 한 대가 갑자기 움직이더니 무서운 속도로 언덕을 오르기 시작했다. 그리고 얼마 후 그 트럭 지붕과 측면으로 수십 개의 총구가 튀어나오더니 곧바로 불을 뿜었다. 저들도 한국군과 경찰에 노출된 이상 이판사판으로 승부를 지으려거나 해안 쪽 세력을 엄호하려는 모양이었다. 이 모습을 망원경으로 추적하던 경찰들이 그 차를 향해 일제히 사격을 시작했다. 치열한 총격전이 계속되었다.

그 얼마 후 그 산 위쪽 도로에서도 대형 검정색 트럭에 탄, 갈색 제복을 입은 백인 사내들이 아래로 내려오며 사격을 시작했다. 하지만 이미 도로 옆 공터에서 대기하고 있던 큰 덤프트럭이 도로를 천천히 달려 나와 그 트럭 앞을 가로막았다. 그러자 곧바로 그 도로 옆 숲에서 경찰과 군인들이 쏟아져 나와 트럭에 가로막힌 검정 트럭을 향해 총알을 쏟아부었다. 가공할 총격전이 30분 이상 계속되었다. 엄청난 총성이 양호리 언덕 전체를 무너뜨릴 듯 울려 퍼졌다.

그리고 얼마 후 모든 게 고요해졌다. 도로 아래 및 위쪽 트럭들이 시꺼먼 연기를 밤하늘로 토해내며 불타고 있었다.

19

니 언제 고꾸라질래?

영택은 산림청 공식 경로를 통해 대통령과의 면담을 요청했다. 그 요청이 들어간 뒤 곧바로 대통령실로부터 만나자는 연락이 왔다. 약속된 날, 그는 대통령실로 갔다. 신장 190센티미터가 넘는 거구의 비서실장이 현관에 나와 그를 긴 복도 끝에 있는 대통령 집무실로 안내했다. 레드카펫이 깔린 긴 통로에는 방송에도 많이 등장하는 국회의원 등 수십 명의 남성들이 양복 차림으로 공천을 언급하면서 "대통령 저 새끼!" 운운하며 고함을 지르거나 웅성거리고 있었다.

그는 대통령 집무실로 들어가 그를 기다리고 있던 대통령과 악수를 했다. 그는 대통령이 여성들보다 더 진한 화장을 하고 있는 것에 놀랐다. 뚱뚱한 몸매에 짙은 눈썹의 대통령이 그와 마주 앉으며 그에게 차를 권했다.

"박영택 실장님, 바깥에 사람들 보셨죠? 요즘 총선 공천 때문에 머리가 아픕니다."

"선거가 많이 남았는데도 그렇군요. 저희 연구원 세계와는 다른 세상이군요."

"세상에서 제일 시끄러운 분야가 정치입니다. 다들 국회의원 하려고 목숨을 걸지요. 공천 안 주면 저는 표적이 되어 죽일 놈이 되고요. 아무튼 박 실장님께서 이렇게 와주셔서 감사합니다. 저번에 제가 울진 연구소에 한번 가봐야 하는 건데 못 가봐서 미안합니다. 제가 거기 갔으면 박영택 실장님 인기 덕에 제 지지율도 올라 저번 단체장 선거에서 이길 수 있었는데 아쉽습니다. 하하하. 우리 엄 고문이 최승억 씨 기 세워주면 안 된다고 한사코 반대해서 그렇게 된 건데, 그래서 내가 이번엔 그 양반을 잘못 보좌한 그 비서 대신 우리 키다리 비서실장에게 공천을 준다니까 문밖에서 떼로 몰려와 저 난립니다."

"그렇군요."

"그럼 오늘 보자고 하신 거는? 대강은 들었습니다만."

"네. 대통령님, 지금 에코징 알약 하나가 인간사회를 흔드는 요물이 되어버린 것도 같습니다. 그게 희망을 넘어 희망고문이 되고 있습니다. 자신의 전부인 아내, 자식, 부모 등등 한 생명을 살려보려고 많은 이들이 수갑 찰 각오로 그 약을 구하려고 발버둥치고 있습니다. 보고를 받으셨겠지만 이젠 정체불명의 세력들이 머나먼 한국 땅, 그 외진 숲에까지 와서 총질까지 하는 상황이 되었습니다."

"그렇죠. 그 약이 너무 절실, 으! 으! 절실합니다. 에코징이 구세주죠. 죽어가는 사람들에겐 신앙이구요. 캬! 캬!"

이야기를 하던 대통령이 갑자기 숨이 끊어질 듯 기침을 해대더니 손으로 자기 입을 가렸다. 이때 집무실 옆문으로 푸른 가운을 입은 의사와 간호사 10여 명이 안으로 달려왔다. 하지만 대통령이 손을 내젓자 그들은 다시 뒤쪽으로 사라졌다. 영택이 그의 안색을 살피며 물었다.

"대통령님, 어디 불편하세요?"

"아뇨, 아뇨, 아뇨! 전혀요! 계속 말씀하세요."

"그래서 아직 임상 단계이기는 하나 에코징 생산량을 다섯 배 정도 늘려서 적어도 말기암 환자들의 수요는 어느 정도 맞추어줄 필요가 있습니다. 또 장기적으로는 에코징을 대량생산하기 위해선 획기적인 투자도 필요합니다. 천연의 소나무, 은행나무로는 약 생산이 제한적입니다."

"잘 알겠습니다. 그리고… 으으으 엑!"

말을 하고 있던 대통령이 갑자기 심한 구역질을 하더니 검은 피를 탁자 바닥에 토해냈다. 영택이 깜짝 놀라 그에게로 달려갔다. 바깥에서 대기하고 있던 경호실장이 허겁지겁 달려왔다. 조금 전에 사라졌던 그 의사와 간호사들도 휠체어를 끌고 급히 들어왔다. 하지만 대통령은 다시 손을 내저으며 영택에게 말했다.

"이런! 제기랄! 피는 처음인데! 허허! 박영택 실장님, 이렇게 되었으니 말씀드리지 않을 수가 없군요. 저는 지금 암입니다! 췌장

암요!"

"네? 정말요? 그럼 바로 병원으로 가셔야죠! 어서요!"

"허허허. 정치라는 게 간단한 게 아닙니다. 제가 입원, 아니 암에 걸렸다는 소문만 나도 정국에 당장 큰 혼란이 올 겁니다. 차기를 노리는 여야 인물들이 설치고 난리를 피울 겁니다. 그 약을 구할 수야 있겠지만 암이 너무 늦게 발견이 되었어요. 의사들 말도 비관적이고요. 얼마 남지 않은 임기까지 버티다가 퇴임 직후 땅속이든, 하늘이든 가면 되죠. 하하하."

"하지만 에코징이 있지 않습니까? 약 테스트가 아직 다 끝나지 않아 정확하게 알 순 없지만 계속 쓰면 불가능하게 보이는 경우에도 효과를 보실 수도 있습니다. 생각지도 못한 효과 말입니다. 제가 다른 분들에겐 못 드려도 대통령님껜 당연히 드려야죠. 다행히 제가 오늘 가져올 것도 없고 해서 면담선물로 에코징 열 박스를 가져왔습니다. 이 정도면 일단 3개월은 복용하실 수 있을 겁니다. 회복은 장담할 순 없지만 포기하지 마시고 사용해보십시오. 아직 개발 초기라 의사들도 이 약의 효능을 다 알지 못합니다. 저는 알려진 효과 외에 플러스 알파가 있다고 생각합니다. 자, 여기요!"

영택은 자신의 가방에서 노란 알약 10박스를 꺼내 대통령에게 건네주었다. 대통령은 침묵하며 그 약을 지긋이 응시하다 입을 열었다.

"고맙소. 너무 고맙소. 이 노란 약, 아니 이 황금빛 희망을 보니 눈물이 나네요. 내가 취임하던 해 박 실장님의 장인어른의 강한 요청도 있고 해서 다른 예산 당겨서 그곳 연구소를 재건축하게 했는데 그나마 그런 거라도 해놓았기에 이런 약을 보상받는 게 아닌가 싶군요, 허허."

"좋은 연구시설을 세워주셔서 감사드립니다."

"아 참! 그리고 우리 국정원장이 그곳 관리소장에게 수고비를 좀 드리고 항암제를 공급받은 문제는 그냥 덮어두기로 했습니다. 박 실장께서도 양해를 부탁드립니다. 지금 갑작스레 초급성으로 대장암에 걸려 장이 거의 다 헐고 혈변을 보고 있는 국정원장의 아내는 중졸이던 국정원장을 떡볶이 장사를 해서 대학까지 공부시킨 분입니다. 정치를 떠나 그런 분이 암에 걸렸다고 하니 제 어머니 생각도 나고 해서 솔직히 제가 더 눈물이 났습니다. 어머니도 그 장사로 저를 키우셨거든요. 박 실장님께서도 그분을 좀 배려해주십시오. 앞으로 박 실장님 일에 적극 지원하겠습니다. 2,000억 원 지원해드리겠습니다."

"감사합니다."

영택은 돌아가려고 소파에서 일어났다. 이때 장신의 날렵한 몸매에 날카로운 눈매를 가진 60대 초반의 남자가 체육복 차림에 슬리퍼를 끌고 그 집무실로 들어섰다. 그 남자는 영택을 한번 쳐다보다 움찔하더니 대통령 앞으로 가서 대놓고 크게 소리쳤다.

"형님, 수원에 왜 내 비서 대신 저 허깨비 같은 비서실장 놈에게 공천을 준다는 겁니까? 저 자는 안 됩니다. 최승억 그 우라질 놈과 가깝습니다."

"엄석동 당신, 지금 손님이 계신데 막무가내로 들어와 무슨 짓이오! 옷도 그렇고. 당장 나가시오!"

"안 됩니다. 그 공천 철회하지 않으면 나가지 않겠소. 바깥에 국회의원 사십 명이 결정 번복을 기다리고 있습니다."

"지금 나를 협박해? 자네 비서 박대창 그놈은 지난 단체장 선거에 책임을 져야 해. 내게 울진 연구소 갈 필요 없다고, 항암제 개발이 실패할 거라고 허위 보고해서 선거 다 망쳤어. 자네도 잘 들어. 손 잘 비비는 놈이라고 덮어놓고 공천 주면 자네도 망해!"

"듣기 싫소. 당장 저 키다리 새끼 공천 철회하고 박 비서에게 공천 주라고! 그 애는 국회의원 한 번 해먹으려고 내 밑구멍도 빨았단 말이야! 나도 챙겨주어야 할 애들이 있소!"

"안 돼!"

"당신, 오늘 죽을래? 당장 그 공천 철회해! 어서!"

"이 자가 지금 뭐라고? 죽을래? 너, 너가! 웩!"

대통령이 고함을 치려다 또다시 구역질을 하며 피를 토해냈다. 하지만 엄석동은 소파에 다리를 꼬고 앉아 대통령을 쏘아보며 소리쳤다.

"당신이 암에 걸렸으면 이제 다 내려놓아야지 웬 똥고집이야. 아프면 구석에 처박혀 있든지 해야지 내 일에 나서서 웬 지랄이야!"

"뭐 지랄? 허허. 내가 감귤주스 공장하던, 날건달 같은 너를 끌어 올려다 당에 꽂아주었는데… 웩! 웩! 웩!"

대통령은 다시 구역질을 하며 입에서 나오는 피를 손수건으로 훔친 뒤 휘청거리며 자신의 책상 쪽으로 걸어갔다. 그는 의자에 앉아 잠시 생각에 잠기더니 서랍 문을 확 열어젖혔다. 그 안에는 권총 한 자루가 들어 있었다. 그는 손을 파르르 떨며 그 권총을 집어 들었다. 하지만 그는 그것을 도로 내려놓고선 곧바로 책상 앞에 있던 꽃병을 집어 들어 엄석동을 향해 세게 내던졌다. 그 꽃병은 그의 손등에 맞은 후 바닥으로 떨어져 산산조각 났다. 이때 경호실장과 의료진이 들어와 대통령을 부축하여 안쪽으로 들어갔다.

"내가 개자식을 키웠구먼. 하지만 니 대통령 못해먹게는 할 수 있지."

대통령이 안으로 들어가며 소리치자 엄석동이 피가 흐르는 자신의 손등을 들어 보이며 소리쳤다.

"허허, 저, 저 저게, 저게 지금 힘이 어디로 쏠리고 있는지도 모르고! 쯔쯔! 더구나 각혈까지 하다니 어느 놈이 니한테 줄 설 텐가 말이야!"

영택은 갑작스런 이 상황에 조금 당황했다. 그는 그곳을 나가려 했다. 이때 엄석동이 날카로운 눈빛으로 영택을 노려보며 나무라듯 소리쳤다.

"박 실장! 나중에 나하고 노벨상 받으러 가야 하지 않겠소? 그러려면 최승억, 그 우라질 새끼, 아니 그 양반, 이번 당내 경선에서 사퇴시키세요! 안 그러면 다쳐요! 당신과 그 양반 둘 다 크게 다쳐. 피래미가 감히 나와 맞서려 하다니 하늘이 노해!"

영택은 권력의 최고 핵심부에서 대통령과 2인자가 다투는 걸

눈으로 생생하게 보았다. 하지만 그들의 힘의 관계가 어떠하든 간에 국가원수인 대통령에 대해 시정잡배와 다를 바 없는 행동을 하는 엄석동을 이해하기 어려웠다. 더구나 자신이든 누구든 손님이 있는 상황에서 대통령에게 대놓고 욕을 하다니!

그것은 그가 대통령을 정치적으로 지지하든 아니든 간에 예의 문제였다. 그의 파워가 얼마나 높고 큰지 몰라도 볼품없던 자신을 정치적으로 키워준 것으로 알려진 대통령에게 이제 힘이 생겼다고 하여 공개된 자리에서 함부로 대하는 그런 자를 절대 인정해줄 필요가 없었다. 더구나 그 사위인 자신이 있는 앞에서 장인 승억의 욕까지 하다니!

그는 분노를 참을 수 없었다. 사실상 국가 최고 권력 실세라는 자가 이런 수준이라니! 그는 아내 진숙으로부터 들은, 그가 승억에게 저질렀다는 여러 만행을 떠올렸다. 그는 엄석동에게 다가가 차분한 어조로 말했다.

"이것 보세요. 개차반 양반! 난 정치에 관심이 없었는데 당신을 보니 괜히 관심이 생기네. 대통령께도 당당하게 객기를 부리시고 내 장인어른께도 우라질 새끼 운운하시고! 참으로 실력자답군요. 앞으로 예의를 좀 많이 차려야겠습니다!"

"아니 뭐 개차반? 그리고 예의 차리라고? 하하하하! 어린 니가 요즘 노벨상이다 뭐다 하니까 눈에 뵈는 게 없나 보네. 죽으려면 어디가 좋을까? 고속도로에서 죽을래? 아니면 광화문 도로에서? 그 금강송면 사거리도 괜찮겠군 그래! 하하하."

엄석동은 영택의 갑작스런 공격에 당황하다 곧바로 담즙질의 냉혹한 눈매로 그를 쏘아보며 반격해왔다. 하지만 영택도 지지 않고 소리쳤다.

"그래? 그럼 니는 언제 고꾸라질래?! 피 칠갑 언제 해줄까?"

20

한 남자와 두 여자의 출산

불임클리닉 7층 복도엔 걸어 다니기가 불편할 정도로 수백 개의 화분과 화환 수십 개가 몇 개의 줄로 놓여 있었다. 다 영택의 아내 진숙의 출산을 축하해주는 선물들이었다. 아이 출생인데도 행사장용 초대형 화환도 적지 않게 세워져 있었다.

진숙은 이틀 전 새벽 6시 넘어 병원으로 와서 큰 진통 없이 곧바로 아들을 출산했다. 영택은 아이의 출생을 아무에게도 알리지 않았다. 자신이 언론에 엄청난 관심을 받다 보니 조심스러웠다. 하지만 소나무 숲 연구소를 드나드는 기자들을 통해 출산 이야기가 자연스레 퍼져나가 국내외에서 여러 축하선물을 보내주었다.

거기에는 현 대통령 등 국내 정재계, 문화계 거물들과 여러 나라 대통령 및 대기업 회장들이 보낸 것도 적지 않았다. 그 외에도 암에 걸렸다 에코징으로 생명을 살린 수많은 사람들이 직접 가져오거나 보내온 선물들이 병원 입구와 주차장, 정원, 병원 밖 도로

에까지 들어차 있었다.

영택은 그 과도함의 여부를 떠나 그런 선물들이 다 인간의 생명이 얼마나 크고 가치 있는 것인지를 말해주는 증표로 받아들였다. 노란 알약 하나가 완전히 사라져가는, 그리고 한번 사라지면 다시는 올 수가 없는, 더없이 소중했던 한 생명을 되살린 것에 대한 고마움의 표시였던 것이다.

그는 진숙과 아이가 잠들어 있는 대형침대의 턱에 엎드려 잠시 눈을 붙인 후 자리에서 일어나 곤히 잠든 그녀에게 길게 입맞춤을 했다. 진숙이 눈을 뜨며 살짝 웃어 보였다. 그녀는 다시 눈을 감고 잠들었다. 그는 그런 그녀를 가볍게 안아준 다음 밖으로 나갔다.

밖은 아직 어두웠다. 희미한 등이 비치는 긴 복도의 반대쪽 끝에 꽃집에서 온 두 남자가 초대형 화환 하나를 갖다놓고 기존 것을 엘리베이터 쪽으로 끌고 가고 있었다.

영택은 그 꽃집 남자들이 떠난 뒤 복도 끝에 있는 입원실 앞으로 걸어가 그 지역 농가와 야생에서 구한 꽃들로 장식된 그 커다란 새 화환을 올려다보았다. 그는 그 싱싱한 꽃들을 보며 미소를 지었다. 한숙이 새로운 한 생명 씩씩이를 세상에 내놓았기 때문이었다. 그녀는 전날, 그러니까 아내 진숙이 아이를 낳은 다음날 오후 해거름 때 근처 떡볶이 가게에 놀러 나왔다가 바로 진통이 와서 그 병원으로 느릿느릿 걸어가 곧바로 딸을 순산했다.

하지만 그녀를 찾아오는 이는 아무도 없었다. 아니 비밀임신, 비밀출산이다 보니 그럴 수밖에 없었다. 영택은 입원실에 혼자 외로이 있는 한숙이 조금 안쓰러워 그녀 입원실 문 앞 복도라도 훤하도록 그 초대형 화환을 주문했었다. 하지만 그녀 문 앞엔 자신의 것 외 김 박사 및 경옥의 작은 화환밖에 없다 보니 아내 진숙의 입원실에 비해 너무 초라하고 썰렁했다.

그는 조용히 그 입원실 문을 노크했다. 문이 저절로 스르르 열렸다. 그는 천천히 안으로 들어갔다. 그가 문을 닫는 순간 환자복 차림의 한숙이 그에게 다가와 덥석 안기며 울음을 터트렸다.

"영택 씨! 나 외로워! 나 외롭다구! 으흐흐."

"그래! 그래! 하지만 아직 몸이 불편할 테니 여기 의자에 앉아!"

"아니야. 이렇게 영택 씨 안고 한 시간 동안 꼼짝 않고 있을 거야! 영택 씬 그냥 가만히 있어. 이렇게라도 해야 쓸쓸함을 이겨낼 수 있을 것 같아. 사실상 아빠 없는 아이를 낳은 이 상황이 너무 벅차. 갑자기 내 삶을 모두 흩어버리고 싶은 마음이야! 하지만 아이와 함께 빛나는 내일을 맞으려면 지금 무너지면 안 되잖아! 내 곁에 있어줘!"

영택은 거북했지만 그 상황에서 그녀를 마냥 밀어낼 수만은 없었다. 혼자 임신하고 출산한 외로움에 더하여 당장 복도 문만 열고 나가면 저 멀리 아내의 방문 앞엔 화분과 꽃다발이 즐비한데 그것을 보았을 그녀의 소외감과 박탈감, 그리고 고립감은 이루 말하기 어려울 정도였으리라.

영택은 그녀의 강한 포옹이 어색했지만 그녀를 피하지 않고 애써 그 등을 토닥거려 주었다. 그녀는 연인 사이 이상으로 마치 매달리듯 더 깊이 그의 가슴을 파고들며 그의 이름을 중얼거렸다. 그는 그녀 볼에 가볍게 입을 맞추며 말했다.

"한숙 씨, 너무 어둡게만 생각하지 마. 이젠 혼자가 아니라 둘이 되었잖아! 나도 있고."

"영택 씨, 나를 꼭 안아줘. 우린 남이 아니잖아! 동료로서 나를 가깝게 생각하잖아!"

"맞아. 내가 옆에 있어줄게."

"그럼 나를 사랑할 수도 있어? 날 안아보고 싶거나 내가 달려들면 자고 싶은 욕망도 있지? 말해봐, 어서! 어서! 어서!"

"그거… 생명은 원래 그런 걸 하도록 장치되어 있어! 그런 마음이 생기는 건 당연한 거지. 하지만 인내하는 거야. 그게 우리 모두를 지켜주니까!"

"그렇구나. 솔직히 답해줘서 고마워. 난 영택 씨가 남자라는 것을 떠나 믿고 의지할 수 있는 존재라서 좋아해. 내 모든 거 다 주고 싶은 걸. 무슨 말인지 알지?"

"그래. 한숙 씨, 우리 모두 다 이 광대무변의 우주에 비하면, 무한한 진리에 비하면 비루하고 초라하지. 그래서 서로 돕고 기대며 살아야 해. 수학적으로도 그게 가장 나은 삶의 방식이야. 내가 힘닿는 데까지 도와줄게."

"고마워. 그리고 아이 이름은 지 오빠 대왕이 정식 이름을 지으면 따라서 지을 거야. 그렇게 알아!"

"지 오빠? 그렇지! 대왕이가 씩씩이보다 하루 먼저 태어났지."

영택은 입원실에서 나와 긴 복도를 걸었다. 그는 밝아오는 창가로 걸어가며 멀리 검붉은 노을 사이로 솟아오르는 둥근 해를 바라보았다. 그 해 주변으로 동쪽 하늘이 찬연한 붉은 광채로 채워지고 있었다. 그는 그 햇살의 찬란함을 쐬러 몸을 벽에 바싹 붙여 창가에 섰다. 창문을 열어젖히니 새벽바람이 시원했다.

그는 동녘의 붉은 빛줄기들 사이로 아내 진숙을 처음 만났을 때 보았던 소나무 위의 그 황홀한 햇살의 파동을 다시 보았다. 금강송 숲에 오던 날, 그 연리지 소나무 꼭대기에서 봄 햇살의 무수한 쇄도 속에 진숙을 만났고, 또 사랑했으며 그리하여 생명 하나를 얻었다.

전혀 다른 존재로, 다른 시공간 속에 살아가던, 그 시공을 감당조차 하기가 벅차 허덕거리던 한 남자와 한 여자가 각자만의 시간적, 공간적 경로로 수많은 물리적 이동과 변화를 거친 뒤에 극적인 확률로 한 곳에서 만나 하나가 된 것이니 그 자체만으로도 신묘하고도 오묘한 일임이 분명했으며, 그렇게 해서 태어난 생명도 경이롭고 신비로우며 거룩하기까지 했다.

그는 뒤돌아서서 멀리 기다란 복도 끝, 한숙의 입원실 앞에 놓인 화환 세 개를 바라보며 전화를 걸었다.

"꽃집 사장님, 여기 불임클리닉 7층 정한숙 씨 입원실입니다. 그 앞 복도에 화분 100개, 화환 50개 갖다주세요. 최상으로요. 그리고 나중에 이들 모두 양호리 언덕 집으로 옮겨주시구요."

영택은 아내 진숙이 퇴원하여 집으로 온 직후 산림청으로 가서 에코징 특허료 배분문제를 본격적으로 협의했다. 산림청은 이 에코징이 장차 국가에 수천조 원 이상의 부를 가져다줄 것으로 예상됨에 따라 국가에서 정한 직무발명보상규정에 따른, 순수익의 15% 이내의 보상금 규정에 따르지 않고 제3자인 변리사회에서 정한 기준에 따르기로 했다. 변리사회에선 그간의 연구과정을 정밀하게 조사한 뒤 다음과 같은 보상기준을 제시했다.

1. 시설과 자금 등 연구 관련 기반은 누가 제공했는가?
2. 그 약은 다른 누구, 다른 기업에서도 능히 개발할 수 있는 수준의 것이었는가? 만약 대체할 수 없는 성과라면 그 개발자에게 그 기여분을 특별히 가중한다.
3. 개발한 물질이 국위선양 면에서 얼마나 큰 가치를 가지는가?
4. 그런 연구가 누구 주도로, 어떤 기반에서 시작되었는가? 국가가 방향을 정해 개발되었으면 국가에게 더 많은 이익이 가야 하며, 연구자의 자율성과 특별함에 기반을 두어 성과가 났다면 그 연구자의 공로에 가중치를 주어야 한다.

이에 따라 심사한 결과 변리사회에선 영택이 가진 '보이지 않는 세계'를 그려낼 수 있는 대담한 상상력과 통찰력, 그리고 서로 무관했던 크고 작은 것들을 조합하여 그들 각각과는 전혀 다른 새로운 차원의 것을 현실에 구현해낼 수 있는 창의성이 에코징 개발의 결정적인 요인으로 보고, 그 점수를 매우 높게 평가해주었다. 이런 기준에 따라 에코징 전체 순수익에서 산림청 50%, 개발자 50%(영택 20%, 한숙 20%, 그리고 그 연구소 직원들 10%)로 배분하기로 최종 결정되었다. 오래전부터 한숙은 자기 몫은 영택의 2/3 수준이라고 했지만 영택은 동등 배분을 주장했다.

산림청에서 돌아오는 길에 영택은 아내 진숙의 전화를 받았다.

"자기야, 우리 애 이름을 지었어! 우리 대왕이가 여기 금강송 숲에서 태어났으므로 금강의 '금'에다 소나무 송자를 붙여 금송, 혹은 소나무의 첫 글자 '소'를 붙여 금소! 자기가 한 번 골라봐! 박금송, 박금소."

영택은 아들 이름으로 박금소를 골랐다. 그는 한숙에게 전화를 걸어 아들 이름을 알려주었다. 그러자 그녀가 말했다.

"가만! 종이에다 한번 적어보자. 은소, 진소, 희소, 연소… 근데 대왕이가 금소니까 동생으로 은소가 괜찮겠는데?"

"나도 그래. 여자 이름으로 은소가 괜찮아 보여."

"그럼 은소로 할게. 영택 씨, 내일 당장 이름 올려야겠어. 난 박은소로 올리고 싶지만 지금 그렇게 하기 어려워. 나중에 상황이 바뀌면 그때 그렇게 올릴 거야."

"그럼 애 아빠, 아니 정자 제공자가 박 씨야?"

"뭐 정자 제공자? 그 말 들으니 기분이 별로 좋지 않은데? 영택 씨, 앞으론 정자 제공자라고 하지 말고 아이 아빠라고 해줘. 알았지?"

21

스웨덴 남자

영택은 연구실에서 독일 자동차 회사 회장 슈뢰더를 만났다. 그의 먼 친척이라는 스웨덴 물리학자도 그를 따라 같이 왔다. 그런데 그 남자는 울진에 오자마자 여행한다며 홀연히 사라졌다.

영택은 앞서 공항에서 우연히 만났던 찰스 빅의 간첩 사건 이후 치료 목적으로는 자기 연구실에 누굴 초대하지 않았다. 하지만 대통령 및 승억의 부탁이 있어 슈뢰더 회장을 연구실로 오게 하여 치료받게 했다. 뇌종양을 앓던 그는 자궁암에 걸린 딸과 함께 에코징을 투여받아 병이 완치되었다.

그는 그런 고마움으로 영택에게 자기 회사에서 개발 중인 최첨단 자동차를 기부하고 싶어 했다. 하지만 그는 공무원으로서 고가의 차를 무상으로 받는 대신 전국으로 유세를 다니는 승억, 그리고 자신 및 한숙, 아내 진숙의 안전을 위해 그들을 사기로 했다. 그는 제법 숙달된 한국어로 영택에게 말했다.

"박 실장님, 이번에 개발한 차는 우리 독일 총리에게도 아직 주지 못한 특수 경호차입니다. 강철보다 천 배가 더 강한 탄소나노튜브를 여러 겹 씌워서 탱크와 부딪쳐도 구겨지지 않는 강력한 차입니다. 만족하실 겁니다. 결과적으로 돈을 받고 판매한 것이 되었습니다만 대신 다른 선물을 드릴까 합니다."

"다른 선물요?"

"지금 대통령과 당신의 장인어른 모두 저와 뮌헨대학교 동기생들입니다. 우리 셋은 절친이었죠. 지금은 두 분이 서로 으르렁거리고 있지만 제가 대통령을 설득해서 승억 형님이 대통령 되는 데 도움이 되면 좋지 않겠습니까?"

"그래요?"

서양인 남자가 빨간 모자를 눈 아래까지 푹 눌러쓴 채 땀을 뻘뻘 흘리며 양호리 언덕길을 오르고 있었다. 거구의 그는 구레나룻과 긴 턱수염으로 뒤덮인 자신의 얼굴을 손으로 쓸면서 한숙의 집 대문 앞에 멈추어 섰다. 잔뜩 흥분한 눈빛의 그는 사방을 둘러보았다. 그 집 둘레 곳곳에 경비병들이 서 있었다. 그는 품속에서 장미꽃 한 다발을 꺼내 대문 앞에 내려놓은 다음 남쪽 담벼락 아래에 있는 동백나무 숲으로 들어갔다. 그는 굽은 동백나무 가지와 담벼락 사이에 양다리를 걸친 다음 조금씩 위로 오른 뒤 나뭇잎들로 가려진 그 담장 꼭대기에 서서 한숙의 집을 내려다보았다. 그의 눈은 마치 신세계를 발견한 탐험가의 그것처럼 강렬하게 이글거렸다. 그때 멀리 한숙의 집 위쪽 모퉁이에 서 있던 경비병이 그를 발견했는지 소리를 지르며 아래쪽으로 달려왔다. 그는 급히 바닥으로 내려와 동백나무 숲 안쪽에 몸을 숨겼다. 경비병은 얼마 후 되돌아갔다.

어스름한 저녁, 퇴근한 한숙은 집 앞에 놓인 장미꽃 다발 하나를 발견했다. 그녀는 차에서 내려 그 꽃다발을 집어 올렸다. 그때 그녀 몸이 휘청거렸다. 과로한 탓인지 정신이 아찔한 게 현기증이 났다. 잠시 후 그녀는 바닥에 주저앉았다. 바로 그때 숲에서 그 백인 남자가 달려 나와서 그녀를 부축하며 서툰 한국어로 말을 붙였다.

"어머! 이게 누구시더라? 에코징 개발하신 정한숙 박사님 아니신가요? 반갑습니다! 어디 불편하시나 본데 이런 곳에서 만나 뵐 줄은 몰랐네요. 근데 여기 사세요?"

"네. 외국분이신데 저를 알아보시네요?"

"세계에서 제일 핫하신 분인데 모를 리가 있나요. 뉴스에서 많이 봤습니다. 저는 스웨덴 물리학자입니다. 한국에 교환교수 자리를 알아보러 왔는데 관광차 이 언덕에 오게 되었어요."

"어머 그래요? 한국도 좋은 데가 많답니다. 환영합니다."

"이렇게 위대하신 분을 만나다니 제 인생 최대의 행운이네요. 어디 한 번만 안아봐도 될까요?"

"네? 아 예, 예."

그녀 말이 떨어지자마자 그는 기다렸다는 듯 거대한 두 팔을 벌려 한숙을 감싸듯 끌어안았다. 그리고 자신의 거친 턱수염을 그녀 볼에 비비며 혼잣말로 중얼거렸다.

'오, 이런 행운이! 오! 오! 오! 꿈에 그리던 일이 이렇게! 오! 오!'

그러면서 그는 짧지만 강하게 그녀의 가슴을 확 끌어당겼다. 그는 감격스러운지 눈물을 흘렸다.

한숙은 가슴이 뭉클해졌다. 그의 눈물도 그렇지만 그의 강한 포옹이 사실상 말라버렸던 이성에의 감정을 다시 불러일으켜 주는 것 같았다. 남자와의 포옹이 그 얼마였든가! 영택과 더러 포옹을 하긴 했지만 그건 대개 동료 차원의 아양 수준이었는데 지난 몇 년 동안 이렇게 거대하고도 거친 남자, 말 그대로 진짜 수컷 그대로인 거친 사내에게 안겨본 적은 없었다. 그의 턱수염이 그녀의 볼과 이마를 간지럽혔다. 거칠었지만 그것이 자신의 피부살을 찔러주는 묘한 쾌감이 좋았다. 그녀는 점차 가슴이 뛰기 시작했다. 그녀는 그를 밀어내며 말했다.

"이제 들어가 봐야겠네요. 요즘 일이 많다 보니 좀 지쳤나 봅니다. 한국에서 좋은 추억 많이 만드세요. 굿 바이!"

잠시 후 그녀가 집 안으로 들어가고 철제대문이 닫혔다. 그러자 그는 자신의 사타구니를 움켜쥔 채 도로를 가로질러 건너편 공중화장실로 정신없이 달려갔다.

토요일 오후, 맑고 푸른 하늘과 선선한 바람으로 가득한 가을 날씨였다. 산후우울증이 조금 있던 진숙은 새 전기카트에 5개월

째인 금소를 태우고 산행을 나섰다. 그녀는 큰 소나무들로 둘러싸인 숲속 잔디밭으로 가서 그 한가운데 있는 평상에 누워 나뭇가지들 사이로 비친 푸른 하늘을 올려다보았다. 따사로운 햇살이 보석 같은 빛 알갱이들을 쏟아내고 있었다.

그 하늘의 푸르름은 분명 자연의 근원과 관련된 어떤 심오성을 담고 있는 색채임에 틀림없었다. 숲 위로 펼쳐진, 높은 공간에 숱하게 늘린, 사파이어 같은 영롱한 그 빛깔들이 그녀를 순수와 청명으로 인도해주었다. 그녀는 그런 하늘을 보고 있자니 우울이 지배했던, 조금 답답하고 어둡던 내면이 펑 뚫리는 것 같았다.

그녀는 하늘을 자유롭게 날던 패러글라이딩 시절이 그립긴 했지만 이제 그보다 더 귀한, 보석 같은 아이가 옆에 있어 그저 행복했다. 그녀는 가슴을 풀고 금소에게 젖을 먹인 다음 노트북을 펼쳤다. 그리고 '열 번째 기록, 가을의 쾌감'이라는 제목으로 빠르게 타자를 쳤다. 그 옆에는 '말머리성운에서 온 여인'이라는 메모노트도 보였다.

얼마 후 그녀는 다시 전기카트를 타고 집으로 향했다. 멀리 아래쪽을 보니 한숙이 전기카트에 은소를 태우고 올라오고 있었다. 진숙은 다가오는 그녀에게 손을 흔들며 웃어 보였지만 한숙은 고개를 숙인 채 그녀를 지나쳐 올라가 버렸다. 진숙이 고개를 갸우뚱했다.

한숙은 진숙을 보자 당황했다. 이제 그녀에게서 진숙과 마주친다는 자체가 거북한 일이 되었다. 이미 임신한 이후부터 그녀와 마주치는 게 불편했지만 아이를 낳고부터는 더 그랬다. 뒤를 쳐다보니 멀리 진숙의 전기카트가 보이지 않았다. 그녀는 전기카트에서 내려 소나무 하나를 끌어안아 보았다. 자연은, 그 숲은, 그리고 소나무는 그녀를 편안하게 해주었다. 그간 인간 세상은 그녀에게 호락호락하지 않았다. 그녀에게서 다른 모든 사람들은 어딘가 잘 맞지 않는 존재들이었다. 이물질같이 껄끄러웠다. 하지만 영택은 아무런 걸림이 없는 수월한 사람이었다. 그리고 또 다른 느낌으로 거친 턱수염으로 자신을 포옹해주었던 그 서양인 남자도 그런 느낌이었다. 까칠까칠한 그 수염과 자신을 향해 빠져 들어오는 듯한 그 눈빛, 그리고 그가 흘리던 눈물이 떠올랐다. 그녀는 가슴이 들뜬 것 마냥 흥분이 밀려왔다.

허름한 잠바 차림의 추태호가 검은 가방을 멘 젊은 사내 둘과 함께 노래방으로 들어왔다. 노래방 사장 조문식은 9번 방에서 속옷 바람으로 달려 나와 그들을 맞았다. 그 방에서 백인 여자들이 알몸으로 달려 나오다 도로 안으로 들어갔다. 조문식은 추태호를 아래위로 훑어보며 말했다.

“농부 아저씨가 이 시간에 어쩐 일이오? 노래가 아니라 여자가 필요한가 보네. 저기 9번 방에 올 누드로 대기 중이지. 오늘 나를 거친 몸들이지만 그래도 금발은 오십이오!”

그는 그 속옷 차림으로 그들을 1번 방으로 안내했다. 그리고 다시 밖으로 나가려는데 추태호가 그를 불렀다. 조문식이 몸을 돌렸다. 바로 그때 추태호 옆에 서 있던 사내가 그에게 주먹세례를 퍼부으며 소리쳤다.

“손님이 왔으면 옷이라도 제대로 입고 나와야지 니가 타잔이냐! 어르신 앞에서 버르장머리도 없이!”

“뭐야? 버르장머리?”

조문식이 그의 주먹을 피한 뒤 레슬링하듯 순식간에 그 사내에게 달려들어 그 허리를 잡아 꺾어버렸다. 그러자 또 다른 사내가 그에게 주먹을 휘두르며 덮쳐왔다. 하지만 그는 재빠르게 그 사내에게 일격을 가한 뒤 곧바로 추태호에게로 돌진했다. 바로 그때 노래방 문이 와장창 부서지면서 젊은 사내들이 들이닥쳐 그를 집단 폭행했다. 그는 필사적으로 저항했지만 숫자에서 밀려 결국 쓰러졌다. 잠시 후 그 사내들이 모두 사라진 후 소파에서 담배를 피우고 있던 추태호가 쓰러져 코피를 흘리고 있는 그에게 돈이 가득 찬 검은 가방 두 개를 내던지며 말했다.

“자네, 시골깡패로만 살 거야? 출세도 한번 해야지?”

“싫소. 이곳 병원에 15억짜리 일거리도 있소.”

“촌놈으로 남긴 아까워! 자네는 저항심이 많아 일은 잘하겠구먼! 합격이야! 자, 250킬로로 달려! 그놈을 한 번에 끝내라구!!”

그러면서 추태호는 그에게 검은 가방 하나를 더 던져준 다음 구둣발로 그의 옆구리를 걷어차며 말했다.

“9번 방으로 빨리 안내해!”

영택은 오전 9시 전체회의를 통해 그간의 휴식기를 접고 다시 에코징 관련 후속 연구를 재개하기로 했다. 그가 가장 큰 관심을 두는 게 에코징 비용을 낮추고 그 공급을 늘리는 일이었다. 그런데 이 문제는 소나무와 은행나무 등 천연재료만 사용하는 한 해결될 수가 없었다. 또 그들이 필요하다고 하여 지상의 모든 소나무, 은행나무 씨를 말릴 수도 없었다.

저번에 대통령을 만남으로써 대량생산에 필요한 자금은 마련되어 있었다. 하지만 그것을 위한 기술이 문제였다. 미생물들이 에코징이라는 물질을 만들어내도록 그들 유전자를 조작하는 기술이 필요한데 그게 간단한 일이 아니었다.

한숙도 그 회의에 참석했다. 영택은 그녀가 진숙과는 달리 산후우울증이 없는 것에 안도했다. 회의 도중 그녀가 그에게 질문했다.

"영택 씨, 에코징 대량생산을 위해선 개체 번식이 사실상 무한대인 바이러스나 세균들을 이용해야겠지? 그들이 에코징 성분물질을 만들어내도록 하는 염기서열을 재조합해야 하는데 어떤 녀석이 가장 좋을까?"

"보통 대장균을 많이 이용하지만 우린 소나무 선충이 좋을 것 같아."

"그거 소나무 재선충병을 일으키는 선형동물이잖아. 바이러스나 세균보다 크고 번식력도 그들만 못하기에 대량생산에 불리할 텐데?"

"그런 면은 있지. 하지만 장점도 있어."

그는 소나무 선충의 본래 유전자 대신 에코징 물질을 만들어내는 유전자를 잘만 만들어 넣으면 그 새로운 유전자에 의해 에코징도 만들어지면서 동시에 소나무 재선충병도 방지될 수 있다고 보았다. 회의 말미에 그는 이 새로운 과제에 대해 의지와 창의성을 강조했다.

"비타민12는 김이나 당귀 등 일부 식물들, 그리고 극소수의 박테리아들이 합성효소를 이용해서 만듭니다. 그것도 산소, 탄소, 수소 등의 원소들 40여 개를 원료로 70단계, 더 세밀하게 따지만 100단계 이상의 합성과정을 거쳐 만들어냅니다. 고등한 우리 인간이 아무리 애를 써도 만들기가 사실상 불가능한데 그런 원시생명체들이 독극물인 코발트 원자를 끌어들이고, 그 주변으로 질소, 산소, 탄소, 수소 등 많은 원소들을 결합시켜 어떤 화학공장보다 더 위대하게 그 물질을 만들어내고 있습니다. 이게 다 그들이 지닌 유전자 때문입니다. 그들이 가진 염기서열이 그런 물질을 만드는 데 필요한 여러 원자들을 조직화시키는 거죠. 따라서 우리도 소나무 선충이 그 몸체조직이나 대소변, 분비물, 체액 등에 에코징이라는 단백질을 만들어내게끔 유전자를 새로 조합해서 그 몸에 넣어주는 작업이 필요합니다. 그리고 대량번식시키면 되죠. 우리 모두 의지와 창의성을 갖고 노력하면 반드시 성공시킬 수 있습니다."

그는 운명을 가르는 큰 전장에 출정하는 비장한 전사처럼 엄숙한 마음으로 연설하면서 미래 인류사회가 맞을 질병 없는 행복한 시대를 그려보았다. 질병 자체를 아예 사라지게 할 순 없겠지만 질병치료를 위해 된장을 배에다 갖다대고 대나무를 흔들어 굿을 하던 시대, 낫지도 않는데 그렇지 않아도 고통받는 아토피 환자 가족들의 돈만 빨아먹는 무슨 무슨 크림이다, 비누다, 연고다 하는 것들을 다 쓸어버릴 수가 있는 그런 시대가 올 것이리라.

"한숙 씨, 나는 항암제 하나를 떠나 질병, 아니 건강하지 못함이 한 사람의 운명을 흔드는 일은 막고 싶어. 과거엔 건강하지 못하게 태어나면 태어난 그대로 살 수밖에 없었고, 그게 그 사람 운명이 되었지. 하지만 요즘은 의술의 발달로 운명으로 여기고 받아들여야 했던 질병들이 몇 날, 몇 달이면 거의 다 치료되는 단순한 병이 되어가고 있어."

"맞아. 우리 연구자들이 그런 일을 하고 있다는 게 자랑스러워. 우리가 가져야 할 진정한 자부심이지."

"과학의 가장 큰 성과는 그렇게 과거엔 변경할 수 없었던 운명들을 하나하나씩 혁파해 나간 거지. 타고난 장애, 피할 수 없는 숙명으로 여겼던 소아마비가 사실은 백신만 맞으면 예방되는 경우가 대표적이야. 전생에 죄가 많아서, 신이 노해서라고 규정해버리면 점쟁이들이야 돈을 벌겠지만 과학이 들어갈 여지가 없지. 그런 면에서 의학 연구자들은 가장 위대한 운명의 혁파자들이라고 할 수 있어."

"영택 씨, 그럼 우리 연구소도 에코징을 개발해서 많은 생명들을 살리고 있으니까 이제 독일 막스 플랑크 연구소, 프랑스의 파스퇴르 연구소, 영국의 캐번디시 연구소 같은 세계적인 연구소 반열이 된 거네?"

"그렇지. 에코징 개발로 우리 연구소도 인류에게 큰 희망을 주는 등대가 된 건 분명해. 앞으로도 인류를 위한 찬란한 꽃들을 쉼 없이 피어내야겠지. 노란 등대꽃 말이야."

22

빨간 트럭들

승억과 대통령 장한식, 그리고 독일 슈뢰더 회장이 서울 교외 최고급 호텔에서 식사를 했다. 대통령실은 사적인 모임이라 그 만남을 극비에 붙였다. 그들의 식사가 시작될 무렵 그 바깥 큰 도로에 25톤 하얀 윙바디 트럭 한 대가 달려와 비상등을 깜빡이며 멈추어 섰다.

승억은 전에 산림청장 자리에서 물러나는 과정에서 장한식의 매몰참에 대해 분노했었지만 그 만남에선 그 일을 전혀 내색하지 않았다. 장한식도 마찬가지였다. 그들 세 사람은 과거 독일 뮌헨대학교에서 같이 공부하던 때를 회상하며 담소를 나누었다. 슈뢰더가 자신이 가져온 그 시절 사진들을 두 사람에게 보여주며 서툰 한국어로 농담을 했다.

"30여 년 전 두 분 다 이렇게 촌스런 더벅머리 모습으로 독일에 오셨는데 이젠 한 분은 대통령, 다른 한 분은 대통령을 바라볼 정도로 성공해서 너무 기뻐요."

그들은 와인잔을 부딪치며 학창시절 이야기로 웃음꽃을 피웠다. 식사 말미에 슈뢰더 회장이 두 사람을 번갈아 보더니 정색하며 물었다.

"프레지던트 장, 이번에 승억 형님 대통령 하게 좀 밀어줄 수 없어?"

"그야 뭐 저 녀석 사위가 만든 항암제로 내가 많이 회복되었으니까 그 신세는 갚아야 하긴 해. 승억에게 좀 심하게 한 것도 있고. 다만 엄석동은 이미 엄청난 자금으로 대의원들을 포섭해서 그 지지세가 견고해졌기에 내가 도와주는 것에도 한계가 있어. 굳이 도운다면 검찰, 경찰, 언론 등에서 간접으로 도와주는 정도지. 물론 그것도 없는 것보단 훨씬 낫겠지. 또 엄석동의 비리가 드러나면 감추어주지 않고 곧바로 알리고 수사하는 것만 해도 상당한 도움이 될 거야. 그런데 그놈은 예의가 없으니 하늘도 이미 버렸을 거야!"

그들이 한참 대화를 나누는 사이 그 호텔 라운지에 대기하고 있던 거구의 대통령 비서실장이 누군가의 전화를 받더니 갑자기 몽둥이를 하나 들고 현관 쪽으로 달려 나갔다. 호텔 밖에서도 엄석동의 비서인 박대창이 역시 몽둥이 하나를 들고 안으로 달려왔다. 그들은 호텔 앞마당에서 공천 운운하며 고성을 지르더니 마침내 서로에게 몽둥이를 휘둘러댔다. 바로 그때 호텔 앞 하얀 트럭 안에서 그들 싸움을 모니터로 보고 있던 추태호가 뒤를 돌아보며 소리쳤다.

“야, 조문식! 비서실장 저놈, 한 번에 푹 쑤셔버려! 자기 비서 공천 빼앗겨 체면 구긴 우리 엄석동 형님 화를 풀어드려야 하지 않겠어? 대통령에 대한 우리의 경고도 보여줄 필요도 있고.”

그러자 그 운전석 뒤칸에 누워 있던 조문식이 검은 가방을 멘 두 사내와 함께 차에서 뛰어내린 뒤 순식간에 호텔 앞마당으로 달려갔다. 그는 곧바로 등에 멘 긴 검은 가방에서 칼을 꺼내 비서실장의 목을 확 그어버렸다. 그러자 호텔 안쪽에 있던 대통령실 경호원들이 호텔 입구로 달려 나오며 그를 향해 일제히 사격을 개시했다. 하지만 조문식은 다시 호텔 밖으로 달려 나가 그 트럭을 타고 사라졌다.

영택은 경기도 일산에 있는 국립암센터를 방문하여 국내 백혈병 최고 전문가인 백동복 박사로부터 최근의 암치료 동향에 대해 자세한 이야기를 들었다. 백 박사는 그에게 이제 에코징이 대세이기에 중입자 치료기나 표적항암제 등 기존의 모든 항암치료술은 다 역사 속으로 사라지게 될 거라고 했다.

“자네가 지난 100년간 축적되어 온 인류 항암의 역사, 아니 인류 의학사를 완전히 바꾸어 놓고 있네. 놀라운 일이야!”

그는 울진으로 향하면서 라디오를 켰다. 방송사에선 대통령 비서실장 살해사건을 특집으로 다루고 있었다. 사건현장 바로 옆에 대통령이 있었기 때문에 언론들도 심각하게 여기는 모양이었다.

그가 고속도로 휴게소에 들렀을 때 승억의 선거단장 도재철로부터 전화가 왔다.

"박 실장, 비서실장에게 칼을 휘두른 자가 그 울진 노래방 사장이라는 제보가 있어. 조문식이라는 자야."

"나도 그 사람 좀 알아요. 하지만 그 자는 울진 쪽 건달인데 서울이나 추태호와 관련 있을까요?"

"내가 경찰청 출입기자들에게 들은 바로는 그가 쓰는 휴대폰 신호가 요즘 서울에서 가끔 잡혔다고 해. 그 호텔 앞 카메라에 잡힌 남성도 그와 비슷한 체형이고. 그 자는 스포츠카만 타니까 도로에서 행여 그런 차 만나면 조심해!"

영택은 중앙고속도로를 타고 내려오다 풍기 IC에서 국도를 달렸다. 거기서 1시간 정도면 울진 금강 소나무 숲이었다. 그는 장거리 이동 때 대통령 경호실이나 경찰의 경호를 다 거절했었다. 경찰이 일일이 따라다니니 그들에게도 미안한 마음이 들었지만 자신도 여러모로 불편했다. 그리고 그에겐 독일 슈뢰더 회장으로부터 구입한, 탱크 수준의 최첨단 자동차가 있었다.

그는 국도를 10여 분 더 달려 사거리에서 신호대기 후 울진 방향으로 천천히 좌회전했다. 바로 그때 갑자기 그의 차에서 비상신호음이 울려 퍼지면서 모니터에 반대쪽 차선에서 어떤 차량이 시속 250킬로미터 속도로 달려오는 게 잡혔다. 그리고 동시에 "2초 후 충돌. 시속 250킬로미터!"라는 소리가 차 안으로 크게 울려 퍼졌다. 하지만 핸들을 돌려 좌회전하고 있던 그는 어떻게 손을 쓸 수가 없었다. 그는 엉겁결에 차를 향해 소리쳤다.

"어서 가!"

그러자 차가 "붕!" 하며 급가속했다. 그 사이 엄청난 속도의 노란 스포츠카가 그의 오른쪽 눈 끝에서 언뜻 보였다 사라졌다. 그는 충돌이 아닌가 하여 눈을 감았다. 하지만 차는 평온하게 울진 쪽 도로로 진입해 들어가고 있었다. 가까스로 충돌은 면한 것 같았다.

그는 무슨 일이 일어났는지 정확히 알 수 없었다. 문득 조문식의 스포츠카를 조심하라는 도재철의 말이 생각났다. 하지만 그가 자신이 그 사거리를 통과하는 타임에 딱 맞추어 그렇게 나타나기는 매우 어렵다는 생각이 들었다. 또 그가 자신을 그런 식으로 공격할 이유도 없었다.

다시 평온하게 산길 도로를 달린 그의 차는 20여 분 뒤 금강송면 소광리로 들어섰다. 그는 금강송 사거리가 나타나자 속도를 낮춘 뒤 신호에 따라 천천히 핸들을 좌로 꺾으며 그 사거리로 진입해 들어갔다. 바로 그때 차에서 또다시 비상벨이 울렸다.

"좌측! 시속 250킬로미터로 충돌 1초 전!"

그 소리에 영택은 조금 전의 상황이 떠올라 본능처럼 가속기를 밟아댔다. 하지만 그가 잠깐 고개를 좌측으로 돌리는 순간 그 노란 스포츠카가 좌측에서 총알처럼 달려와 그의 차 후방과 충돌했다.

"꽝!"

그의 차가 엄청난 충격과 함께 한 바퀴 회전한 다음 수십 미터 앞 공터 쪽으로 밀려 나갔다. 영택은 잠깐 정신을 잃었다. 하지만 곧바로 차량 내부에서 울리는 요란한 비상경보음에 정신이 번쩍 들어 급히 자세를 바로잡은 다음 차를 정지시켰다. 그는 자신의 차와 충돌한 노란 스포츠카를 찾아 사방을 두리번거렸다. 그 차는 사거리 맞은편 풀밭에 반쯤 찌그러진 상태로 거꾸로 엎어져 있었다.

그는 차 안을 둘러보았다. 차 안은 사고의 흔적조차 느낄 수 없었다. 그 엄청난 속도의 충돌치곤 믿을 수 없는 모습이었다. 그는 고개를 갸웃하며 그 스포츠카 쪽으로 가기 위해 차를 돌렸다. 바로 그때 사거리 서쪽에서 달려온 빨간 트럭 한 대가 남쪽 방향으로 핸들을 꺾은 다음 그 노란 스포츠카를 향해 돌진했다. 그 스포츠카는 그 트럭에 밀려 콘크리트 벽에 부딪치며 폐차장 차들 마냥 납작하게 찌그러졌다. 그 노란 차의 운전수는 살려달라는 듯 비명을 지르며 차체에 끼인 두 다리를 빼내려고 발악하고 있었다. 그는 노래방 사장 조문식이었다!

'저건 살인이야!'

영택은 그 노란 스포츠카 쪽으로 달려갔다. 하지만 이미 그 빨간 트럭은 다시 후진한 다음 그 노란 차를 콘크리트 벽으로 재차 밀어붙이고 있었다. 잠시 후 그 스포츠카는 종잇장처럼 완전히 압착되었다. 차체 밖으로 나온 조문식의 머리가 아래로 축 늘어졌다.

그런데 이때 또다시 남쪽에서 붉은 트럭 한 대가 나타나 영택의 차를 향해 무섭게 돌진해왔다. 그는 사거리 한 중앙에서 급히 핸들을 돌려 그 트럭을 피한 다음 다시 북쪽 금강송 숲속 길로 진입해 들어갔다. 백미러를 보니 붉은 트럭 한 대가 그 굽은 산길을 고속으로 따라오고 있었다. 멀리 명국이 운동하는지 그 도로를 달리고 있었다. 영택은 그 앞에 차를 세운 다음 소리쳤다.

"명국씨! 어서 타요! 도로가 좁아서 위험합니다."

영택의 고함에 그가 급히 차에 올라탔다. 영택은 가속기를 최대한 밟아댔다. 그 트럭은 줄기차게 따라왔다. 그는 고속으로 차를 몰아 급커브 구간에 다다르자 잠시 차를 멈추었다. 그 트럭이 점점 가까이 다가오고 있었다. 그리고 충돌 직전 그는 차를 급가속시켜 날 듯이 그곳을 빠져나갔다. 그 트럭은 커브를 돌다 제 속력을 이기지 못하고 그대로 직진하여 계곡으로 추락했다. 영택은 차를 후진한 다음 차에서 내려 아래 계곡을 쳐다보았다. 거꾸로 엎어진 트럭에서 추태호인 듯한, 회색 양복을 입은 중년의 사내가 간신히 빠져나와 위로 기어서 올라오고 있었다. 이때 다시 저 산길 아래로부터 붉은 트럭 두 대가 강렬한 전조등을 빤짝이며 올라오고 있었다.

그는 자신의 차 외관에 아무런 사고 흔적도 없다는 것에 놀라며 다시 차에 올라 급출발했다. 그는 후방 거울을 계속 쳐다보며 차를 몰아 소나무 숲 관리사무소 아래 공원주차장에 도착했다. 그 트럭들은 더 이상 따라오지 않았다. 그는 잠시 말없이 차 안에 그대로 있었다. 도대체 뭐가 문제였단 말인가?

문득 지난 번 대통령실 방문 때 엄석동이 한 말이 떠올랐다.

"어린 니가 요즘 노벨상이다 뭐다 하니까 눈에 뵈는 게 없나 보네. 죽으려면 어디가 좋을까? 고속도로? 아니면 광화문 도로에서? 그 금강송 사거리도 괜찮겠군 그래! 하하하."

그는 이 믿기지 않는, 환각적이기까지 한 사거리 충돌상황을 이해하기 힘들었다. 정말 대통령이 되려는 야망을 가진 엄석동이 이런 일까지 시도했을까?

두 사람은 차에서 내려 공원 벤치에 앉았다. 바로 그때 그 공원 뒤쪽으로 연결된 좁은 강둑 길로 붉은 트럭 한 대가 무서운 속도로 질주해오고 있었다. 두 사람은 급히 차에 오르려 했다. 하지만 길 아래쪽에서 또 다른 붉은 트럭이 달려와 영택의 차를 밀어붙였다. 두 사람은 급히 큰 바위로 조성된 공원 탑동산으로 올라갔다. 그러자 한쪽 트럭에서 내린 사내 네댓 명이 그들을 향해 일제히 텀블링을 하며 맹렬한 기세로 접근해왔다. 명국은 그 사내들을 보자마자 동산 아래쪽으로 뛰어내린 뒤 "3초!" 하고 외치며 찰나에 그들의 얼굴을 연속으로 가격하여 쓰러뜨렸다. 그런데 이번에는 다른 쪽 트럭으로부터 같은 옷차림의 사내들이 접근해왔다. 명국은 혼자 몸으로 그들과 격투를 벌여 순식간에 그들을 쓰러뜨렸다. 영택은 그의 무술 솜씨에 입이 딱 벌어졌다.

잠시 후 그 사내들은 근처 산길로 도망갔다. 그리고 트럭 하나에서 회색 양복에 피를 가득 묻힌 추태호가 내리더니 그들을 따라 산길로 사라졌다. 그를 지켜보던 영택이 허탈한 표정으로 땅바닥에 주저앉으며 말했다.

"저 자를 보니 모든 게 명확해졌네요. 엄석동이 날 제거하기 위해 이런 짓을 벌였다는 거 말입니다. 권력이 오남용되면 이렇게까지 한다는 게 참 씁쓸하네요. 그건 그렇고 명국 씨, 앞으로 이 3초 신공으로 간판 걸고 도장 차릴 생각 없어요?"

"도장요?"

"경이로운 무술이면 꽃을 크게 피워야지요!"

그날 밤, 영택은 잠이 오지 않았다. 잠이 올 리 없었다. 백주대낮, 그 사거리에 있었던 차량들의 무자비한 충돌 시도는 사실상 살인행위였다. 사람들은 대개 어떤 엄청난 일이 일어났더라도 피해가 적거나 없으면 아무렇지도 않게 지나간다.

가만히 생각해보니 오늘 그 사거리 상황이 그런 경우였다. 자신이 다치지 않고 죽지 않아서 아무 일 없듯 그냥 넘어가게 된 거지만 만약에 중상을 입었거나 사망했다면 어쩔 뻔했을까? 생각만 해도 아찔한 일이며, 전 세계가 들썩거릴 뉴스가 되었을 것이다. 현실적으로 당장 인류의 엄청난 관심 속에 있는 항암제 에코징의 대량생산에 큰 차질이 생길 수도 있었다. 더구나 아내 진숙과 금소는 어떻게 된단 말인가! 시쳇말로 과부에다 애비 없는 자식으로 자라야 하지 않을까? 감히 생각하기도 싫은 그런 엄청난 결과들을 생각하면 그런 행위를 일으킨 자들을 절대 용서하면 안 되었다. 하지만 경찰 수사 외 그가 할 수 있는 일은 아무것도 없었다.

23

다가오는 사랑

대전 실내체육관! 집권 여당의 대통령 후보를 정하는 경선이 시작되었다. 당내에서 야당 대표와 붙을 대표선수 1명을 뽑는 것인데 그 후보로는 엄석동과 최승억, 그리고 차차기를 노리고 나온 젊은 후보 2명이 있었다. 당내 세력이 견고한 엄석동은 첫날에 바로 끝장을 보려는 듯 지지자들을 수백 대의 버스로 날라대고 있었으며, 그로 인해 체육관 분위기는 완전히 그의 판이 되어갔다. 그에 비해 승억 쪽은 딸랑 그 혼자라고 할 정도로 초라했다.

엄석동의 후보연설이 시작되자 대의원들과 일반 지지자들이 체육관이 흔들릴 정도로 그의 이름을 연호하며 박수를 쳤다. 그는 연설에서 야당 지도자에게 욕설을 퍼부은 다음 승억을 향해서도 거친 말을 쏟아냈다.

"검정고시 나온 주제에 감히 정규학교 졸업자인 나를 욕하고 다니는 가당찮은 야당 후보 놈도 있습니다만 문제는 그 자보다 더한

잡놈, 아니 쌍놈이 이 자리에 있다는 사실입니다. 산으로 소풍 다니면서 15년간 편안하게 산림청장 노릇하다가, 그것도 사위 힘을 빌려 대통령 되어보겠다고 깝죽거리는 자가 우리 당내에도 있습니다. 당원 동지 여러분, 그 자가 나를 향해 근거도 없이 부패하다, 포대갈이한다 운운하는데 참으로 한심합니다. 아니 같잖게도 자기는 더 큰 사리사욕으로 국토를 분탕질하고 있는데 말입니다. 지금 울진 소나무 숲에 한번 가보십시오. 우리 당 저 최가 놈은 물푸레나무 숲이라는 해괴망측한 정원을 조성해서 자기 인생의 휴양처로 삼고 있습니다. 그게 지 개인 땅입니까? 여러분, 이런 게 국정농단 아니고 무엇이겠습니까? 더구나 100억을 빼돌려 분탕질해 먹으려고!"

엄석동의 연설이 끝난 뒤 승억도 단상에 올라 후보연설을 했다. 그는 영주 한옥집에서의 후보 출마 때와는 달리 대통령과 엄석동에 대한 인신공격 대신 민생문제 등 국가가 해내야 할 정책들에 집중했다.

후보들의 연설이 끝나자 각 후보들의 지지자들이 찬조연설을 시작했다. 먼저 엄석동을 지지하는 여러 연예인들이 연단으로 올라 연설을 했다. 얼마 후 승억 쪽의 차례가 되자 보라색 모자에 보라색 부츠, 그리고 보라색 속옷으로 무장한, 원더우먼 복장을 한 미스 황이 나타나 단상에 올라섰다. 장내 한쪽에서 점차 웅성거리더니 야유가 쏟아졌다. 하지만 그녀가 체조선수 출신답게 물구나무를 선 뒤 하늘 높이 치켜든 두 다리를 현란하게 흔들어대자 큰 박수가 쏟아졌다.

"와!"

물론 조롱하는 소리, 야유의 휘파람 소리도 난무했다.

"꺼져!"

"삼류 콜걸팔이!"

그녀는 계속해서 체조의 도마운동 같은, 현란한 율동으로 의자와 단상 곳곳을 이동하며 묘기를 부렸다. 그러자 기자들 수십 명이 몰려들어 그녀의 모습을 카메라로 담기 시작했다. 잠시 후 보라색의 쫄바지 차림을 한 최 노인이 거대한 두상을 앞뒤로 흔들며 단상에 올라 표준말 어투로 연설을 했다.

"최승억 후보, 이놈은 제 자식이지만 참 재주가 여간 좋은 놈이 아닙니다. 내가 분명히 내다 버렸는데 제 발로 일어서서 여기까지 왔습니다. 대의원 여러분, 이렇게 불사조 같은 놈을 보신 적이 있습니까? 인간 승리의 화신인 우리 승억이를 부탁드립니다. 저는 감히 말씀드릴 수 있습니다. 그는 승려로 살다가 중국 명나라를 건국한 주원장보다 더 위대하며 백수건달, 시정잡배로 살다가 한 나라를 건국한 유방보다 더 드라마틱한 인생의 주인공입니다. 그러기에 여불위의 씨앗인데 왕의 아들로 둔갑한 진시황보다 더 강력하고 현명하게 이 나라를 통일로 이끌 것입니다. 국민들을 더 잘 살게 해줄 껍니다!"

유세가 끝난 후 치른 첫 경선투표에선 엄석동은 55%, 최승억 30%가 나왔다. 그것은 엄석동 쪽 표 일부가 승억에게로 적지 않게 이동한 결과였다. 언론에선 초보 정치인인 승억이 경선 첫 판에 강력한 엄석동을 상대로 크게 선전한 것으로 평가하면서 그 이유에 대해 여러 가지 분석을 내놓았다.

우선 최 노인과 미스 황의 도움을 절대적으로 보았다. 실제로 유세현장에서 유명인사나 유력 정치인들이 찬조연설을 해주는 것보다 무명의 최 노인과 미스 황이 보라색 퍼포먼스로 몸 몇 번 흔들어주는 게 훨씬 더 반응이 좋았다. 언론들은 정치판의 색다른 볼거리로서 그런 요소들을 가십거리로 많이 다루어주었는데 그로 인해 결과적으로 승억의 인지도가 높아졌다. 또한 그들의 나이 차가 크게 나는 사랑 및 미스 황의 어머니와 엄석동의 관계에 대한 관심도 폭증하여 승억의 인지도 상승에 도움이 되었다.

더구나 최 노인도 80대 후반의 나이임에도 불구하고 자신이 버린 아들의 선거운동을 발 벗고 나서서 해줌으로써 대중들의 관심 증가에 크게 한몫했다. 특히 칠순이 다 된 아들을 나무라거나 거칠게 호통치면서, 다른 한편으로 그런 아들을 지지해 달라는, 간절하면서도 격정적인 외침에 대중들은 크게 감동받았다. 그가 비록 가부장적 문화의 극단에 서 있는 고루하고 낡은 사람이긴 했지만 진한 부정과 함께 어린 자식을 내다 버린 지난 시절을 반성함으로써 그 대다수가 아버지의 정에 목마른 유권자들을 사로잡았으며, 이는 곧 승억에 대한 연민과 관심, 지지로 이어졌던 것이다.

해가 바뀌어 3월경, 영택은 에코징의 인위적인 대량생산을 위한 연구에 박차를 가했다. 그는 소나무 선충이 원래 지니고 있는 유전자의 염기서열 일부를 항암제 에코징의 분자를 만들어낼 수 있는 구조로 재설계하는 연구를 계속했다. 그게 완벽하게 성공하면 그 선충은 에코징을 일정량 만들어내게 될 것이며, 그러면 전국 곳곳에 많은 공장을 지어 그들을 수억, 수십억 마리 증식시키면 대량의 에코징이 생산될 것이었다.

그런데 무슨 연유인지 그 선충의 유전자 교체가 잘 되지 않았다. 소나무 선충의 몸속 유전자에 재설계된 새로운 유전자를 넣으면 서로가 잘 붙지 않고, 그 전체가 다 부서져 버리는 것이다. 그는 국내외 논문을 살펴보고 유전공학자들의 의견을 들어보았으나 문제 해결에 도움이 될 만한 것은 찾지 못했다.

그는 스트레스도 해소할 겸 오랜만에 관리사무소 뒤쪽 자신이 심어놓은 은교산 정원으로 가보았다. 그 정원 둘레의 긴 통로와 울타리, 특히 양지에 노란 개나리꽃들이 만발해 있었다. 은교산은 금은화와 연교를 주된 원료로 하기에 나온 처방명인데 연교는 개나리 열매를 의미하는 바, 그에 따라 애초 그 처방정원과 그 주변에 개나리를 많이 심었었다.

그는 쭈그려 앉아 그 꽃을 따다가 문득 물푸레나무로 만들었던 그 야구방망이가 생각났다. 그 방망이, 정확하게는 그 물푸레나무의 성분물질이 소나무의 에피카테킨과 은행나무의 징코라이드 B의 결합을 도와주었는데 그 개나리꽃도 소나무 선충 유전자의 재조합에 도움이 되지 않을까 하는 아이디어가 떠오른 것이다.

그는 그 꽃을 몇 움큼 따서 곧바로 연구실로 달려가 여러 결합 효소들에다 그 꽃 농축액을 넣어보았다. 그러자 그들 중의 하나가 유전자 간의 결합을 고도로 촉진시켜 주는 게 관찰되었다. 그는 정밀한 검토는 나중에 하더라도 꽃이 지기 전에 당장 생생한 개나리꽃들을 채집하기로 하고 연구소에 연락해서 연구원들 전부 그날 하루 그 정원에서 휴식하면서 개나리꽃을 채취하라고 부탁했다.

'여기가 어디지?'

한숙은 눈을 뜨자마자 이런 생각이 들었다. 다들 한 번씩 자신이 놓인, 이상하거나 믿기지 않은 어떤 상황에 대해, 혹은 자기 삶이 길을 잃었을 때 그런 생각을 한다지만 그녀는 요즘 부쩍 스스로의 삶의 상황, 혹은 그 삶의 위치에 대해 자문해보는 일이 잦아졌다.

은소를 키우고 연구실 일하느라 바빴지만 그렇다고 하여 오랜 동안 그녀를 지배해 온 소외감, 허무감으로부터 제대로 벗어난 건 아니었다. 내면에서 늘 웅크리고 있는, 때로는 부질없는 것으로 치부되던 그런 감정들이 이렇게 어느 날 갑자기 불쑥불쑥 솟아오르는 것이다.

하지만 생각해보니 그런 건 부질없는 게 아니었다. 인간이란 원래 그런 감정들로 평생을 보내는 데다 고대광실 같은 이 큰 집에 달랑 아이 하나 키우며 혼자 사는 게 정상적인 삶인지 회의하는 건 당연했다. 인간에게서 혼자 있느냐, 여럿이 있느냐 하는 건 언제나 중요한 문제였다!

그녀는 어두운 생각을 하지 않으려고 침대에서 일어나 은소가 잘 자는지 확인한 다음 방 안을 몇 바퀴 맴돌았다. 하지만 그녀는 얼마 가지 못해 도로 자리에 누워 두 눈을 감았다. 그녀가 그렇게 한 것은 그 마음에 이는 작은 어떤 소동 때문이었다. 그것은 때로는 폭발성 있는 소요 같은 것으로 진행되기도 하는 어떤 꿈틀거림이었는데 굳이 이름을 붙이자면 일종의 성적 희열 같은 것이었다. 그녀는 눈을 떴을 때 느낀, 자신을 즐겁게 해주고 있는 그 환각적 갈망과 행복한 쾌감 속에 깊이 매몰되고 싶었고, 그들을 애써 깨뜨리지 않고 잠시만이라도 유지하고 싶었다.

그녀는 눈을 감고 그런 느낌을 음미했다. 눈뜬 삶에선 분명 채울 수 없는 것이기에 더 그랬다. 달콤한 것을 빨리 흩어버리는 것은 어리석을 뿐이며, 눈뜨지 않는 상태이긴 해도 행복하기만 하다면 그럭저럭 괜찮지 않을까?

그런데 그녀에게서 그런 욕구는 대개 그냥 그 자체로 끝나고 누굴 떠올리거나 남자와 무얼 하겠다는 지향 같은 것은 일어나지 않았었다. 그리고 가끔 누가 그런다기보다는 단지 막연한 어떤 남성이 자기를 격렬히 애무하여 폐허로 만들어주면 좋겠다는 생각이 들었을 뿐이다.

그런데 최근에는 그런 욕구가 생길 때마다 구체적인 한 사람, 바로 영택이 생각났다. 그에게 의존하거나 그가 남자이기에 얽매

이는 것은 아니었지만 가끔은 그가 자기 몸에 거칠고 억센 마찰이라도 해주었으면 좋겠다는 상상도 하게 되는 것이다. 다만 그녀가 그러는 게 그를 사랑해서인지, 아니면 아이의 아빠여서인지 그녀 자신도 구분하긴 어려웠다.

남자라는 게 때로는 기쁨이지만 많은 경우 만나도 별것도 아니며, 아무런 감흥도 받지 못하는 경우가 허다했다. 그런데 지금 그 커다란 집 안의 무수한 틈으로 어둠과 함께 고요가 찾아들고, 고독까지 밀어닥치면 그녀 자신이 무언가 크게 결핍된 존재처럼 텅 빈 가슴이 되어 그것을 채우려고 스스로를 갈망 속으로 밀어 넣고선 마침내는 그 정신과 육체가 민신창이가 되어도 좋으니 상식도, 규범도 다 필요 없이 자신이 그로 인해 성적으로 격렬히 유린되었으면, 그로 가득 채워졌으면 좋겠다는 의식 격랑이 일어나는 것이다. 그런 욕구, 그런 갈망도 아주 가끔인데 혼자서 하는 그런 황홀조차도 느끼지 못한다면 자신은 산송장이라는 생각도 지울 수가 없었다. 존재하는 자체가 욕망과 분리될 수 없지 않을까?

금강 소나무 숲으로 스웨덴 노벨상위원회에서 예비조사반을 보내왔다. 그런 방문은 의외였다. 노벨상이든, 다른 상이든 아직 임상실험이 채 끝나지 않은 약물에 대해 그 수상을 이야기하는 것은 적절하다고 보긴 어려웠다. 하지만 그 위원회 측에선 새로운 방침을 정한 모양이었다.

많은 경우 노벨상은 연구 성과를 낸 때부터 수십 년 지나야 상을 주니 어느 정도 노벨상에 기대를 걸고 있던 학자들도 그것 기다리다간 흔한 말로 숨넘어갈 판이거나 사망할 가능성도 컸다. 그러니 에코징같이 이미 말기암 환자 수만 명을 살린, 완치에 가까운 항암제의 성공에 대해 신속하게 상을 줄 필요가 있다는 의견이 크게 대두된 것이다.

영택과 한숙은 이런 상황에 공감하면서도 다른 한편으론 그들의 방문이 꼭 달갑지만은 않았다. 그녀는 매끈한 얼굴에 멋진 디자인의 감색 양복을 입은 거구의 한스 위겔 위원장에게 영어로 정중하게 말했다.

"한스 위겔, 저나 영택 씨는 30대 중후반이고, 아직 연구할 일이 많이 남아 있습니다. 그런 상은 큰 영광이기는 하지만 그 이후 긴 시간은 퇴물처럼 지낼 수도 있어요. 수상 후 에코징 업적으로 강연 다니는 게 무의미하진 않겠지만 학자로서의 생명력인 새로운 도전적 연구가 어려울 수도 있다는 겁니다. 배가 부르니 성취동기나 실험정신, 무모함이 퇴색되거나 사라질 수도 있으니까요."

한스 위겔은 한숙의 말을 경청하면서 그녀를 뚫어지게 바라보았다. 그는 식은땀을 비 오듯 흘리며 경직된 표정에 서툰 한국어로 말했다.

"정한숙 박사님, 그래도 큰 업적을 쌓았으면 곧바로 보상받는 게 정상적이지 않겠어요? 위대한 톨스토이나 조지 오웰이 노벨문학상을 못 받은 걸 다들 아쉬워하잖아요. 그런 일은 없어야겠죠. 그런데, 그런데 한숙 씨, 당신 눈에 갈망이 들어 있네요. 사랑을 늘 갈구하시죠? 그렇죠? 저도 그렇거든요."

"네? 갈망요?"

"아, 아, 아니에요! 내 마음에 갑자기 거친 파도가 몰아치는군요. 등에 칼이 꽂힌 삶, 머리에 총 맞은 인생에는 사랑이 필요하죠. 사랑이 없는 삶은 하류인생이랍니다."

"네? 칼? 총? 하류인생요? 무슨 말씀을?"

한숙은 두서없는 그의 말에 의아한 표정을 지으며 강렬한 그의 눈빛을 자세히 쳐다보았다. 분명 어디선가 본 눈빛이었다. 한스 위겔은 애써 그녀의 눈을 피하며 고개를 영택에게로 돌렸다.

얼마 후 그는 숲길로 산책을 가자는 영택의 말에 가방에서 빨간 모자를 꺼내 머리에 쓴 다음 기다란 턱수염 가발까지 턱에 붙였다. 한숙은 그 모습을 보는 순간 바로 그를 알아보았다. 7~8개월 전 양호리 집 대문 앞에서 만난 물리학자라는 사람이 바로 그였다. 갑자기 그녀의 마음에 큰 흥분 같은 게 일어났다. 그녀가 흥분을 감춘 채 한스 위겔에게 물었다.

"위원장님, 전에 양호리 우리 집 앞에서 우연히 뵌 것 같은데요?"

"우연히요? 하하하. 그건 분명 필연일 겁니다. 하하하."

"그럼 일부러 오셨나요, 저를 보러?"

그때 한스 위겔의 휴대폰이 울렸다. 그는 전화를 받고 난 뒤 어릴 때 자신에게 고통을 준 아버지가 교통사고로 죽었다며 갑자기 짐을 챙겨 스웨덴으로 떠나버렸다.

그런데 그 며칠 후 어느 깊은 밤, 한스 위겔은 홀로 다시 울진 소나무 숲으로 영택을 찾아와 가방에서 불쑥 붉은 여우털 코트를 꺼내 보였다. 영택이 그에게 물었다.

"위겔, 이 털코트는 뭔가요? 이 시간에 수억 리를 날아 이 오지로 찾아온 것도 예사로운 일이 아니구요."

"영택 씨, 이거 한숙 씨에게 드리세요. 선물입니다. 생태학자셨던 제 증조할아버지께서 오래전 북극탐사 때 가져온 최고급 북극여우털로 만든 옷입니다."

"옷이든 뭐든 선물은 내일 밝은 날 당사자에게 드리세요. 그런데 한스 위겔, 그녀를 사랑하시나요?"

"영택 씨, 아직 사랑이라고 말할 순 없긴 한데 그녀를 저에게 좀 소개시켜 주세요. 저는 곧 쉰이지만 혼자입니다. 천재를 아내로 맞이하고 싶습니다. 지금 제 가슴에 뭉글뭉글 아름다운 사랑이 피어오르고 있습니다."

"그래요? 하하하. 하지만 한숙 씨는 당신을 잘 몰라요. 더구나 지금 어린 아기가 있고, 또 앞으로도 여기서 해야 할 일도 많아요."

"그 문제는 제가 여기 근처 대학에 교환교수로 오면 어렵지 않게 해결될 수 있을 겁니다. 지금 그 문제를 알아보는 중이지요."

"그래요?"

영택은 문득 격정적인 성격의 한스 위겔을 보면서 어쩜 한숙이 그와 사귀거나 결혼할 수도 있다는 생각이 들었다. 겉으로 드러나진 않지만 싱글맘으로서 혼자 외롭게 아이를 키우는, 불안정한 심리가 잠재되어 있는 그녀가 그런 유의 남자들이 물불 가리지 않는 폭풍 같은 사랑을 퍼부으면 오히려 이성적인 남성에 비해 그 마음이 더 쉽게 움직일 수도 있었다. 아무리 마음이 단단한 사람일지라도 한순간에 흔들릴 수 있는 게 사랑이었다. 다만 그는 그녀가 사랑을 찾아 외롭지 않고 밝은 세계로 나아갈 수만 있다면 남자가 누구이든 상관없이 그 사랑을 권할 일이지 말릴 것은 아니라고 생각했다.

그런데 한스 위겔은 다음날 대학 강의 때문에 또다시 스웨덴으로 가봐야 한다면서 보름 뒤를 약속한 뒤 급히 떠나버렸다. 아니, 수만 리를 이동하면서 시간 계산을 하지 않거나 못한단 말인가? 오늘 갈 거면서 전날 밤에 어떻게 2만 리를 날아 훌쩍 온단 말인가! 이건 분명 지극히 충동적으로, 혹은 덮어놓고 맹목적으로 찾아온 게 분명했다. 영택의 눈에 그는 차츰 종잡을 수 없거나 황당한 인물로 보이기 시작했다.

멀리 연구실 창가 쪽 육아방에서 한숙이 유모차에 어린 은소를 태우고 그에게로 왔다. 그녀는 영택의 조언에 따라 아이가 있다는 것을 당당하게 알리고 매일 연구소로 은소를 데리고 왔다. 영택은 손을 씻은 후 은소를 안아주었다. 하지만 그는 한숙에게 한스 위겔 이야기를 전혀 하지 않았다. 모피 코트는 물론이고, 그가 왔다는 자체도 말하지 않았다. 그냥 말하고 싶지 않았다.

그런데 보름 내로 온다던 한스 위겔은 나타나지 않았다. 영택은 그에게 전화를 해보려다가 그만두고 그가 준 모피 코트도 창고에 넣어버렸다.

승억의 선거 단장 도재철은 터벅머리 명국의 도움을 받아 울진 사거리에서 영택을 죽이려 한 그 살인적인 붉은 트럭들의 정체를 파악하려 애를 썼다. 하지만 조문식이 사망해버린 데다 그 트럭 기사들도 모두 도피한 상황이었으며, 그 트럭들조차도 5년 넘게 어느 야산 트럭주차장에 방치된, 차대번호조차 없는 차량들이어서 경찰들도 수사를 진척시키지 못하고 있는 실정으로써 그들이 그 사건을 파헤치긴 더 어려운 일이었다. 이 문제를 고심하던 그는 미스 황이 했던 말에 주목했다. 그녀는 전에 영주 한옥집에서 자신의 어머니가 감귤주스 공장 사장 엄석동에게 강탈당한 뒤 재산까지 다 잃고 어느 감나무집 지하에서 유린당했다는 이야기를 했었다.

도재철과 명국은 과거 그 주스공장이 있었다는 서울 근교 시골로 찾아가 그곳 노인들을 상대로 감나무집을 탐문한 결과 마침내 그곳 어느 80대 노인 집을 찾아냈다. 그 노인은 오래전 추태호의 어머니와 술집에서 만나 15년 넘게 사실혼으로 동거한 사이였다. 동네 노인들에 의하면 울진에서 아버지와 단둘이 살던 추태호가 자기 엄마를 따라 어린 시절 그곳으로 왔으며, 그 집 지하를 아지트 삼아 불량배 생활을 했다고 한다.

"오래전 야간에 유흥가 여자들, 외국 여자들이 지하실에서 알몸으로 뭘 찍는다고 그 감나무집에 많이 들락거렸지. 당시 우리 동네 청년들도 그 외국 여자들과 성관계하는 재미로 포르노에 응하기도 했어. 그리고 추태호는 약효가 덜한 외국산 인삼을 밀수한 다음 국산 상표로 재포장해서 수십억을 벌었다는 소문도 있어. 그게 가격차가 커서 큰돈이 남거든. 한마디로 말해 포대갈이, 포장갈이 전문가들이지. 그때 쓰기 시작한 게 하얀 트럭들이야. 나중엔 빨간 트럭에 흙, 모래 대신 쌀, 소금, 밀수 인삼을 실어 날랐지. 다만 엄석동 씨는 어느 정도 관여했는지는 잘 모르지. 하지만 그가 두목이라는 말은 돌긴 했지."

도재철과 명국은 야간을 기다려 그 노인의 집 지하에 잠입한 다음 그 넓은 공간 곳곳을 뒤져 범죄혐의가 있는 물건이나 기록들을 찾기 시작했다. 그리고 마침내 그들은 낡은 침대 아래에 숨겨져 있던, 엄석동과 추태호 일당이 청년시절 불법 포르노 제작 및 유통 사업을 할 때 찍었던 여러 테이프 및 CD, 그리고 촬영장치, 인삼 밀수자료들을 찾아냈다. 그 자료 중엔 승억의 선거운동을 도와주고 있는 미스 황의 어머니가 엄석동과 추태호에 성적으로 유린당하는 영상도 발견되었다.

도재철은 승억의 후배가 장으로 있는 국가 광역수사대에 요청해서 그곳 자료들에 대한 압수수색을 요청했다. 그런데 그들이 지하에서 올라왔을 때 하얀 윙바디 트럭에 실려온 사내 10여 명이 그들을 공격했다. 더구나 추태호의 동생인, 치안감으로 승진한 추태억이 경찰 승합차 2대와 검은 가방을 멘 사내들을 태운 하얀 트럭 1대를 이끌고 현장에 나타나 광역수사대와 대치하면서 경찰들

간에 격렬한 난투극이 벌어졌다. 명국은 그들이 찍은 포르노들과 도재철을 감나무 위로 몰래 올린 뒤 거의 독무대처럼 현란한 무술로 그들을 제압해냈다. 그리고 감나무 위의 도재철은 골목길로 기자들이 들이닥치자 그들 앞에 엄석동 관련 자료 일부를 떨어뜨렸다. 그런 데다 이날 밤 경찰들과 검은 가방들 간의 치열한 격투 상황을 그 동네 주민들 다수가 자발적으로 동영상으로 찍어 SNS에 올림으로써 여론이 승억 쪽으로 출렁이기 시작했다. 그간 당내 경선에 침묵했던 대통령 장한식도 즉각 그 공권력 도전상황에 대해 신속한 수사를 지시했다.

그 얼마 후 마지막 당내 경선인 서울 잠실체육관에서의 투표 결과 최승억은 엄석동을 큰 차이로 제치고 집권당 대통령 후보로 최종 결정되었다. 승억은 자신의 승리가 확인되는 순간 도재철에게 엄석동 및 추태호의 범죄와 관련된 모든 자료들을 즉시 언론에 공개한 뒤 경찰에 제출하라고 지시했다.

24

싱글 맘과 아빠의 부재, 불행일까?

퇴근하여 집으로 들어온 한숙은 은소에게 이유식을 먹인 다음 미리 와 있던 경옥에게 물었다.

"언니, 이 저녁에 무슨 일이야?"

"니가 개발한 제비꽃사랑 특허료와 이익금 정산해주러 왔지. 다른 이야기도 있고."

"다른 이야기?"

"한숙아, 한번 물어보자. 사실은 오래전부터 이 말 하고 싶었는데 너 죽을 때까지 은소에게 자기 아빠 숨길 거야?"

"언니, 답도 없는데 그런 이야기를 왜 해?"

"아냐! 너, 이대로 사는 건 아닌 것 같다. 혼자 이렇게 사는 게 무슨 자랑이나 벼슬은 아니지 않니! 너나 은소가 사람같이 사는 걸 좀 보고 싶어!"

"언니, 그럼 내 사는 게 짐승 같아 보여? 혼자 아이를 가지고 이렇게 싱글 맘으로 사는 게 불행해 보여? 그리고 우리 은소가 어때서? 뭐가 답인데? 어떤 게 정답이냐구?!"

"요즘 네 얼굴을 보니 안쓰러워서 그래. 젊은 애들이야 살기가 힘드니까 결혼도 않고 혼자 산다지만 너는 모든 면에서 사랑할 조건은 되잖아. 다른 남자가 좀 그러면 하루 종일 붙어서 일하는 영택 씨에게 술이라도 먹여 같이 자! 어차피 은소 아빠야!"

"언니! 내겐 나만의 삶이 있으니 그를 끌어들이지 마!"

"이 등신아! 모든 사랑은 결국은 이기적일 수밖에 없어. 숨겨진 사랑이라도 해서 니가 행복하게 살면 그만이야. 니 영혼이 말라비틀어지게 생겼는데 윤리다, 도덕이다 그딴 게 다 뭔데!"

"언니! 말은 고맙지만 제발 그만해! 영택 씨든 누구든 남자 생각이 안 난다면 거짓말일 테지만 지금은 은소 키우면서 그냥 이대로 살고 싶어!"

누구라도 다 마음이야 자기가 원하는 이상형과 사랑이든, 뭐든 깊은 관계를 가지고 싶어 한다. 하지만 그건 과욕임을 넘어 상대가 있는 일이라서 내 의지대로 되는 게 아니며, 더구나 영택은 바른 사람이었다. 백 남자 다 그런다지만 그는 자신이 옷 벗고 달려들어도 흔들릴 사람도 아니었다. 그녀로선 이대로 은소 잘 키우면서 연구활동 잘하면 충분한데 경옥은 왜 이렇게 은소 아빠니, 남자니 운운하며 그녀 마음에 파문을 일으키는가 말이다!

물론 그녀의 말이 틀린 것은 아니었다. 한 아이가 성장하기 위해선 온 동네가 필요하다는 말도 있듯 은소에게 최소한 엄마 외

아버지, 혹은 할머니든, 뭐든 다른 가족이라도 있으면 더 좋은 일이지 나쁠 건 없었다. 하지만 아이에겐 슬픈 일이지만 그 아버지를 찾아주면 안 되는 경우도 있는 것이며, 길고 긴 인간사에서 수많은 사람들이 그 아버지의 부재 속에 성장해오지 않았든가!

세상사 다 시작이 있으면 끝도 있다는데 막상 영택의 정자로 인공수정이 이루어진 후부턴 어떻게 할 도리가 없었다. 그걸 후회한다는 말이 아니라 일단 임신이 이루어진 후엔 그 이전으로 돌아갈 순 없는 상황이 되어버린 것이다. 불가역적으로 일이 그렇게 진행되어 버린 이상 그 끝이 어딘지, 그리고 그 끝이 무엇인지 몰라도 그냥 그렇게 그저 시간의 흐름에 따라 나아가는 길이 최상이자 유일한 답이었다. 이젠 은소를 잘 키우는 것 외 지상명령처럼 해내야만 하는 다른 과제는 없었다.

"언니, 그냥 이대로 살아가는 게 유일한 답이고, 유일한 길이고, 유일한 끝맺음이야."

거실을 이리저리 오가던 경옥은 무언가 결심한 듯 냉수를 한 잔 들이켠 다음 다시 그녀 옆에 앉으며 분명한 어조로 말했다.

"아냐, 니가 행복해야 은소도 행복해져. 무슨 수가 나야지 안 되겠어. 잉태과정이야 어떠하든 딸과 아버지가 바로 옆에 있으면서 영원히 남으로 남는 건 슬픈 일이야. 철학자들이나 열 살 어린 아이에게 가서 물어봐. 그런 상황이 옳은 건지 말이야!"

"그럼 그렇게 태어난 걸 나중에 다 큰 은소에게 다 알려줄까? 네 아버지의 냉동 정자를 이 엄마가 몰래 가져와서 너를 가지게 되었다고? 그걸 알면 우리 은소가 얼마나 나를 원망할까? 또 나중에 뜬금없이 자기 아빠라면서 그 사람 찾아가면 그는 얼마나 황당해할까? 그냥 이렇게 사는 거지 다른 수가 있어?!"

"그 앤 독립된 존재야! 따라서 나중에 크면 결국 아빠를 찾게 되어 있어. 엄마도 그걸 막지 못해. 막으면 죄악이고. 그래서 생각한 건데 이왕 이렇게 된 거 우리 은소 외롭지 않게 차라리 그 냉동 정자로 다시 임신하든가! 너 그걸 폼으로 남겨둔 건 아니잖아?!"

"다시 임신? 아니 그게, 그게… 아빠도 없는데 또? 아니, 언니, 그게…"

영택은 여러 차례나 연구원들이 따서 모은 개나리꽃을 물에 넣고 끓인 다음 그 액체를 유전자 재결합에 사용하는 결합효소들에 노출시켜 보았다. 그러자 똑같은 결과로서 그들 중의 하나가 재조합된 유전자를 소나무 선충 유전자에 잘 달라붙게 해주었다. 그것은 곧 에코징 대량생산에서 가장 큰 난관이 완전히 극복되었음을 의미했다.

그날 오후 영택은 연구소 내 그의 사무실에서 한숙의 '제비꽃사랑' 제품에 들어갈 에코징 공급문제로 경옥을 만났다. 업무적인 이야기를 마친 그녀는 그의 연구실을 나가면서 영택에게 자기 회사 홍보부장인 박보경에게 힘 있는 남자를 소개해 달라고 부탁했다.

"그 애가 어릴 때 오갈 데 없어 내가 데려와 키웠는데 욕구가 엄청 세요. 요즘 춘정에 주체를 못하는지 발정 난 암소처럼 회사에서 주야로 음란하게 반나체로 엉덩이를 흔들면서 야한 행동을 하고 그래요. 센 남자가 있어야 욕망도 풀고 또 휘어잡지 그렇지 못하면 이 남자, 저 남자 아무나 붙잡아 풀밭에 드러눕는 어우동 될까봐 걱정입니다."

"알겠습니다. 좋은 배필 한번 찾아보겠습니다."

25

대통령 선거와 3초신공

영택은 차량 통행이 별로 없는, 아지랑이 피어오르는 산골 도로를 가벼운 마음으로 달리며 휘파람을 불어댔다. 그는 오랜만에 아내 진숙과 함께 서울로 가는 중이었다. 늘 산속 연구소와 그 숲에 얽매여 살다 보니 그렇게라도 바깥으로 나온 자체가 큰 나들이였다. 도로 곳곳엔 야당 후보와 승억 등 각 당 대통령 후보들의 사진과 현수막, 벽보판이 요란스레 걸려 있었다. 선거 운동원들이 든 플래카드에는 승억은 없고 온통 보라색으로 치장한 그의 90대 아버지와 30대 미스 황의 모습뿐이었다. 멀리 사거리엔 제철을 맞은 철쭉들이 분홍색 꽃을 내밀며 봄바람을 쐬고 있었다.

서울에 도착한 그는 아내와 금소를 처가에 내려준 뒤 잠실역 부근에 있는 어느 건물 7층으로 갔다. 그곳엔 '3초신공 격투도장'이라는 간판이 붙어 있었다. 그가 안으로 들어가자 명국이 입구로 달려와 그에게 인사를 했다. 그가 입은 하얀 도복엔 황금색 바탕에 직립으로 솟은 소나무들이 새겨진 로고가 부착되어 있었다.

"박 실장님, 어서 오세요. 오늘 개관식에 와주셔서 감사합니다."

"개관식은 오후 3시에 할 텐데 장인어른 유세장에도 가봐야 해서 미리 왔어요. 저는 이 3초신공이 태권도나 우슈, 유도처럼 인류사에 이름을 새긴 무술들처럼 크게 번창했으면 좋겠습니다."

"감사합니다. 무도인들이 자기 도장 차리는 게 꿈인데 이렇게 제 무술로 도장을 차리다니 꿈만 같습니다."

"나는 명국 씨가 하는 그런 무술은 처음 봅니다. 3초 안에 적을 제압하는 전광석화 같은 기술도 경이롭고, 또 허공으로 날아올라 긴 체공시간을 이용하여 상대를 무너뜨리는 모습도 특별하고요. 앞으로 중국의 태극권이나 이소룡으로 유명한 영춘권처럼 하나의 문파를 형성하면 되겠다는 생각도 들었습니다. 독창성이 있거든요."

"문파요? 말씀만 들어도 영광입니다. 제가 외항선 갑판 위에서 혼을 바쳐 이 무술을 개발했는데 빛을 볼 수 있게 해주시니 그저 고마울 따름입니다. 오늘 저와 같이 배를 탔던 동료들, 그리고 중학교 때부터 제 무술을 알아주던 학교 친구들, 태권도 학과 선후배들, 그리고 친지들 모두 다 온답니다."

사실 그 도장은 영택의 지원으로 오픈했다. 그의 돈으로 200평 규모의 공간이 마련되었고, 인테리어와 홍보비, 운영비까지 다 그가 지원해주었다. 그는 명국이 자신을 여러 차례 구해준 것에 대한 고마움과 함께 그 무술 자체도 탁월하고 독창적이어서 그 미래가 밝다고 판단했다.

그는 체육관을 나오면서 명국에게 박보경이 오면 만나보라며 그녀의 전화번호를 건넨 뒤 3초신공 홍보를 위해 장인 승억의 경호요원으로 일할 것을 제안했다. 대통령 후보 주위엔 언론사 카메라들이 많이 따라다니므로 우연한 기회에 그의 무술이 세상에 노출될 수도 있었기 때문이었다.

명국의 도장을 나온 영택은 여의도 쪽 장인 승억의 유세현장으로 가보았다. 당내 경선과는 달리 대통령 본선 선거판이다 보니 현장의 열기는 상상을 초월했다. 엄청난 인파에다 흥을 돋우는 연사들의 바람 잡는 소리, 노랫소리, 그리고 최 노인과 미스 황이 휴식을 가질 때 교대로 나서는, 보라색 복장으로 무장한 남녀 무용수들의 춤과 노래가 광장 전체를 흔들고 있었다. 여론조사에선 야당 후보와 승억의 지지율이 40% 대 39%로 호각세였다. 그는 선거를 지휘하고 있던 도재철에게 명국의 신원조회를 부탁하며 그에게 승억의 경호 일을 맡겨달라고 요청했다. 그러자 도재철이 말했다.

"박 실장, 이미 경호인력이 다 짜여 있어. 다만 경찰경호 외 우리 자체로 멀리서 후보님을 외곽에서 2중으로 경호하는 일은 가능해."

"알겠어요. 그렇게라도 해주세요. 그런데 경찰은 아직 추태호는 못 잡았대요?"

"엄석동은 불구속 상태로 수사 중인데 추태호 이 자는 도무지 찾을 수가 없어. 그간 엄석동 사업을 맡아 하면서 그 몰래 빼돌린 수십억으로 어딘가에 숨어서 호화생활하고 있겠지. 다른 소문에 의하면 중국으로 밀항하려다 사기를 당해 알거지가 되었다는 말도 있어.”

울진으로 돌아온 영택은 점심시간에 연구소 휴게실에서 텔레비전 뉴스를 보았다. 그 뉴스에선 선거와 맞물려 토지주택평가원과 관련된 비리가 집중 보도되고 있었다. 그 기관 간부들이 횡령과 다를 바 없는 비리를 수십 년간 공공연히 저질러왔다는 내용이었다.

“그 기관은 오래전부터 소수의 고위 간부들이 퇴직할 때 공공아파트 한 채를 시세의 5퍼센트 수준, 그러니까 사실상 공짜로 분양해주었다고 합니다. 지금 여러 불법혐의로 수사받고 있는 엄석동 씨가 그곳 사무총장으로 온 때부터인데 사회적 약자에게 갈 아파트 100여 채가 그 평가원 고위 간부들의 뱃속으로 들어간 것입니다. 지금 시세는 12억 원이 넘는 것으로…”

그 보도에선 그곳 대변인의 다음과 같은 몰상식한 발언도 나왔다. 부패사건에서 으레 나오는 떡고물 발언이었다.

“기자 양반들! 떡을 만지다 보면 떡이 제대로 되었는지 확인 차원에서 몇 개 먹어보게 마련인데 그게 그렇게 배 아프거나 아니꼬우면 우리 평가원으로 취직하면 될 거 아닌가?! 허긴 시험 점수가 되어야 오지. 언감생심! 반에서 20~30등은 넘보면 안 되지! 물론 31등 이하의 불가촉천민들은 아예 꿈을 꾸면 천벌 받지!”

방송 진행자는 그 평가원의 오래된 비리행위와 그 대변인의 발언이 대선 막판에 큰 문제가 될 수 있다고 말했다. 변동성이 크고 사회 양극화가 심한 지금의 한국 사회에서 그런 말은 폭발성을 가진다는 것이다. 영택도 그 뉴스를 보면서 승억이 걱정되었다. 지지율은 호각세였지만 그 뉴스가 주는 느낌이 아주 좋지 않았다. 정치 초년병인 승억이 그동안 큰 실수 없이 그럭저럭 잘 헤쳐 나왔지만 그런 뉴스와 그 대변인의 몰지각한 발언의 후폭풍은 결국엔 그 사건과 아무 관련이 없는, 집권당 후보인 그가 다 떠안을 수밖에 없었기 때문이었다.

승억은 경기도의 어느 사거리에서 마지막 유세를 했다. 하지만 그 토지주택평가원에서 촉발된 부정적인 여론은 순식간에 선거판을 흔들고 있었다. 선거 막판에 발생한 작은 실언이나 사건이 엄청난 폭발성을 가진다는 말이 사실로 다가와 승억의 지지율이 빠지고 있었던 것이다. 특히 점차 열악한 생존환경에 내몰리는 젊은이들이 많이 사용하는 SNS에는 부정적인 기류가 명확하게 감지되었다.

연설을 끝낸 그가 유세장을 빠져나와 이동하려 할 때 일부 상대 진영 시위자들이 승억 앞 수십 미터 밖에서 토지주택평가원 사태와 관련한 글귀를 적어 흔들며 소리치고 있었다.

"최승억 꼴통, 너나 평가원 돈 처먹지 말고 잘해!"

"산림청 돈 100억도 뒷구멍으로 진탕 해쳐 먹었겠지!"

"그래, 공부 잘해서 평가원 가서 국가재산, 국민재산 많이 빼먹어!"

"40등밖에 못한 내가 감히 평가원 넘봐서 미안해! 개자식들!"

시위자들은 최승억을 향해 계란 수십 개를 집어 던졌다. 그와 조금 떨어져 있던 명국의 얼굴에도 계란 하나가 날아왔다. 바로 그때 명국은 멀리 시위대 뒤쪽 골목에서 검은 가방을 메고 승억을 향해 무서운 속도로 달려오는 두 사내를 발견했다. 빠른 발의 그들은 금세 승억의 몇 미터 앞까지 접근하고 있었다.

순간, 명국은 계란액이 눈을 가려 앞이 잘 보이지 않았지만 본능처럼 승억 쪽으로 달려간 다음 허공으로 뛰어올랐다. 그리고 승억의 머리 위를 넘어 그 앞에 착지한 다음 두 발로 그들의 턱과 복부를 가격했다. 두 사내가 "으윽!" 하고 비명을 지르며 길바닥에 나뒹굴었다. 다른 경호원들이 달려와 그 사내들을 덮쳤다. 이때 누군가 뒤쪽에서 소리쳤다.

"후방 우측! 칼이야!"

명국은 반사적으로 다시 허공으로 솟아올라 체조선수처럼 공중회전을 하여 승억을 넘은 다음 한 바퀴 더 돌면서 길고 육중한 발로 승억을 향해 달려오는 사내를 가격했다. 가슴을 맞은 그 사내는 칼을 놓치며 그대로 쓰러졌다.

이 장면은 승억을 취재하던 모든 방송사들의 카메라에 의해 그대로 다 생방송되었다.

대통령 선거일 아침, 영택과 진숙은 금소를 데리고 근처 초등학교로 가서 투표를 했다. 그리고 오랜만에 순댓국집으로 가서 아침 식사를 하는데 그 집 사장이 그에게 큰 소리로 말했다.

"자네, 나중에 농구장 하나 만들어야겠어. 자네가 애들 농구감독하고."

"네? 제게서 나오는 파동이 그렇다는 건가요?"

"그려, 그려. 허허."

영택은 그 사장 이야기 중에서 그 파동 이야기는 과학적으로도 생각해볼 가치가 있다는 생각이 들었다. 식사를 마친 그는 아내와 금소를 대형마트 옆 미용실 앞에 내려준 뒤 20여 분 넘게 달려 동해바다가 보이는 양호리 언덕으로 갔다. 그는 이전부터 직장 동료로서 한숙이 사는 집이 어떤지, 그 풍광은 괜찮은지 그냥 한번 구경하고 싶었었다.

그가 차를 몰아 그 언덕 둘레로 난 산복도로를 올라가자 멀리 탁 트인 동해바다가 한눈에 들어왔다. 아침 바람이 쌀쌀했지만 마음은 차분해졌다. 그는 언덕 중간의 소나무 숲 바로 아래에 있는 한숙의 집을 바라보다 문득 자신도 그곳에 집을 짓고 살아야겠다는 생각이 들었다. 그 소나무 지대 위쪽으로 그녀 집터보다 갑절이나 더 큰 빈터가 보였다.

그는 천천히 차를 운전하여 아래쪽으로 내려갔다. 백미러를 보니 거구의 서양인 남자가 인도를 따라 아래로 내려오고 있었다. 그는 차를 세운 뒤 고개를 돌려 그 남자를 자세히 살펴보았다. 꽃다발을 든 그는 다름 아닌 노벨상위원회의 한스 위겔이었다. 빠른 걸음의 그는 손에 든 꽃다발에 쉼 없이 입을 맞추었다.

영택은 고개를 갸웃하며 그와 악수라도 하려고 차문을 열었다. 하지만 그는 빠른 걸음으로 순식간에 그를 지나 한숙의 집 정문 쪽으로 내려가 버렸다. 그 웅장한 푸른 철문 앞에 선 그는 자신이 들고 있던 꽃다발을 바닥에 살포시 내려놓고는 아래쪽으로 사라졌다.

영택은 그 집 정문으로 걸어가서 그 꽃다발을 살펴보았다. 한숙의 나이를 고려해서인지 붉은 장미 30여 송이가 예쁘게 포장되어 있었고, 그 꽃다발 한가운데 꽂힌 쪽지에는 사랑이라는 서툰 한글이 적혀 있었다. 분명 처음 와서 한 행위는 아니었다. 처음이었으면 그 집을 찾아 두리번거리거나 그 집 앞에서 많이 기웃거렸을 텐데 그 거침없는 모습으로 볼 때 그는 이미 한숙의 집을 다 알고 여러 번 와본 게 분명했다.

영택은 갑자기 마음이 불편해졌다. 그가 두 번이나 자신을 찾아와 한숙을 사랑하고 싶다, 어쩐다 해놓고선 이렇게 자기 몰래 한숙의 집을 기웃거린다는 게 그랬다. 그리고 한숙이 자신에게 그의 그런 꽃다발 공세에 대해 말하지 않은 것도 좀 서운했다.

그는 한숙을 애정관계로 사랑하는 것은 아니지만 그녀와 자신 사이에는 어떤 연결의 끈이 있다는 생각은 했다. 분명 남은 아니었다. 꼭 이성적인 것은 아닐지라도 동기에다 동갑으로 스스럼이 없는 사이인 데다 연구과정에서 축적된 친밀함도 우정 이상의, 우정보다 훨씬 더 깊은 것은 된다는 생각이 들었다. 남녀 사이에 사랑은 아닌데 우정 이상의 관계를 가진다는 게 존재할 수 있는지, 그리고 그게 무언지 정확히 답을 할 순 없지만 한 집에서 같이 지내며 육체적인 접촉을 하는 것 외에는 서로 거의 모든 것을 다 터놓고 지내는 막역한 사이라고 할 수 있었다. 문득 순댓국집 사장 말이 생각났다.

"요동치는 파동인데 그 절묘한 기운과 같이 일하면 당신은 대업을 이루겠소. 당신과 부부운도 글쎄, 좀 오묘하고 기묘한 구석이 있네그려. 부부이자 부부가 아니기도 하고. 허허허, 참 나. 평생 이런 파동은 처음이네그려. 허허!"

그는 그런 세속적인 운명론에 전혀 무관심했지만 지금 그녀 앞에 나타난 한스 위겔로 인해 그녀에게 자신은 어떤 존재이고, 의미인지 생각해보게 되는 것이었다. 그리고 더 솔직하게는 한숙 앞에 한 남자가 분명 사랑이라는 이름으로 어른거리자 그녀가 그 사랑을 잡기를 바라면서도 그냥 무언가 마음이 편하지 않은 것이다.

다시 차에 오른 그는 아래로 내려가 그 커브 길에 있는 부동산 사무실에 들러 그 언덕 쪽 빈터를 다 사겠다고 말했다.

그는 아내 진숙과 함께 오후 내내 선거방송을 지켜보았다. 정치와는 다른 세계에 살아왔지만 장인의 선거이다 보니 신경이 적지 않게 쓰였다. 마음의 요동이 별로 없는 그도 오후로 갈수록 입에 침이 마르면서 긴장이 심해지는 게 느껴졌다.

그는 방송을 보는 틈틈이 긴장도 풀 겸 인터넷에 나오는 승억의 유세 동영상에서 터벅머리 명국이 현란한 솜씨로 승억을 지켜낸 경호 영상들을 찾아내 '3초신공 격투 도장' 문구와 함께 SNS에 올렸다. SNS상에선 이미 다양한 각도에서 찍힌 그의 경호 영상 다수가 숏폼으로 급속도로 퍼져나가 수천만이 넘나드는 조회수를 기록하고 있었다.

저녁 6시 정각, 방송사 출구조사 결과가 발표되었다. 예상 득표율은 승억 46%, 야당 후보 48%이었다. 그리고 새벽 2시 무렵 개표 과정을 방송으로 지켜보던 승억은 당사에서 사실상 선거 패배를 인정한 뒤 집으로 향했다. 기자들로 북적이는 당사를 빠져나온 그는 명국과 함께 차가 서 있는 곳으로 걸어갔다. 사거리 건너편의 많은 사람들이 그를 환호하거나 야유를 퍼붓고 있었다.

승억은 멀리 자신의 이름을 연호하는 사람들에게 손을 흔들어 준 뒤 차가 있는 곳으로 걸어갔다. 바로 그 순간 옆 골목 쪽에서 검은 가방을 멘 10여 명의 사내들이 승억을 향해 돌진했다. 경호원들과 경찰들이 그들의 주먹과 칼에 픽픽 쓰러졌다. 바로 이때 명국이 "3초신공!" 하고 외치더니 순식간에 공중으로 솟아올랐다. 그리고 연속 발차기로 그들을 쓰러뜨렸다. 바닥에 가뿐하게 착지한 그는 다시 승억에게로 달려드는 그들의 목을 연속으로 타격했다. 사내들은 자신들의 목을 틀어쥐며 극심한 고통을 호소하다 고꾸라졌다. 경호원들이 재빨리 승억을 둘러쌌다. 명국이 급히 승억에게로 가서 소리쳤다.

"후보님, 저기 저 골목을 보십시오."

"어디?"

승억은 명국이 가리키는 쪽을 쳐다보았다. 멀리 그 사내들이 달려 나온 그 골목 한복판에 엄석동이 하얀 양복 차림으로 승억 쪽을 쳐다보고 있었다. 그는 권력의 허망함에서 오는 자조인지, 아니면 그를 조롱하는 것인지 묘한 웃음을 띠우고 있었다. 그런데 잠시 후 그의 경호원인 듯한, 검은 제복의 사내들이 그를 둘러싸는 순간, 다른 골목에서 달려 나온 경찰들이 그를 체포하려 했다. 경찰과 사내들 사이에 격투가 벌어졌다. 그 와중에 경찰 한 사람이 엄석동을 덮쳐 그를 쓰러뜨렸다. 이때 짚차를 타고 그 골목으로 들어오던 회색 양복의 추태호가 엄석동의 체포현장을 보고 차를 후진시켰다. 하지만 그 뒤쪽은 이미 경찰 차량들이 길을 막고 있었다. 그는 급히 차에서 뛰어내려 옆 골목으로 도망갔다. 수갑을 찬 엄석동은 멀리 승억을 쳐다보며 발길질을 한 차례 한 뒤 경찰차에 올랐다.

명국은 승억을 집으로 데려다준 뒤 새벽 3시경 자신의 3초신공 도장으로 올라갔다. 그가 그 도장 문을 열자마자 복도 저쪽 어느 사무실에서 검은 가방을 멘 사내들이 일제히 달려 나와 그를 향해 돌진했다. 그는 재빠르게 근처에 있던 대걸레를 집어 든 다음 그들을 향해 걸어 나갔다. 바로 그 순간, 그 뒤쪽에서 몸에 완전히 달라붙은 분홍색 나팔바지를 입은 박보경의 걸걸한 목소리가 울려 퍼졌다.

"어이! 3초신공! 당신은 거기 가만있어! 이 나팔바지 판탈롱 여사가 혼내주께마! 이 판탈롱이 간다 이 말이야! 얏! 얏!"

이렇게 외친 박보경이 거대한 몸으로 명국의 어깨를 짚고 공중으로 날아오르더니 두 발로 그 사내들의 머리통을 걷어찼다. 그리고 바닥으로 떨어지면서 다시 몸을 빠르게 돌려 굵은 주먹으로 자기에게로 달려드는 사내들의 턱과 입을 내려쳤다. 사내들이 입술에 피가 낭자한 채 계단 아래로 쓰러졌다.

"에잇 더러워! 양치질 좀 하고 다녀! 바쁘면 손가락으로라도 해야지!"

명국은 그녀의 갑작스런 출현에 잠시 당황했다. 그는 그녀의 긴 다리를 훑어보며 말했다.

"그 분홍색 판탈롱 참 멋있소. 내 숨이 멎을 정도로 섹시하오! 근데 당신은 누구요?"

"이런! 이런 음란마귀 같으니라구! 그저 나하고 하고 싶어서 안달이야! 그나저나 박영택 실장님께서 이 도장에 가면 쓸 만한 남정네가 있따꼬 해서 이렇게 달려왔는데 바로 당신인가? 당신, 그 3초신공 맞지?"

"뭐?"

"야, 3초신공! 그만 훑어봐! 내 알몸을 상상할 필요가 없어! 잠시 후엔 실컷 볼 테니까! 우선 이 도장 문 열어. 내 집인데 빨리 들어가야지!"

"내 집?"

"어서!"

명국은 엉겁결에 도장 문을 열고 그 안으로 들어갔다. 그러자 그녀가 그의 등에 훌쩍 뛰어오르며 소리쳤다.

"우리, 지금부터 신혼이야! 이 판탈롱 여사를 저 침대로 한번 던져봐! 그런 용기 없지? 내가 쓰던 성인용품들 다 호스트빠에 던져주고 왔는데 그 물건들 대신 당신이 나를 흠뻑흠뻑 사랑해주어야지! 자, 어서 불 꺼!"

"어허! 내가 5대양 6대주 다니면서 세상 여자 다 안아봤는데 이런 요상스런 물건은 또 처음이네! 판탈롱인지 나발인지 온몸이 간질간질한 모양인데 그럼 내가 오늘 니 혼내주꺼마!"

"어, 그래, 그래! 빨리 혼내줘! 여기! 여기!"

한숙의 인공수정은 영택의 냉동 정자로 진행되었다. 그녀는 둘째를 가지라는 경옥의 조언에 갈등하다 결국엔 그렇게 하기로 결심했던 것인데 그 이전의 은소 때와 다를 바 없이 아무런 난관 없이 시술이 일사천리로 진행되었다. 김 박사는 그런 그녀를 보며 경이로운 무언가를 발견한 듯 두 눈을 크게 깜빡거리며 말했다.

"인공수정은 대다수의 산모들에겐 고통스러운 일인데 한숙 씨는 예외적이라고 할 만큼 너무 순조롭게 진행되네요. 마치 어느 산장에 쉬러 가서 한숨 실컷 잔 뒤 해거름 즈음에 일어나 산해진미 드시고 집으로 오는, 여유로운 상황 같아요."

"저도 다행으로 생각해요. 과정이 너무 힘들었으면 안 했을 거예요."

"네, 본질 못지않게 과정과 절차도 중요하죠. 출산율이 낮은 것도 아이 키우는 과정이 너무 벅차니까 그렇다고 봅니다. 아무튼 인공수정은 육체적 접촉 여부만 다를 뿐 남녀가 서로 한 몸이 되어 사랑을 나누는 자연임신이랑 사실상 차이가 없어요. 정액 배출도 결국은 자위행위로 해야 하니까 인공시술 과정도 따지고 보면 인간의 욕망으로 시작하는 거죠. 남자가 욕정을 느끼지 않으면 발기 자체가 되지 않아 자위행위도 할 수가 없고, 그러면 정자 배출도 안 되니까요."

"그러니까 인간이 욕정을 가지지 않으면 생명을 가질 수가 없다는 말씀이신데 생명과 욕정, 아니 생명, 더 나아가 존재와 욕정은 분리할 수가 없는 것이군요. 물론 다른 방법으로 정자를 배출시킬 수도 있겠지만 대다수의 아기는 그렇게 태어나니까요. 결국 인간사회, 나아가 모든 생명체들이 존재하게 되는 힘은 욕정으로 봐도 되겠군요."

"그렇습니다, 한숙 씨! 결국 우리 인간이 하는 성행위 등 욕망적 행위들을 더럽다, 추하다는 말로 짓밟는 도덕론자들이 사실은 더 위선자인 거죠. 생명을 만들어내는 성은 신성한 것인데 타락의 성과 같이 취급하는 건 곤란하죠. 그들 시각으로만 보면 우리 누구나 다 자기 부모의 타락과 추한 욕정으로 해서 존재한 것밖에 안 되잖아요."

"맞아요. 그리고 설사 욕망, 아니 그보다 백 배 더 타락한 그 무엇으로 태어났더라도 우리가 생명으로 존재하게 된 그 자체로서 인간의 윤리적, 이성적 판단을 완전히 초월한 존재가 되죠. 거룩한 존재 말이에요. 우리 은소도 그렇구요."

이렇게 말한 한숙은 무언가 큰 각오를 품은 듯 깊고 진중한 어조로 김 박사에게 말했다.

"김 박사님, 근래 생명에 대한 확신이 섰어요. 그 사람의 나머지 정자들도 폐기하지 마시고 계속 장기로 냉동보관을 해주세요."

"네? 장기로요?"

"그렇습니다. 어쩜 저는 비정상적인 열망과 환상으로 살아가는 사람일 수 있습니다. 만약 나중에 제가 그런 환상이 사라진 보통의 모습으로 돌아오면 이런 일들을 다 후회할지도 모르지만요. 하지만 우리 인간이 이런 거, 저런 거 다 따지고 행동했다면 인류사는 한 치도 나아가지 못했을 것처럼 저도 마찬가지입니다. 나쁜 년, 이기적인 년, 생명으로 장난치는 여자라고 저를 욕할 수도 있지만 그런 거 다 고려했더라면 우리 은소도, 그리고 이 둘째도 이 세상에 존재하지 않았을 겁니다."

"저도 동의합니다. 한숙 씨의 방식이 비정상적인 면이 있긴 하지만 다른 시각으로 보면 삶의 위기에 대한 능동적이고 진취적인 대응으로 옹호될 수도 있습니다."

"박사님, 처음에는 이 둘째 가지는 걸 꺼렸는데 이젠 생명의 경이로움과 함께 아름다운 꿈까지 꾸게 되었어요. 이를 테면 마법의 지팡이를 휘두르면 우주 곳곳에 수많은 별과 은하들이 만들어지는 만화영화처럼 은소 하나를 넘어 그 동생, 동생! 이렇게 생명을 줄줄이 우주에 뿌려놓아서 그들이 자기만의 찬란한 세계를 이루는 그런 꿈 말이에요. 인간인 내겐 자식들이지만 그들은 각각 거대한 하나의 독자적인 세계입니다. 그들 다 자기만의 큰 세계를 아름답게 구축할 수 있었으면 좋겠어요."

26

잘 보셨죠? 이 허상을!

영택은 양호리 한숙의 집 위쪽에 대형주택을 짓기 시작했다. 대지가 총 5,000㎡(대략 1,500평) 정도인데 경호문제로 지하 2층, 지상 3층의 단일 건물로 했다. 현지 군청과 의회에서도 영택으로 인해 그 지역사회가 크게 발전하고 있는 점을 고려하여 특별조례를 통해 그 아래 소나무 숲을 그에게 기부했다. 물론 한숙에게도 그녀 집 아래쪽 동백나무 구역이 제공되었다.

날이 조금 어둑해질 무렵, 퇴근한 영택은 한숙과 함께 양호리 언덕으로 가서 그 공사현장을 둘러보며 이야기를 나누었다.

"영택 씨, 기증받은 저 소나무 숲은 뭐할 거야?"

"나중에 거기에 한숙 씨 집이랑 이 집이랑 서로 연결하는 길을 낼까 해. 서로 오가면서 가족처럼 지내면 좋잖아."

"가족이라는 말을 들으니 공증을 해놓아야겠다는 생각이 드네."

"무슨 공증?"

"행여 내가 어떻게 잘못될 경우 에코징 특허료랑 제비꽃사랑 특허료, 그리고 내 집과 내 가족 모두 영택 씨에게 맡기는 거. 사실 전부터 내 모든 것을 맡겨야겠다는 생각을 해왔어. 영택 씨도 혼자 몸이었으면 그런 생각 하게 되어 있어."

"하지만 한숙 씨 인생은 아직 많이 남아 있는데?"

"알아. 하지만 난 혼자잖아! 갑자기 사고를 당할 수도 있고, 또 어디를 갈 수도 있고. 지금 믿을 만한 사람이 영택 씨밖에 없는 걸."

"꼭 그런 것만도 아냐! 나도 한숙 씨 몰래 지갑 뒤져 호떡 사먹을 수도 있다구!"

"호호호. 그래, 그래! 아예 지갑 채로 다 줄 테니 호떡 많이 사먹어! 아무튼 그동안 내가 그렇게 달라붙었으면 천이면 천 명 다 나를 넘보려고 했을 텐데 영택 씨는 그러지 않았어. 그래서 이런 이야기도 하는 거야."

영택은 그간 한숙과 많은 시간을 같이 해왔지만 그녀의 외로움에 대해 깊이 고민해본 적은 없었다. 그런데 오늘 문득 공증이다, 뭐다 하며 그녀의 유언 같은 이야기를 듣다 보니 그 외로운 삶이 피부로 느껴졌다.

영택은 한숙에게 한스 위겔의 꽃다발에 대해 묻고 싶었다. 그런데 그녀가 먼저 말을 꺼냈다.

"영택 씨, 언제부턴가 누군가 내 집 앞에 꽃다발을 갖다놓고 가. 그리고 얼마 전 그 사람이 한스 위겔이라는 걸 알게 되었어. 어떻게 할까? 한번 만나봐? 영택 씨 말대로 할게."

"그건 한숙 씨가 결정할 일이지 내 의견은 중요하지 않아. 근데 만나자는 말은 없어?"

"아직. 내가 그 꽃다발을 보고 대문으로 나가면 그는 도망가 버려."

한숙이 집 안으로 들어간 뒤 영택은 다시 위로 올라가 공사 관계자들에게 저녁식사를 한 끼 대접했다. 그리고 9시경 집으로 가려고 차에 올랐다. 그런데 이때 길 건너편 어둠 속에서 한 남자가 아래쪽으로 걸어가는 게 보였다. 한스 위겔이었다. 그는 한숙의 집 건너편에서 잠시 머뭇거리더니 그 근처에 있는 공중화장실로 들어갔다.

영택은 차를 아래로 조금 이동시킨 다음 그 화장실 쪽을 자세히 쳐다보았다. 그런데 10분이 지나도 그는 나오지 않았다. 영택은 그가 15분이 지나도 나오지 않자 무슨 일이 있나 하여 차에서 내려 화장실 쪽으로 갔다. 그리고 발을 높이 치켜든 채 그 유리창을 통해 화장실 안을 들어다보았다. 남자 대변기 맨 안쪽 칸에서 그의 머리가 우뚝 솟은 채 부산하게 움직이는 게 보였다. 자세히는 알 수 없으나 아마 그는 옷을 벗는 모양이었다. 잠시 후 그는 춤을 추는 건지 선 자세 그대로 온몸을 격렬하게 흔드는 것 같았다.

아니 그는 대체 그 시간에 그 화장실 안에 서서 대체 무엇을 하고 있단 말인가? 그리고 굳이 이곳으로 와서 그런단 말인가?! 그는 화장실 바깥벽을 돌아 다른 유리창을 통해 그 안을 들여다보았다. 그는 여전히 우뚝 서서 온몸을 흔들며 묘한 표정을 짓고 있었다. 영택은 그를 성도착증 환자로 단정 지을 순 없었지만 기분이 썩 좋지 않았다. 5분 후 그는 거칠고 기괴한 신음소리를 내더니 잠시 후 태연히 화장실을 빠져나갔다.

그날 이후 영택은 범인을 쫓는 잠복형사 마냥 연구소 일만 마치면 곧바로 그곳으로 달려와 도로 한쪽 구석진 곳에 세워놓은 차 안에 앉아 언덕길 곳곳을 주시했다. 공사 관계로 이전부터 그곳에 왔었지만 한스 위겔의 화장실 모습에 상당한 충격을 받고 더 자주 오게 된 것이다. 그의 그런 행위 자체가 문제인 것을 넘어 그가 한숙의 주변을 맴돌면서 그런 기괴한 짓을 벌인다는 게 그의 마음을 불편하게 했다. 그 후 1주일간 한스 위겔은 보이지 않았다.

일주일 후, 한바탕 소나기가 요란하게 퍼붓던 어느 날 저녁 그는 다시 그 언덕으로 와 주변을 살펴보았다. 거친 바람이 몰아쳐 한숙의 집 위쪽 소나무 숲이 기분 나쁜, 슬픈 울음과도 같은 소리를 내며 심하게 휘청거렸다. 밤 9시 무렵 비가 그쳤다. 좀 무료해진 그는 자기 재산을 그에게 맡긴다는 한숙의 말이 떠올라 휴대폰으로 공증에 대해 알아보았다. 바로 그때 멀리 희끄무레한 가로등 아래 구레나룻이 얼굴을 덮은 한스 위겔이 눈에 들어왔다. 그는 꽃다발을 든 채 위쪽 건너편 인도에서 아래로 터벅터벅 걸어 내려오고 있었다.

영택은 긴장하며 급히 차에서 내린 다음 길을 가로질러 그를 뒤따라갔다. 그는 갑자기 숨이 가빠졌다. 자신이 마치 도둑을 쫓아 허겁지겁 달려가는 노인처럼 황망하고 초라하게 느껴졌다. 대체 노벨상 수상을 앞둔 자신이 지금 무엇을 하고 있단 말인가? 그가 무엇을 하든 말든 자신이 왜 이런단 말인가! 무슨 상관인데 이렇게 긴장한단 말인가?! 상대를 추격하는 필사의 추격자처럼 그가 그 남자를 뒤쫓게 하는 힘은 무엇이란 말인가! 단순히 연약하고 외로운 한숙을 보호하기 위한 노력인가? 아니면 그녀가 자신으로부터 멀어지는 것을 막아보려는 단말마적인 몸부림이란 말인가?

'동료애? 사랑? 단순한 보호본능? 그것도 아니면 질투?'

그는 아래로 달려가면서 이렇게 중얼거렸다. 한스 위겔은 지난번과 마찬가지로 한숙의 집 건너편 화장실로 들어갔다. 영택은 다시 그를 따라가 그 건물 유리창의 작은 틈으로 화장실 내부를 들여다보았다. 화장실 칸막이 위로 그의 머리가 솟아 있었다. 잠시 후 그의 몸이 경련을 일으키는가 싶더니 곧 기괴한 신음소리가 났다. 그는 그 소리가 너무 역겨워 그곳을 떠나버리고 싶었지만 상황을 더 알아봐야겠다는 생각으로 참고 기다렸다.

잠시 후 화장실에서 단정한 옷차림으로 나온 그가 아래쪽으로 더 내려가더니 도로를 가로질러 곧바로 한숙의 집 대문 앞으로 달려갔다. 그는 품속에서 장미꽃 한 다발을 꺼내 그 안쪽으로 밀어 넣었다. 영택은 한숙의 집 앞으로 달려가 그곳에서 서성이고 있던 한스 위겔을 향해 큰 소리로 말했다.

"한스 위겔, 당신 지금 여기서 뭐하는 거요?"

"오, 천재! 박영택 실장님, 반갑습니다. 나는 지금 한숙 씨를 사랑하는 마음으로 장미꽃을 그녀에게 바치는 중입니다. 오늘이 50번째입니다."

그는 영택을 보자 무척 반가운 듯 느린 우리말을 하며 그를 향해 두 팔을 벌렸다. 영택은 그의 손을 뿌리치며 다시 소리쳤다.

"당신 지금 저 건너편 화장실에서 무슨 짓을 했소? 왜? 왜 한숙 씨 집 근처에 와서 그런 짓을 하는가 말이오?!"

"그런 짓요? 무슨?"

"화장실에 서서 무얼 했느냐 말이야?!"

"이런! 보셨군요. 하지만 난 대답해줄 의무가 없어요!"

"난 알아야 하겠소. 아니면 경찰을 부르든가!"

"영택, 당신이 그녀 남편이야? 뭐야? 내 일에 끼어들지 마. 내 프라이버시 침해로 경찰에 고소할 거야."

"그래, 좋아. 경찰 불러봐. 음란죄로 수갑 찰 테니까!"

"수갑? 내 할아버지 고향인 뉴질랜드 누드 해변에는 나체의 남녀들이 바로 옆에 누가 있어도 다들 대놓고 성관계를 가져! 하지만 아무도 그걸 뭐라고 하지 않아. 내가 화장실에서 무슨 일을 벌이든 간에 남에게 피해를 주지 않는 한 당신이 상관할 일이 아니오."

"맞아, 하지만 왜 굳이 한숙 씨 집 앞에서 그러느냐는 거야? 그런 짓도 딴 데 가서 해! 지금 바로 경찰을 부르겠소!"

영택은 한스 위겔의 고성에 맞서 더 큰 소리로 엄포를 놓았다. 물론 그 혼자 그런 게 죄가 될 리는 없었다. 그런데 한스 위겔은 경찰을 부른다는 그의 말에 움찔하더니 말이 달라지기 시작했다.

"그게, 그런 게 아니오! 그게 저기… 내가 성욕이 너무 강렬해서 그게…"

"뭐? 성욕? 이 새끼가! 당장 사라져! 여긴 다시 오지 마. 당신 집에서나 실컷 하라구! 에잇!"

영택은 그가 대놓고 성욕 운운하는 것에 참을 수가 없었다. 그는 고함을 치며 위겔을 도로 아래쪽으로 밀어버렸다. 그가 벌렁 넘어져 몇 바퀴를 굴렀다. 하지만 다시 일어난 그가 영택에게로 달려와 주먹을 날렸다. 영택이 그의 주먹을 피한 뒤 곧바로 그에게 달려들어 그와 함께 바닥을 굴렀다. 바로 그때 대문 앞에 밝은 조명등이 켜지더니 한숙이 대문을 열고 밖으로 나오며 소리쳤다.

"영택 씨, 한스 위겔! 둘 다 멈춰요! 멈춰!"

그녀를 발견한 두 남자는 슬그머니 싸움을 중단하고 일어나 선생님에게 마지못해 불려가는 학생처럼 엉거주춤 그녀에게로 올라왔다. 두 사람 모두 상기된 얼굴이었다. 영택은 그녀에게 한스 위겔이 한 행위를 굳이 말하고 싶지 않았다. 하지만 한스 위겔은 두 사람에게 당당하게 말했다.

"영택 씨가 뭔가 크게 오해하고 있어요. 사실 나는 욕망이 너무 강합니다. 그러다 보니 결혼에 번번이 실패했어요. 그래서 차츰 사랑이 주저되었죠. 거친 욕망에 아내가 다치거나 힘들어서 또 나를 떠나면 곤란하니까요."

"그래서요?"

한숙이 담담한 어조로 그의 말을 받아주었다. 그는 다시 느린 한국어로 자기 상황을 설명하기 시작했다.

"과거 그런 일로 여자가 몇 번 떠나갔어요. 정한숙 박사님을 너무 흠모하지만 또 그런 불상사가 일어날 수도 있기에 미리 저 화장실로 가서 그런 욕망을 조금 처리를 했어요. 내 과도한 욕망으로 이 숭고한 갈망, 이 황홀한 사랑을 망가뜨리면 안 되니까요."

"그래요?"

"심리상담을 받았는데 어릴 때 내가 폭력적인 아버지로 인해 어린이로서 가져야 할 순수한 동심의 세계를 상실함으로써 그런 비정상적인…"

"스톱, 이제 그만! 말씀 더 안 하셔도 돼요!"

그의 말을 듣고 있던 한숙이 잠시 침묵하더니 리모컨을 눌러 자신의 집 푸른 대문을 활짝 열어젖혔다. 그리고 한스 위겔을 향해 소리쳤다.

"자, 안으로 들어오세요!"

안으로 먼저 들어간 그녀는 그의 팔을 잡아당겼다. 영택이 깜짝 놀라 한숙에게 소리쳤다.

"한숙 씨, 어떻게 하려고 그래? 이 밤엔 더 안 돼!"

"영택 씨, 너무 걱정 마. 내 허상을 걷어줘야 끝날 것 같아. 안에 아줌마들도 있으니까 안심해! 안녕!"

잠시 후 육중한 푸른 철문이 닫혔다. 영택은 다시 장벽이 되어버린 철문을 올려다보다 이내 고개를 숙이고는 차가 있는 곳으로 올라갔다. 그는 몇 번이고 고개를 흔들었다.

한숙의 집으로 들어온 한스 위겔은 정원 곳곳의 조명등에서 쏟아지는 무지개색 빛들을 둘러보며 흥분된 어조로 말했다.

"오! 정한숙 박사님, 아니 한숙 씨! 정말 멋진 정원이네요. 저 일곱 개의 무지개색으로 된 일곱 개의 빛길이 파란 나무들과 어울려 환상적입니다. 오, 판타스틱!"

"호호호. 그래요? 근데 이게 다 말 그대로 조명발인 걸요! 저 빛만 사라지면 그냥 야산이나 길가에 흔하게 있는 풀과 나무들이라구요!"

"오, 천만에요. 우리가 헛된 꿈속에 살아도 그 꿈으로 인해 위대한 거 몇 개는 이룰 수가 있어요. 인류가 수만 년간 달세계를 상상하다 보니 결국엔 달나라에 가게 된 경우처럼요. 꿈이 없으면 아무 일도 일어나지 않아요. 죽은 세상이 되는 거죠. 전 이 꿈속에서 당신과 함께하는 세상을 그려보았어요. 난 환상과 사랑, 둘 다 놓치지 않을 겁니다."

"한스 위겔, 내가 그렇게 좋으세요? 환상이 걷히면 흔해빠진 평범한 한 여자일 뿐인데도요?"

"한숙 씨, 사랑이 남아 있는 한 환상은 걷히지 않거든요! 사랑은 원래 환상이 있어야 존재하는, 환상을 먹고 사는, 환상 덩어리인 걸요. 더 중요한 건 제 자신이 환상 덩어리라는 것, 그러니까 아무 걱정 말아요. 그 환상으로 인해 우린 행복으로 가득 찬 욕정의 제국을 영원히 구축할 수가 있을 겁니다. 하하하."

"욕정의 제국요? 호호호. 재미있는 분이시네요. 저를 그렇게 원하시면 꽃다발 대신 바로 노벨상 열 개 정도는 가져오셔야 하지 않나요? 호호호."

"아이쿠! 이거 죄송합니다. 그건 저로서도 어쩔 수가 없네요. 그런데 영택 씨로부터 저를 당신에게 소개시켜 달라고 했다는 말씀은 들으셨죠? 어떤 기분이 드시든가요?"

"아뇨. 아무 말도 듣지 못했어요. 전혀!"

"이런! 그럼 제가 당신을 위해 내 조상이 남긴 위대한 유품을 가져왔다는 것도 모르겠군요?"

"그래요?"

"이런! 제기랄!"

한숙은 그를 집 거실로 안내한 다음 커다란 식탁에 앉게 했다. 그녀는 그에게 주전자에 든 보리차를 커다란 유리컵에 따라주었다.

"자, 이거 드시고 편안하게 계세요."

이렇게 말한 그녀는 거실 한쪽에 있는 침대에서 자고 있는 은소에게 입맞춤을 했다. 잠시 후 도우미 아주머니가 그 침대를 밀고 방으로 들어가자 그녀는 소파에 누워 눈을 껌뻑거리며 위쪽을 바라보았다. 그녀는 천장을 본 게 아니라 그냥 허공을 멍하니 보고 있었다. 그것은 그녀가 가끔 집에 있을 때 하는 그녀만의 시간 보내기였다. 아이 돌보고 방송 보고 밥 먹고, 그러다 할 일이 없으면 그냥 앉거나 누워 멍하니 눈앞의 빈 공간을 응시하는 것이었는데 잠시 후 그녀는 다시 낮은 목소리로 숫자를 세기 시작했다.

"하나, 둘, 셋, 넷, 다섯, 여섯!"

그때 한스 위겔이 그 거대한 몸을 움직여 소파에 누운 그녀에게로 다가왔다. 한숙은 그의 접근이 두려웠지만 자는 척 눈을 감고 미동도 하지 않았다. 그러자 그는 다시 탁자로 가서 휴대폰을 만지작거렸다.

정적이 계속되었다. 그는 어디로 갔단 말인가! 무얼 하고 있는데 이토록 조용하단 말인가! 그런데 갑자기 눈앞이 환해졌다. 그녀는 다시 눈을 떴다. 그의 커다란 휴대폰이 그녀 눈앞에 바싹 다가와 있었다. 그 화면 속에는 벽에 걸린 화려한 모피 코트 사진이 들어 있었다. 한숙이 벌떡 일어나며 물었다.

"위겔, 이게 뭐죠?"

그녀의 물음에 위겔은 그녀 옆에 바싹 붙어 앉으며 말했다.

"이 모피 옷은 오래전 증조할아버지께서 남기신 위대한 유품입니다. 그분은 생태학자로서 북극탐사 때 그 귀하디귀한 붉은여우털을 구해오셨는데 그것으로 만든 옷입니다. 지구상에 있는 털 중엔 최고급이죠. 하하하."

"그런데 이게 왜요?"

"이게 우리 가문의 가보니까 당신께 바치려는 겁니다. 저기 소나무 숲 연구소 안 질투쟁이 양반이 갖고 있으니 곧 갖다 드리죠."

"가보를 제게요? 그러지 마세요. 부담스러워요. 그건 그렇고 위겔 씨는 화장실에서 그러는 거 좋아요?"

"당연하죠. 여성분이 다치면 곤란하니까."

"호호호. 남자가 사랑을 거칠게 한다고 여자가 다치나요? 재미있는 분이시군요."

"그렇죠. 하하하. 서로 영혼과 육체가 하나로 되는 뜨겁고도 좋은 일을 하고 있는데 다치면 안 되죠. 늘 살살 한다는 게 일단 사랑이 시작되면 제가 숨넘어갈 정도로 격렬하기 때문에 그게 좀 제어가 쉽지 않아요! 하하하."

이야기를 마친 위겔은 다시 광장처럼 넓은 거실 한가운데로 걸어가 탁자 앞에 쪼그리고 앉았다. 하지만 한숙은 아무런 말도 하지 않았다. 긴 침묵이 다시 시작되었다. 그녀는 조금 졸다가, 잠깐은 휴대폰으로 뉴스를 한두 꼭지 보다가 잡지를 읽었다. 그리고 유튜브를 보며 웃기도 하고 고함치거나 울기도 했다. 그러다가 문득 식탁 쪽을 쳐다보았다. 한스 위겔이 초초해지는지, 아니면 무료하거나 좀이 쑤시는지 괜히 자기 다리를 탁자 위에 올렸다 내렸다 하거나 머리를 긁어가며 몸을 이리저리 비틀어댔다. 또한 그는 의자에 일어났다 앉았다 하거나 거실 바닥에 누워 좌로, 우로 굴러보기를 반복하기도 했다. 그는 나중에는 부엌 벽에 걸려 있던 등긁개를 가져와 자기 등이나 사타구니를 긁어보거나 그것으로 자기 콧구멍을 후비기도 했다. 그렇게 한 시간이 지날 무렵 위겔은 의자에서 벌떡 일어나 소파에 누워 숫자 단위인 '천, 만, 억, 조, 경, 항하사, 나유타, 불가사의, 무량대수, 겁'을 읊고 있는 한숙에게 말했다.

"한숙 씨, 답답해 미치겠어요. 이렇게 가만 앉혀놓을 거면 왜 저를 안으로 들어오라고 하셨죠? 제가 여기 왜 들어왔겠어요? 사랑이냐 아니냐죠!"

"잘 보셨죠? 물론 충분하진 않지만."

"뭘요?"

"이 적막을요. 그리고 제 삶의 이 단조로움과 이 보잘 것 없음을요."

"그렇긴 합니다만. 그렇긴 하죠. 하지만 더 중요한 게 있는데 우리 위대하신 천재분이 그걸 놓치셨군요. 이러고 있으면 눈물 흘릴 일도 일어나지 않겠지만 웃을 일도 생기지 않는다는 것을요. 서로 낯설거나 서툴고 어색하더라도, 혹은 자신의 여건이 불충분하더라도 새로운 만남을 통해, 혹은 이런 대화나 어떤 시도를 통해 관계를 형성하면 그것으로부터 수많은, 활동적이고 역동적인 일들이 만들어진다는 겁니다. 이게 바로 우리 우주 탄생과 비슷한 원리거든요. 거기엔 눈물이나 분노도 일어날 수 있지만 동시에 웃음과 즐거움도 생성된답니다. 그게 바로 인간의 삶입니다. 우리 인간 삶의 새로운 미래상과 구원의 길을 제시하는 나의 이런 관계론이 철학자들의 절망론, 행복론, 의무론, 도덕론보다 더 낫죠? 쇼펜하우어, 니체, 칸트 다 나오라고 해요! 젠장! 으하하 으하하하."

그러면서 그는 소파 등받이를 주먹으로 내리치면서 크고 거친 웃음을 토해냈다. 한숙이 조용히 말했다.

"맞는 말씀이네요. 그런데 저는 사람들, 아니 이 세상과 좋은 관계가 되지 못했어요. 제 나름으로 최선을 다해 살아왔는데도 이 모양, 이 꼴인 걸요. 이 적막 속에 놓인 하잘 것 없는 나 말입니다."

"한숙! 관계, 특히 인간관계가 어떻게 전환되는가에 따라, 그리고 누군가와 새롭게, 혹은 다르게, 혹은 이렇게 저렇게 연결되고 끊어지느냐에 따라 그 삶의 모습이 전혀 달라져요. 우리가 서로 교밀한 관계를 형성하면 당신은 저를 통해 미소를, 저도 당신을 통해 즐거움을 누릴 수가 있답니다. 우리 서로가 이전에 가지지 못했던 것을요."

"그럴까요? 다들 저를 천재라고들 하죠. 하지만 설령 그렇게 일에선 위대할 순 있어도 삶에선 위대할 수가 없네요. 당신은 이 적막이 가져다주는 공허를 아시나요? 마치 물그릇에 담긴 작은 벌레가 살기 위해 필사적으로 허우적거리듯 저도 이 지옥 같은 막막한 공간 속에서 그것을 헤쳐 나가려고 악을 쓰며 간신히 버티고 있다는 걸 생각해보신 적이 있나요? 그래서 당신이 지금 보듯 이렇게 무미건조하고 삭막하며, 동시에 처절하리만큼 고요하게 살아가고 있다는 것을 아신다면 당신은 저를 절대 여신으로 보지 않을 겁니다. 그래서 들어오라고 했어요. 저라는 사람도 별거 아니라는 거를 보여드리려고 말이죠."

한숙의 말에 위겔은 그녀 옆에 앉으며 아주 정중한 자세로 말했다.

"한숙 씨의 그런 말씀은 정말, 결단코 천재답지 않은 이야깁니다. 큰 세계를 가지지 않았는데 큰 성취는 불가능하기 때문입니다. 아무튼 당신을 포위하고 있는 거대한 고립의 장벽 한 귀퉁이에 제가 가는 송곳으로 작은 구멍 하나 뚫어주면 될 것 같군요. 거대한 댐을 무너뜨리는 데 핵폭탄은 필요 없어요. 그 댐은 아주 작은 구멍 하나, 실금 하나만 내주면 수압으로 인해 결국 저절로 무너지게 됩니다. 저로 인해 한숙 씨의 장벽과 외로움이 어떻게 무너지게 되는지 경험하실 수 있을 것입니다. 삶이 롤러코스트 타는 것보다 더 격동적이고 역동적이라는 것도요. 하하하."

"그런가요? 그 말씀을 들으니 희망이 생기네요. 호호호."

"한숙, 다만 애석하게도 저도 그런 장벽을 뚫지 못하고 자랐습니다. 그러니까 이렇게 인생에 대해 통달한 철학자가 된 거죠. 제가 한숙 씨의 이 거실에 흐르는 폐허 같은 이 척박함을 모르는 줄 아시죠? 저도 아버지가 만들어준 삭막함과 폭력으로 인해 과도한 욕정의 세계를 가지게 되었어요. 그리고 그것들이 저를 저 화장실과 이 집으로 내몬 것일 수도 있습니다. 이런, 제기랄! 제 삶이 아버지로 인해, 그 자를 닮아가는 저로 인해 다 망가졌어! 폐허의 저로 말이죠! 에잇! 으악! 아악! 제기랄!"

그는 갑자기 괴성을 지르며 화산 용암이 분출하듯 솟구치는 분노를 주체하지 못하고 두 주먹으로 식탁을 내리쳤다. 한숙은 그의 눈에서 광기를 보았다. 거대한 몸집의 그는 입에 침을 질질 흘리며 의자를 집어 들어 거실 바닥으로 힘껏 던져버렸다. 그리고 바닥에 털썩 주저앉았다.

한숙이 그런 그를 보며 빠르고 격정적인 어투로 소리쳤다.

“한스 위겔, 당신은 파괴자이군요. 하지만 당신을 보니까 제 마음에 이전에 없던 그 무언가가 생겨나는군요. 연정인지 연민인지 몰라도 대화를 해보고 싶다는 생각이 드는군요. 제 지난 삶이 고통 속의 당신과 크게 다르지 않으니까요.”

“연민요? 저를? 으그 으그 윽! 으! 으! 으! 으악!”

그는 다시 일어나 기이한 소리를 내며 물건을 집어 던지기 시작했다.

바로 그 시각, 한숙의 집 동쪽 낮은 울타리 아래, 바위 해변으로 보트 하나가 소리 없이 들어왔다. 어둠 속에서 삼각형 얼굴에 머리가 희끗한 추태호가 보트 난간에 서서 위쪽을 올려다보며 날카로운 음성으로 말했다.

“자, 여긴 어둠인데 저 여자의 집 마당은 환한 세상이야. 우리 삶의 마지막 희망이지. 밀항하려다 사기당해 알거지가 되었는데 이젠 이판사판이야! 죽기 살기로 해야 해! 1조 원 재벌이라는 소문은 잘못된 거야. 하지만 지금 에코징과 제비꽃사랑이 엄청나게 팔려나가니까 큰돈은 있을 거야!”

그의 말에 검은 가방을 멘 한 사내가 말했다.

“국가적 인물이라 감시망이 많을 텐데요.”

"그러니까 경찰이 도착하기 전에 빨리 끝내야 해! 너희들도 한 목 챙겨 구멍가게라도 하나 내야 할 거 아니야! 여자들 건드리느라 시간 보내지 말고 속전속결이야!"

잠시 후 그들 세 사내는 동시에 보트에서 뛰어내렸다. 바로 그 순간 바위 곳곳에 설치된 보안당국의 전자감시망이 작동하여 경찰과 군부대, 소방서에 비상신호가 떴다. 그들은 일제히 양호리 언덕으로 출동을 시작했다.

한숙의 집 거실은 온통 난장판이 되어 있었다. 부엌 쪽엔 탁자가 부서져 엉망으로 널려 있고, 주방 의자들은 다리가 떨어진 채 거실 곳곳에 흩어져 나뒹굴고 있었다. 하지만 한숙은 위겔의 그런 모습을 한참 쳐다보다 태연히 소파에 그대로 누워 있었다.

한스 위겔은 분노에 찬 눈빛으로 의자에 앉았다가 일어나기를 반복했다. 그리고 얼마 후엔 갑자기 눈물을 보이며 소파에 누운 한숙에게로 가서 무릎을 꿇고 훌쩍거리며 자기 사연을 쏟아내기 시작했다.

"한숙 씨, 죄송합니다. 일곱 살 때였어요. 60대 아버지는 바람이 나서 저와 어머니를 이렇게 큰 집에 내버려두고 나가버렸죠. 지금의 저처럼 집에 있는 물건을 다 부셔놓고선 말입니다. 그 이후 수시로 와서 집 안을 난장판으로 만들었죠. 어린 저는 모래 알갱이처럼 되어가는 제 영혼의 삭막과 폐허를 경험했어요. 사춘기의 저는 그런 것을 벗어나려 스웨덴으로 도망치듯 날아가서 공부도 하고 격파 무술도 배웠죠. 아버지를 죽이려고요. 근데 차마 아버지를 죽일 순 없었는데 이렇게! 이렇게! 엉뚱한 여기에 와서 한숙 씨의 물건들, 아니 당신의 삶을 부술 줄은 몰랐어요! 아! 죄송해요. 용서해주세요! 흐흐흐흑."

한숙이 소파에서 일어나 울부짖고 있는 그의 손을 잡았다. 그리고 그를 일으켜 세운 다음 조용히 속삭였다.

"그랬었군요. 당신도 관계가 주는 웃음이나 행복 같은 멋진 세계를 얻지 못했군요. 그 짓밟힌 마음을 저도 잘 알아요! 외롭고 그런 공허함으로 인해 인내하기 어려운 욕정과 폭력성도 생긴다는 거. 아무튼 결론은 저를, 저를 정말로 사랑하시나 하는 겁니다. 그런가요? 극단적이든 뭐든 간에."

그녀 말에 그가 눈물을 머금은 촉촉한 눈빛으로 고개를 끄떡였다. 그리고 곧장 한숙을 와락 끌어안고 소파에 그녀를 누인 다음 그녀 위로 엎어졌다. 한숙이 조용히 눈을 감았다. 그의 거친 손이 그녀의 몸속을 파고들며 그녀의 웃옷을 확 걷어버렸다. 그리고 그도 거칠게 웃통을 벗어젖혔다.

바로 그때 현관문이 거친 소리를 내며 부서지더니 검은 복면을 한 두 남자가 안으로 들이닥쳤다. 그들은 소파에 누워 한 덩어리가 된 두 사람을 발견하고서 소파 쪽으로 돌진해왔다. 순간, 팬티 차림의 한스 위겔이 비호같이 몸을 돌려 바닥으로 구른 뒤 재빠르게 소파를 끌어내어 그들을 향해 세차게 밀었다. 두 사내는 빠른 속도로 밀려간 소파에 부딪쳐 뒤로 벌렁 나자빠졌다. 그는 다시 빠른 동작으로 한숙을 안아 들고 작은 방 안으로 들어가 그녀에게 격렬한 키스를 퍼부은 다음 침대에 그녀를 사뿐히 내려놓았다.

"여기 꼼짝 말고 계세요. 이런 일은 제 특기예요. 위기가 오면 힘이 솟아올라요. 으하하하."

다시 거실로 달려 나온 그는 자기를 향해 뛰어오르는 사내들을 향해 몸을 날렸다. 그의 육중한 체구가 허공으로 솟아올라 그들을 내리 덮쳤다. 그들이 "윽!" 하는 비명을 지르며 튕겨 나가 거실 바닥으로 나뒹굴었다. 그는 다시 그들에게로 달려가 엄청난 덩치에서 오는 위력적인 완력으로 그들을 잡아챈 다음 공중으로 힘껏 들어 올렸다. 그리고 "으그! 으그!" 하는 기이한 고함을 내지르며 그들을 다시 거실 바닥으로 내던졌다. 그들은 장작개비가 뒹굴듯 멀리 굴러가 탁자 다리와 충돌했다. 하지만 피가 범벅이 된 채 다시 일어난 그들은 이번엔 칼을 들고 그에게로 접근해왔다.

이때 그들 뒤에 들어온 추태호가 "그만하고 서둘러!" 하고 외치며 거실 곳곳을 뒤져 검은 가방에 물건들을 주워 담기 시작했다. 검은 복면의 사내들도 곧장 큰방으로 들어가 귀중품들을 닥치는 대로 가방에 쓸어 담았다.

한스 위겔은 자기 앞에 있던 사내를 일격에 쓰러뜨린 후 큰방으로 들어가 옷장을 뒤지고 있던 다른 사내를 잡아채어 침대로 던져버렸다. 멀리서 경찰 사이렌 소리가 들려왔다. 한스 위겔이 다시 거실로 나가려 할 때 추태호가 그를 향해 총알을 연속으로 발사했다. 그가 급히 몸을 날려 침대 뒤로 굴렀다. 하지만 총알이 그의 다리를 관통했다.

"악!"

그의 다리에서 피가 솟아 나왔다. 추태호는 다시 그를 향해 방아쇠를 또 당겼다. 바로 그 순간, 안으로 들어온 경찰특공대들이 그를 덮쳤다.

밤 12시 무렵 갓 잠이 든 영택은 경찰 전화를 받고 급히 일어났다. 그는 소나무 숲 관리소장에게 전화를 걸어 연구소 및 그의 집 주변 경비를 강화해줄 것을 요청한 뒤 차를 타고 한숙이 있는 병원으로 가보았다. 그가 찾아간 병실에는 다리에 붕대를 한 한스 위겔이 잠들어 있었다. 그리고 한숙은 털이 부숭부숭한 그의 가슴에 얼굴을 깊숙이 묻고 울고 있었다. 한스 위겔이 잠결에 통증을 호소하자 한숙이 그의 얼굴에 자신의 얼굴을 비볐다. 영택은 그 모습을 보자 몸에서 힘이 쭉 빠졌다. 그는 조용히 그 병실을 도로 나왔다.

영택이 가버린 얼마 후 한스 위겔이 눈을 떴다. 그는 자신의 가슴에 얼굴을 파묻고 훌쩍이고 있는 한숙을 보며 입을 열었다.

"한숙 씨, 울지 마세요. 이 모든 게 저로 인해 벌어진 일입니다."

"아뇨. 당신이 아니었으면 저와 은소는 어떻게 되었을지 몰라요. 끔찍해요."

"큰 피해를 입지 않았으니 다행이긴 한데 간밤의 일들이 꿈결 같군요. 그래도 당신이 저에게 대문을 열어준 그 자체가 위대한 관계의 시작이 되었어요. 꿈결의 시작 말입니다."

"한스 위겔, 당신의 그런 격렬성이 저를 살렸어요. 제가 그것을 순한 힘으로 만들어드리고 싶어요. 음은 격동하는 양의 기운을 가두어 수그러들게 해준다는 동양사상처럼요."

"여태껏 저를 숨죽이게 할 그런 여인이 없었는데 이제야 찾은 것 같군요. 사실상 지옥에 가기 전 마지막 천국행이라는 마음으로 여길 왔어요. 메시아를 찾았거든요!"

"저도 지옥인데 저를 천국의 메시아로 여기다니요? 그럼, 그럼 제가 결혼해드릴까요?"

한숙이 눈물을 훔치고는 그를 지긋이 바라보며 말했다. 한스 위겔이 갑자기 그녀를 확 끌어당기며 소리쳤다.

"그래요! 바로 그거죠! 당신은 저를 구원해줄 천사예요! 언제나 당신을 간절히 원했습니다. 부디 이 몸을 구원해주소서! 이 욕망의 환각에서 벗어나게 해주시고, 이 폭력적 망상을 몰아내 주세요, 제발! 그렇지 않으면 저는 결국 자멸하고 말 겁니다. 자, 이리 오세요."

그러면서 그는 한숙의 목을 잡아당기며 그녀를 끌어안으려 했다. 그러자 한숙이 미소를 지으며 타이르듯 말했다.

"아이 참! 그렇게 거칠게 하면 제가 다쳐요. 그러니까 여자가 도망가는 거죠. 부드럽게, 부드럽게! 아셨죠?! 호호호."

그러면서 한숙은 자리에서 일어나 허리를 숙인 다음 한스 위겔의 입에 자신의 입술을 포갰다. 그가 마치 경련을 일으키듯 입술을 파르르 떨더니 그녀의 입술이 자신에게 닿자 경탄의 눈빛으로 그녀를 바라보았다. 그리고 차츰 그의 눈이 이글거리더니 한숙을 덥석 끌어안으며 말했다.

"아까 소파에서 하다 만 사랑을 다시 시작해야겠죠? 사랑은 낯간지러운 미사여구로 정의한다고 해서 다가오는 건 아닙니다. 서로 쾌락을 얻음으로써 사랑이 존재한다는 걸 체감하게 되는 거죠. 한마디로 말해 이렇게 당신을 끌어당기면 사랑이라는 위대한 진리가 작동하게 되는 거죠. 내 몸이 급속히 달아오르네요. 참을 수가 없어요, 지금!!"

"총 맞았단 말 다 거짓말이네요, 허겁지겁 씨! 호호호."

그러면서 그녀는 다시 그의 입술에 자기 입술을 포갠 다음 털이 부숭부숭한 그의 가슴을 손으로 쓸었다. 그러자 그가 눈을 감으며 말했다.

"한숙 씨의 손길이 너무 좋구려! 하지만 나의 혀도 만만치 않습니다. 혀는 말하고 먹으라고만 있는 게 아니랍니다. 웃고 울고 사랑하라고도 있죠. 하하하."

한스 위겔은 이렇게 말한 뒤 고개를 들어 한숙의 목덜미와 가슴을 핥아댔다. 한숙이 간지러움에 깔깔거렸다. 그는 그녀의 상의를 다 풀어 헤친 다음 말했다.

"이렇게 억지로라도 웃으면 나중에는 웃을 일이 자동으로 생기게 되죠. 성욕이라는 욕망이 행복이라는 진리로 변하는 것인데 그게 현대물리학을 넘어서는 초물리학이랍니다! 하하하."

그러면서 그는 다친 상황임에도 불구하고 엄청난 힘이 솟구쳐 오르듯 자신을 누르고 있는 그녀를 두 손으로 불쑥 들어 올린 다음 자기 옆에 눕혔다. 그리고 그녀 위로 올라가 그녀의 몸 곳곳을 핥아댔다. 한숙이 계속 깔깔거렸다.

한숙은 참으로 오랜만에 크게 웃어보는 것 같았다. 학창시절처럼 순수하고 아름다운 웃음은 아니었지만 그의 말처럼 그래도 입이 있으니 웃어야 하지 않을까? 서로 격정이 있고 웃음이 있으면 같이 살 만하지 않을까?

그녀가 그를 사랑해서 이런 선택을 한 건 아니었다. 아니 사랑이 형성될 최소한의 시간도, 그럴만한 일도 없었다. 하지만 그를 사랑해보려고, 그의 욕망을 가라앉혀 좀 더 나은 삶으로 그를 인도하려고 그를 받아들였다. 그리고 이를 통해 자신도 행복해지고 싶었다. 에코징의 성공으로 인한 행복도 있었지만 남녀 간의 그런 밀착된 행위들도 커다란 행복임은 분명했다. 다가갈 수 없고, 채워질 수 없는 막연한 것으로는 그녀 입술과 가슴을 미소와 행복으로 가득 차게 할 순 없는 일이었다. 그녀는 이제 잡을 수 없는 추상을 잡고 사느니 피부에 와닿은, 작지만 구체적인 사랑을 하고 싶었다.

한숙은 위겔이 자신을 계속 핥아대자 달아오르는 욕정을 이기지 못해 그를 세게 끌어안았다. 위겔은 그녀의 옷을 다 벗긴 다음 그녀 위로 그 육중한 몸을 싣고 격동하기 시작했다. 침대가 이리저리 마구 흔들리며 병실 벽과 쉼 없이 충돌했다. 하나가 된 그들의 사랑은 시간이 갈수록 더 격렬해졌으며 한숙의 뜨거운 교성이, 아니 그녀의 행복이 병실 복도로, 그리고 세상 밖으로 끝없이 퍼져나갔다.

다음날 오전, 영택이 연구소 앞마당으로 나오는데 경비가 허리가 굽은 80대 할머니 한 사람을 데리고 그에게로 왔다. 그녀는 영택에게 휴대폰에 찍힌 사진 몇 장을 보여주었다. 영택이 그 사진을 살펴본 뒤 그녀에게 물었다.

"할머니, 이 남자가 왜요?"

"맑은 양반, 이 사진을 아들한테 보여주었더니 모른다고 해서 이곳 농민신문 기자에게 갔더니 전에 노벨상 때문에 여기 온 외국 남자라꼬 하던데 맞나? 뉴스에서 봤다던데?"

"네, 맞습니다. 아는 외국인입니다. 그런데 무슨 일이 있었나요?"

"지난 두어 달 동안 난 꽃이 없어지는 줄도 몰랐지! 하우스 안에서 저녁 무렵 꽃을 따서 모아놓으면 다음날 새벽에 멀리 읍내에 사는 아들이 와서 그걸 그곳 농협 경매장으로 가져가지. 아들 사는 게 바쁘니까 서로 얼굴 볼 시간도 없어. 그런데 어제 아들을 두 달 만에 처음 만나 내가 묶어준 장미 수량과 경매 수량을 맞춰보니 숫자가 맞지가 않았어. 돈도 적고. 그래서 비닐하우스 안에 숨어서 지켜봤더니 이 남자가 그 장미를 가지고 가더라. 그래서 차칵! 차칵! 하고 찍었지."

"이 사람이 할머니 꽃을 훔쳤다니 믿기지 않네요."

"젊은이, 그런 거 별거 아이다! 사랑 때문에 그랬을 낀데 용서해야지. 사랑은 죄가 없따 아이가!! 돈만 줘! 가을 장미 키우려면 오뉴월 장미보다 돈이 많이 들어!"

영택은 그녀에게 여러 번 사과한 뒤 충분할 정도로 꽃값을 계산해주었다. 그는 한스 위겔을 구해주려고 그렇게 한 건 아니었다. 한숙을 위해서였다. 행여 한스 위겔이 경찰과 검찰을 오가는 일이 생기면 그에게로 마음이 완전히 쏠려 있는 한숙에게도 힘든 일이 될 수도 있었다. 그는 오후엔 노벨 생리의학상 수상자 발표를 지켜보았다. 올해 그와 한숙은 없었다.

그리고 그 해 말, 한숙은 영택에게 인공수정으로 둘째 아이를 가진 것을 다 이야기했다.

"영택 씨, 은소는 내가 살기 위해서 가졌어. 그런데 둘째는 그냥 생명을 하나 더 가지고 싶었어. 은소 혼잔 외롭기도 하고. 경옥 언니 말도 있었지만 별처럼 나의 생명들이 세상에 환하게 뿌려져서 빤짝빤짝 빛나게 하고 싶었어."

27

한숙, 사랑을 찾아 떠나다

다음 해 3월, 영택은 처음으로 한숙과 단둘이 전기카트를 타고 산길을 올랐다. 애초 그는 동료로서 그녀와 같이 산행을 하고 싶었던 것인데 이젠 그 산행이 이별여행 같은 게 되어버렸다. 그는 양호리 언덕에서 그의 집 공사를 하던 인부들로부터 한숙의 집에 거구의 서양 남자가 살고 있다는 이야기를 들었으며, 현장소장도 한숙과 한스 위겔이 옥상에서 서로 엉겨 있는 걸 보았다고 했다!

전기카트는 작은 개울과 거친 자갈 구간을 통과한 다음 몇 백 년 된 거대한 소나무들 사이로 난 평평한 길로 들어섰다. 아직 3월에다 숲의 음달이 주는 차가움에 영택도 마음이 굳어졌다. 그는 아무 말 없이 앞만 보고 달렸다. 한숙이 먼저 말을 꺼냈다.

"영택 씨, 나도 이제 행복을 찾고 싶어. 터놓고 하는 행복 말이야. 지금까진 늘 숨어서 사랑했다고 해야 하나? 그게 꼭 숨어서 한 건지, 그리고 꼭 사랑인 건지는 잘 모르겠지만 만인이 다 알게 터놓고 사랑을 해본 적은 없어. 그래서 터놓고 행복을 누려보려고 해. 아지랑이 피어오르면 막연히 해보고 싶었던 그런 추상적인 사랑이 아니라 손에 잡히는 사랑 말이야. 그래서 조만간 한스 위겔이 사는 스웨덴으로 갈 것 같아. 그도 여기서 살고자 했는데 상황이 그렇게 되었어."

한숙이 영택을 쳐다보며 덤덤하게 말했다. 영택은 말이 없었다.

"……."

"영택 씨, 우린 위대했어. 그렇지? 아인슈타인 부부가 허블이 근무하는 미국 윌슨산 천문대를 방문했을 때 방문소감을 묻는 말에 그의 아내가 이렇게 대답했다지. '당신들은 진리를 파악하는 데 이런 엄청난 장치들이 필요한가 보죠? 남편은 뭐 연필과 편지봉투 뒷면 같은 메모지면 충분해요!'라고 말이야. 나도 나중에 누군가가 우리 연구가 어땠느냐고 물으면 아인슈타인 아내처럼 말할 거야. 그이는 통찰과 영감과 창의적 상상력, 그리고 실험정신과 의지로 인류에게 씌워진 엄청난 고통 하나를 구원했다고 말이야!"

"……."

"그래! 영택 씨, 그의 공허, 나의 공허가 채워진 뒤 다시 올게. 우리, 계속 연구해야지. 우리 연구소도 세계적인 곳으로 만들어야 하고."

그러자 그가 고개를 들어 먼 하늘을 쳐다보며 처음으로 입을 열었다.

"공허는 평생 채워도 채워지지 않아! 우리 본모습이 공허거든!

더구나 자기 공허도 다 못 채우는데 남의 공허를 채워주겠다고? 그 공허를 채운 뒤에 오겠다고? 그냥 가! 온다는 생각은 하지 말고!"

"가지 말까? 죽을 때까지 여기서 혼자 외롭게 살까? 내 외로움을 해소해줄 수 있어? 더구나 영택 씬 나와 은소 데리고 어디 놀러 가주지도 못하잖아! 그래도 가지 말까? 가지 말까? 가지 마?"

"……."

"정말 가지 말까? ……다른 사랑 하지 말까? 이대로."

"…… 가!"

그들을 실은 전기카트는 천천히 달려 어느덧 대왕 소나무가 있는 산등성이 아래에 도착했다. 두 사람은 산등성이를 올라 그 소나무 앞으로 가서 잠시 그 거대한 소나무를 올려다보았다. 그리고 몸을 돌려 그 나무 아래로 펼쳐진 광활한 소나무 숲을 응시했다. 그도, 한숙도 이젠 침묵이 서로를 위한 최상의 대화라는 것을 잘 알고 있었다. 영택은 고개를 높이 치켜들어 올린 다음 다이아몬드 같은 차갑고 이지적인 맑은 창공을 한참 올려다보며 그녀 이름을 크게 불렀다.

"한숙아!"

그러자 한숙이 그에게 다가오며 그의 이름을 외쳤다.

"왜? 영택아!"

"한숙아! 바람도 사람처럼 숨어서 울기도 하고 소리 내어 울기도 하는 거 모르지?"

"글쎄?"

"내가 여기 와서 육백 년 된 이 신령스런 소나무 밑에 설 때마다 저 무수한 소나무들 사이로 들려오는 바람소리를 들을 수 있었지. 소리 내어 웃기도 하고 울기도 하고. 숨어서 울기도 하고 드러내 놓고 울기도 하지."

"바람도 행복과 불행을 느끼나봐."

"나는 그런 바람소리에 무한한 영감을 받지. 근데 지금은 저 나무들 사이에서 숨어서 우는 바람소리를 듣게 되네. 왜 그런지 모르지만 그냥 슬퍼. 하지만 나는 슬퍼도 즐거워도 이 숲의 노래를 부를 거야."

그의 눈가가 촉촉이 젖기 시작했다. 그리고 그는 노래를 불렀다.

소나무야~ 소나무야~ 언제나 푸른 네 빛~
쓸쓸한 가을날이나 눈보라 치는 날에도
소나무야~ 소나무야~ 변하지 않는 네 빛~

한숙도 그를 힐끗 쳐다본 뒤 눈물을 훔쳤다. 지난 5년 가까이 그와 함께했던 순간들이 주마등처럼 뇌리를 스쳐갔다. 그녀는 그의 손을 잡으며 속삭이듯 말했다.

"영택 씬 언제나 푸를 거지? 늘 푸른 저 소나무들처럼 변하지 않는 모습으로 남아줘. 내가 한 번씩 찾아올 때도 그래야 돼! 오지 않아도 마찬가지야. 나도 때깔 나는 사랑을 해서 좀 빛나게 살아봐야 하지 않겠어? 사랑 없인 내 삶은 빛나지 않으니까! 숨어서 하는 사랑은 결국은 숨어서 우는 삶이 될 뿐이야!"

한숙은 마침내 연구소를, 그 금강송 숲을 떠났다. 그녀는 둘째 아이 영소를 거기서 낳길 원했다. 한국에서 출산하면 스웨덴으로 가는 게 훨씬 더 지체될 수밖에 없었다. 그리고 어린 은소에게도 아빠라는 존재를 빨리 만들어주고 싶었다.

그녀가 떠난 뒤 영택은 연구소 내 그녀 책상으로 가보았다. 엉망이었다. 다급히 도주한 패잔병처럼 정신없이 허둥대며 짐을 싸는 그녀 모습이 생생했다. 그 숲 연구소야말로 그녀의 일터였고, 창의적 상상력과 열정과 밤새 애쓴 노력의 장이었다. 그녀 스스로도 지구촌 어디든 그곳보다 더 의미 있는 곳은 없다고 했었다. 하지만 스웨덴으로 떠날 땐 달랐다.

"영택 씨, 난 이제 이딴 거 다 필요 없어! 지긋지긋해! 변호사나 불러줘!"

그녀는 떠나기 전에 변호사를 불러 은소도, 그리고 뱃속의 영소도 영택의 핏줄임을 명료하게 밝혀놓았다. 영택은 인천공항에서 그녀에게 작별인사를 했다.

"가면 오지 마, 절대 오지 마. 알겠지? 여기 있으면 한숙 씨 삶이 바뀌지 않아. 차단된 사랑에서 벗어나 넓은 세상에서 실컷 사랑하고 실컷 행복해야 해! 알았지?!"

"차단된 사랑? 그래! 그간 나와 은소가 무너지지 않게, 내가 다가가지 못하게 차단해줘서 고맙다, 고마워! 못된 자식! 바보등신! 남들은 다들 바깥에서 사랑도 많이 하던데 그런 것도 하나 못하는 나쁜 자식!! 내 젖가슴을 딴 놈에게 넘겨다 주는 등신!"

"……."

영택은 아무 말 없이 눈가에 물기가 가득한 그녀를 안아주었다. 그의 눈가도 촉촉이 젖어왔다.

28

드러나는 비밀

승억은 아버지 최 노인의 요구로 30대 미스 황과의 결혼식을 올려주기로 했다. 그는 그의 나이를 감안해서 반대했지만 최 노인은 완강했다.

“이놈이 지금 이 애비를 같잖게 보냐? 부부가 식을 올려야 하늘에 등록이 되지. 하나가 되었다는 일종의 신고 말이야. 알겠냐! 못된 자슥! 잔말 말고 우리 미스 황도 이번 선거에 공이 크니 제대로 준비해라. 지금 니한테 도저히 맞지 않던 정치라는 옷을 누가 입혀준 줄 아나? 나와 미스 황이 한 거지. 이 자슥을 그냥 확 마!!”

승억은 최 노인의 말이 일리가 있다는 생각도 들었다. 어투나 성격, 외모가 결코 대중 친화적이지 않던 그가 최 노인과 미스 황이 이끌어낸 대중들의 환호와 지지 아래 차츰 정치인 면모를 갖추어간 건 사실이었다.

이렇게 하여 영주 한옥집에서 최 노인의 결혼식이 거행되어 다수의 거물인사들이 축하화환을 보내오거나 참석했다. 그들 일부는 국민 지지율 46%라는, 정치적으로 막강한 존재가 된 승억을 보고 왔다. 최 노인의 결혼식이 끝난 후 식사시간에 영택은 명국 및 그의 처가 된 박보경과 이야기를 나누었다. 명국은 영택에게 3초신공 도장의 회계상황을 설명했다.

"박 실장님, 경호 영상 등 제 무술 유튜브의 조회수가 수십억으로 놀라울 정도입니다. 지구촌에 격투기나 무술에 관심이 있는 인구가 엄청나더군요. 지난달의 경우 광고 등 유튜브 총수입이 5억원 정도였습니다. 앞으로는 더 될 것도 같아 도장 운영비는 주지 않으셔도 됩니다."

"그래도 약속한 3년 치는 드리겠습니다. 앞으로 전국에 도장 100개, 해외 도장 50개가 될 때까지는 마음을 놓지 말고 같이 노력해봅시다."

명국은 거의 100% 영택의 지원으로 매우 짧은 시간에 자신의 3초신공을 널리 알리게 되었다. 그의 추천으로 대통령 후보 최승억을 경호하며 보인 신들린 무술 솜씨에 10대에서 60대까지 수많은 수련생들이 몰려들어 서울에만 벌써 20군데의 도장이 개설되었다.

그들이 3초신공의 발전을 위해 이야기를 나누고 있을 때 도재철이 영택을 데리러 왔다. 영택은 아내와 함께 본채 마루로 올라가 전국 각지에서 온, 지역 소멸이 가장 심각하게 진행되고 있는 30여 곳의 시장, 군수들을 만나 그들의 의견을 청취했다. 그들은 에코징 생산공장을 유치하려고 그런 업무에 관여하고 있지도 않은 그에게 필사적으로 매달렸다. 그는 그들 의견을 산림청에 잘 전달하겠다고 약속한 뒤 다시 명국이 있던 곳으로 갔다. 그런데 그들 부부가 보이지 않았다. 그때 멀리 본채 뒤쪽 어디선가 거친 숨소리의 여자 목소리가 들렸다.

"자기야! 어서! 어서! 빨리 와서 좀 안아줘!! 빨리! 힘 좀 팍팍 쓰라구!"

그는 소리가 나는 본채 뒤로 걸어가서 모과나무 숲 쪽을 쳐다보았다. 작은 화단 너머로 웃통을 벗은 명국이 언뜻 보이더니 금세 아래로 사라졌다. 그가 몇 걸음 더 걸어가니 모과나무 사이 풀밭에 누운 박보경이 명국을 아래로 끌어당기며 두 다리로 그의 허리를 휘어 감는 게 보였다. 그는 "이런!" 하며 급히 몸을 돌려 다시 물푸레나무 쪽으로 갔다.

저녁식사를 마친 영택은 양호리 집의 현관을 나와 정원으로 사용하는 아래쪽 소나무 숲으로 걸어갔다. 그곳은 그와 한숙의 집 사이에 있는 6,000평방미터(1,800평 정도)의 크기로써 울진군에서 그에게 기증해준 공간이었다.

그는 아름다운 조명등이 훤하게 내리비치는 널따란 통로를 걸어갔다. 한숙의 집으로 연결된 그 통로 옆에는 그 후문을 지키는 경비병이 서 있었다. 그는 한숙의 집 책임관리자로서 경비병이 열어주는 문을 통해 그 집 안으로 들어갔다. 바로 그때 그 초소 옆

수풀더미에 숨어 있던 검은 점퍼의 사내가 담벼락을 훌쩍 뛰어넘었다.

영택은 한숙의 집 현관에서 비밀번호를 눌러 그 집 안으로 들어갔다. 그는 한숙이 있을 때뿐만 아니라 그녀가 스웨덴으로 간 뒤에도 그 집 실내는 들어간 적이 없었다. 거실로 들어온 그는 그 넓은 공간에 은소와 한숙 단 두 사람만 살았다는 것에 놀랐다. 화려하고 거대한 그 거실은 어떻게 보면 고독한 사람에겐 죽음과도 같은 공간이며, 절해고도에 갇힌 죄인들의 상황과 다를 바 없이 느껴졌다. 언젠가 그녀 집이 죽음보다 더 깊은 적막강산이라던 경옥의 말도 이해되었다.

그는 그녀가 삶의 고독과 소외에 침몰당하지 않기 위해, 웃음을 찾기 위해 버티다, 버티다 할 수 없이 한스 위겔을 선택한 거라는 생각이 들었다. 그런 관점에서 보면 그녀의 인공수정도 충분히 이해될 수 있었다. 과학은 관점을 허용하지 않을 때가 많지만 인간 삶은 다른 관점, 다른 답이 뒤따를 수밖에 없었다.

그는 큰방을 둘러보았다. 그녀 침대와 은소가 쓰던 아기용 침대가 나란히 놓여 있고, 장롱 옆 찬장에는 식기들이 가득 차 있었다. 그가 거실로 나와 기다란 소파로 걸어가는데 구석 쪽 소파 아래에 노란 봉투 하나가 삐져나와 있었다. 그는 그 봉투를 집어 들었다. 그 겉봉에는 김 박사의 불임클리닉 이름이 적혀 있었다.

그는 봉투 속에 든 옅은 노란색 서류 한 장을 꺼내 읽어보았다. 영어와 숫자들이 가득한 내용이었는데 대강 살펴보니 3년 전 것으로 누군가의 냉동 정자를 검사한 내용들이었다.

'3년 전이면 시기적으로 은소가 인공수정이 될 때의 그 정자인가 보네. 박 씨라는 그 은소 아버지? 나이가 서른다섯이었네. 나와 같은데? 정자는 1밀리리터(1ml)당 4억 마리가 넘고 노멀 모팔러쥐(normal morphology)라? 이건 임신 가능한 정상적인 모양을 가진 정자 수를 의미하는 건데 100마리당 90마리 정도라는 거네. 이 정도는 최고 수준인데 정말 건강한 남자구만. 정액 배출양도 7.7로 최상위고.'

그 종이 맨 아래에는 김 박사의 사인이 표시되어 있었다. 영택은 그 종이를 자세히 살펴보았지만 그 검사지의 주인공이 누구인지는 알 수 없었다. 그는 종이를 뒤집어보았다. 그런데 뒷면 아래쪽에 은소, 진소, 희소, 연소 등등 여러 글자들이 적혀 있고, 은소에 동그라미가 표시되어 있었다. 그것은 한숙의 필체로서 과거 은소 이름을 지을 때의 기록임이 틀림없었다. 그가 특허료 문제로 산림청에 갔다가 돌아오면서 한숙과 통화했을 때 그녀는 씩씩이의 정식 이름으로 여러 가지를 나열했었는데 그것 같았다.

그는 노랑 봉투를 집어 들고 소파에서 일어났다. 바로 그때 그의 뒤에서 검은 점퍼의 사내가 주먹으로 그의 목덜미를 가격했다. 영택이 "윽!" 하고 비명을 지르며 거실 바닥으로 엎어졌다. 그 사내는 영택으로부터 그 노랑 봉투를 빼앗은 다음 이미 무언가를 잔뜩 넣은 큰 가방을 들고 바깥으로 도망갔다. 영택이 간신히 일어나 소파 옆에 있는 빨간 버튼을 눌렀다. 그 집을 나온 사내는 후문 쪽으로 달리다 경비병들에게 체포되었다.

이젠 위치가 바뀌어 야당 지도자가 된 승억은 새 대통령 취임 1주년을 맞아 영수회담을 했다. 그들은 남북 및 중국 문제에 대해 약간의 견해차를 드러낸 뒤 식사를 했다. 식사를 마친 후 대통령이 이쑤시개를 들어 보이며 승억에게 농담을 했다.

"최 대표님, 저는 어렵게 자라 절약정신이 몸에 배어 있습니다. 그래서 이쑤시개를 사용할 때도 한쪽만 쓰고 버려야 할지, 아니면 다른 쪽까지 다 써야 하는지 늘 갈등하고 있습니다. 하하."

"그렇습니까? 저는 그런 갈등이 싫어서 이쑤시개 대신 손가락을 쑤셔 넣어 해결합니다. 하하."

"하하하. 역시 산림청장 하셨으니 저보다 더 나무를 아끼시는군요. 그런데 최 대표님, 이것 좀 보십시오. 얼마 전에 국정원에서 좀 묘한 정보 하나가 올라왔습니다. 따님 부부와 관련된 거라고 해야 하나? 오늘 회담과 직접 관련 없는 것이긴 한데…"

"아니, 그럼 지금 제 딸과 사위를 감시하고 있다는 말씀인가요?"

"천만에요! 저도 많이 당했는데 절대 그런 일은 하지 않으니 안심하십시오. 얼마 전에 스웨덴으로 가신 정한숙 박사 집에 침투한 도둑을 그곳 현지 경비병들이 잡았습니다. 국정원에서 그가 훔친 물건들을 살펴보았는데 그들 중에 정자 검사지 한 장도 들어 있었다고 합니다. 그 지역 어느 불임클리닉에서 한 거더군요."

"정자 검사요? 아 참! 그러고 보니 정 박사가 인공수정해서 두 아이를 가졌다는 이야기는 듣긴 했습니다. 남편이 없는 그녀가 그러는 게 불법이긴 한데, 지금 언론도 다 그녀를 배려해서 침묵해주고 있는 거로 알고 있습니다만."

"아뇨. 그것과는 조금 다른 문제입니다. 그 두 분 다 국가원수급 경호를 하다 보니 현지 정보국장이 그 도둑이 가지고 나온 그 종이 내용에 대해서도 좀 알아본 모양입니다. 그들에게 해가 되는 내용이면 조처를 취해야 하니까요."

"뭔가 이상한 게 나왔군요?"

"개인정보, 특히 의료정보는 병원 측에서 공개하지 않으면 우리도 알 수가 없고, 또 큰 논란이 될 수도 있어서 정보요원들이 공식적으로 조사하지는 못하고 비공식적으로 관련 근무자들과 이야기를 나누는 선에서 몇 가지를 알아냈습니다."

"그래요?"

"네, 정한숙 박사의 첫째 아이 정은소 양은 사실은 박 실장의 정자로 인공수정이 되었다더군요."

"정말요? 그럼 제 사위가 부정한 행위를 했다는 건가요? 이런!"

승억은 너무 놀라 말을 잇지 못했다. 그러자 대통령이 다시 입을 열었다.

"그건 전혀 아닙니다. 박 실장이 불륜을 저지른 것은 아니며, 그 당시 공식적으로나 비공식적으로나 그는 정자를 제공하지 않았다고 합니다."

"아니, 그럼 어떻게 그 사람 정자가 그녀에게로 갔나요?"

"이게 좀 확실치는 않습니다. 몇몇 간호사 말로는 정 박사가 그곳 연구소 옆 정자은행인지 어딘지에서 가져온 냉동 정자를 통해 인공수정을 했다는 이야기가 있긴 합니다. 아마 현지 보안팀장이 김 박사를 자세히 조사하려 했으나 그러면 결국 이게 정한숙 박사나 박영택 실장에게도 조사로 이어지게 되어 그들 두 사람 다 충격으로 연구활동에 타격을 입을 것이며, 그런 과정에서 누군가 이런 내용을 언론에 누설하게 되면…"

"대통령님, 그건 절대 안 됩니다. 사위가 부정을 저지르지 않았다면 이대로 묻어주십시오. 부탁드립니다. 그런 사실이 알려지면 엄청난 기사가 쏟아져 나올 겁니다. 우리 사위나 딸은 피해자임에도 불구하고 언론의 난도질과 세상의 억측에 큰 상처를 받을 거구요. 김 박사가 불법 시술을 한 것 같은데 그들의 업적을 생각해서 문제를 더 키우지 않았으면 좋겠습니다. 부탁드립니다."

"네, 알겠습니다. 앞으로 노벨상도 기대되고 있으니 묻어두기로 했습니다. 그리고 이 문제를 절대 정치적으로 이용하지 않겠습니다."

29

황홀한 결혼생활

새벽 5시 무렵 스웨덴 스톡홀름 시내 어느 한 곳, 어둠 속에서 검은 모자를 푹 눌러쓴 한스 위겔이 장미꽃이 가득한 대형 보따리 하나를 안고 빠른 걸음으로 골목길로 들어갔다. 골목을 통과한 그는 그 꽃 보따리를 차 트렁크에 실은 다음 큰 도로를 고속으로 달렸다. 그의 눈빛은 태양처럼 강렬하게 이글거렸다. 10여 분을 달린 그는 도로변에 있는 붉은 벽돌집으로 들어갔다.

넓은 정원을 통과한 그는 지하 차고로 들어간 다음 그 꽃 보따리를 꺼내 긴 탁자에 올려놓았다. 그리고 전지가위로 그들을 정성스레 다듬은 다음 10여 개의 작은 꽃다발로 나누어 포장했다. 그는 강렬한 진홍색 외에 그 색이 엷거나 모양이 빠지는 장미는 바닥으로 던져버렸다.

그 꽃다발에 다시 화려한 리본과 망사를 입힌 그는 집 안으로 들어가 거실 한가운데 놓인 탁자 위에 그들을 올려놓았다. 그 거실 둘레에는 대리석으로 된 긴 좌대 위에 이미 마른 장미 꽃다발들이 수백 개 놓여 있었다. 그는 마치 달리기를 하듯 거실 둘레를 돌며 그 마른 꽃다발들 하나하나에게 손을 흔들었다.

주방으로 가서 보리차 한 사발을 마신 그는 샤워를 마친 후 조심스레 안방으로 들어갔다. 방 한가운데 놓인 붉은색 침대에는 한숙이 곤히 잠들어 있었다. 그는 은소, 영소가 자고 있는 작은 침대를 힐끗 쳐다본 다음 곧바로 거친 괴성을 지르며 한숙의 침대로 뛰어 올라갔다.

이렇게 한스 위겔은 한숙을 스웨덴으로 데리고 온 이후 하루도 빠짐없이 이른 새벽마다 장미꽃을 가져와 거실 곳곳에 꽂아놓았다. 당연한 코스가 된 그 일을 끝마친 그는 샤워를 한 다음 방으로 들어와 엄청난 승리를 거둔 개선장군처럼 때로는 당당한 몸짓으로 그녀에게로 갔던 것이다.

결혼 후 한숙은 그의 이런 생활 패턴에 익숙해져 갔다. 그런데 그는 그렇게 규칙이 된 새벽과정이 끝난 뒤부터 저녁에 잠이 들 때까지 마치 낯선 어른을 두려워하는 어린아이나 사자 주위를 배회만 하는 하이에나처럼 한숙 곁에 다가가지 못하고 안절부절하거나 떠도는 부랑아처럼 온 집 안을 조심스레 방황하는 소극적인 남자로 변해버렸다.

한숙이 20대 때 경험한 남자들은 대개 그 욕망이 해소되면 그 성정이 잠시 부드러워지긴 했지만 그는 더 그랬다. 늘 엄청난 욕정과 폭력적이라고 말할 만큼 거친 격렬성, 그리고 쉼 없는 사랑에의 갈증을 에너지로 하여 한숙을 사랑하던 한스 위겔도 그렇게 새벽 장미와 침대를 거치고 나면 만족이나 배려인지, 혹은 숭배인지 침묵 속으로 빨려 들어가 그날 하루 완전히 다른 남자가 되는 것이었다. 하지만 그가 날씨 등 여러 사정으로 새벽 장미를 가져오지 못하거나 가끔 그 아침의 사랑을 나누지 못하면 로데오 경기를 하는 거친 황소나 숨을 헐떡거리는 길거리 난봉꾼처럼 괜히 벽을 주먹으로 치는 등 소란스러운 행동을 해댔다. 그러면 한숙은 지혜를 발휘해서 시간 가리지 않고 "이리 와!" 하고 그를 부르는 것이다.

한숙에겐 그런 유의 뜨거운 사랑은 처음이었다. 그게 정상적이거나 과도한가의 여부를 떠나 남자에게 받아보는 사랑치곤 최고였다. 과거 그녀도 여러 남자들과 어울렸지만 한스 위겔만큼 지극정성인 사람은 없었다. 우선 그는 우당탕 사랑을 해치운 뒤 며칠만에 겨우 옆에 오는 남자들과는 달리 사랑을 나누는 일조차 고결하게 지켜야 하는 신성한 책무처럼 하루도 빠짐없는 성실함으로 임했다. 그렇게 하는 게 자기 하나만 보고 먼 이국에서 날아온 여인에 대한 예의로 여긴 것이다. 한숙이 그에게 말하곤 했다.

"위겔! 하루도 빠짐없이 너무 이러면 나도 가끔 힘들어요."

"아니야. 당신은 사랑받으러 온 사람이야. 나도 힘들 때도 많지만 그래도 사랑은 뭐라 해도 폭풍 같은 몸짓과 쉼 없는 애무가 최고지! 사랑은 그냥 격렬하게 몰아쳐야 제대로지!"

그는 이렇게 대꾸하며 또다시 한숙에게 달려드는 것이었다. 한숙은 애초 그와 결혼을 결심할 때 공중화장실에서 욕정이나 푸는 낯선 외국 남성과 제대로 된 결혼생활이 될까 긴가민가했었다. 하지만 결혼해보니 그건 기우였다. 그는 또 기본적으로 노벨상 심사위원을 맡을 정도로 뛰어난 물리학자로서 제법 양식이 있는, 이를테면 지적인 사람이자 똑똑한 남자였으며, 동시에 한숙을 위해 모든 것을 다 바치는 순정남이자 열정남이었다. 그녀 눈에는 그는 모든 면에서 활화산 같은 열혈 남자였다.

그녀는 그렇게 하루하루 지내다 보니 한국생활, 특히 숨 막힐 듯한 독신의 삶, 혹은 소외적 사랑과 영택에 대한 어떤 막연한 갈망 같은 것에서 벗어나 위겔과의 사랑이 그녀의 전부가 되어갔으며, 한국에서 있었던 여러 기억과 추억들은 차츰 한물간 과거의 장으로 넘어가기 시작했다. 그녀는 자신이 이제 온전히 한 여자가 되었으며, 그동안 숱하게 찾아 헤맸던 자신의 본모습을 찾았다고 생각했다.

아침에 위겔이 거친 호밀빵으로 식사를 한 뒤 대학교로 가고 나면 그녀는 침대에 그대로 누워 자기 또래의 캐나다 가수가 부른 'head above water'를 듣곤 했다. 그 여가수도 살기 위해 그런 노래를 만들었던 것처럼 한숙 자신도 물속에 잠기지 않기 위해 한국을 떠나왔다. 고개라도 조금 내밀어야 살아갈 수 있지 않을까?

지나고 보니 한국에서의 삶은 단지 고통스럽다는 것을 넘는 그 무엇이었다. 되돌아보면 자신이 간당간당하게 겨우 붙은 숨만 쉬는 것을 넘어 반 이상은 이미 죽은 송장 신세 꼴이었다. 그 고요하고 한적한 금강송 숲조차도 자신을 세상과 단절시키고, 때로는 자신의 숨통을 조여 오는 폐쇄와 고립의 암흑지대처럼 느껴졌다. 그래서 늘 어딘가 뛰쳐나가 가슴을 확 트이게 해주는 시원한 공기를 흡입하고 싶었다. 시원한 공기 한 모금이 때로는 큰돈이나 위대한 성취보다 더 나을 수도 있지 않은가!

연구를 같이 해야 하는 상황에서 늘 영택의 주변을 어슬렁거리거나 맴돌며 기웃거렸다. 하지만 결국은 안개 속을 헤매다 혼자인 자신만 확인하는 시간들뿐이었다. 그녀가 비록 그와는 구별되는 그녀만의 삶을 살았지만 가끔은 그가 남자로서 다가와 주면 아이 아빠니까 가끔 사랑의 관점으로 대할 수 있다고 생각했다. 적지 않은 시간, 특히 은소를 가진 후부턴 잡을 수 없고, 잡아서도 안 되는 그를 향해 더러 사랑이라는 이름, 씩씩이 아빠라는 이름을 붙여 가며 그 완성을 꿈꾸기도 했다. 하지만 그는 언제나 친한 동료로만 남으려 했고, 그녀 자신도 도덕률에 기반을 둔 문화적 타성에서 벗어나지 못해 영택에게 아양 수준 이상으로 대놓고 달려들진 못했었다.

그녀는 그를 외면하면서도 그를 갈망하는 자신의 그런 이중성이 싫었다. 그녀는 그의 곁에 있고 싶으면서도 동시에 그런 모습과는 전혀 다른, 그녀만의 삶속에 머물고 싶어 했다. 그녀 자신도 다른 누구들처럼 고통의 바다, 인생이라는 쓰디쓴 바다를 결코 벗어날 순 없지만 간혹 고립무원의 외딴섬이나 탈출이 불가능한 요새 같은 그 소나무 숲을 떠나고픈 때도 적지 않았다. 그런데 이렇게 다른 나라에서 다른 남자와 살아보니 또 다른 세계가 열리고, 새로운 희망이 생겼다. 확실히 한스 위겔의 말이 옳았다.

"한숙! 관계, 특히 인간관계가 어떻게 전환되는가에 따라, 혹은 이렇게 저렇게 연결되고 끊어지느냐에 따라 그 삶의 모습이 전혀 달라져요."

그랬다. 비록 그녀의 그 결혼생활이 광대한 초원을 거침없이 달리는 자유는 아니지만 새로운 환경이 그녀의 삶을 밝은 환희 속으로 끌어가고 있는 것은 분명했다. 자신도 한 번쯤 올림픽 육상선수들처럼 생의 찬가를 부르고, 승리의 깃발을 흔들 수도 있다는 자신감도 생겨났다.

인간이 밥만 먹고 살 수 없으며, 그래서 다들 사랑이 필요하다고 말하는 것이리라. 사랑 없인 살 수 없으며, 때로는 욕정에 기반을 둔, 인간의 그 타락한 사랑이 진리나 신에 대한 거룩한 사랑보다 월등한 것일 수 있었다. 철학자들이 말하는 높은 경지의 행복은 아닐지라도, 혹은 성직자들이 말하는 신으로의 행복은 아닐지라도 아이 키우고 서로 볼을 비비며 남자와 억센 음모끼리 부딪쳐가며 살아가는 것도 여자의 길로는 나쁘지 않아 보였다.

그리하여 그녀는 영택의 유전자를 가진 은소와 영소를 키우면서도 차츰 그를 잊어갔다. 인간 삶, 아니 인간 내면의 기묘성이란 그런 것이리라. 단지 공간만 이동했을 뿐인데 영택이라는 존재는 어느덧 낯선 지대에 놓인, 완전한 타인이거나 때로는 환각 속의 잔영으로만 여겨졌다. 어제의 그는 분명 실존의 세계 속 자신을 매료시킨 큰 존재였지만 오늘의 그는 꿈속의 환영이나 때로는 허무하게 소멸해 버리는 거품 같은 퇴물에 불과했다.

인생에서 그런 망각이라도 있어서 새로운 세계를 누릴 맛도 나지 않을까! 비록 두 아이가 영택의 혈연이지만 이젠 한국적 정서처럼 그런 것에 굳이 얽매여 살 필요가 없으며, 그들이 한스 위겔이라는 또 다른 아빠의 자녀들로서 성장하기를 바라는 마음도 생겨나기 시작했다. 아이들에게 잡을 수 없는 것, 잡히지 않는 것을 죽을 때까지 잡고 있으라고 말할 순 없었다. 그들도 성장하기 위해 무언가를 잡거나 채워야 한다면 눈앞의 한스 위겔을 잡는 게 더 이익일 것이리라. 그리하여 결국에는 아이를 더 가지려면 굳이 김 박사의 클리닉에 냉동 저장된 영택의 정자가 아닌, 한스 위겔의 아이를 가질까 하는 생각도 들었다.

30

스톡홀름 장미

그러던 어느 날 아침, 그녀는 이불을 정리하다가 그 이불에 피가 묻은 것을 발견했다. 그가 샤워를 할 때 그의 팔꿈치를 보니 제법 큰 상처가 나 있었다. 그녀가 그에게 물었다.

"위겔, 그 팔꿈치 상처는 뭐야?"

"이거? 나도 어떻게 났는지 모르겠네."

위겔은 아무렇지 않다는 듯 퉁명스럽게 말했다. 한숙은 그가 출근한 후 차고로 가보았다. 그녀가 그곳으로 가본 적은 없었다. 위겔도 그녀가 그곳으로 가는 걸 한사코 거부했었다. 아래로 내려가니 그 차고 구석 쪽으로 버려진 꽃들과 그들을 쌌던 보따리들이 보였다. 그녀는 큰 무덤 같은 그 수북한 꽃더미를 보자 남편이 너무 고마웠고, 그 수고에 감사했다. 그렇게 장미를 매일 새벽마다 가져와 거실 가운데 꽂아놓은 게 사랑의 가늠자로 여기는 그가 여신을 향한 숭고한 기도자처럼 고결하게 여겨졌다.

그녀는 그날 아침에 가져온 것인 듯한, 푸른 잎이 아직 생생한 꽃더미 쪽에 놓인 보따리 하나를 집어 들었다. 그 보따리 한쪽에 작은 글자가 새겨져 있는 게 보였다. '카트리나 꽃집'이라는 스웨덴어였다.

그녀는 남편이 꽃값으로 얼마를 쓰는지 늘 궁금했었다. 그는 한 번도 영수증을 보여준 적이 없었다. 그녀가 꽃 가격을 물으면 그는 "지고지순한 우리 사랑을 돈으로?" 하면서 그냥 넘겼다. 한숙은 휴대폰으로 검색하여 그 꽃집 위치를 알아냈다.

그녀는 차를 몰고 집을 나섰다. 그런데 운전석 옆 위겔의 오른쪽 팔꿈치가 닿는 부분에도 피가 제법 묻어 있었다. 그녀는 그 피를 또 보자 심상치 않음을 느껴 차를 도로가에 세운 다음 블랙박스를 돌려보았다. 큰 모니터 화면에 '카트리나 꽃집'이라는 간판이 보였다.

새벽 5시경, 가로등 불빛이 내리비치는 스톡홀름 변두리 어느 꽃집 앞에 소형 트럭 한 대가 멈추어 섰다. 그 차에서 내린 30대 여성과 그 어머니인 듯한 뚱뚱한 여인이 트럭 짐칸으로 가더니 여러 종류의 꽃다발 뭉치를 꺼내 꽃집 안으로 나르기 시작했다. 바로 그때 그 꽃집 근처에서 어슬렁거리던 한스 위겔이 그들이 꽃집 안으로 들어간 틈을 타서 그 트럭 짐칸의 가장 큰 꽃 보따리를 하나 급히 안아 들고 골목길로 도망쳤다. 그는 마음이 급했는지 그 모퉁이에서 넘어졌다. 그는 들고 있던 꽃 보따리를 바닥에 떨어뜨리지 않으려고 팔꿈치로 바닥을 짚었다. 다시 일어난 그는 골목 안으로 사라졌다 얼마 후 자신의 차 앞(블랙박스 카메라 앞)에 나타났다.

한숙은 가슴이 철렁 내려앉았다. 남편이 자신을 위해 꽃을 바친다고 도둑질을 하다니! 믿기지가 않았다. 사랑도 좋고, 선물도 다 좋은데 왜 굳이 훔쳐서 가져와야 했단 말인가? 돈이 없는 것도 아닌데 이해하기 어려웠다. 그럼 그간 가져온 그 꽃들은 죄다 다 훔쳤다는 말인가?! 거실의 둘레에 놓인 그 마른 꽃들도 다? 분명 그렇진 않으리라. 단지 그날 그것만 그래야 했다!

그녀는 충격적인 사고를 당해 황망한 마음으로 사고현장을 달려가는 유가족처럼 넋 나간 모습으로 허둥거리며 해안도로를 10여 분간 달렸다. 그리고 그 카트리나 꽃집 근처로 가서 차를 세운 다음 그 가게를 주시했다. 20여 분이 지날 즈음 블랙박스 영상에 나왔던 두 여성이 가게 밖으로 나와 소형 트럭을 타고 어디론가 향했다. 그녀는 그들을 뒤따라갔다.

그 트럭이 간 곳은 시내 외곽의 꽃 도매시장이었다. 그곳은 양재동 꽃시장처럼 꽃과 화분들로 가득한 가게들이 줄을 이루고 있었다. 한숙은 차를 도로변 공터에 세운 뒤 그 두 여성을 뒤따라 길 건너 어느 꽃집 안으로 들어갔다. 그 안에는 꽃을 도매로 사러 온 많은 사람들이 큰 다발로 된 꽃 뭉치들을 둘러보고 있었다. 그들 두 여인은 그 가게 사장에게 화난 어투로 말을 하고 있었다. 한숙은 스웨덴어로 하는 그들 이야기를 거의 다 알아들었다.

"번영회 회장님, 어제에 이어 오늘 새벽에도 장미꽃을 도둑맞았어요. 장사를 망쳤죠. 그래서 앞으로는 새벽엔 오지 않을 거예요."

"그래요? 최근에 장미꽃을 도둑맞았다는 사장님들이 적지 않아요. 이게 신고받은 꽃가게들 명단입니다. 목격자에 따르면 덩치가 엄청 큰 중년 남자가 새벽마다 차를 몰고 곳곳에 다니면서 훔치는 것 같대요. 그것도 최고급 장미만요."

"그럼 그 남자 차를 본 사람이 한두 사람이라도 있었을 거 아닌가요?"

"지금 경찰이 조사 중이에요. 어? 저기 저 길 건너편에 서 있는 저런 차예요. 일주일 전에 친구가 장미를 도둑맞았는데 그 남자 차가 저 차종이라더군요."

한숙은 그 번영회장이라는 사람이 가리키는 차가 자신의 차라는 것을 바로 알아차렸다. 갑자기 심장이 뛰기 시작했다. 그녀는 급히 밖으로 달려 나가 길을 건넌 다음 사방을 둘러보며 자신의 차에 올랐다. 바로 그때 꽃상가 맨 끝에서 웬 중년 남자가 고래고래 고함을 치며 한숙 쪽으로 달려왔다. 그의 외침에 다른 가게에서도 사람들이 나와 그녀가 있는 쪽으로 뛰기 시작했다. 한숙은 급히 차를 몰고 도로를 빠져나갔다. 그러자 몇몇 사람들도 차를 타고 그녀를 뒤따랐다.

그녀는 가속기를 최대한으로 밟아댔다. 그 중년 남자를 비롯한 몇몇이 여러 대의 차로 그녀를 줄기차게 따라오면서 쉼 없이 경적을 울려댔다. 그곳 지리에 어두운 그녀로선 큰 도로를 그대로 달리면 잡힐 것 같았다. 그녀는 급히 우회전하여 주택단지의 어느 복잡한 골목으로 들어갔다. 검은 차 한 대가 끝까지 따라왔다. 그녀는 골목길을 수십 번 돌고 돈 다음에야 그 차량을 따돌릴 수가 있었다.

차를 큰 트럭들 사이에 주차시킨 그녀는 시동을 다 끈 다음 의자를 뒤로 젖히고서 누워버렸다. 그녀는 비참한 생각이 들었다. 이 낯선 곳에서 지금 뭐하는 짓인가 말이다. 그리고 동시에 불안도 엄습해왔다. 자신의 차량, 그리고 남편의 행위가 CCTV나 목격자들에게 이미 노출되었을 텐데 경찰이 수사를 한다면 결국은 잡힐 게 분명했다. 빨리 손을 써야 했다.

아침 9시경 힘없이 집으로 돌아온 그녀는 아이들을 돌보며 이 일을 어떻게 처리해야 할지 고민했다. 그 죄가 크고 작고의 문제가 아니었다. 그녀에게 중요한 것은 그가 대체 왜, 무엇을 위해 그런 일을 해야 했을까 하는 점이었다. 더구나 한두 번도 아니고 그녀가 그곳에 온 후 매일 그랬다면 그런 절도 자체도 매우 심각한 문제이거니와 그의 내면도 큰 문제라 할 수 있었다.

한스 위겔에겐 노벨상이 눈앞인 한숙을 보통의 아내를 넘어, 특별히 더 배려해주어야 하는 큰 존재, 혹은 고귀한 존재로 여겨진 게 분명했다. '거대한 그녀', 아니 '거대해 보이는 그녀'에게 긴장감 하나 없이 평이한 방식으로 장미를 가져오는 것은 그에겐 재미없는 일이었던 것 같았다. 그런 중압감과 강박성이 그를 어처구니없는 행동을 하게 만든 것이리라. 하루 이틀 장미꽃이 없다 해도, 혹은 돈을 주고 사서 가져온다고 해도 큰일이 일어나는 것도 아니지 않는가? 이를 테면 가정생활이란 아내, 혹은 남편이 위대한 천재든, 걸출한 미녀든, 혹은 엄청난 재벌이든 상관없이 부부가 서로 작은 허물이라도 다 터놓을 수 있을 정도로 마음의 벽이 없어야만 제대로 된, 안정된 가정이 형성되는 것인데 그는 스스로를 옭아맨 사랑방식으로 인해 그런 관계를 만들어내지 못한 것이다. 부부 일방이 상대를 매우 특별한 것으로 여기는 한 어느 부부라도 그 관계는 순탄하게 흘러가기는 쉽지 않을 것이었다.

다음날 새벽 한스 위겔은 늘 하는 것처럼 잠들어 있는 한숙 몰래 집 밖으로 나왔다. 하지만 그 집 앞에 경찰차가 서 있자 집으로 도로 들어와 버렸다. 경찰이 왜 그의 집 앞에 와 있는지 알 순 없었지만 그는 그들을 보자 경련환자처럼 온몸을 부들부들 떨며 거실로 들어와 탁자에 겨우 앉았다. 인기척에 한숙이 거실로 나오며 불안한 표정의 그에게 물었다.

"당신, 오늘 꽃 사러 나가지 않아?"

"아니 그냥! 오늘은 집에 있지 뭐."

그러면서 그는 시뻘건 얼굴이 되어 다시 차고로 내려가 버렸다. 8시 무렵 침울한 표정으로 집 안으로 들어온 그는 호밀빵 식사도 거른 채 급히 학교로 갔다.

그날 낮에 한숙은 스웨덴 특파원으로 있는 60대 초반의 김기술 기자를 급히 만나 자초지종을 얘기했다. 그러자 그가 말했다.

"정 박사님, 큰 물고기나 큰 새에겐 거미줄 같은 작은 그물은 별거 아닙니다. 살인사건도 아니고요. 그러니 안심하십시오. 제가 이곳 경찰청장을 좀 압니다. 그분에게 도움을 요청해보겠습니다. 그분 형도 스웨덴 총리라 방법이 있을 겁니다. 한숙 씨 이름으로 밀고 나가는 거죠."

"제 이름을요? 더 빨리 소문날 텐데요."

"이름이라는 게 사실 허상이고 거죽이긴 하나 인간사회는 기묘해서 그것 하나만으로도 강력한 힘을 가지기도 합니다. 우리도 어쩔 수 없이 한숙 씨가 가진 그 이름값과 에코징으로 밀고 나가야 합니다. 특히 그 청장은 최근 어린 손자가 골육종이라는 소아암에 걸려 그렇지 않아도 한국으로 가겠다며 제게 숙식할 곳과 병원을 알아봐 달라고 사정했거든요. 남편분이 훔친 죄는 사라질 순 없지만 좀도둑 수준이므로 일이 순조로울 경우 그냥 넘어갈 수도 있습니다. 한숙 씨 이름이라면요."

"좀도둑요? 아무튼 김 기자님, 조언 너무 감사합니다."

"같은 동포로서 돕고 사는 거죠. 아직 받지도 않은 노벨상이 벌써 흠집이 나서야 되겠습니까?"

그러면서 그는 그녀 앞에서 곧바로 경찰청장에게 연락해 한스 위겔의 절도 이야기를 하며 원만한 해결을 부탁했다. 그러자 10분 후 그로부터 한스 위겔이 청년시절에도 절도로 경찰서에 여러 번 들락거렸다는 답변이 왔다.

"도벽요?"

한숨을 크게 내쉰 한숙은 울진의 영택에게 전화를 걸었다. 그녀가 한국을 떠난 지 1년 만에 두 번째 통화였다. 첫 번째는 영택이 그녀의 둘째 아이 영소 출생 때 한 축하전화였는데 그때 그녀는 위겔이 세상의 전부로 여겨져 그에게 전화하지 말라며 냉정하게 얘기했었다.

영택의 차분한 목소리가 전해져 왔다.

"여보세요? 한숙 씨? 잘 지냈지? 전화 한 통 없던 사람이 갑자기 왜 그래?"

"영택 씨! 흐으엉엉!"

그녀는 영택의 목소리에 그만 울음을 터트렸다. 그녀는 이지적이면서도 무심한 듯한 그 굵은 음성에 그냥 눈물이 났다. 영택이 잘 하지 않는 농담을 해댔다.

"어허! 내가 그리워 통곡하는 모양이네? 그것도 아니면 서방이 술 퍼마시고 거실에 드러누워 명월이! 황진이! 외치면서 한 달째 각시 방에 들어오지 않거나 네 살배기 은소의 미모가 엄마보다 더 뛰어나자 이 가시나, 저 가시나 하고 욕에다 삿대질까지 했는데도 분이 덜 풀렸구먼. 하하하."

"영택 씨, 농담하지 말고 날 좀 도와줘! 김 박사 병원에 입원실 하나 마련해주고, 지금 바로 국제특송으로 그 에코징 10박스 보내줘."

"엥? 무슨 일 있어? 누가 아파?"

"그냥. 아무튼 내가 말한 대로 바로 해줘!"

그녀로선 상황이 어떻게 될지 모르니 그 청장이 자신을 도와주면 그 보답으로 그의 손자를 한국에 입원시켜 주거나 약이라도 주어야 될 것 같았다. 그녀는 영택에게 남편 이야기를 하기 싫었다. 그런데 갑자기 그가 장미 이야기를 꺼냈다.

“위겔 씨가 요즘도 장미꽃 가져와?”

“글쎄… 뭐라고 해야 하나? 그냥저냥! 근데 그건 왜?”

“그냥. 여기 있을 때도 한숙 씨에게 꽃다발 많이 가져왔잖아. 그런데 뭐든 너무 지나치면 무리를 하게 되지. 한스 위겔 그 양반이 좀 그렇더군.”

“그랬어? 사실은 그가 꽃을 많이 훔쳐서 지금 문제가 될 것 같아.”

“그래? 거기서도 그런 일을 했나 보네.”

“뭐? 거기서도? 그럼 영택 씬 알고 있었구나. 위겔이 도벽이 있다는 거? 그러면 왜 말하지 않았어? 왜?”

영택은 한숙의 원망을 듣고는 자신이 큰 실수를 한 것 같다며 자책했다. 그는 그가 장미꽃을 절도했던 상황을 이야기해주었다.

“사실 그때 다 말해주었어야 했어. 하지만 결혼에 들떠 있는 한숙 씨를 보자 차마 말하긴 그랬지. 그리고 그가 사랑에 빠져 잠깐 그러는 줄로만 알았지 그런 습벽이 있는지는 생각지도 못했어.”

“영택 씨, 미워! 내가 알았으면 체크했을 텐데 아무런 정보가 없으니 이렇게 일그러져 버렸다구.”

“내가 그런 거 이야기하면 한숙 씨 가지 못하게 잡는 거 같아서 말하지 못했지."

"흥! 누가 영택 씨 사랑한데? 김칫국은 잘 마시네! 흥!"

그녀는 벌컥 화를 내며 전화를 끊어버렸다.

그날 저녁, 한스 위겔이 퇴근하여 집 입구에 도착했을 때 우체부가 그의 집 우체통에 서류 하나를 넣고 사라졌다. 그는 차에서 내려 그 서류를 꺼내 읽어보았다. 경찰서로 오라는 출석통지서였다. 그 종이를 보고 있던 그가 갑자기 얼굴이 파래지며 그 자리에 털썩 주저앉았다. 잠시 후 그는 다시 일어나 차 쪽으로 걸어갔다. 하지만 그는 마치 거센 바람을 헤치고 나아가는 주정뱅이처럼 쓰러질 듯 몸을 앞뒤로, 좌우로 휘청휘청하며 심하게 비틀거렸다. 거실 차창으로 그를 쳐다보던 한숙이 급히 뛰어나갔다. 한스 위겔은 한숙을 보자 다시 정신을 차리고 차에 올라탄 뒤 차고로 들어가 버렸다. 그리고 그는 차고 문을 걸어 잠근 다음 차 안에 그대로 있다가 저녁 10시가 되어서야 집 안으로 들어와 창고 방에서 잠들었다.

밤 11시 무렵, 한숙이 아이들을 돌보던 중에 스웨덴 총리로부터 전화가 왔다.

"닥터 최, 사건의 전말을 전해 들었습니다. 제가 우리 인류의 구원자이신 당신의 위대함이 훼손되지 않도록 남편분의 일을 처리해드리겠습니다. 그리고 내일 저녁 만찬에 초대하고 싶습니다."

"감사합니다. 그분들의 피해는 보상해드리겠습니다."

한숙은 전화를 끊었다. 너무 기뻤다. 눈물이 났다. 그녀에게 자신의 명예나 명성 같은 건 중요하지 않았다. 남편이 자신이 한 행위에 상응하는 대가를 치러야 한다면 그것을 받아들일 수밖에 없지만 가능한 한 조용히 넘어가는 게 필요했다. 그녀가 걱정하는 것은 그의 내면에 부정적인 어떤 변화가 일어나 결혼생활에 큰 변화가 오는 일이었다. 어떻게 결심하여 하게 된 결혼인데 흔들리는 일이 있어서는 안 될 것이었다.

새벽에 나가는 것을 완전히 멈추어버린 그이기에 그 열정도 강제로 종료되는 셈인데 그가 쏟아부었던 사랑도 퇴색하여 행여 그녀를 마치 소 닭 쳐다보듯 무관심으로 돌변하는 게 아닐까? 그 방식이 옳은가의 문제를 떠나 외골수적인 그가 자기만의 사랑 표현인 그 꽃다발 가져오기가 멈춰버린 상황을 사랑의 훼손, 자존심의 훼손으로 간주하여 순식간에 열정이 다 사라져 냉혹한 모습이나 외면하는 모습을 드러내는 건 아닐까?

한숙은 아이들과 놀다가 그들이 잠들자 자기 침대로 와서 드러누웠다. 그런데 이때 무언가 부딪치는 소리가 들려왔다. 그녀는 급히 거실로 달려 나갔다. 한스 위겔이 거실 탁자와 소파, 그리고 대리석 좌대 위에 진열되어 있던 마른 장미꽃들을 거실 바닥으로 마구 집어 던지고 있었다. 넓은 거실이 온통 부서진 집기들과 마른 장미꽃들로 엉망이 되었다. 한숙은 그를 말리지 않았다. 결혼 전 양호리 집에서도 그는 그녀가 보고 있는 바로 앞에서, 그것도 구애 중인 상황에서도 대놓고 던지고 부수었던 사람이었다.

한숙은 그때도 그를 미워하지 않았듯이 지금도 그러했다. 긴 세월 사랑의 실패 속에 살아온, 하지만 열망으로 가득 찬 그에게 한숙을 사랑하는 일은 이루 말할 수 없이 신성한 일이자, 또한 부담스러운 일이었던 것 같았다. 하지만 그의 그런 모습이 그녀에게 결코 좋은 기억으로 남을 순 없다는 생각이 들었다.

그날 밤, 한숙은 구인센터에서 일일 도우미들을 불러 거실을 치우게 한 뒤 아이들 침대 옆에 쪼그려 앉아 밤을 샜다. 그가 엄청난 죄를 지은 것은 아니지만 정상적인 삶을 꾸릴 상황도 아닌 게 분명해졌다. 그래도 그녀는 그를 이해하려 애를 썼다.

하지만 그를 이해하고 그녀 스스로를 위로해도 자꾸 밀물처럼 밀려오는 깊은 외로움을 막을 순 없었다. 그리고 앞으로도 그런 외로움을 헤어나거나 지금보다 더 나은 상황으로 진행되기는 쉽지 않다는 절망감이 밀려들었다.

그날 이후에도 한숙은 아무런 일도 없었다는 듯 한스 위겔과 정상적으로 생활했다. 하지만 위겔은 마치 영혼이 없는 사람처럼 그녀를 대했다. 특히 그는 그 새벽마다 꽃을 구하러 갔던 일이 없어지자 새벽 5시부터 어두컴컴한 거실에 혼자 앉아 증오인지 수치심인지, 아니면 자존심의 손상에 대한 아쉬움인지 두 손을 부르르 떨며 앉았다 일어나기를 반복하며 알코올중독자처럼 쉼 없이 투덜거렸다. 그리고 어느 날부터는 그는 아예 그녀 곁에 오지 않았다.

같은 공간이지만 한스 위겔은 마치 전혀 다른 구역 사람인 것처럼 한 집에서 그렇게 행동했다. 고통스런 동거가 계속되었다. 인간이 먼지 하나, 물방울 하나로도 죽을 수 있다는데 한스 위겔도 장미 훔친 건, 아니 그걸 훔치다 들킨 건으로 그 영혼 전체가 휘청거리는 모양이었다. 한숙은 숨이 막힐 것 같았다.

그러던 어느 날 그녀가 근처 대학교에서 그 대학 총장과 강연 관련 면담을 한 뒤 집으로 돌아왔을 때 위겔이 그녀에게 무릎을 꿇고 용서를 비는 것이었다.

“무슨 용서?”

“잠시 당신에게 소홀한 거, 미안하게 생각해. 위대한 당신.”

“닥쳐! 그런 소리 하려거든 나가! 내가 뭐가 위대한데? 위대하다 해도 그렇지. 우린 동등한 부부야! 그런 생각 때문에 당신과 내 삶이 다 엉망이 되어버렸어! 앞으로 나를 그냥 아내, 평범한 주부로, 여자로 보고 살아! 내 옆에 붙어 있다 죽으려면 그렇게 해, 제발!”

한숙의 차가운 말에 그는 침묵하며 방으로 들어갔다. 그리고서 그는 깊은 밤, 예전부터 늘 하던 “한숙 씨!”라는 말 대신 “한숙아! 숙아!” 하면서 그녀에게로 파고들었다. 그리하여 그들은 다시 같은 방을 쓰며 부부로 살아갔다.

한숙은 인간 삶이 이래볼까? 저렇게 해볼까 하는 수많은 갈등과 오락가락의 연속임을 깨달았다. 그녀는 관성에 이끌려서든 애정이 남아서든 위겔의 자존심을 세워주려 노력하며 다시 그를 열심히 사랑했다. 위겔도 그녀를 여러모로 배려하며 관계 회복을 위해 많은 노력을 했다.

한숙은 에코징이 전혀 문제가 없다는 세계보건기구의 임상실험 1차 결과 발표 후 영택과 마찬가지로 강연을 시작했다. 스웨덴 각지에서 강연 요청이 쇄도한 것인데 그녀는 아이들도 어리고, 또 강연 경험도 일천하여 우선 가까운 대학들을 위주로 소규모 강연을 하다가 차츰 규모와 거리를 늘려갔다. 강연료는 회당 작은 강연장은 1천만 원, 큰 대학이나 기업체 강의에는 수천만 원이 넘었다. 특히 자금이 풍부한 대기업에선 1억 원 이상이었다.

이렇게 그녀가 강의를 시작했다는 소문이 나자 에코징의 대량 공급을 갈망하는 영국, 프랑스, 독일 등 인구 및 경제력 면에서 스웨덴보다 나은 국가들은 회당 2~5억 원 이상을 주고 그녀를 초청하려 했으며, 미국의 경우 10억 원 이상의 제안도 적지 않게 들어왔다.

한숙은 강의를 통해 그 삶도 크게 긍정적이고 활력적으로 되어갔다. 그렇게 6개월이 흐른 후 어느 날 한스 위겔은 한숙의 1회 강연료를 듣고 깜짝 놀랐다.

“한숙, 나는 어디 강연 나가면 회당 1만 달러 받기가 아주 드물어. 그런데 자기는 어때?”

“나? 어제 영국 가전그룹 다마슨에 갔더니 50만 달러 주던데? 보통은 20만 달러 정도 받아. 하지만 이건 많은 것도 아냐. 영택 씨는 미국 가서 회당 100만 달러도 받더라. 명강연의 대명사라는 클린턴, 힐러리 부부보다 더 많이 받아."

"그래? 내가 1년 내내 수많은 자료 연구하고 지하에서 주야로 연습해서 하는 학교 강의인데 자기가 두어 시간 강의하는 것보다 못하네?"

"나도 많다고 생각해. 같은 강의를 해도 노벨상과 무관했다면 이렇게 많지는 않았을 거야. 자기도 자본주의 논리를 받아들이고 그런 것에 너무 스트레스받지 마. 큰 이름 하나, 어떤 타이틀 하나, 유명인이라는 이름표 하나 더 붙으면 그야말로 거품처럼 값이 올라간다는 거 말이야. 여보, 우리 앞으로 서로 강의도 줄이고 주말마다 놀러 다니자! 나도 평생 여행 한 번 마음 놓고 가보지 못했어."

"여행? 좋은 일이지. 당신 덕에 유럽 곳곳에 다녀보자."

그녀는 한스 위겔과 알프스나 북극 등 유럽 곳곳을 여행 다녔다. 그런데 몇 번의 여행이 끝난 어느 날 이후 한스 위겔은 점점 웃음이 줄어들었다. 그는 강의에도 그다지 열성을 보이지 않았다. 집 지하실에서 늘 마이크를 잡고 열정적으로 강의 연습을 하던 그였는데 불볕더위에 꺾인 오후의 들풀처럼 그가 하던 모든 게 다 시들해졌다. 그러던 그는 어느 날부터 새벽마다 조깅복 차림으로 외출을 했다.

한숙은 강의 시간표를 짜서 대형 밴에 도우미 아주머니 둘과 어린 은소, 영소를 데리고 유럽 전역으로 1주일간 강연 갔다 1주일간 집에 있는 식으로 생활했다. 그녀는 강의료보다 젊은이들에게 창의적 영감을 주려고 강연활동에 최선을 다했다.

그러던 어느 날 도우미 아주머니 한 사람이 그녀에게 자신의 휴대폰에 찍힌 사진 여러 장을 보여주었다. 그 사진에는 한스 위겔이 근처 공원 화장실로 들어가는 모습들이 들어 있었다.

"아주머니, 위겔이 화장실 가는 게 어때서요?"

"그게 아니랍니다. 자, 이 사진들도 좀 보세요. 제가 새벽마다 우리 강아지 데리고 화장실 옆길로 산책을 다니는데 언제부턴가 위겔이 여길 들어가는 게 보였어요. 처음에는 예사로 생각했는데 그 안에서 이 예쁘장한 어린 남자와 같이 나오는 거예요. 간혹 입맞춤도 하구요."

"항상요? 그럼 동성애를 한다는 건가요?"

다음날 새벽, 한스 위겔이 밖으로 나가는 것을 확인한 한숙은 아이들을 도우미 아주머니들에게 맡기고 그를 미행했다. 그녀는 그를 뒤따르면서 자신이 지금 뭔가 큰일이 일어날 것 같은 막연한 불안과 공포 같은 것에 휩싸여 있다는 것을 느꼈다. 왜 늘 모든 것을 함께하는 남편 뒤를 몰래 따라가야 하는가? 매일 옆에서 살갗을 부딪치는, 너무 잘 알고 너무나도 밀접한, 그래서 일심동체라는 말처럼 서로 하나라고도 말할 수 있는 그런 남편을 분열적으로 인식해서 이상한 사람, 나쁜 사람이라 의심하며 무언가를 캐내려 미행하게 되는가 말이다. 이처럼 미친 짓이 어디 있을까?

하지만 남편이라는 사람이 자신에게 알몸으로 해대던 그 거친 격동과 맨살의 억센 마찰을 다른 사람, 그것도 듣도 보도 못한 어린 남자에게 하는 것 같다는데 어느 여자가 가만히 있을 수 있을까? 인간이 꼭 위대한 진리의 훼손이나 거대한 이익, 혹은 돌이킬 수 없는 커다란 손해에만 반응해야 하는 건 아니지 않은가!

모자와 마스크, 그리고 목도리로 얼굴을 가린, 남자 차림의 한숙은 10여 분을 걸어 공원 화장실 근처로 가 남편을 지켜보았다. 위겔은 새벽안개로 뒤덮인 공원길을 몇 바퀴를 돌며 화장실 앞을 지날 때마다 무언가를 찾는 듯 사방을 두리번거렸다. 그가 세 바퀴를 돌 무렵 안개 속에서 하얀 운동복 차림인, 백지장같이 창백한 청년 한 사람이 나타나자 그는 그에게로 달려가 그의 손을 잡아끌고 남자 화장실 안으로 들어갔다.

몇 분 후 한숙도 주변을 살피다가 남자 화장실로 들어갔다. 그녀가 그 안으로 들어갔을 때 맨 안쪽 칸에서 남자들의 거친 신음소리와 함께 무언가 격렬하게 부딪치는 소리가 났다. 분노와 절망에 휩싸인 그녀는 그 문 앞으로 가서 주저 없이 발로 그 문을 확 걷어찼다. 그 안에는 위겔과 가냘픈 몸매의 청년이 알몸인 채 서로 엉겨 있었다. 한숙은 마스크와 모자를 벗어 위겔에게 집어 던진 다음 그곳을 뛰쳐나와 버렸다.

그날 밤 집으로 들어온 위겔이 아무렇지도 않다는 듯 한숙에게 말했다.

“그 화장실 가지 않을 테니 강연 다니지 마. 내가 번 돈으로 살자.”

“뭐라구? 위겔, 나는 돈 때문이 아니라 젊은이에게 희망을 심어주려고 다니는 거야. 그리고 내가 강연한다고, 돈 좀 많이 번다고 그 남자와 몸을 비벼? 동성애하는 게 문제가 아니라 그런 걸 하는 이유가 내 돈 때문이라는 거야? 많이 벌면 좋잖아?!"

"기분 나빠! 나는 죽어라 일해도 겨우! 아니야."

"나는 이런 강의 하지 않아도 충분하다는 거 당신도 다 알잖아? 그리고 강연료 많이 받는 게 왜 문제가 돼? 크게 성공한 여자의 남자는 다 죽겠네? 나 때문에 숨을 못 쉬겠어? 그런 건 우리가 부부로 살아가는 데 본질이 아니라는 거 당신도 알잖아. 그리고 당신도 미국 명문대 교수들 못지않게 대우받고 있어. 그러니 자기도 최고 학자로 인정받고 있는 거야! 나는 단지 노벨상 이름 붙으니까 그 거품으로 더 얹어주는 것뿐이라구. 자본주의라는 게 다 그렇지 않아? 당신도 잘 사는 나라에 살다 보니 가난한 나라에서 당신과 똑같은 실력의 대학교수들에 비해 월등히 더 높이 대우받고 있잖아?"

"아무튼 그런 강의 하지 않으면 그 애하고도 안 만날게."

"뭐라구? 조건을 걸면 곤란해. 그리고 그런 강의는 인류를 위한 일종의 의무이기도 해. 돈 핑계대지 말고 정 그렇게 살고 싶으면 숨기지 말고 당당히 즐겨. 더러운 화장실 바닥에서 그러지 말고. 다만 우리 관계는 정리해!"

"뭐? 나를 짓밟고 떠나간 내 아버지처럼 당신도 날 떠난다고?"

"그럼 새벽에 그 남자 몸에다 한 짓을 저녁에 집에 와선 내 몸에다 하겠다는 거야? 당신을 떠나는 게 아니라 당신이 하나를 선택해!"

"에잇!"

위겔은 소파에서 벌떡 일어나 주방으로 달려가더니 찬장에 있던 모든 그릇들을 다 던지거나 때려 부수기 시작했다. 수저 뭉치도 거실로 집어 던졌다. 그는 다시 거실로 나오더니 탁자와 그 위에 있던 꽃병들, 그리고 벽의 대리석 좌대를 장식하던 도자기들을 바닥으로 집어 던져 산산조각 냈다. 그리고 몇 개 남지 않은 마른 장미 꽃다발들도 발로 다 뭉개버렸다.

한숙은 그와의 결혼생활을 끝내기로 하고 김기술 기자에게 부탁하여 이삿짐을 모두 울진 양호리 집으로 보냈다. 그녀는 유아 도우미들과 함께 6개월에 걸쳐 유럽-캐나다-미국, 그리고 일본, 중국 강연을 한 후 한국으로 들어왔다.

31

언제나 그 자리에

그녀는 한국으로 들어오기 전날 김 박사에게 전화를 걸었다.

“김 박사님, 저도 몸을 좀 만들 테니 셋째 아이 인공수정 준비해 주세요.”

“아니 왜요? 지금은 결혼하셨잖아요. 그건 한숙 씨가 혼자 살 때나 생각해보는 건데 갑자기 하시려는 게 좀 그러네요.”

“상황이 좋지 않아요. 힘들어요! 아이, 아니 생명을 더 가지고 싶어요. 그 냉동 정자로요.”

“그래요? 그럼 영택 씨에겐 인공수정하러 한국에 온다는 걸 알릴 건가요?”

“아뇨! 이번에 한국에 완전히 돌아갑니다. 다만 지금은 그에게 저의 실패를 알리고 싶지 않아요.”

“네? 실패요? 이런!”

삶이 유유히 순조롭게 잘 흘러가면 좋겠지만 그렇지 않은 걸 어떡하란 말인가! 그녀는 자신이 거대한 바다의 격랑치는 파도 위에 실린 작은 가랑잎 신세라는 생각이 들었다. 하지만 자신의 삶이 다른 여인들의 그것에 비해 특별히 더 비참하다는 생각은 하지 않았다. 그저 인생사에서 누구에게나 있을 수 있는 고통 하나를 겪었을 뿐이었다. 열 번을 이혼해도 최선을 다하다 불가피하게 그렇게 된 거라면 정상적인 삶이지 죄를 지은 것은 아니지 않는가! 자신의 삶이 다른 여인들과는 겨우 한 끗도 차이 나지 않을 뿐이며 흔들린 삶, 다시 견고하게 쌓으면 될 뿐이다!

그녀는 한스 위겔도 이해하려고 했다. 그가 나름 저명한 학자이긴 해도 이상향 속의 유토피아적인 존재는 아니었다. 피터팬처럼 땅 위를 날아다닐 수 없는 평범한 존재일 뿐인데 크고 거대한 것을 기대하는 건 옳지 않은 일이며, 그도 다른 남자들과 다를 바 없이 수많은 문제를 지니고 있는 건 당연했다.

그 다음날 오후, 그녀는 한국으로 들어와 양호리 집에 짐만 갖다놓은 다음 금강 소나무 숲으로 갔다. 그녀는 관리소장에게 자신이 한국으로 들어온 것을 비밀로 해줄 것을 요청했다. 소장에게 물어보니 영택은 서울로 출장을 갔다고 했다.

화창한 봄날이었다. 그녀는 관리소장이 내어준 전기카트에 두 딸을 태우고 대왕 소나무 길로 들어가 고요한 솔숲 길을 여유롭게 달렸다. 오랜만에 왔지만 언제나 그렇듯 지붕처럼 쳐진 소나무 가지들 아래로 난 그 길은 고요하고 평화로웠다. 마른 솔잎으로 가득한 숲길을 달리는 것만으로도 커다란 위안이었다.

그녀는 제법 달려 대왕 소나무가 보이는 언덕에 도착한 다음 그 위로 올라갔다. 그 소나무는 언제나 그 자리에 있었다. 그녀는 그 소나무를 한참 동안 바라본 뒤 두 팔을 벌려 그 나무를 끌어안았다. 문득 위대한 존재들은 그 나무처럼 언제나 그 자리에 있었다는 생각이 들었다. 자신같이 그렇지 못한, 욕망과 잇속에 매몰된 존재들은 기껏 한다는 짓이 허깨비 놀음하듯 이리저리 부유하다 결국에는 유랑으로 종말을 맞을 뿐이었다.

'나도 너처럼 언제나 그 자리에 머물 수 없을까?'

갑자기 영택이 떠올랐다. 그는 있는 듯 없는 듯 언제나 그 자리에 서 있었다. 그녀가 이리 기울어도, 혹은 저리 기울어도 그는 그 자리에 있었다. 아마 뒤로 넘어져도 그는 그 자리에 있으면서 자신을 받쳐줄 것이었다. 그가 이성과 논리를 넘어 거대한 진리를 지닌 삶의 지배자같이 느껴졌다. 그리고 현실 넘어 이데아의 이상향에 서 있는 초월적 존재 같았다. 지나고 보니 한 남자에 대한 믿음이나 사랑이라는 차원을 넘어 자신이 왜, 어떻게 그를 인간적으로 흠모하게 된 것인지 그 출발점을 정확히 알 순 없지만 그는 그런 존재였기에 그의 정자로 은소와 영소를 가지게 되었던 것이다.

그녀는 그 소나무를 향해 두 손을 모았다. 그 나무는 긴 세월을 버텨온 그 자체만으로도 위대했다! 그녀는 그것을 향해 기도하는 자신이 놀라웠다. 종교를 떠나 이전엔 나무든 뭐든 그렇게 기도를 해본 적이 없었다. 그녀는 그런 자신의 모습이 신기했다.

손을 내린 그녀는 두 아이의 손을 잡고 그 대왕 소나무 아래로 펼쳐진 장대한 숲을 바라보았다. 밀림의 원시림 못지않게 울창하게 펼쳐진 5월의 그 거대한 푸르름이 자신을 반기는 듯 따스한 바람을 보내왔다. 바람도 사람의 마음을 알까? 그녀는 그 훈풍을 맞으며 더 이상 휩쓸리는 삶을 살지 않으리라 마음을 다졌다.

더 이상 숨어서 우는 바람, 혹은 그런 바람소리가 되기 싫어서, 그리고 드러내어 사랑이 만들어내는 웃음을 웃고 싶어서 그 먼 곳으로 한스 위겔을 따라 갔었다. 지금 생각해보면 위대한 그 무엇에 딱 붙어서 떨어지지 않는 게 최고의 처세술인데 그걸 알지 못했다. 자신이 지혜가 없는 것인지 위대한 것들은 늘 그 자리에 있다는 걸 잊고서 이리저리 휩쓸리고 방랑하거나 표류하며 갈 곳 없이 헤맨 자신이 한없이 어리석게 느껴졌다.

그날 저녁, 한숙은 김 박사의 시술로 인공수정을 했다. 그리고 생활도 그곳에서 했다. 2주 후 김 박사로부터 시술 성공이라는 말을 들었을 때 그녀는 자신이 이제 세 아이를 가졌다는 생각과 함께 문득 그들에게 아빠라는 존재는 이대로 영원히 없는 것이 되어야 하는 건가, 그렇게 살아야만 하는가 하는 깊은 회의감도 몰려왔다. 전엔 그런 생각이 들지 않았는데 아이들이 차츰 하나의 독립된 존재로 성장해감에 따라 그런 생각이 들었다. 아이들에게 아빠가 없다는 차원을 넘어 아이들이 나중에라도 자기 아버지가 누군지, 자기 존재의 근원에 대해 물어도 죽는 순간까지 절대 말하지 않고 입을 꽉 다물어야 하는 게 옳은가 말이다. 그건 죄악이라는 생각이 들었다. 그녀는 자신이 어떻게 하면 그들에게 죄를 짓지 않으면서도 동시에 영택의 삶이 혼란에 빠지지 않게 할 수 있을지 고민에 고민을 했다.

주말 저녁, 아내 진숙이 서울로 가서 집에 혼자 있게 된 영택은 에코징 연구과정을 담은 기록 '금강송 숲에 피어난 노란 등대꽃'의 집필을 마무리 지었다. 그는 한숙의 부탁대로 그 책의 스웨덴 등 북유럽 3개국 판권을 그녀를 도와준 김기술 기자에게 넘겨주기로 했다.

새벽 1시경, 장학사업 및 새로운 연구와 관련된 메모들을 대강 정리하고 집을 나온 그는 밝은 등이 내리비치는 집 앞 소나무 숲으로 내려갔다. 그는 분수대 옆 벤치에 잠깐 앉았다가 늘 하던 것처럼 경비가 서 있는 후문을 지나 한숙의 집으로 들어갔다. 그녀 집엔 으레 그렇듯 희미한 거실등 하나만 켜져 있었다.

그 집은 벌써 2년 넘게 주인 없는 빈집 상태였다. 아무리 최고급에 첨단시설이 갖춰졌다 하더라도 적지 않은 기간 사용하지 않다 보니 곳곳이 퇴색되어 갔으며, 사람의 온기 하나 없는, 유령의 집 같은 느낌도 들었다. 하지만 결혼하여 돌아오기 어려울 텐데도 한숙은 집 안을 정리하지 말고 자신이 갈 때 해놓은 그대로 놓아두라고만 했다.

그는 큰불을 켠 다음 거기에 올 때마다 그랬듯 주방과 거실을 순찰하듯 둘러보았다. 주방에 전에 보이지 않았던 우유병 두 개가 놓여 있고, 물기도 제법 보였다. 그들 병엔 우유도 일부 들어 있었다.

'청소하는 아주머니가 자기 손주 거 갖다놓은 건가?'

그는 다시 거실로 들어와 조심스레 한숙에게 전화를 걸었다.

"여보세요?"

그러자 한참 후에야 그녀가 전화를 받았다. 그녀는 잠이 덜 깬 목소리였다.

"영택 씨, 나야! 어쩐 일이야? 이 시간에?"

"지금 어디야?"

"여기? 응? 가깝고도 먼 곳!"

"스웨덴 집이군 그래. 나도 지금 한숙 씨 집 둘러보러 왔어. 근데 여기 우유병이 있어. 좀 이상하네."

"호호호, 귀신인가? 그럼 큰방에 귀신 가족이 사나봐. 한번 가봐. 어서!"

"응?"

영택은 휴대폰을 들고 큰방으로 들어갔다. 놀랍게도 그 넓은 공간 안쪽에 한숙의 두 아이가 작은 침대에서 자고 있고, 그 옆 큰 침대엔 한숙이 전화기를 든 채 누워 있었다. 영택이 깜짝 놀라 뒤로 물러서며 소리쳤다.

"한숙 씨!"

"영택 씨, 나야! 얼마 전에 왔어!"

"이 아줌마가 사람 놀라게 하는 재주가 있네! 그럼 나는 이만 가

볼게."

영택은 잠옷 차림의 그녀를 보자 몸을 돌려 밖으로 나가려 했다. 그때 한숙이 침대에서 벌떡 일어나 그에게로 달려와 그를 와락 끌어안으며 말했다.

"영택 씨, 보고 싶었어! 왜 가?"

"아니 이 손, 이 손 놓고…"

영택은 그녀에게서 빠져나오려 했다. 하지만 그녀는 영택을 더 세게 끌어안으며 애원하듯 말했다.

"영택 씨, 가지 마! 자기가 남자라서 이러는 거 아니야. 결혼했다 또 실패한 내가 무슨 남자야?! 다만 늘 그 자리에 있기에, 부유하는 나를 잡아주었기에 이러는 거야. 오늘 영택 씨가 이 자리에 존재한 적이 없었던 것처럼 여기고 살게. 그러니 지금 여기 있어줘!"

야당 대표로 있던 승억은 당내 경선에서 7전 7승으로 야당 대통령 후보로 결정되었다. 경선이 끝난 직후 그는 어수선한 분위기에서 도재철과 배달음식으로 저녁식사를 했다. 그때 대통령 비서실장이 파란 봉투를 하나 가져왔다. 승억은 그 봉투 안에 든 메모글을 읽어보았다. 그것은 대통령이 직접 쓴 손글씨였다.

전에 대표회담 이후 알려드린 거라 그 연결로 오늘 이 메모지를 보내드립니다. 다만 이젠 마지막입니다. 정한숙 박사가 냉동 정자로 셋째 아이를 인공수정했더군요. 그런데 최근 심야에 박영택 실장이 그녀 집으로 들어갔다고 합니다. 경비가 새벽 5시 넘어 조는 바람에 몇 시에 나왔는지는 확인되지 않았구요. 카메라 고장이라더군요. 당시 정한숙 박사는 두 아이와 함께 그 집에 있었습니다. 물론 숲 관리소장에게 알아봤더니 박 실장은 애초 그녀가 한국으로 들어온 것 자체를 전혀 몰랐다고 합니다. 다만 양해를 부탁드릴 것은 앞으론 이런 정보는 캐지도, 보내드리지도 않겠다는 것입니다. 두 연구자의 신변 보호과정에서 우연히 취득하게 된 정보지만 그들의 사생활도 지켜주어야 하지 않겠습니까? 그들 문제는 그들 스스로 해결해야 더 나은 답이 나올 테니까요.

승억은 기분이 매우 좋지 않았다. 하지만 딱히 누굴 꼬집어 책망할 수도 없었다. 분명 둘은 몇 시간은 같이 있은 게 분명했다. 그 시간 동안 서로 얼굴만 쳐다본 걸까? 사위는 한숙이 한국으로 돌아온 줄도, 그리고 그녀의 아이들이 잉태된 내막도 모른다고 하니 그도 피해자임이 분명했다. 하지만 이젠 승억의 눈엔 사위도 가해자거나 문란한 파렴치한으로 보이기 시작했다. 그리고 그가 불륜을 계속 저지를 것만 같은 불쾌함도 앙금처럼 남았다.

승억은 장고에 들어갔다. 이 문제를 어떻게 처리해야 한단 말인가?! 사위 영택을 만나볼까? 김 박사를 만나거나 그를 고발할까? 하지만 답을 찾기 어려웠다. 한숙을 만나볼까? 그럼 그녀에게 무슨 말을 할까? 지금 인류사적인 연구과정에 있는 그녀에게 흔한 말로 아이들 다 데리고 어디로 사라져 주라고 할 수도 없는 노릇이었다. 왜 그런 짓을 했냐고 따진다면? 자칫 그러는 과정에서 언론이 대서특필하게 되면 영택과 한숙은 물론이고, 딸 진숙도 심한 상처와 고통을 받을 게 분명했다. 섣불리 대응하다간 아무런 관련이 없는 딸 가정만 박살날 수가 있었으며, 그 연구소가 해체될 정도로 시끄러운 상황도 벌어질 수 있었다. 더구나 문제의 핵심인, 한숙의 아이들은 이미 엄연한 한 생명으로 존재하고 있는데 그걸 부정하거나 되돌릴 순 없었다. 그리고 자신의 힘든 어린 시절을 생각하며 그 아이들이 건강하게 사는 방향으로 일이 해결되어야 한다는 생각을 했다. 그러니 섣불리 나서서 무얼 할 수가 없었다. 그에게 지옥이 따로 없었다.

'다만 지금 기대하는 건 그들 두 사람이 머리를 잘 짜내서 모두가 상처가 가장 덜 나는 방향으로 일을 처리해주는 거야. 하지만 또 그렇게 하려면 그들 둘이 만나 많은 이야기를 나누어야 할 텐데, 그러면 또 내밀한 만남이 지속될 거 아냐! 이거 참 나!'

밤 12시경 그는 뉴스를 통해 에코징이 아주 까다로운 안전성 테스트를 최종적으로, 그것도 완전하게 통과했다는 세계보건기구의 발표를 접했다. 그 발표는 한국에서 의학으로 노벨상을 받는 시대가 열리게 된 것을 의미했다. 그는 사위가 그 상을 받음으로써 그것에 일조한 자신도 곧 한국에 몰아칠 노벨상 광풍의 정치적 수혜자가 될 것임을 직감했다.

멀리 창문 밖으로 기자들이 몰려와 후레쉬를 켜고 방송 준비를 하는 게 보였다. 그리고 골목 안으로 10여 대의 다른 취재 차량들도 몰려오고 있었다. 그는 그 불빛의 질주가 자신을 향한 권력의 쇄도로 느껴졌다.

32

노벨상과 우공이산

영택의 아내 진숙은 어느 햇살 좋은 날 오후, 쌍둥이를 임신한 만삭의 몸으로 금강 소나무 숲으로 갔다. 그녀는 금소, 휘소, 준소 등 세 아이를 전기카트에 태워 수직으로 곧게 뻗은 소나무들 사이로 난 산길을 달렸다. 얼마를 더 달리자 자주 가던, 소나무의 향기를 고스란히 간직하고 있는 양지바른 잔디밭이 나타났다. 그녀는 그곳 평상에 돗자리를 깔고 아이들과 함께 시간을 보내며 '말머리 성운에서 온 여인'이라는 출판 원고를 꼼꼼히 체크했다. 그날 저녁 영택은 힘든 아내를 대신해서 원고를 한 번 더 검토해주었다.

대통령 선거에 두 번째 도전에 나선 승억은 서울 보라매공원에서 마지막 유세를 했다. 보라색으로 무장한 미스 황과 최 노인의 '백주대낮 보라보라쇼'로 이름 붙여진 보라색 향연의 퍼포먼스가 끝난 후 그가 연단에 오르자 광장에 모인 수많은 사람들이 열광하며 그의 이름을 연호했다. 승억은 마치 꿈을 꾸는 듯했다. 그는 그들의 함성을 들으며 그간 자신을 괴롭혀 온 소외가 종말을 향해 달려가고 있음을 보았다.

그것은 그가 단순히 대통령이 된다거나 하는 차원의 것을 넘어서는 일이었다. 그는 평생 소월의 시 '산유화'를 싫어하면서도 그 시를 버리지 못했었다. 그 인생의 이면은 그 시에 나오는 시어 '저만치'처럼 늘 세상에서, 사람들에게서 떨어져 있었다. 평생 모든 이들의 이방인으로 살아왔다. 남들은 고시합격이다, 산림청장이다 하면서 크게 출세라도 한 듯 그를 좋게, 높게 말했지만 그도 여느 사람들과 다를 바 없이 그늘진 상처투성이의 삶, 아니 이미 그 인생의 출발부터 폐기처분된 삶을 살아왔고, 그런 주변인적, 소외적 정서는 칠순이 넘은 지금까지 계속되어 왔다. 어디 가면 늘 자신이 사람들의 주변에 놓인 존재라거나 낯선 상황에 놓인 어색한 자신을 확인하는 그런 정서로 평생을 버티어왔다.

하지만 이제 수많은 대중들이 다 그에 가까이 와 있었고, 그도 그들에 가까이 다가가 있었다. 정착하지 못하고 표류하는 그의 영혼에서 낯선 타인들이 가까운 이웃이 되는 그런 느낌은 더없이 소중했다. 정치적인 것을 넘어 그 인생을 응원하는 대중들의 웅성거림에 그의 영혼도 호응해주었다. 저만치에 있던 모든 것들이 다 그에게로 다가왔다. 그리고 자신은 이제 세상의 중심에 서 있었고, 자기 마음의 한가운데 우뚝 솟아 있었다.

연단에 선 아흔한 살의 최 노인이 마이크가 힘겨운지 손을 바들

바들 떨며 간신히 서서 연설하고 있었다.

"우리 아들놈은 이 애비 심경을 두루 살피지 못하는 팔불출로 눈치가 좀 없긴 하나 야생화보다 더 강한 생명력으로 살아왔기에 나라를 억수로! 억수로! 발전시킬 것은 불을 보듯 분명합니다. 백척간두, 누란지위, 풍전등화에 처한 나라를 구한 선조들의 얼을 이어받아 국민 여러분들을 더 안전하고 더 잘 살게 해줄 겁니다! 그러므로 내 아들에게 한 표 주이소! 제발 한 표 주이소! 하지만 이놈이 대통령이 되었다꼬 해서 내게 까불다간 국물 한 빵울도 없을 것임을 맹세합니다."

이때 승억이 최 노인에게로 가서 그를 와락 끌어안았다. 그러자 최 노인이 그를 힐긋 쳐다보더니 연설을 계속했다.

"어? 어? 이 자슥이 지금 와 그라노! 어허, 이 애비를 끌어안고 시방 무슨 짓이야? 나하고 활딱 벗고 한 판 하잔 말인가! 부자지간인데? 국민 여러분! 우리의 유구한 역사 속에, 그리고 우리가 면면히 지켜온 민족의 얼을… 어허! 지금 연설 중인데 이게 무슨 짓이야?! 다 쳐다보는데 끌어안고 난리야! 이런 낭패가 다 있나! 포르노도 아닌데. 어허! 어허! 이 애비 젖가슴 건드리지 마라! 간지럽따! 성난다! 어허!"

최 노인의 말에 광장에서 거대한 폭소가 터져나왔다. 하지만 승억은 아버지 최 노인을 계속 끌어안으며 눈물을 쏟아냈다. 그것은 아버지와의 화해요, 그 자신이 가졌던 지난 삶에 대한 분노의 용해였으며, 어두운 침울에서의 해방이었다. 그는 아버지 최 노인의 가냘픈 어깨에 얼굴을 파묻었다. 잠시 후 그는 마이크를 들어 박장대소하는 대중들을 향해 소리쳤다.

"여러분, 우리는 이제 하나가 되어 앞으로 나아가야 합니다. 우리 삶이 허공에 정처 없이 마구 흩날리는 종잇장과 다를 바 없는 것이긴 해도, 그리고 수많은 결핍과 소외가 우리를 어둠 속으로 몰아넣을지라도 우리 다 함께 의지를 모아 우리들을 늘 위축시켰던 그 잔인한 소외로부터 벗어나 함께 미래로 나아가야 합니다. 앞으로 여러분들이 주변인이나 이방인을 넘어 대한민국의 중심지에서 있는 당당한 일원임을 느끼며 살 수 있도록 혼신의 힘을 다 바치겠습니다. 우리 인생의 대반격의 시작은 이제부터입니다."

그가 연설한 직후 영택이 3초신공 관장인 명국과 아기를 업은 그 아내 보경의 엄호 하에 등장했다. 그의 아내 진숙도 어린아이들을 데리고 단상으로 올라왔다. 영택은 의무감에서가 아니라 가족으로서 당연히 장인을 도우러 현장에 나왔다. 그는 도재철의 주문대로 특별한 연설 없이 승억과 나란히 서서 시민들에게 손을 흔들었다. 무수한 카메라 후레쉬들이 번쩍거렸다. 그날 저녁 모든 뉴스는 영택의 유세장 등장 이야기로 도배되었다.

그리고 다음날 실시된 투표 결과 승억은 최종 득표율에서 야당 후보를 52% 대 42%로 제치고 대통령으로 당선되었다. 당선 직후 그는 요양병원으로부터 고모할머니의 사망소식을 전해 들었다. 그는 병원으로 가는 내내 가슴을 치며 오열했다.

예상보다 늦은 그해 12월, 한국의 박영택, 정한숙은 노벨생리의학상 수상자로 결정되었다. 그들이 개발해낸 에코징으로 인해 연간 수억 명이 인류 역사상 최고의 살인자인 암세포들의 공세에서 벗어나 그 생명을 지킬 수 있게 된 공로였다.

스톡홀름 국립 콘서트홀에서 거행된 그 수상식은 영택 부부와 아이들, 그리고 한숙과 그녀 아이들이 참석했다. 대통령이 된 승억 부부와 한국 정부 관계자들, 과학단체들도 대거 초청되었다.

시상식이 거행된 후 영택이 단상에 올랐다. 그는 마치 유럽 귀족들의 엄숙한 축제장 같은 그 홀에서 40여 명의 세계 각국 정상들과 스웨덴 국왕, 그리고 세계 유수의 학자들 등 특별히 모인 2,500여 명의 청중들 앞에서 수상자 연설을 했다. 그는 연설의 마지막 부분을 연구자들과 미래세대를 위해 할애했다. 그는 특히 우공이산(愚公移山)의 정신을 강조했다.

"그리고 여러분, 연구를 대하는 자세도 아주 중요합니다. 바로 어리석음과 무모함에 관한 이야기입니다. 이를 테면 이런 겁니다. 내가 왜 그때 그 정신 나간 그 짓을 했을까? 왜 남들처럼 눈에 보이는 편리함이나 이익을 마다하고 그런 멍청한 짓을 했을까? 하는 겁니다. 인기도 없고 개척한 이도 없고 각광받지도 못하는, 미래도 보장받지 못한 일, 그런 분야인데 말입니다. 우리 인간은 무언가를 얻기 위해선 가능한 한 어리석게 행동하지 않으려 하며, 또한 무모하게 달려들어서도 안 됩니다. 이쪽저쪽 잘 재어보아야 합니다. 하지만 노벨상 수상자들 상당수는 그렇게 하지 않았습니다.

그들 다수는 어리석었고 무모했습니다. 새로운 거, 달려들기엔 뭔가 놀라운 큰 게 있을 것 같지 않고 나올 것 같지 않은 분야들, 그래서 이해타산을 아무리 따져봐도 계산이 잘 나오지 않는 그런 길로 그들은 갔습니다. 수지가 맞지 않은 길로 간 것입니다. 많은 경우 어디를 가야 살 수 있는지 몰라 사막의 모래밭에서 얼토당토않게 배를 타고 앉아 있어야만 하는 그런 기분이었습니다. 하지만 당연하게도 그러기 때문에 이런 영역들에 탐구할 게 더 많이 남아있습니다. 여러분, 블루오션이 특별한 말이 아닙니다. 새로운 분야이므로, 남들이 잘 가지 않는 길이기에 먹을 것, 얻을 것, 캐낼 것이 더 많습니다. 되돌아보면 저도 어리석음과 무모함으로 인해 오늘의 이 영광이 있었던 것입니다. 어느 걸 연구하는 게 더 이익인지 몰랐기에, 그리고 계산하지 않았기에 과감하게 상상력을 펼칠 수가 있었던 것입니다."

그 시상식이 끝난 이후 그가 에코징 발상부터 개발과정의 여러 내막과 사건들을 스토리 형식으로 저술한 책 '금강송 숲에 피어난 노란 등대꽃'은 국내외에 더 큰, 놀라운 반향을 불러일으켰다. 특히 전 세계 암환자나 그 가족들, 모든 분야의 연구자들이나 의료계, 청소년들을 중심으로 하여 독서 광풍이 불어 수억 권 이상 팔려나갔다. 그 얼마 후 그는 서울로 가서 아내 진숙이 처음으로 쓴 판타지 소설 '말머리성운에서 온 여인' 출판기념회를 가졌다.

33

소나무야, 소나무야!
언제나 푸른 네 빛

몇 년 후 1월 말, 영택과 한숙은 스위스 다보스에서 열리는 다국적 국제포럼에서 합동강연을 한 뒤 각자의 숙소에서 휴식시간을 가졌다. 한숙은 포름 측에서 제공한 초대형 룸에서 은소, 영소, 진소 등 어린 세 딸과 휴식을 취했다.

그날 오후에는 울진 소나무 숲 연구소 소속 여성 연구원들 20여 명이 단체로 여행을 와 그녀 숙소를 방문했다. 이때 영택도 함께 했다. 얼마 후 그 연구원들이 관광을 위해 밖으로 나갈 때 연구소에서 은소를 많이 돌봐주었던 후배 연구원 김미희가 그녀의 세 아이를 데리고 갔다.

"언니, 너무 기다리지 마. 애들에게 알프스 야경 실컷 보여주고 올게."

한숙은 텅 빈 호텔방에 혼자 덩그렇게 앉아 멀리 해가 지고 있는 알프스의 설산을 바라보며 깊은 생각에 빠져들었다. 그것은 아이들에게 아빠가 누군지를 알려주어야 하는가 하는 고민이었는데 사실 이것은 그녀가 은소 출생 이후부터 지속적으로 해온 고민이었다.

은소는 유치원에 다니기 전부터 당연히 아빠 이야기를 해왔다. 그녀는 엉겁결에 아빠가 해외에 있다고 했었다. 은소는 나이가 들수록 아빠 관련 질문을 점점 더 예리하고 구체적으로 해왔는데 작년 가을 운동회 때도 지나가는 말로 이야기했었다.

"엄마, 그럼 아빠는 외국에서 사고로 죽은 거야? 거기서 살아? 나는 아빠 얼굴 한 번 못 보고 이렇게 사는 거네? 다른 애들은 다 아빠, 엄마 같이 온다던데! 혹시 엄마는 정체도 모르는 길거리 아무 남자를 만나 나를 가진 거야? 내가 아무 남자 딸이야? 내 아빠 이름이 아무나냐구?!"

한숙은 은소의 그런 말이 날카로운 비수로 다가왔다. 정체도 모르는 길거리 남자라니! 그 아버지는 늘, 바로 옆에서, 바로 이웃집에서 살고 있는데도 평생 아빠를 모르고 살아야 한다니 그건 아니지 않는가? 자신이 상식적인 잉태과정을 벗어나 아이들을 가졌다 해도 그들에게 바로 옆에 살고 있는 아버지를 평생 모르게 해야 옳은 일일까? 운명이 잔인하다 해도 그런 상황이 평생 지속되면 곤란하지 않을까? 아니 곤란함을 넘어 옳지 않았고, 정의도 아니지 않을까? 그 문제는 복잡한 이야기일 수도 있지만 너무나도 단순한 이야기이기도 했다. 지금처럼 부녀가 서로 눈앞에서, 코앞에서 마주치게 되면 "아빠!" 그리고 "은소!" 하는 말은 하고 살아야 그게 정상 아닌가?!

한숙은 자신이 아이들에게 악마가 되고 싶지 않았다. 그녀는 그제야 은소와 영택이 영원히 남으로 사는 것에 안타까움을 표시했던 경옥의 마음을 온전히 이해할 수 있었다. 어떤 방식으로든 정리가 필요했다. 하지만 영택에게 그런 말을 하려 하니 그녀 마음에 고통스런 전율이 왔다. 숨이 막혀 죽을 것만 같았다.

한숙은 자신이 영택에게 세 아이들이 그의 자식들이라고 말할 자격이 없다고 생각했다. 만약 그런다면 누구라도 자신을 욕할 게 분명했다.

"지 좋을 대로 허락도 없이 남의 정자를 몰래 가져다가 일 저질러 놓고, 그것도 은소 하나만도 아니고 셋이나 그렇게 해놓고 이제 와서? 영택만 죽으라는 말 아닌가! 정말 자기 삶만 생각하는 뻔뻔한 년이네."

하지만 그런 비난은 있을 수 있더라도 그것과는 별도로 아이들에게 끝까지 친아빠의 존재를 영원히 감추는 게 옳은가 하는 건 또 다른 문제였다.

그날 저녁 스위스 여성단체 회장단이 인사차 그녀를 찾아왔다. 영택도 그녀 방으로 와서 환담을 나누었다. 그들이 나간 다음 그녀는 영택에게 남으라고 한 뒤 떨리는 손으로 휴대폰 속 기사를 그에게 보여주었다. 그리고 마음을 굳게 먹고 입을 열었다.

"영택 씨, 양호리 집 농구장, 기사까지 났던데 그 공사는 끝났어?"

"그거? 거의 다 되어가지. 기자들이 내 이야기라면 시시콜콜한 것까지 다 다루어 주는구먼. 뉴스엔 전임 대통령이셨던 장인어른이나 지금 대통령 기사보다 내 신변잡기가 더 많이 나와. 한숙 씨도 그렇잖아!"

"영택 씨, 근데 그거 알아? 영택 씨 말대로 거기서 영택 씨 아이들과 내 아이들이 그 농구장에서 뛰논다고 할 때 그들이 서로 섞이면 누가 봐도 다 한 부모 자식이라고 할 거야. 온통 다 영택 씨 닮았거든!"

"글쎄? 근데 한숙 씨 애들이 왜 다 나를 닮았을까? 좀 신기하긴 해."

"은소까지 포함해서 내 애들 다 영택 씨 정자로 태어났다면 어떻게 할 거야?"

"그게 무슨 말이야?"

"영택 씨 걸 가져온 거야!"

한숙은 마치 아무 일도 아닌 양 무심하게 말했다. 그러자 영택이 그녀에게 다가오며 말했다.

"뭐? 내 정자를? 대체 무슨 말인지 모르겠네. 한숙 씨가 그런 농담을 다 하다니! 아이들 인공수정에 나를 갖다 붙이는군. 그렇게 원하면 내가 애들 친아빠 노릇 해줄게. 그렇게 해오고 있고."

"그거 사실이야!"

"뭐? 하하하. 난 정자를 누구에게 준 적이 없어. 지금 내게 투정

하는 거지?"

"우리 연구소 옆 정자은행에서 가져 나왔지."

문 쪽으로 나가려던 영택이 몸을 돌려 그녀를 바라보며 물었다.

"뭐? 거기? 아! 그렇지! 우리 연구소로 처음 오던 날 정자 저장해준다기에 그냥 한번 냉동 시도해봤었지. 생각지도 못했어."

"내가 원해서 그랬어!"

"뭐? 근데 그건 이미 폐기되었는데…"

"그러니까 연구소 옆 그 정자은행에 외부 침입자들이 나타나 정전이 되었던 그날, 난 그곳에 있었어. 그 얼마 전 영택 씨 걸 우연히 보고 그날 그걸 가지러 갔었지. 하지만 지금 내가 무슨 짓을 하지? 하는 회의감에 되돌아 나오려 했는데 그들로 인해 정전이 되는 바람에 그곳의 수많은 냉동 난자, 정자들이 그대로 다 폐기될 상황이었어. 총알도 난무했고. 나는 칠흑 같은 어둠 속에서 영택 씨 것만 갖고 무조건 달렸어. 내 욕심으로 갔지만 그땐 오로지 그걸 살리고 싶은 마음뿐이었어. 은소가 세상에 나올 운명이었는지 난 총에 맞지 않고 무사히 그걸 들고 김 박사 냉동차에 가져갈 수 있었어. 수만 명의 냉동 정자들 중에 영택 씨 것만 살아남았지. 그게 이 모든 일의 내막이자 시작이었어!"

"한숙 씨 말이 사실이라면… 아! 일이 그렇게 되어버렸다면? 으으! 믿을 수가 없어. 왜? 왜 나야? 나를 정말로 사랑해서? 나를 정말 사랑했냐구?"

한숙은 조금씩 목소리가 커지는 영택이 두려워졌다. 무서워서

라기보다는 있는 듯 없는 듯 조용한 그가, 힘든 일이 생기면 늘 다정하게 도와주고 위로해주었던 그가 이제 용서할 수 없는 적이 된 것처럼 경멸에 찬 눈빛으로 자신을 공격하거나 당혹스런 모습으로 영원한 이별이라며 격앙된 언어를 내뱉을까봐 두려웠다.

다시 소파로 돌아와 풀썩 몸을 담근 영택은 마치 파산을 통고받은 사장처럼 넋두리하듯 말을 내뱉었다.

"정말 사실이야? 그게 사실이란 말이지? 정말 그런 일이 있었단 말이지? 허허. 허허. 그래서, 그래서 은소가 나를 닮았군. 연구소에서 그 애를 볼 때마다 저 애가 왜 나를 그대로 쏙 빼닮았나 했지. 놀라운 일이야. 믿을 수 없어! 믿기지가 않아!"

한숙은 소파에 앉은 그를 외면하고 돌아섰다. 그의 얼굴을 보고 싶지 않았다. 그의 반응이 두렵기도 했지만 동시에 그가 그녀를 냉혹하게 차버리고 나가버릴 것만 같았다. 어차피 남으로 살아왔기에 그가 가버려도 어쩔 수 없지만 아이들을 위해 무언가 매듭을 짓는 이야기가 필요했다. 거짓이라도 그가 무슨 말을 해주었으면 했다. 그녀는 다시 마음을 다잡고 결연한 표정으로 영택을 정면으로 쳐다보며 말했다.

"하지만 사실이야. 상황이 이렇게 된 거, 미안해. 내가 무얼 얻으려고 이런 말을 하는 건 아니야. 내가 영택 씨에게 말할 자격은 없지만 아이들에게 아빠가 필요했어. 아빠를 찾아준다기보다는 '너희들도 다른 아이들처럼 아빠가 있어!'라는 걸 말해주고 싶었어. 이젠 돌이킬 수 없지만 아이를 가질 때 나중에 그 애들이 크면 아빠를 찾을 거라는 걸 간과했어. 난 어릴 때 부모가 없었기에 아빠를 찾은 적이 없었어. 그 존재조차 있는지 몰랐으니까! 지금 은소나 영소도 그렇지만 일곱 살배기 막내 진소도 아빠의 존재를 묻고 있어."

"이런! 이런! 걔들이 아빠의 존재를, 나를 찾는다구? 당신에게 화가 나! 은소 때는 그렇다 치고 둘째 수정 때라도 그런 일을 말했어야지! 나도 모르게 셋을 다 낳아놓고 이제 와서 내가 무얼 어떻게 하란 말이지?"

영택이 화를 내는 듯 크게 말했다. 한숙은 그가 목소리를 높이는 것에 너무 놀랐다. 자신에게 그러는 건 처음이었다. 그녀는 그래도 그를 이해해야 된다고 생각했다. 그, 아니 다른 누구라도 자신에게 따지고 들면 할 말이 없지 않은가?!

긴 적막이 흘렀다. 저 금강송 숲이 주는 깊은 적막과 고요보다 더 깊고 혼란스런 고요가 흘러갔다. 숨이 막혔다. 한숙은 그대로 죽어버렸으면 좋겠다는 생각도 들었다. 하지만 아이들이 있었다. 그녀는 자신이 그의 분노나 그 적막을 견디지 못하면 아이들 미래는 없다고 생각했다. 그녀는 마음을 가라앉히려 애를 썼다.

얼마 후 영택이 자리에서 벌떡 일어났다. 그의 눈가가 갑자기 촉촉해졌다. 그는 천천히 몸을 돌려 겨우 발걸음을 떼는 환자처럼 문 쪽으로 한발 한발 간신히 걸어갔다. 한숙이 그를 막아섰다. 비록 이제 피할 수 없는 이별이 올지라도 아이들 아빠로서, 아니 아이들 아빠가 되도록 하기 위해 그를 붙잡고 싶었다. 그녀는 그를 창가 쪽으로 잡아당기며 소리치듯 말했다.

"영택 씨, 가지 마! 내 남자가 되기를 기대하진 않아. 그러니 내 이야길 들어봐."

영택이 멈추어 섰다. 그녀는 그의 얼굴에 자신의 얼굴을 바싹 갖다대며 말했다.

"지금 생각하면 무슨 정신으로 그랬는지 모르겠어. 그땐 너무 절실했고 절박했고 죽을 것 같았어. 난 살고 싶었어. 무어라도 잡아야 했어. 그 선글라스 놈이 강둑에서 나를 죽이려 했을 때, 아니 그 즈음의 내 상황이 지옥이었어. 내가 그거라도 안 했으면 난 이미 죽었을 거야! 살아도 산송장이고."

그녀는 담담하게 말했지만 다른 한편으로 영택의 입에서 무슨 말이 나올지 신경이 곤두섰다. 그는 말이 없었다. 한숙은 그의 침묵이 원래의 성격 때문인지, 아니면 분노와 황당함, 혹은 놀람으로 그런 건지 구별이 되지 않았다.

"영택 씨, 변명하고 싶진 않아. 내가 잘했다고 이러는 건 아냐! 다만 지금은 은소, 영소, 진소라는 존재가 한 생명으로 여기, 이곳에 실존하고 있다는 자체가 진실이라고 생각해. 혼란스럽게 해서 미안해. 그럼 내가 어떻게 해줄까? 나와 저 아이들이 다 사라져 줄까? 어디 멀리?"

"일단 알겠어. 일단은! 잘 자."

영택은 다시 방문을 나가려 했다. 한숙이 다급히 그의 허리춤을 잡아당기며 울부짖었다.

“아냐! 가지 마! 이대로 서로가 끝난 운명으로 종결되면 안 돼! 가지 마. 으흐흐흐엉. 영택 씨, 결코 그땐 사랑이라고 생각하진 않았는데, 단지 죽지 않기 위해, 내가 살기 위해 그렇게 한 건데 지금 생각하면 그게 다 사랑이었어! 볼품없는 내 삶이 그나마 빛나려면 사랑 없인, 영택 씨 없인 불가능하다고 생각했던 것 같아! 둘째, 셋째도 마찬가지였어. 사랑이 나를 그렇게 이끌어갔어. 으흐흐흐엉.”

영택은 여전히 침묵하며 다시 방문 쪽으로 걸어가 문고리를 잡았다. 한숙은 문고리를 잡아당기는 그에게 매달리며 다시 울부짖었다.

“영택 씨, 가지 마! 이대로 나가버리면 우린 다 끝이야. 내 삶, 내 운명에선 팔자 좋은 여자들처럼, 별처럼 아름다운 사랑은 할 수 없을지라도 거죽만 달린 사랑이라도 하고 싶었던 것 같아. 슬프지만 내겐 그게 당신에 대한, 당신과의 최선의 사랑이었어. 내 운명이 그것뿐인 걸 어떡해! 으흐흐엉 엉엉.”

한숙은 그 자리에 주저앉아 통곡했다. 영택은 한숙을 오랫동안 바라본 뒤 그 방을 조용히 나갔다.

아이들이 오기를 기다리던 한숙은 영택으로부터 방문을 열어달라는 전화를 받았다. 시계를 보니 새벽 2시가 다 되어갔다. 그녀는 소파에서 간신히 일어나 방문을 열어주었다. 영택이 문을 밀고 안으로 들어오며 말했다.

"잠을 잘 수가 없어. 힘들어. 하지만, 하지만…"

"……."

"아이들, 특히 은소의 눈이 떠올라서도 잠들 수가 없어. 숨이 막힐 것만 같아. 연구소에서 늘 그 애를 보았었는데, 나를 닮았다고 생각했었는데 아빠 노릇 하나 못해주었어! 그리고 동료로서 당신의 고통과 어둠을 깊이 이해하지 못해서 미안해."

그가 다시 소파에 앉자 한숙이 문밖을 내다보며 조용히 말했다.

"경호원들이 볼 텐데? 이 시간이면 이상하게 생각할 거야. 내일 당장 소문이 날 수도 있어. 어서 가. 영택 씬 가정이 있는 사람이잖아. 가정을 지켜야 해!"

"지금 그런 건 중요하지 않아! 아이들이 내 앞에, 아니 우리 앞에 있다는 자체가 중요해. 그 문제를 해결해야 해. 하지만 수가 없어. 아내가 알아도, 몰라도 명쾌한 답은 없어."

"내가 아이들과 함께 떠날게. 스웨덴이든 미국이나 아프리카든 떠날게."

"아냐! 떠난다고 문제가 사라지는 게 아냐! 길을 찾으려면 가만히 있어! 그러면 왜 말하지 않았어? 내가 어떻게 반응하든 은소는 그렇다 치더라도 둘째 아이를 가질 때라도 말했어야 하는 거 아니야?! 나를 사랑해서 아이를 가졌다고, 나를 사랑하고 있다고!"

"그건 절대 안 될 일이었어. 내가 아양을 떨고 영택 씨에게 과하게 매달릴 순 있어도 실제로 사랑을 드러내어 그러면 모든 게 무너져. 나만 무너지면 괜찮아. 하지만 당신을 지켜야 했어. 영택 씬 가정이 있는 남자야. 영택 씨가 나와 이중생활을 했으면, 은밀하게 내 아이들의 아빠 역할까지 하려 했다면 진숙 씨와 그 아이들을 포함해서 우리 전부 다 무너졌을 거야. 공멸, 그래, 공멸이야! 분명 에코징도 만들지 못했을 거고. 그냥 당신에게 영향 주지 않고서 하늘의 찬란한 별처럼 세상에 당신의 생명을 뿌려놓고 싶었어!"

"그럼 나를 사랑했으면 왜 한스 위겔에게 갔어! 남자 품이 그렇게 좋았어?"

"뭐라구? 나쁜 자식! 나를 모독하지 마. 난 기계나 돌멩이나 쇳동가리가 아니야! 홀로 그 큰 양호리 집에서 내가 어떻게 지냈는데? 여자는 꼭 욕망으로 결혼하는 건 아니야. 기약 없는 사랑만 기대하고 고독을 참고 살라고 하면 그것도 살인이야, 알겠어! 나쁜 자식! 지금 내가 뻔뻔하다는 거지? 위겔하고 잘 살았으면 이런 넋두리도 늘어놓지 않았을 텐데 잘 되지 못하니 한국으로 돌아와서 괜히 자기에게 매달리는 나쁜 년이라고? 그래! 위겔하고 주야로 알몸으로 엉겨 붙어서 재미있게 노닥거리다 결국엔 버려지니까 니 괴롭히려고 왔어! 왜?!"

"아냐! 아냐! 그만해! 위겔 이야기는 미안해. 누구라도 인생이 다 뜻대로 되는 건 아니니까! 내 실수야!"

"으흐흐흐엉 흐흐."

한숙이 훌쩍거리며 방으로 들어가 버렸다. 영택은 그녀를 잡으려다 도로 소파에 앉으며 깊은 생각에 잠겼다. 금강송 숲 연구소로 온 뒤 한숙과의 일들, 특히 그녀가 했던 말들이 떠올랐다. 그땐 몰랐는데 더할 수 없는 고통과 사랑, 그리고 눈물이 내재된 그런 말들이었다.

"영택 씨, 갑자기 그런 생각이 드네. 내가 별처럼 빛나는 사랑은 할 수 없을지라도 빛나는 생명은 가져도 되지 않을까 하는 거."

"그래? 그럼 나 영택 씨하고 바람피울까? 아냐! 아냐! 나, 사랑하는 사람이 있는지도 모르겠어. 분명 있을 거야! 매일 생각하거든! 근데 그게 사랑 때문인지, 아니면 그 사람 아기 때문인지 잘 모르겠어. 처음은 분명 사랑은 아니었어. 아무튼 그게 좀 묘해! 하지만 분명한 건 그 아기가 너무 좋거든!"

"치! 영택 씨가 뭘 알아서? 허긴 내가 닿을 수 없는 거, 엄청 많네. 대권력자? 멋진 남자의 아내? 지금 같이 있고 싶은 한 남자의 불륜녀도 안 되고 있어! 알아? 내가 니 본처는 못 되니까, 그런 자리는 감히 닿을 수 없는 것으로 받아들여 줄게. 대신 니 내연녀는 해줄게! 나쁜 자식!!"

"이건 예를 들어서야. 앞으로 17년 후 그 누군가가 영택 씨를 찾아온다면, 아니 영택 씨를 찾아가겠다면, 영택 씨가 닿아야 할 최종 목적지라면 난 그 누군가에게 무어라 대답해야 할까? 닿을 수 없으니, 그리고 만나도 채울 수 없으니 가지 말라고? 그 닿을 곳이 코앞인데도 가지 말라고 해야 할까?"

"뭐 정자 제공자? 앞으론 정자 제공자라고 하지 말고 아이 아빠라고 해줘. 알았지?"

"맞아! 뱃속 아기 태명이 씩씩이야! 사랑인지는 모르겠지만 내가 믿는 그 남자의 정자를 가져왔지."

"영택 씨, 은소는 내가 살기 위해서 가졌어. 그런데 둘째는 생명을 하나 더 가지고 싶었어. 밤하늘 영롱한 별처럼 나의 생명들이 빤짝빤짝 빛나는 걸 보고 싶었어."

"난 영택 씨가 남자라는 것을 떠나 믿고 의지할 수 있는 존재라서 좋아해. 내 모든 거 다 주고 싶은 걸. 무슨 말인지 알지?"

"아이 이름은 지 오빠 대왕이 정식 이름을 지으면 따라서 지을거야. 그렇게 알아!"

"행여 내가 어떻게 잘못될 경우 에코징 특허료랑 제비꽃사랑 특허료, 그리고 내 집과 내 가족 모두 영택 씨에게 맡기는 거."

"가지 말까? 죽을 때까지 여기서 혼자 외롭게 썩어갈까? 내 외로움을 해소해줄 수 있어? 더구나 영택 씬 나와 은소 데리고 어디 놀러 가주지도 못하잖아! 그래도 가지 말까? 가지 말까? 가지 마?"

"차단된 사랑? 그래! 그간 나와 은소가 무너지지 않게, 내가 다가가지 못하게 차단해줘서 고맙다, 고마워! 못된 자식! 바보등신 자식! 남들은 다들 바깥에서 사랑도 많이 하던데 그런 것도 하나 못하는 나쁜 자식!! 내 젖가슴을 딴 놈에게 넘겨다 주는 등신!"

얼마 후 한숙이 부은 눈으로 다시 방에서 나와 소파 쪽으로 왔다. 영택은 신음을 토하듯 깊고 무거운 어투로 말을 꺼냈다.

"앞으로, 앞으로 난 위선자로 살아야 할 것 같아! 답이 없는 이

상황에서 그렇게라도 해야 모두가 살 수 있어."

"위선자?"

"그래. 이 비밀을 알아버렸는데 전혀 모른 것처럼 위선을 부리며 살 수밖에 없어. 그래야 될 것 같아. 난 그렇게 살아오지 않았지만 그렇다고 하여 진실을 다 털어놓으면 모든 게 더 엉망이 될 거야! 중요한 건 내 아이, 그렇지, 내 아이가 셋이 더 있다는 사실이고, 내가 다른 희생을 치르더라도 그들을 건강하게, 예쁘게 잘 성장시켜야 해! 내가 아내나 당신에게 크게 잘못한 건 없어. 하지만 이제부턴 누가 나를 손가락질하더라도 당신과 아이들을 외면하긴 싫어. 아니 외면할 수가 없어! 그리고 동시에 가정도 지켜야 해. 아니 가정보다도 아내랑 이룬 사랑을 깨뜨릴 순 없어. 깨어질 일도 없고. 하지만 이젠! 이젠! 그래, 이젠 상황이 변했어! 우선 나는 당신 애들의 아빠이기도 해! 그러니까 책임을 져야지! 아빠가 아니었다면 이제부터라도 아빠가 되어야 해! 그리고 어떤 방식으로든 당신의 고통도 종결지어야 해. 어떤 방식으로든!"

"흐흐흐. 미안해. 책임질 일은 내가 다 해버렸는데 큰 짐을 지우게 해서 미안해. 당신에게 부담을 지우려고 이런 건 아니야. 아무리 생각해도 최선의 방법은 하나야. 내가 떠나는 거."

"그런 소리 하지 마! 이렇게 다 이야기해 놓고 훌쩍 가버리면 그게 더 무책임한 거야. 당신이 떠난다고 내가 장구치고 북치며 축가를 부를 수 있을 것 같아? 이 수렁 같은 상황에서 벗어나 행복해질 것 같냐구? 분명한 것은 이제부턴 당신이나 아이들에게 내가 더 이상 존재하지 않는 존재로 남을 순 없다는 사실이야. 따라서 여기 내 옆에 남아서 우리 모두가 상처가 가장 덜 받는 길을 같이 찾아야 해!"

"하지만!"

"한숙 씨! 아니 당신! 우린 과학자이지만 인생을 과학처럼 하나의 정답으로만 살 순 없어. 우리 삶이 원래 그래! 모든 사람들이 그 인생에서 결코 받아들일 수 없는 어떤 일들도 결국은 받아들이면서 살아가고 있어. 아니 받아들이며 살아갈 수밖에 없어. 모욕, 수모, 무시, 폭력, 외면 등등. 대다수의 사람들이 그런 걸 당해도 다 감수하며, 참아가며 살아가고 있어. 그런 것에 비하면 애 아빠라는 자리를 받아들이는 건 훨씬 더 좋은 일이야, 수월한 일이고. 고통이 와도 해야 하는 일이고."

"으흐흐흐. 헤아릴 수 없다는 말 알지? 그만큼 고마워. 아이들 아빠 노릇만 잘해줘. 영택 씨, 우리가 숨 가쁘게 일했던 저 숲이 사라진다 해도 사랑은 남는 거라고 우리 아이들에게 말해줄 수 있을까? 영택 씬 대답하지 마. 나중에 내가 그렇다고 대답해줄게! 물론 나만의 사랑일 뿐일지라도 사랑이라는 게 있어서 너희 같은 별들이 남겨졌다고, 그로 인해 이 엄마의 어두운 인생이 빛날 수 있었다고 말해줄 거야."

"내가 두 개의 사랑을 다 하려고 이러는 거 아니야. 하지만 그럼 한숙 씨가 간직해왔던 그 사랑은? 한숙 씨의 그 사랑은 어떻게 하지? 그게 사라지면 한숙 씬 정말 껍데기만 남는데?"

"아냐! 나에게 구속될 필요는 없어! 난 어떻든 상관없어! 내 운명, 내 팔자가 그렇다는 말로 나를 위로하면 그뿐이야. 수많은 여자들이 다 그렇게 자신의 운명을 위로하며 살아."

"한숙 씬 존재의 껍데기가 아니라 다른 찬란한 어떤 사람들 못지않은 알찬 존재야. 그 영혼이 텅 비지 않도록, 지난 모든 삶이 다 사라지지 않고 의미를 가지도록 서로 답을 찾아야 해. 아내에게도 알려야 하고."

"진숙 씨에겐 절대 알리지 마. 절대 말하지 마. 나 한 사람 사라지면 모두가 평화야!"

"그런 말 하지 마! 무언가 결론이 나기 전에 절대 우리가 숨 가쁘게 일했던 그 숲을, 그 양호리를 떠나지 마! 알겠지? 10년 후에 홀연히 나타나 아이 아빠 하라고 하면, 나를 사랑했다고 하면 그땐 난 외면할 거야. 그러니 내일도, 모레도 내 곁에 있어! 다른 생각 말고!"

"……."

"당신, 유리컵도 딱딱한 바닥에 던지면 깨어지지만 두터운 스펀지에 던지면 깨어지지 않을 수도 있어. 우리가 직면한 이 문제도 그렇게 되도록 다루어야 해. 무슨 말인지 알지? 혼자 해결한다고 애쓰지 말고 다 내게 맡겨."

"고마워!"

영택은 어둠 속 도심의 불빛을 내려다보며 깊은 침묵 속으로 다시 빠져들었다. 한숙이 힘없이 걸어와 그 옆에 앉았다. 영택이 몸을 돌려 그녀를 천천히 끌어안았다. 한숙도 두 손으로 그의 어깨를 감쌌다. 두 사람은 한참 동안 서로를 끌어안은 채 말이 없었다. 둘이 소리 없이 흘리는 뜨거운 눈물이 서로의 얼굴로 번져 내렸다.

그로부터 5년 후, 영택은 홀로 전기카트를 타고 대왕 소나무 쪽으로 올라갔다. 거기에는 이미 진숙과 그녀의 다섯 아이들이 올라와 시끄럽게 떠들고 있었다. 영택은 오랜만에 목에 걸어본 노벨상 메달을 그 대왕 소나무의 가지 사이에 올려놓았다. 잠시 후 숲길로 전기카트 한 대가 더 올라왔다. 그 안에는 환한 얼굴의 한숙과 그녀의 세 딸이 타고 있었다. 영택은 그 아이들을 데리러 언덕 아래로 달려가며 말했다.

"은소야, 학원 때문에 늦었구나!"

"네, 아빠! 저 때문에 엄마와 동생들도 다 늦었네요. 죄송해요. 근데 금소 오빠는 학원에 안 보이던데 저기 먼저 와 있네요! 치! 먼저 간다고 말도 안 하고!"

그는 한숙과 함께 아이들의 손을 잡고 다시 그 대왕 소나무 앞으로 올라가 나란히 줄을 섰다. 한숙은 자신의 목에 걸린 노벨상 메달을 그 소나무 가지에 걸었다. 진숙도 자신이 출간한 소설책들을 그 나무 위에 올려놓았다. 영택이 큰 소리로 말했다.

"애들아, 이 할아버지 소나무를 봐! 보는 것 자체만으로도 우린 힘을 얻는단다. 그리고 저 아래 끝없이 펼쳐진 저 숲을 쳐다봐! 녹색의 경연장이요, 생명의 향연장이야! 이 소나무들이 있어 노벨상도 나왔고, 너희들도 다 존재하게 되었어. 자, 이제 저 나무들을 위해 노래를 불러보자. 그리고 빨리 농구장으로 가자. 대통령 할아버지께서 기다리신다!"

그들은 다 같이 노래를 불렀다.

소나무야~ 소나무야~ 언제나 푸른 네 빛~
쓸쓸한 가을날이나 눈보라치는 날에도~
소나무야~ 소나무야~ 변하지 않는 네 빛~

한 차례 큰 바람이 그들을 스쳐 지나갔다. 그 대왕 소나무의 가지들이 그 바람에 흥이 났는지 "훠어! 훠어!" 하면서 신비한 소리를 냈다.

우리는 그들이 어떤 방식으로 그들 문제를 해결했는지 자세히 알지 못한다. 다만 알려진 사실 하나는 한숙이 자기 아이들의 출생과정을 영택에게 털어놓은 후에도 그녀나 영택, 그리고 진숙의 삶이 생각보다 크게 흔들리지 않고 무난하게 잘 흘러갔다는 것이다! 이후 한숙은 '싱글맘 재단'을 만들었으며, 진숙은 판타지 소설의 대가가 되었다. 그들 둘은 자주 같이 여행을 다니기도 했다.

그리고 영택은 금강송 숲 안, 그가 조성했던 약초정원 안에 '존재와 무'라는 그만의 연구소를 세우고 새로운 연구를 시작했다. 물론 아이들도 다 건강하게 잘 성장해주었다.